鲸歌

生活风格

2020年
中国短篇小说20家

张莉　主编

四川人民出版社

图书在版编目（CIP）数据

生活风格：2020年中国短篇小说20家 / 张莉主编.
—成都：四川人民出版社，2021.5
ISBN 978-7-220-11076-4

Ⅰ.①生…　Ⅱ.①张…　Ⅲ.①短篇小说-小说集-中国-当代　Ⅳ.①I247.7

中国版本图书馆CIP数据核字（2021）第067110号

SHENGHUO FENGGE：2020 NIAN ZHONGGUO DUANPIAN XIAOSHUO 20 JIA
生活风格：2020年中国短篇小说20家
张　莉　主编

出 品 人	黄立新
策划组稿	张春晓
责任编辑	张春晓
封面设计	李其飞
版式设计	戴雨虹
责任印制	祝　健
出版发行	四川人民出版社（成都槐树街2号）
网　　址	http://www.scpph.com
E-mail	scrmcbs@sina.com
新浪微博	@四川人民出版社
微信公众号	四川人民出版社
发行部业务电话	（028）86259624　86259453
防盗版举报电话	（028）86259624
照　　排	四川胜翔数码印务设计有限公司
印　　刷	成都东江印务有限公司
成品尺寸	145mm×210mm
印　　张	11.25
字　　数	350千
版　　次	2021年5月第1版
印　　次	2021年5月第1次印刷
书　　号	ISBN 978-7-220-11076-4
定　　价	64.00元

张莉 北京师范大学文学院教授，博士生导师。著有《中国现代女性写作的发生》《姐妹镜像》《持微火者》《远行人必有故事》等。2019年3月向127位当代中国作家发起“我们时代的性别观调查”，引起广泛社会影响。主编《2019/2020年中国女性文学作品选》《2019年中国短篇小说20家》《2019年中国散文20家》《新女性写作专辑：美发生着变化》等，获华文最佳散文奖，图书势力榜十大好书奖等。中国作家协会理论委员会委员，茅盾文学奖评委。

语言里住着写作者的尊严

——《生活风格：2020 年中国短篇小说 20 家》序

张 莉

一

在《我亦逢场作戏人：2019 年短篇小说二十家》序言里，我强调过小说的调性。一个作家是否拥有自己的调性非常重要，意味着他能否构建自己独立的美学风格。那么，构成小说调性最重要的部分是什么呢，我以为是语言。

今天，我们的日常生活正在被语言以及语言带来的诸多有趣、生动（但也可能是粗鄙）的生活方式所裹挟。我们语言里随时都会出现新词以覆盖旧词，作为汉语使用者，我们不得不惊讶于词语的速生和速长。

一个满口学术话语的年轻人，你立刻就知道他的生活方式；一个每天都在说着网络话语的人，你会了解他对网络的熟悉程度，你甚至会了解到，他不是在说话而是“话语”在说他，——这个人很可能被网络流行语绑架，成为某种意义上的网络“工具人”。

这让人想到人在语言面前的能动性和主体性问题。要做语言的主人，而不是被语言驱动的工具。具体到文学领域，选择什么样的语词去表达是审慎的事，作家所写下的每一句话、所选用的每一种表达都代表着自己的价值观和美学追求。

二

有一些作品，每一个字我们都认识，字和字连在一起却不知所云；还有一些作品，频繁使用“高级”词汇，而表达的却极粗陋。这不免让人想到写作者对于词句的组合能力，也让人怀念汉语中的动人表达。想到“无穷的远方，无数的人们，都与我有关”，这句话里每一个字都是常用字，但是字与字、词与词组合在一起，语意却是全新的，其中蕴含着鲁迅作为现代知识分子的深切情怀。还有那句“从来如此就对吗?”当我们在《狂人日记》里读到这句话，立刻会意识到文本被照亮，一个新的理解世界的方式从此开始。

我想说的是，鲁迅是时时刻刻渴望摆脱“陈词滥调”的写作者，是终生致力于语言革命的人。“当我沉默的时候，我觉得充实；我将开口，同时感到空虚。”于通常的汉语表达而言，这是陌生化的，其中具有颠覆力。“于天上看见深渊；于一切眼中看见无所有；于无所希望中得救。”这句话多么拗口。这里当然是有修辞的，但我们仅仅看到修辞是不够的。一个人内心所经历的痛楚，全部凝结在这段话里。“于一切眼中看见无所有，于无所希望中得救。”这是一种表达，同时也是一种认识世界的方式。由此，我们感受到语言表达所带给我们的震撼。

在鲁迅这里，写作不是让汉语读起来更舒服，而是更有力量。因此，他的语言里有一种态度，有一种硬度，有一种骨气。那是并不媚好读者的语言，它并不试图抚摸你，谄媚你。它深刻、凝炼、有反抗性。这样的语言有冒犯性，它刺激你，甚至触怒你，让你耿耿于怀。小学和中学时代，我们都背诵过鲁迅的文章。成长以后，有一天脑子里会突然蹦出他的某段话。他的语言因为不驯，因为拗口而沉积在我们记忆深处，而不是轻易划过。也正是这种不光滑、不顺从，这些语词才能穿过尘埃，穿林过海，在我们头脑里野蛮地长起来。

三

语言是活的，它有它的生命、腔调、神采和神奇的反作用力。语言塑造作家的文学形象，即使他们已离世多年，我们依然可以从语言中辨识作家的眉眼、音容、表情。“风声呜呜的从玻璃窗里传透过来，两人默坐在这将黑未黑的世界里，觉得我们以外的人类万有，都已经死灭尽了。在这个沉默的，向晚的，暗暗的悲哀海里，不知沉浸了几久，忽而电灯像雷击似的放光亮了。”这是属于郁达夫的文人落寞似的抒情表达。而这段话：“花开了，就像花睡醒了似的。鸟飞了，就像鸟上天了似的。虫子叫了，就像虫子在说话似的。一切都活了。都有无限的本领，要做什么，就做什么。要怎么样，就怎么样。都是自由的……”则属于一生渴望自由但又终未能获得自由的萧红。

这一段有老舍先生亲切的口语：“猫的性格实在有些古怪。说它老实吧，它的确有时候很乖。它会找个暖和的地方，成天睡大觉，无忧无虑，什么事也不过问。可是，它决定要出去玩玩，就会出走一天一夜，任凭谁怎么呼唤，它也不肯回来。说它贪玩吧，的确是呀，要不怎么会一天一夜不回家呢？可是，它听到老鼠的一点响动，又是多么尽职。它屏息凝视，一连就是几个钟头，非把老鼠等出来不可！”而这一段则是张爱玲对世界的冷眼洞穿与旁观：“也许每一个男子全都有过这样的两个女人，至少两个。娶了红玫瑰，久而久之，红的变了墙上的一抹蚊子血，白的还是窗前明月光；娶了白玫瑰，白的便是粘在衣服上的一粒饭粒子，红的却是心口上的一颗朱砂痣。”

……

同样的汉语，因为作家不同的语感和不同的排列，所创造出的气息迥然相异。尤其神奇的是，在这些文字里，你能认出他们的面容——每一个词、每一句话都在勾描写作者的容貌和气质，写作者和他的语言就这样互相成就，互为镜像。

在当时，这些作家的文字意味着一种新的表达方式，这种新方式与他们所在的时代所伴而生，它既有那个时代的当代性，也有超越那个时代的语言魅性。在这些优美的中文里，我们能看到传统对于写作者的滋养，也能看到一位写作者如何不被滋养捆绑所进行的变革。由此，他们也慢慢成为我们的传统。

四

编辑年选的日子里，常常想到汪曾祺先生的话："语言的粗俗就是思想的粗俗，语言的鄙陋就是内容的鄙陋。想得好，才写得好。"不得不说，今天，有许多作品的语言经不起端详，没有个性，语言中更谈不上声音感、色彩感，许多写作者几乎从不顾及汉语之美、汉语之节奏、汉语之语调及汉语之语序这些细小而又非常重要的问题。这也意味着内容与思想的贫瘠。

因此，虽然我一如既往地渴望自己的选本中有各种各样的异质性作品汇聚，但挑选作品时仍将强调作家语言的质感放在首位。之所以最终挑选出这二十篇，多半是因为我欣赏小说家们的语言风格，以及他们在语言审美方面所做出的努力。此处仅以青年作家为例。

笛安的《我认识一个比我善良的人》是一篇复杂而深具感染力，读来五味杂陈的作品。作为小说家，笛安的魅力在于非常传神地传达现代人之间的微妙情感，这样的传达中有俏皮和不驯，也有微微的反讽。小说中有个片断令人留恋："那天晚上有月亮，我和洪澄坐在飘窗上面，盯着那轮四分之三的月亮看了好久。远处'IKEA'的灯光亮着，月亮把自己的身体慷慨地借了四分之一给他们，好让他们切割出来这几个字母，月亮满意地打量着这片夜晚中幽暗的大陆，很久很久以前，有人问过她：江畔何人初见月，江月何年初照人？这个声音传递得很慢，当月亮听到的时候，已经是几百年后了。月亮淡淡地笑一笑，自言自语：能不能别烦我？"月亮如此重要，它早已存在千年，它有着它的不变和光泽。而就在这样的不变与光泽里，世间已换了几百个年轮。当小说家将"IKEA"和《春江花月夜》的诗句形成一种对话时，其实她也以一种深具当代性的语言方式在讲述传统之下年轻人鲜活、平凡又坚硬的生存。笛安的文字里，既有与我们生存相匹配的语言，也有与我们生活血脉相关的文学传统的认取。

没有月亮的夜晚在陈春成笔下则是另一种模样："有一天傍晚我不

知道因为什么事，觉得心里难受，就躲进那瓮里，痛痛快快地哭了一场，无人知晓，舒服极了。漆黑中，能听见空气的流动声、遥远的地下水冰凉的音节，甚至溪流拂过草叶时的繁响。土壤深处有种种奇异的声音。有时听见黑暗中传来一阵‘隆隆’的响声，像厚重的石门被缓缓推开，片刻又寂然了。问本培，他说这是山峰生长的声音。山峰不是一点点匀速长高的，而是像雨后的竹笋，一下一下地拔高。也许几个月拔一次，也许几年。”这是使读者感受到心神清明的段落，陈春成的语言里有汉语的美感和律动读来享受。作为 2020 年横空出世的全新面孔，这位青年小说家以对语言的唯美追求而为广大读者喜欢，陈春成让人看到一种语言传统在青年一代笔下的“复活”。

如果说笛安使用了一种当代性的语感而精微传达了我们时代人的生存，那么陈春成则致力于从汉语传统中淘洗出典雅的语感。真正的文学写作，是面对先辈的写作，要面对那些给了我们语言、给了我们形式的人写作。作为写作者，如何从我们已有的文学秩序中寻找到一种深具个人魅力、同时也有传统性与当代感的语言风格？笛安和陈春成使我们看到了更多的可能。

《请正确使用汉语》是青年作家谈衍良的小说。什么是对汉语的正确使用呢？这个标题使我想到，所谓“正确”，绝不是那种正规的、刻板的使用，真正的“正确”使用汉语，一定包含了一种在以往看来不那么正确的、属于越轨的使用，也只有这样的使用，才会真正使汉语更丰富，更有弹性，更有生机。或者说，正确使用里，有传承，但也有变革。在传承的同时，变革其实也在悄然进行。

当然，我必须强调的是，语言不是孤立存在的，语言和内容是互为一体的。一部作品是字与字、词与词、句与句、段与段的有机整体，它们互相倚靠、互相支持，才最终成就一种独特的气息。因此，以断落摘引的方式来评价作家的语言风格某种程度上意味着一种片面与危险。——讨论某位作家的语言好或者不好，有如在黑暗中听山生长、听竹拔节，需要从整体角度、从深处去考量，也有赖于读者的文学感受力。

什么是写作者的尊严呢，这里的尊严既包含了今天我们怎样使用汉语，也包含着如何使用这些汉语使之更贴近所要表达之物的意思。作品的语言，最终代表着作家真正的文学造诣，也是在这个意义上说，语言里住着写作者的尊严。优秀的写作者都是“炼字者”，不仅要锻造每个字、每个词、每句话，还要打磨作品的整体感，作品的标题、语感、行文、段落甚至每一个标点符号里，都凝结着作家的信念、智性与智慧。某种意义上，每一部小说都是小说家的个人演唱会。“演唱会”里固然有写作者的多重悲喜，但也表达着我们无从言说的隐秘，——优秀小说家拥有给语言赋能、使语言重获生机的本领，他有能力融万千声音于一人之声口，唱出独属于他的调性。

感谢我的博士研究生同学杨毅、硕士研究生张祯同学的协助，他们为此书的遴选工作付出了重要劳动。

张　莉

2021 年 2 月 20 日

目　录

我认识过一个比我善良的人

笛 安

从前，有一个人，她比我善良。可是这又有什么奇怪的，比我善良的人很多。说恒河沙数那是夸张了，但是车载斗量应该是不错的。只是，这些比我善良的人，大隐隐于市——要遇到他们，也没有想象中那么容易。

我骨子里是个刻薄的人，所幸我知道这个。有时候，我不打算帮助别人，或者给别人行个方便，并不是因为我有没有同理心，只是因为，我怕麻烦。比如，我的房客已经拖欠了十个月的房租，我却依然若无其事，因为我不知道赶走一个活人要怎么操作，难道真的像电视剧里演的，趁他不在，把他的东西打包丢在楼下么——一个已经租住了这么些年的人，打包他的所有家当，工作量太大了。于是电视剧里的画面至今没有发生。不过我的房客，章志童，他是个要脸的人。在第十个月零一周的某个晚上，他给我发了一条语音信息："橘南姐，实在不好意思，我搬去朋友家借住一阵，押金你先留着，欠你的房租我一定会还的。"

他很体贴，没有直接打电话给我，这样就避免了双方的尴尬——他害怕我说"不行"而引起的等待的沉默，或者我因为害怕他为恳求我做出不得体的举动，而不得不说"那好吧"。于是我在半个小时后打了一行字给他：你当时交了两个月的押金，所以你还欠我八个月的房租总计是××元，没问题的话，你写个欠条给我。先拍张照发过来，然后快递到我家。

我知道即使拿着这张欠条，也没有什么用，可我总不能什么都不做吧。章志童当然不是那种业内有名字的编剧。他经常会遇到的情况是：辛苦工作了几个月，好不容易写好了一份大纲，然后这个戏不打算开机了，他已经写完完整的十集剧本，却只能拿到最初的那点定金。或者是：他耗费了一年的时间，算是跟着各位“老师”写完了一个戏，而播出的时候“编剧”那栏里没有他的名字，你会在“联合策划”之类的分类下面看见“章志童”三个字，他还不一定收得到尾款——过去的那十个月里，一定是连这样的工作机会也没了。

房屋中介只用了 48 小时，就替我找到了下一位房客。过去签合同的路上，我想到了章志童，也不知道那个朋友能收容他多久，也不知道这个朋友是否真的存在。其实他不是一个多事的房客，如果不是我近来很需要钱，我可以再等等他。三个月前，我的老板正式通知我们几个，接下来的半年里，他每月只能付给我们一半的薪水，想辞职的他会理解，愿意留下来挨过这段日子的——就挨着吧，谁还需要他的感谢呢。我没有跟徐丰说起过这件事，三个月来，照旧用我减半了的薪水负担家里原本归我负责的那些开销，不够的部分用我自己之前的存款来补。我甚至没告诉他章志童拖欠房租的事，跟自己的老公，为什么不能说呢——总之我就是没说，我没想刻意隐瞒，也一直没找到合适的说出来的时候。

租给章志童的那套小房子，在花家地。听起来跟名震江湖的美术学院处于同一个街区，但其实，我买下这里八年了，从不知道美术学院究竟在哪。小公寓一室一厅，不到六十平方米，在十五层上。八年前，我站在狭小的厨房里，远远地看到“宜家”的黄色字母，觉得这一带怎么这么荒凉——那时我还年轻，八年前这一带的房价也还没有后来那么夸张。我相信用不了多久，这里会变成一个像 CBD 一样有城市样子的地带；我还相信，这间不到六十平方米的小公寓不过是我繁花似锦的人生的第一步——月供还很艰难我知道，可是我在这么年轻的时候就拥有自己的第一个物业了，往后的日子只会有各种各样想象不了的好时光在等我，不会出什么岔子的。

八年过去了，当初相信的两件事情，都没有发生。

房产中介小哥姓梁，他站在章志童留下的书桌旁边：“孙姐，这就是咱们新的租户。”我其实特别讨厌他叫我“孙姐”，但是我一时也想不出该用什么称呼来取代这个。那女孩坐在小客厅的一角，可以打开变成床的沙发明明空着，她却坐在地板上，一只小小的箱子在她身旁。她穿着一件很普通的粗花呢外套，牛角扣子散着，我的第一感觉是这姑娘会不会在发烧，因为她脸上的红晕看起来很突兀。她是那种谈不上漂亮但也绝对不是难看的长相，留给人深刻印象的便是脸颊上的红晕以及开口说话时候的某些颠三倒四的造句方式——让我以为她在发烧的，也许是她讲话的习惯。小梁指指摊在桌上那两份见惯了的租房合同，招呼她过来签字，她像是没听见那样直直地看着我，然后一笑："房东姐姐，房租一定要年付不可吗？可不可以先付半年的？"

她笑起来的样子像只猫。可惜我不喜欢猫。

小梁有点窘迫了："您看，年付房租是说好的，您也没有跟我表示过不同意……您不知道，这位孙姐是吃了上一任租户的亏——那个人连着十个月都不交房租，您换位思考一下——"她又笑了，一只五官端正的杂毛花猫突然成了精："你真幽默，我哪好意思想象自己在北京做房东——怎么换位？"我就看着她，静静地看了两三秒钟，问她："你签还是不签？"她收起了笑容，站起身来，不作声地走到桌边——还算识相，不过，她怎么会这么瘦，我甚至怀疑她那条牛仔裤会不会是童装品牌，她拉开书桌前面唯一的那把椅子，坐下，研究着合同上面的条款，然后把我的身份证拿起来，慢慢地端详。见她已经侧过脸来仰视我了，我不由得稍稍后退几步——她想在仰角的视觉里把我的脸变得庞大臃肿，不能叫她得逞。她这一次的语气里是真的好奇："你是一九八×年的……真看不出来，房东姐姐你好美呢。"

为了少付两万多块钱，不惜昧着良心到这种程度，并且毫无障碍，这样的年轻人——我扫了一眼她的身份证——这个叫洪澄的年轻人不能小看。"没问题就在这儿签字，还有这儿……"小梁的脸红了，我知道他不知道该如何应付这莫名其妙的对话，于是我也配合着小梁，问："章志童的这些家具确定不要了是吗？"

门开了——刚刚我进来的时候没有把门带上——像是现世报一样，章志童出现在门口。十个多月困顿和窘迫的生活也并没有让他瘦下来，那件我见惯了的绛红色冲锋衣下面，依旧勾勒出那个略微悲凉的肚子。他身上带着一点户外深秋的清寒，那副黑色圆框眼镜的镜片蒙了一点雾气，他也不管，径直地望住了我："橘南姐，我现在有钱了！去年那个制片方终于给我结了一半稿费，你看……"他突然安静了下来，惶恐地看着两个陌生人，然后立刻明白发生了什么。我看到小梁放在桌面上的那只手暗暗地攥起了拳头，人们比较容易对一个失望的大块头心生警惕，也是没办法的事。章志童像过去那样懂事，一言不发地，把一沓簇新的现金放在桌上："十个月的房租。"他没有直视我的眼睛。大家安静了片刻，我真害怕那个洪澄此刻说出几句让他更尴尬的话，于是我抢着说："要不要数一下，我看着，这一沓……好像多了点？"他恍然大悟地抬起头，额头已经渗出一层细密的汗珠，章志童的额头格外宽阔，把他的眉毛眼睛都逼得挤在一起瑟瑟发抖："哦，我忘了，这里面本来还有我打算给你的下半年的房租……既然这样，就……"像是放弃了寻找合适的词，他开始颤抖着手指想从那一沓钱里拿走一部分，但是他不知道该不该一张一张地数，于是他只能试探性地拿起几张，放进衣兜里，再估算着下一次能不能多拿几张。他庞大的身躯弯了下来，为了避免尴尬，他的头快要磕到桌面上去了，冲锋衣的后背上有个巨大的"蜘蛛侠"，"蜘蛛侠"的身体跟着他隐隐地晃动着。

"用不用我帮你啊？"洪澄试探性地问。章志童充耳不闻，费力地一张张拈着钞票，洪澄果然笑了，一边笑，一边看了小梁一眼，嘲笑同盟就这么轻而易举地达成。小梁没有笑，但是却不得不看着洪澄年轻而生动的脸。若是换个场合，不是在这个空荡荡灰扑扑的小公寓里，而是在某个光线暧昧的酒吧——洪澄对这个男孩子的摆布就已经完成得七七八八了。内向的人总得接受生活的教育，无论男女。

"喂，这样好不好？"章志童似乎听出了我这句话是在对他说，立即抬起了头。我流畅地从那沓钱里数出来三个月的房租，放在他面前。然后我看着洪澄："你不是只想付半年的吗？现在可以，你的房租减半了，原先一年的房租你只需要给我一半。但是前提是，你和他合租。"洪澄和章志童的眼神立即对撞到了一起，像是同时被吓坏了。"你考虑一下。"我看了一眼放在章志童眼前的那点钱，"你身上不能不留一点过日子，房租减半了，原来三个月的现在变成六个月的，半年以后，你再转给我另外六个月的。"

"凭什么他就可以只付半年的，我还是得年付？"洪澄嘟起了腮帮子，一看便知这个的确有媚态的小动作她早已烂熟。“因为他租我的房子好几年了，可是我不认识你。”我知道我的语气酷似一个令人生厌的教导主任，但是吧，管用，“——章志童，你把卧室让给女孩子，你睡客厅，反正你需要书桌工作。至于怎么轮流打扫，怎么摊水电费，你俩自己商量。”

他俩依然面面相觑，洪澄把腮帮子鼓得像是含了两只乒乓球。但是我知道，问题已经解决了。我把章志童迟来十个月的房租收进随身挎包里，心里盘算着如果徐丰今天不需要加班，就跟他去吃一顿我们都喜欢的寿喜锅。可以考虑告诉他这笔钱是奖金，好让他相信我们公司一如既往。果然，小梁如释重负地叹气：“你们真是碰到了好人。”当我走到电梯口的时候，洪澄和章志童一起出来与我挥别的样子，像是一对不那么般配，却有人愿意真心祝福的小夫妻。

这就是故事的开始，我，和那个比我善良的人。我知道，根据每个人对“故事”的经验，这个人要么是洪澄，要么是章志童，只有很少一部分人会以为是小梁——当然不是，我们后来谁也没再见过他了。别笑，这其实是一件非常残酷的事。在任何一个场景，一个事件，或者一个片段的画面里，我们大多数人，一望而知就是配角。但问题是，有的时候我们知道这个，有的时候未必。十一年前，当我第一次看见雪夜，她也就是像今天的洪澄那样坐在出版社那张老沙发的一角。说回眸一笑百媚生那是有点不要脸了，但你就是明明白白地听见了，在她开始微笑的时候，满室寂静了下来。寂静也是可以被听到的，有点像一种自然现象。她好奇地看着桌上一个牛皮纸的大信封，那上面的收件人是我，她的眼睛有一瞬间的迷离：“孙橘南——你的名字真比我的更像个作家。”那是我们所有人好运的开始——我成了雪夜的责任编辑，从文字校对，到销售方案，完整地跟完了她的第一本书。然后就在某个毫无准备的时候，知道自己做出来了一个畅销女作家。一个如她一般的人物，算不算是绝对的主角了呢，你猜。

雪夜的文字水准其实很烂，人物形象的塑造也是一塌糊涂——当然还是有“但是”，在她那个你读完了未必好意思讲给别人听的故事里，却有一种非常真实的激烈，和一种看似偶尔为之却恰到好处的冷漠。她的性格里确实有那种把激烈和冷漠巧妙地糅合在一起的能力，这会有效地传达给看她书的人一个信息：那些扁平的地方，那些糟糕的描述，那些不知所云的桥段，全都像是故意为之，她一边深爱着这个故事，一边又真心蔑视着这些人物们。她的作品能让你相信——真的可以写得又糟又动人的。当年那家出版社很多老编辑不愿意做她，就是因为不相信这回事。于是，运气就留给了当时刚刚工作两年的孙橘南。不，有一个人不动声色地赌对了，就是我当年的直接领导，我们那个选题小组的负责人，他就是我现在的老板。

雪夜的第一本单行本刚刚下厂的时候，他从那家老牌出版社办完了离职手续，不知从哪里扎来了一笔钱，开办了我们现在的文化传媒公司。当众人回过神来之后，才发现他已经带走了雪夜，还有我。雪夜成了我们的第一个作者——她的第二本缔造销量神话的小说集，和第三本略显颓势但依旧表现很好的长篇小说都是我们做出来的，其中第三本卖给了一个如今已销声匿迹的网游公司。也就是在那几年，我存够了花家地小屋的首付。然后——就没有然后了，八年下来，我们看似不断地壮大，却再也没遇到一个像雪夜那样的作家。更要命的是，就连雪夜自己——第四本的滑铁卢之后，她想必也知道，运气既然来得莫名其妙，那它要走的时候，与其百般努力还不如含笑目送——于是这四五年她不肯再写一个字，宁愿去视频平台那些没人看的美妆节目当嘉宾，也拒绝再写新书。虽然老板咬牙切齿，但从我内心深处，却觉得，她也许不是一个天生的创作者，却能凭着直觉在命运面前不撒泼，也不抵赖，也是种功德。

当然，有时候也真的很想有个人能替我揍她，吊起来拷打的那种都可以。那天下午，我坐在她的客厅里，耐心地给她解释我帮她找到了一个我认为非常不错的机会。一个跟我关系很好的制片人说，他们想要做一个纯爱电视剧，我提出来能不能让雪夜根据她大概的想法和人物关系先写一个小说，这个小说的影视改编权可以用一个合理的价格卖回给他们公司——反正他们手上一时找不到原创能力过硬的编剧，而且，有了雪夜的名字，至少能保证她的一部分忠实老读者对这个戏的关注。对方正式同意了，我还在为这个计划兴奋不已的时候，雪夜轻松地拒绝了我。

“我对这种纯爱的故事已经没兴趣了。”她坐在我对面的地毯上，抱紧了膝盖，一脸无辜的神情。

“你感兴趣的那个题材不好卖，乖，这几年行情不好，先把这个写了，你自己想写的那个小说可以慢慢来。”

“你怎么知道不好卖？而且那些影视公司会从一开始就干涉故事的情节，这还有什么自由？”

我总不能说“你写得那么烂还要自由干什么”，因为从法理上讲她的确有这个权利，于是我只好换一个说辞：“是这样，你知道你现在想写的这一本麻烦在哪？读者想要的是，他面前的那个故事能告诉他：他是无辜的，他没有任何错，错的都是别人是社会是什么什么……你还不能直截了当地跟他讲，必须得巧妙设置一些困境让他自己得出这个荒谬的结论——可是你的这个故事满足不了读者的这个需求……”一边说，我一边在心里请求神明别拿我的话当真，对于真正有才华的人来说，上述那些完全不能成立。

“算了吧，橘南，”她轻松地冷笑，“你要是真的知道读者们想要什么，你们公司还能做成现在这个鸟样么？”

谈话结束。

就是在这个傍晚，洪澄热烈地邀请我去跟她和章志童吃晚饭，在一腔怒火的驱使下，我立即回复她：好。

我顺便在路上买了瓶酒。

珍惜地把酒瓶抱在胸前，迈进小区的时候，正好赶上黄昏。童年时我就觉得，在天冷的时候，那种漫长下午的末尾，行走在户外的所有人，身上都带着一种“不想再活下去”的气息。小时候，黄昏总是让我如芒在背，我为我自己“还有一点想要活下去”而感到不好意思。我总是自我安慰，快了，很快就过去了，夜晚马上就会来，夜市、大排档、烧烤摊冒起来的带着肉味的青烟，二楼阳台上的炒菜声，临街小酒馆有人划拳——当这些声音降临，“尘世”与“坟场”之间便又重新泾渭分明。

然后我惊讶地察觉，已是初冬。我抱紧了怀里那瓶酒，在它温暖我之前，先温暖它。

“晚来天欲雪——”章志童坐在一个冒着白气的砂锅后面，给他自己夹了一只鸡翅，他开始吟诗的时候通常是发自内心的惬意。“能能能。”洪澄挥挥手截断了“白居易”，“你都不知道给橘南姐盛个汤，有点眼色没有?”“拜托——”我做出求助的手势，“你能不能不要这么说话，你现在太像他老婆了。”章志童非常憨厚地一笑：“那怎么行，怎么行。”

“洪澄，”我认真地说，“我给你科普一个关于你室友的背景知识，他的意思是说，你配不上他。”

“我懂我懂，”喝了一点酒以后，洪澄的眼睛变成了浅浅的湖水，“我住进来的第二天，就听他讲过他女朋友的事儿了。”

“你真客气，那算什么女朋友。”我笑了。

“我总不好意思说，是打飞机时候的幻想对象吧——”洪澄清脆地说了出来，没听出有任何的不好意思。章志童的脸已经涨得通红，快要染红他面前的白色瓷碗了，于是我们三人用力地碰杯，反正暂时没有别的去处。

章志童的“女朋友”，是一个奇妙的存在。起初我完全不相信的，但是经过他多年来反复地提起与描述，我开始觉得也许不全是无稽之谈。章志童和我相识于七年前，那时候我一个人还月供实在有点吃力，就拜托朋友们帮我找个知根知底的人，把客厅租给他，能替我分担一部分。第一个房客就是章志童，第二个房客洪澄——是七年后，不久前的事情。七年前章志童就在这张宜家书桌上熬夜伏案写剧本——虽然他多半情况下写的都是大纲或分集大纲，我自然会应他邀请，试读他的各种作品或半成品——那个时候我就知道，章志童如果想在他的行业里出头，不是完全没可能，但估计会很艰难。他写的故事里，该有的都有，起承转合乍一看都挑不出来什么硬伤，可是也真没有什么令人印象深刻的地方。往往，像他这样的文字从业者，最看不起的就是雪夜那种人。在他们眼里，就是因为雪夜们这些欺世盗名的货色的存在，才阻碍了他们前进的道路。你无法让他们彻底明白事情并非完全如此。

那是章志童最让人讨厌的一段时间，刻薄，激愤，但是对任何事情的批判都不得要领。若不是因为他的房租的确让我的生活轻松了下来，我一定将他扫地出门——基本上，每隔 72 小时就要闪一次这个念头吧。我想那是一个夏夜，我站在窄小的厨房里思考究竟是切一半西瓜还是切四分之一，章志童突然非常激动地叫我："橘南姐，橘南姐，你来看，快来——"我从没听过他如此特别的语调，就好像他在欣喜地宣布房子要塌了，不得已，我只好举着菜刀冲进客厅。电视屏幕上在播一个我至今说不上名字的武侠剧，章志童像个烟囱那样矗立在画面前面，顺着他微颤的手指，画面上正在播放一群人在树上翻着跟头顺便拼一拼剑法的画面，我不明所以，直到下一个画面，一个姑娘扭曲着一脸勉强算是焦急的神情，问反派："师兄，你有没有受伤？"

"就是她。"章志童讪讪地看着我，"算是我的——女朋友吧。"

我一言不发，转身回去切西瓜。章志童不甘心地跟了进来："我是说真的——好吧，不算是那种确定关系的女朋友，但是——她偶尔会到我这儿来，我们是中学六年的同学，自从来北京以后——有时候会见见——她有时候，留我过夜……"他的声音羞涩得像个小媳妇，"我也知道，这个事，反正就是她有空了就给我打个电话，她有男朋友了就通知我，我不会去打扰她，反正她都谈不长，反正她分手了会来找我……"

我默默地切完了一整个西瓜，出于对弱势群体的同情，打算请他一起吃。

那个武侠剧里的小师妹——我们姑且叫她郑小姐吧，对于章志童描述的郑小姐的故事，我一直都没有完全相信——我知道同班同学肯定是真的，偶尔留他过夜也不是没有可能——但是这个故事依旧有一些难以置信的部分。直到有一天，章志童不声不响消失了三个星期，回来的时候人居然开天辟地地瘦了一圈——郑小姐正在拍的一个玄幻戏，已经进组了才知道剧本根本无法如期完成——于是郑小姐紧急把章志童叫到横店去，三个星期，那个狗屎一样的电视剧终于有了狗屎一样的后十五集——章志童的名字第一次被打进"剧本统筹"那个分类里，第二年这个戏播出以后，他强迫我和他一起收看，尤其是最后十五集。

在剧组里，章志童当然，必须，只能是郑小姐的一位临时救火的"老同学"，就像在片尾名单里，他只能是"剧本统筹"一样。

再后来我和徐丰要结婚了，我搬了出去，我和徐丰的住处在海淀，离他上班的地方近一点。那几年，拜"剧本统筹"的最后十五集所赐，章志童接工作的运气一直还可以——至少我打算搬走以后，直接把他的房租翻倍了，他也愉快地接受。收拾行李的那些天，我总是跟章志童说，这下好了，当郑小姐偶尔宣他进宫的时候，可以把地点定在花家地。他不置可否地笑，玩笑开得次数多了，我自己也有点当真。

当洪澄终于在此刻正式分享了这个秘密时，郑小姐已经从武侠剧里的女四号变成了偶尔也能在热搜上看到的女明星。所以，我能想象，当洪澄听说章志童的“女朋友”是郑小姐的时候，感受到的震撼远远胜过我当年。这些年里，据章志童说，他依然被紧急召唤去替郑小姐改过几次惨不忍睹的剧本，有一个是电视剧没拍，另一个剧是还没播出。还有一个是播出了并且播得还很不错的网剧，章志童那一次被分到的 title 是“策划”，那个戏的“策划”，总共有七八个人吧。

“章志童，你知道我觉得她哪里不地道吗——”洪澄已经醉意朦胧了，但是说话的逻辑却比平时清晰，“她已经是个大明星了——就算你是她的碎催，是她的奴隶，是她的杂役都好——她至少能给你争取一个‘编剧’的名头吧？这有什么难的……又不是让她承认她和你睡过。”

洪澄这个才搬来没几天的局外人，说出了我这几年来一直想说的话。

“你一个姑娘，”章志童放下了酒杯，“别张嘴闭嘴就是睡过呀打飞机呀这些粗话。”

“好，文明一点。”洪澄托着腮想了想，“那她现在还临幸你么？”

“她的意思是问，你醒着的时候……”我加了一句。

章志童回答什么完全不重要了，反正已被淹没在洪澄一连串笑声里。她笑起来的声音很好听，像个八九岁的小男孩。章志童尴尬地一转身，一个小小的酱油碟子被他庞大的身躯带得飞了起来，再无力地落在地上。我冲进厨房去拿抹布，不期然地，闯进一片橙色的灯光里。

厨房的灯泡应该是已经换过了，这个光线前所未有的舒服，无论是煤气灶旁边的架子，还是窗台，还是冰箱旁边那张矮凳，都满满地填上了调味品、水果、成串的大蒜、盛满了泡菜的罐子和不知放着什么的粗陶瓶子。就连那个瓷砖已经裂了缝的洗手台，被这满满的家当簇拥着，都有了股娇羞气。洪澄在门边探了个头，我发自肺腑地对她笑了一下。

“章志童怎么会有这么好的运气，”我关上了水龙头，“能时不时被女明星临幸，家里还搬进来一个田螺姑娘。”

"不会啊，平时都是我做我自己的饭，我吃的时候他看着。"洪澄打开了冰箱——冰箱里当然也是一副井然有序的盛况，"这盘中午的泡菜炒饭可好吃了，你要不要尝尝，我可以在微波炉里热一下下。"

"你是哪儿人?"我问。

"小地方，不值得一提，说了好多人也没听过。"她不太愿意谈论自己，即便是在半醉的时候。

章志童已经伏在一堆剩菜之间睡着了，脸上有种幸福的神情。

2019年的春节，章志童和洪澄两个人都没有回家。我嫉妒他们。因为去年春节，徐丰已经跟着我回父母家了；所以按照约定，今年我必须跟他回去。随着启程的日子渐渐逼近，我每天几乎是一睁开眼睛就想去花家地跟他俩混在一起——那会让我产生一瞬间的错觉，我可以跟他们一样，哪儿都不用去。北京这个城市，一年到头，就是春节那几天最让人舍不得。整座城都空了——只要你不去庙会，如果那个关于"年兽"的传说是真的，那这头巨兽该是多么自由地奔跑在东三环或者三环辅路上，长驱直入，耳边掠过的风声遮盖了炸裂的鞭炮。

那晚我脸上敷了一张蜗牛面膜，靠在床上刷手机。徐丰坐在书桌前面，也刷手机。这样的安静其实挺好，我不在乎结婚五年来我们已经渐渐地没什么话题可说。朋友圈里，我爸和我婆婆几乎同时转了同一篇营销号的养生科普文，我给我爸留言"别信这些，都是胡说八道"，然后给我婆婆点了个"赞"——反正他俩并没有加对方为好友。

"你看这个，"徐丰笑了，"有个社会新闻——一个医院的副院长，也是心脏外科专家，被他女儿举报了——因为他常年吃回扣，医院进的心脏支架好多质量都不合格……这都叫什么事儿，"他笑着摇了摇头，"这个王八蛋养出来一个可怕的女儿，也是报应。"

"我们公司状况不好，这几个月薪水都减半了，一半人辞了职。"我若无其事地说。

"实在不行你也别耗着了，该走就走，在家休息一阵子，我还养得起。"我听见他手指间的鼠标按键隐隐地响动。

"没事，工资减半，工作量减了一多半，正好休息。章志童的房租按时交着呢，没什么大问题。"

“明年我这边状况要是能好一点，咱们把花家地那里卖了吧——就能买个大点的——我是烦死咱们现在这个房东了，三天两头的，一点破事就要来敲门。据说她周一到周六，每天去不同的房客家里敲门。”

“咱们要是真的把房子换了，你妈就更得催着咱们生孩子。”

“说得也是，还是算了。不过好久没看见章志童了，他怎么样？还能接得到工作？”

众人都说行业惨淡，但章志童还真的接到了一个活儿——可能是因为他便宜吧，各家都在压缩预算，于是更容易地想到了他。他的工作内容是把一个原本长度为75集的剧本压缩成40集，更妙的是，他现在有了个助手，就是洪澄。洪澄不工作，也几乎不出去玩，没有任何称得上社交的行为——因此，除去做饭，她这些日子以来就成了章志童的第一读者，以及，兴致来了她会照着章志童的剧本，一人分饰几角地演一遍，用力嘲笑写得过于尴尬或者荒诞的台词，章志童会默默地拿回去修改。洪澄好像突然发现了新玩具，热情异常，除了自愿帮忙试演，还主动提出建议，比如哪条情节线可以压缩乃至删除——当然，她的建议全部被制片人骂了回去。

“你不工作，靠什么生活？”有一次，章志童问她，彼时我正坐在地板上打开外卖比萨的纸盒。

“以前也存了点钱，从家里带出来了一点，花完了，就去死。”洪澄的语气像是在说，如果明天有太阳就去晒晒被子。

“你有没有想过试着学学写剧本？”章志童小心翼翼地问。

“等你名满天下了，如果我还活着，你招我到你这里来打下手吧。做你徒弟。前提是——我还活着哦。”

“你这么讨人嫌的人，才不会早死。”章志童悻悻地结束了对话，“喂，你过来，你把这场给我读一遍……”

“喂，要是节前他们不给你结算工钱，你怎么办？是不是得我来帮你买春节的新衣服？”

把这样的两个人丢在北京过年，我很放心。

令人欣喜的事情偶尔也会发生。徐丰他们公司春节假期内需要有技术人员值班，负责后台的维护，徐丰被安排在初五，所以我们初四就可以如释重负地上高铁。临出发前我迫不及待地打电话给洪澄，告诉她我老公初五会加班至凌晨，我们三人可以在花家地“破五”。

“好呀，吃饺子。”她笑嘻嘻地，“哎，我真的给章志童买了件过年的衣服。”

“速冻的就行，楼下超市应该开门。”

“这叫什么话！”洪澄像是在维护受损的自尊，“我会包，你不用管。”

那是我第一次看到洪澄出现在室外，她戴着一顶灰色的贝雷帽，裹着巨大的橙色围巾，在小区超市的门口极力地冲我挥手，脸上全是惊喜的笑意：“橘南姐，先别上去，咱们在这儿埋伏一会儿，看看等会儿从楼里出来的人是不是郑小姐。”

小超市里没有顾客，老板娘漠然地看着电视，电影频道在放一部喜剧片，可是老板娘完全不笑。我们站在一排货架后面，一人买了一罐加热过的雀巢咖啡，无所事事地盯着落地窗。

“章志童求我出去转两个小时再回去，还要我转告你晚两个小时再来——你不知道他都快给我跪下了。”洪澄瞬间就把脸上的表情调成一副可怜巴巴又有点迟钝的样子，惟妙惟肖。

我笑出了声音。

“你没看到有人进去吗？”

“章志童那个人鬼头鬼脑的，说人已经在咱们楼里了，非要我坐电梯下去以后，才放人进去——而且还亲手给我按了电梯——所以咱们在这儿等等，能看见咱们的楼里都有什么样的人出来……”洪澄皱了皱眉头，“女明星真的会自己一个人出门吗？我刚刚也没看到长得像保镖那样的人过来开道……”

“章志童肯定也给你看过那张照片吧？”我问。

“初中毕业集体照。”洪澄用力地点头，“可是那张照片上的姑娘——怎么说，说是 15 岁时候的郑小姐我相信，可是你说她不是，我也相信……”

漫长的等候可以让一切目标都失去意义，15 分钟以后，我已经开始完全不在乎郑小姐会不会走出来；半个小时后我开始产生幻觉，觉得推开单元门走出来的那位大妈一定是郑小姐乔装打扮的，反正她是个演员。洪澄已经离开了落地窗，到货架的另一端去打开了冰柜的门，她悠然叹了口气："没办法，都怪郑小姐，真的只能吃速冻饺子了，不过还好——我提前三天就做好了吃饺子用的那种醋。"

"还存在那种东西?"我大惊失色。

"我用醋把蒜瓣泡起来，有点像腌咸菜那样，泡几天，蒜的味道全都进去了，到咱们的饺子上桌的时候，可以剁一点姜末进去，再加上一点点辣椒油……"

除了食物的烹制方法，她从来没有提过她自己的生活，只有在像对牛弹琴一般给我们解释什么菜怎么做的时候，我才能从她不小心的措辞里听出一点她往日的痕迹——做关东煮的时候她提起过她的大学宿舍，煲汤的时候解释过她吃过的最美味的火腿来自实习的时候办公室里一个可爱的姐姐的家乡……诸如此类，我和章志童早已有了默契，不再追问细节，比如"你学的是什么专业""你在哪儿实习"——章志童是害怕她尴尬，而我则已经习惯了就当她是《聊斋》里来的。一阵寒风从我身体的侧面袭来，超市的门开了，老板娘不满地朝这边看了一眼，在埋怨来人破坏了好不容易积攒起来的一点热气。洪澄专注地盯着冰柜里那些色彩缤纷的袋子，无视那对走进来的中年男女。

"请问一下，这儿的物业——"男人的普通话比较标准，听不出来是哪里的口音，他身边那个女人的声音立即就把他的声音拦在了半路："澄澄——这么巧?还正想着怎么找你住在哪个楼呢……"洪澄静静地关上冰柜的门，转身就跑，动作娴熟得就像她已经在脑子里演练过很多次。我呆呆地看着那个冰柜，柜门附近盘旋着隐隐约约的几缕白气，中年夫妻来不及反应，愣了片刻才想起来追出去，那个女人一边奔跑，一边叫喊，导致声音有种奇怪的凄厉："澄澄，澄澄，你等一下——"我没能从落地窗那里看到郑小姐，却能看到轻盈得像只小鹿的洪澄，那两个追赶她的人完全不是对手，只是快要跑到小区门口的时候，洪澄自己停下了，鲜艳的围巾滑了下来，胡乱搭在她身上，那两个人笨拙地靠近她，我无法知道她脸上究竟是什么表情。我看着他们三人上了小区门口的一辆出租车，洪澄没有抗拒。老板娘继续面无表情地看电影频道，好像每天都会有顾客这样仓皇地从她的冰柜旁边跑掉。我不知道该做什么，于是重新拿出来那几包洪澄选好的速冻饺子，过去付了账。

那是一个漫长的夜晚，我和章志童一起等着洪澄回来，而我们也没什么话说。我终究没能看到郑小姐从我们的楼里出来，章志童说，她应该是直接摁电梯下了地下停车场——我和洪澄太笨了，果然不适合盯梢。

“那两人是什么人？”章志童一边煮饺子，一边问。已经快要九点，我们决定不顾礼数先吃完我们那份——洪澄也不是计较这些的人。

“我觉得是她家的人。”我靠在冰箱门上，不小心碰掉了冰箱贴。

“我一直都怀疑，她是从家里偷偷跑出来的。”章志童笑笑，“不过这个小孩的厨艺真好，比好多主妇都厉害太多……”

我认为他是在暗讽我，不过我不在乎。

“郑小姐今天来干吗？”我故意认真看着他的表情，“又是有剧本紧急要你救火，顺便临幸一下？”

他静静地把饺子捞了出来，摆满了几盘，我故意不过去帮他——因为此时装作我什么都没问过地帮忙摆桌，也太尴尬。章志童按照洪澄的配方把酱汁调好，终于抬起头招呼我：“趁热吃吧。你要不要香菜？她是来找我改剧本的——不过实话和你说了吧，我的女朋友不是郑小姐。”

我也不好催他，只好看着他一连串吃了六七个饺子之后，再开始跟我讲来龙去脉。那个多年以来偶尔出现，常年奴役他的女孩确实是他的初中同学，那几个叫章志童去写的剧本也的确是真实存在的，只不过——女孩是郑小姐拍动作戏或者危险场景时的替身——俗称“武替”。仔细想想的确如此，章志童被叫去参与剧本的那几个戏，要么是古装仙侠，要么是民国谍战，还有一个是当代缉毒警——总之，都存在武打、格斗、爆炸这些场景，所以——这也解释了为何章志童总是不能正大光明地挂“编剧”的 title，如果真是郑小姐推荐的“老同学”，怎么说也得给个面子——可是武替小姐只能凭靠自己多年来与制片人或者执行制片人相熟的关系，引荐一个物美价廉的熟人，能否顺利拿到这个工作，就全靠章志童自己。

“所以，你俩在她介绍你去干活儿的时候睡两次，也是真的了。”我今天带来的“松竹梅”很甜，完全是照顾洪澄这种不懂酒的小女孩的口味——可是，这个小女孩在我眼前消失了。

他的眼睛四处搜寻着酒瓶，不看我。

“所以，原来不是她利用你，是你需要她。”

“也不能那么说，”他取下眼镜，额头上又是一层细密的汗粒，“她已经是郑小姐固定的武替了，她们长得确实还有点像——她是这么想的，如果剧本能有信得过的人来调一下，郑小姐的戏份出彩了，对她来说也是好事。你想啊，郑小姐越来越贵了，她的价钱也会跟着稍微涨一点的，我愿意为她做这些，没有关系——你知道吗今天她过来，是郑小姐本人要她来找我的——这是一个电影，郑小姐是女一号，郑小姐觉得一个纯粹的动作片里，她这个角色太花瓶了，所以才想找我，把这稿剧本润一遍，给她加两三场有点意思的戏就好……这是我第一次写电影……”

“你想跟她结婚吗？”

章志童看着我，我知道他被吓了一跳，然后他把眼镜戴回去，动作缓慢得像个老人：“她想嫁个更好的人，她也应该嫁个好点的人，我也这么看——不过她眼光其实挺高的，也没那么容易。”

“你这家伙，表面老实，其实蔫坏的。”我笑笑，“骗我这么多年，你是大明星的男宠——”

“没有！”他急了，“你还记不记得那时候我跟你说让你来看她，在树上飞来飞去挥剑的那个确实是她！你出来的时候镜头就给到郑小姐脸上了，你第一时间先入为主，我也就……没有纠正你。”

其实我知道他为什么将错就错地撒谎这么多年，因为如果那个对他招之即来、挥之即去，弃之如敝屣，想起来的时候才打个响指——如果那个女人是郑小姐本人的话，这个情节，听起来，或许就能合理一点，或者说，听起来会让他好过一点。这么想着我心里很难受，我对他伸了伸右手：“烟，也给我一支好了。”

“不好吧。”他为难的眼神特别像动画片里的小熊，“不是要备孕？”

“备你妹的孕。我养得起吗？”

于是他就乖乖地从烟盒里拿了一支给我。那支烟由他的手指传递到我的手指间，然后我就看不见它了，周遭突然一片漆黑，我只是凭借着手指间的触觉以为我还看得到那支烟在何处。章志童从桌子边上起身的时候带起来阵阵噪音：“可能是这一层跳闸了。”他往门边走。我坐在彻底的黑暗中，摁下了打火机。

这其实是我一直以来不敢说的梦想——我希望世界末日能如此干脆

利落地降临，就像是停电那样，一片漆黑突如其来，不要给任何人向任何人告别的机会。要是能有运气，给我多出来两三分钟的时间，我就安静坐在那片永恒的黑暗中，珍惜地呼吸一口自由的空气。若有一支烟就更好了，抽一半，我就去死，绝对不讨价还价。

章志童回来了，我听见门口那张凳子又被碰出了巨响。“橘南姐？”他像是要确认我是不是已经融化在了黑暗里，“应该是楼上某家人，不知道用了什么电器——很快就能恢复了，跳闸。”然后他默默地坐回桌前，我们二人的眼睛已经逐渐适应黑暗了，他拿起手机的手电，另一只手倒满了两个酒杯。我们静静地碰了个杯，谁也没再和谁说一句话。

我隐约听见他又开始吃东西了，我靠在椅背上把眼睛闭上，此时的寂静让我感觉真好。“章志童？”我的声音很轻，“你有没有幻想过，要是认识你的人全体一起死掉就好了，你就自由了？”

他不回答。任何正常人都不会回答这种神经病的问题吧。因为这静默，我觉得室内的空气都开始清新了起来。几分钟后，灯亮了，冥冥中，像是有声音在提示我：十分钟的休息时间结束，现在你该回去好好活着。

眼皮上弥漫着一种橘子皮的颜色，我总算不情愿地睁开眼睛，章志童面前的那盘饺子已经空了，他死死地望着那个一片狼藉的调料碟子，脸上全是眼泪。

“我想过，”他用力地拿左手的手掌在脸上胡乱抹一把，“有段时间，我每天都想。”

“你想过什么呀？”一个突兀的，清亮的声音，犹犹豫豫地从门那里进来。洪澄慢慢地靠近我们，“门怎么半开着？”

章志童这个笨蛋刚刚忘记了把门带上，洪澄在空椅子上坐了下来，没脱外套，浑身寒气，看起来就像是刚刚跋山涉水。

“没什么，他喝多了。”我站起身，“我去给你再煮一包热的。”

“不用，这个就行。”她也不拿筷子，直接抓起盘子里一个冷透了的饺子，狼吞虎咽，“过完年，我可能就得搬家了，橘南姐。”

“咱俩的这个戏还没写完呢，你搬去哪？”章志童傻傻地问。

“是因为今天那两个人找到你了？”我问。

“那是我舅舅和我舅妈，他们坐明天一早的航班回去。”她舔了舔手指，又抓起另外一个，“你们——这几天，有没有看过一个新闻？有个医院的副院长，他拿了不该拿的钱，用的都是质量不合格的支架给病人——然后这个人被他女儿举报了？”她再舔舔手指，热烈地一笑，“那个女儿就是我。”

有一天晚上，我们认真地讨论过，在我们三个人里，谁是最善良的，或者说，谁比自己善良。

章志童把他宝贵的一票投给了我，因为他觉得在今天的北京没有第二个房东会忍耐他拖欠那么久的房租，洪澄啐了一口：“这票是因为钱，不算数。”但是洪澄又把自己的票投给了章志童，因为她觉得章志童对武替小姐的爱恋太惨了，惨到她已经不好意思再去羡慕武替小姐。最后轮到我了，他俩一左一右，认真地盯着我，洪澄补了一句：“请珍惜你手中神圣的权利。”我想了想，做了比较艰难的决定：因为章志童欺骗了我很多年，并且他的所作所为客观上已经影响了女明星郑小姐的名誉，所以他扣分很多，洪澄胜出。我们三个人难分胜负，各自得了一票，于是只好碰杯，一饮而尽的时候洪澄突然含了眼泪，当她哭起来，脸上没有半点委屈的神态，让人不知该如何对待她。她用力眨眨眼睛，说：“除了你，已经没有人觉得我是好人了。”

那个刚过去没多久的春天，真是一言难尽。

洪澄没有搬走，因为她的问题已经不再是需不需要躲着家人。二月末的时候，一篇字数很多的“深度报道”突然之间席卷了我的朋友圈，那个作者用一种将煽情遮掩得很巧妙的冷静笔法描述了新闻里的那对父女。在那篇文章里，他采访过很多人，除了洪澄本人——他倒是澄清了社会新闻里的各种谬误，比如——洪澄并没有主动去举报她爸爸，而是在公安局开始调查取证的时候——说出了她看见听见并且知道的事情，其中包含着一些实质性的证据吧。如果你真的相信这篇文字里的一切，那个父亲是一个常规的在小城市获得一席之地的中国父亲，那个女儿是一个随处可见的叛逆且人生挫败的中国女儿（所谓挫败指的是高考失利，然后无法适应父母给安排的工作）——父亲和女儿之间缺乏必要的情感交流，他就差直说出来巨婴女儿需要做点什么来引起父亲的注意了，但是字里行间已经表达得很清晰。父亲的奋斗与折戟酷似《红与黑》里的于连，女儿的反叛与弑父酷似某位我没记住的日本作家笔下的谁谁，文章的最后结尾落在女儿的母亲身上。“我问她：如果女儿明天回家了，你能不能原谅她？她什么都没说，她在流泪。”——非常好，他没有捏造任何事实，只是，他已经不需要捏造了。

我急急地发信息给章志童，想让他阻止洪澄去看这篇东西，可是已经来不及了。随着这篇文章的迅速扩散，那个“举报父亲的女儿”成为微博的热门搜索词条——身后没有任何团队的运作，凭自己本事上了热搜，也算洪澄人生里的一个勋章。至此，就连特稿作者亲自出来写声明说“我从来没有说过这个女儿是主动去揭发父亲的”都完全无用。各家自媒体已经开始就这个“举报父亲的女儿”推送了各种角度的解读；粉丝将近千万的大号痛心疾首地质问今天的年轻人为何跟几十年前那群疯狂的年轻人越来越像；为“女儿”辩护几句的人立即在社交媒体被打成众矢之的，然后咒骂“父亲”的人和咒骂“女儿”的人在任何帖子下面都能迅速撕咬起来，就像两群野狗；洪澄旧日的照片成绩单都被人肉了出来，万幸的是他们没有人肉出来花家地的地址……

我让洪澄当着章志童的面，把她的手机交给我，寄存三天。我们把花家地小屋的路由器拔了，章志童也兴高采烈地放下了剧本，除了外卖小哥，我们约好不给任何人开门。那个星期徐丰出差去杭州，我躲进花家地的防空洞里，无限自在。网线一拔，哪管外面洪水滔天。自从薪水减半之后，我们公司原有的将近 30 个员工已经只剩下了七个——到九月，办公室租约到期，我们要么搬到一个小一点的地方，要么原地解散。我的意思是说，我无故缺席几天完全不是问题，反正我已经很久没有看到老板了。

我跟洪澄反反复复地保证，只要熬过这三天，最多一个星期，就能一切平静，因为那时候自然会有其他的热点供众人喧嚣，为了让她相信我，我拖着她出了一次门，我们到楼下那间小超市去采购，老板娘一如既往地没有表情地看综艺节目，对我们的出现无动于衷。只是对于洪澄来说，这样的无动于衷就是极为珍贵的馈赠。所以她一高兴，把冰箱里剩下的 RIO 全都买走了。每种颜色三瓶。

“姐姐，你有没有像章志童爱武替小姐那样，爱过什么人？”不知从何时起，洪澄对我的称呼从“橘南姐”“房东姐姐”，直接变成了“姐姐”。她抱紧了膝盖，蜷缩成一个球体，膝头那两块凸起的骨头，正好盛放她的下巴。

“她肯定没有，”章志童不知为何像是在跟谁生气，“她那么厉害，一看就是从小就一直有男生被她差遣得像狗一样的。”

“我有。”承认这个可真是有点叫人羞涩，但是我决定对洪澄说实话，“是我初恋。”

“我 24 岁了，”她把笑容埋在手肘里面，“我从来没爱过什么人，也从来没有跟谁谈过朋友，有时候我也想——谈恋爱是不是就像小时候去游乐场一样，是一件长大以后回忆起来也许没什么，可当时就是特别特别高兴的事儿。不过，像我这样，出卖爸爸的人——以后的日子没有特别特别高兴的机会，也是正常的吧？”

“这么说——你还是处女？”我恍然大悟地看着她。

“哎呀，很丢脸是吧？”她一边笑，一边脸红了。

“处女，大义灭亲，亲爹化为恶龙于是手刃他……太厉害了，这简直是‘冰与火之歌’。”章志童一条一条地数，滑稽地伸着三根手指头，“童贞女洪澄，请受在下一拜。”

“你怎么不去死啊！”洪澄顺手拿起一张坐垫冲着章志童的脑袋丢过去，我在一旁笑得肠子扭成了一团。他俩喧闹地厮打持续了一会儿，突然安静了。我试着直起身子坐好，看到章志童头发很乱，神情茫然地在四周的地面上寻找着他的眼镜，洪澄像是一下子断了电，双手交叉着举过头顶，舒展地躺在地板上一动不动，感觉就像一只猫，在伸懒腰的时候突然被放倒了做成了标本。她用一种犹疑不定的语气，继续问我们：“那，你们有没有看见过，一个人在你眼前，从活着到死掉，全过程不超过一分钟，那种死法，你们见过没？”

章志童诚恳地摇头。

“我就见过。”她的眼神恍惚，像是野营的孩子在看星星，“那个人是我初中同学的婆婆，我小学里的老师，只不过没有教过我，我三年级的时候她教的是一年级，在我们那儿，好多人都能间接地搭上点关系。五六年前她找我爸做过手术，装了两个支架。她不知道那两个支架不好用。那天我们小学同学聚会，我那个初中同学送她过来，聚会的酒楼是我舅舅开的，那时候还是寒假里，没到正月十五，酒楼每天都很火爆——我就让我舅舅给她们专门预留了一个车位，怕她们找不到，我就到那个停车场去等。我同学倒车的手艺很差，歪歪扭扭倒不进去，那个老师也不急，她把车窗放下来看着我，她说哎呀澄澄都多少年没见了你长这么大……然后她的眼睛就突然睁得好大，说不出话来，脸孔颜色也深了，一只手死死地抓着车窗好像是想让我去拖她出来。我那个同学，阵脚全乱了，哭着让我赶紧打120，然后她就忘记了拉手刹，她的车慢慢地滑，慢慢地撞在了一根柱子上，那个老师的手就从车窗上垂下来了，那个时候我脑子里只有一件事——她还没问我后来去哪读了大学呢，她一定想要问的。"

章志童的手机屏幕闪亮了起来，他把这通电话摁掉了。那个人再打，他又摁掉了。

"那个写稿子的人说得不对。"洪澄笑笑，"我不恨我爸爸，我跟他的关系不好不坏，很多人跟自己的爸爸都是那样的——我知道他爱我，我也从来不觉得我从小到大被人忽略，我本来就不喜欢别人特别关注我……我就是觉得，就是觉得一个人不应该像那样死在停车场里。她以为自己已经治好了，她根本没怀疑过，让她那样去死，是不对的。"

"我懂你想说什么。"我深呼吸了一下，"你想说无论怎么样，导致她这样去死的那个人都该付代价，即使那个人是你爸爸。"

她用力地点点头，然后像是困倦袭来了那样，闭上了眼睛。

那天晚上有月亮，我和洪澄坐在飘窗上面，盯着那轮四分之三的月亮看了好久。远处"IKEA"的灯光亮着，月亮把自己的身体慷慨地借了四分之一给他们，好让他们切割出来这几个字母，月亮满意地打量着这片夜晚中幽暗的大陆，很久很久以前，有人问过她：江畔何人初见月，江月何年初照人？这个声音传递得很慢，当月亮听到的时候，已经是几百年后了。月亮淡淡地笑一笑，自言自语：能不能别烦我？也是在那天晚上，我第一次教洪澄尝了龙舌兰的味道。她有些紧张地伸出舌尖，颤巍巍地舔了舔，随即一愣，完整喝下去第一口的时候，难以置信地笑了。

"你记得，"我告诉她，"等你有天真的谈恋爱的时候，你脸上的表情，就会跟现在一样。"

章志童终于打完了那个长长的电话，从厨房里走出来。飘窗已经没地方了，他顺势坐在那张用来睡觉的沙发上，捡起身边那瓶被洪澄喝掉了一半的 RIO，紧紧地捏在手里端详着。然后他跟我们说："那个电影不拍了。就是郑小姐演女主角的那部。"

刚刚进入四月的时候，章志童死了。那个早晨我在半睡半醒间看见了窗帘缝隙透出的一缕阳光，我想今天的天气应该不错。然后徐丰推门冲进来，把手机塞给我："这个人已经给你打了六个电话，可是你静音了。"他语气里带着埋怨，我知道他是嫉妒我现在可以睡到十点再慢吞吞起床去办公室。那一端，洪澄的声音带着奇异的颤抖："姐姐，你快点来。警察来了，章志童在卫生间里，警察说他已经死了。"

非常简单明确的"自杀"的结论，章志童把自己吊死在了浴室里。一个阳光明亮的日子，我和洪澄一起坐上了高铁，去往一个我们都没去过的城市，是章志童的家乡，我们去参加他的葬礼。我也是因为章志童的死，才获得了一些新知识——比方说，北京是不允许任何人将遗体带出北京的，一个死在北京的人，必须就地火化。所以，章志童这个家乡的葬礼，其实就是埋葬那个小盒子。

第二个新知识就是，葬礼也有司仪，而且葬礼司仪就像婚礼司仪一样，有一些套路的发言和串场词。我和洪澄都没哭，因为置身于四周此起彼伏的悲声中，我就突然间麻木了。章志童的爸爸——那个循规蹈矩的人事科长，在众人没有准备的情况下，突然走上去抢走了司仪的话筒，司仪瞠目结舌地看着他，他白发苍苍，穿了一身簇新的中山装，清了清嗓子："今天我非常感谢大家来给章志童送行，所有的殡仪馆的同志们，你们也都辛苦受累了。"他朝向司仪深深鞠了一躬，导致司仪更加尴尬，然后他继续："下葬之前，我有几句话要说，我非常惭愧，我的儿子给诸位添了这么多的麻烦。他是个一事无成的人。对社会没有任何有益的贡献，对自己的小家庭甚至做不到承欢膝下给父母送终，需要我们白发人送黑发人，他没有勇气面对生活的困难和波折，才走出来这懦夫的最后一步。我作为父亲，深深地感到抱歉，是我教育的失败……"

"我操你妈！"洪澄像个饱满的弹簧那样轻盈地弹了出去，我只好追在她身后抱住她，她奋力地挣扎，嘴里喊出来的话我已经完全听不清楚，我只记得周围人都用一种打量瘟疫患者的眼光看着她，那个司仪更加不知所措，保安好像冲过来了。我的耳朵里像是灌进了水，有一种奇怪而遥远的，隐隐的浪涛声。我记得我那时候翻过章志童的朋友圈，他总给他爸爸的书法作品点赞。那是他爸爸退休之后最大的嗜好。他说过，他爸爸最喜欢写的是陈寅恪的两句诗："一生负气成今日，四海无人对夕阳。"这两句新鲜的行草就像是幻觉那样在我脑子里闪过，配合着耳边的浪涛声。一生负气成今日，四海无人对夕阳——你是认真的吗？你也配。

我应该是没有把这句心理活动说出口吧，我也不确定了，但我知道我的脸上露出了非常诡异且真诚的微笑，于是保安把我和洪澄一起赶了出去。章志童的妈妈和姑妈悠长的号啕声给这场混乱结了尾，我和洪澄狼狈地跌撞着出了墓园的大门，一走到外面，洪澄就恢复成为一个神色正常的人，我的听觉也渐渐地回来了。火车上我们没怎么聊天。洪澄靠着椅背假寐，在我途中从洗手间回来的时候，她和我说："姐姐，我爸的案子下个月开庭，检察院那边希望我上庭作证。"我说："嗯。"她接着说："我真的该搬家了，我不想让我家的人三天两头地找到我，也不想让他们麻烦你，我一个人待一段时间，我到底去不去出庭，我还没想好。那天我还想着，这个事情我得和章志童商量一下……可是我忘了。"

隔了一会儿，她又轻声细语地说："章志童那个家伙，最后留给我的信，就写了那么短的几行，可是给你写了那么多，不公平。"

章志童把几封遗书整整齐齐地放在客厅的书桌上。给他爸妈的那封只有一句"对不起"。给我的那封，写了满满两页纸，他的字很好看，他若能活得到退休，估计也会练习书法的。

橘南姐：

真是不好意思，不辞而别，给你添麻烦了。

有些话我只跟你一个人说。我不是一时冲动想要这么做的。早在我一直没法付房租给你的那十个月里，我就想做这件事了。我实在拿不出钱，我也没办法从拖欠我稿酬的制片方那里要到钱，最重要的是，我确实没有勇气再这样下去了，那个时候，我跟你说我去朋友家住，是谎话，我去了一个很破的小旅馆，我打算死在那里。

事情就是这么巧。我坐在那个又脏又臭的地下室里思考用什么办法去死痛苦最少的时候，有一个垃圾号码给我打电话，告诉我不需要任何抵押，就可以借到钱。我知道这后面都是陷阱，可是那个时候，看着我空了很久的账户真的一下冒出来几万块钱的时候，我感觉是有什么东西在鼓励我，要不要再努力尝试一下？不然就把欠橘南姐的房租还完再去死吧。然后我又去找到了过去带我工作过的一个编剧老师那里，跟他说能不能借我一点钱周转，我以后可以免费给他干活儿来还——就这样，一个本来打算去死的人，带着两笔借来的钱又回到了花家地，然后就遇见了洪澄，就有了咱们三个人那段非常愉快和开心的日子。

那个贷款公司当然是高利贷，但是，没有几天，我就接到了一个工作。跟洪澄合租的这大半年时间里，我的运气突然就好了起来，我一直能有刚刚够的钱来还贷款公司每个月的额度，我也替那位老师免费干了一些足够抵债的活儿，利息肯定是越滚越多的，我早就想好了，等到我还完我当初借的本金以后，我再去死，虽然他们是坏人，可是他们毕竟——算是救了我一命。

我不停地工作，洪澄也帮了我很多，这段日子可能是我成年以后过得最幸福的一段时间了。但是剧情居然还有反转——跟命运相比，我这个编剧真是输得心服口服。春节前，好像就是除夕的前一天，那家借给我钱的公司老板跑路了，好像有很多人去报了案，总之，我的债，到此结束。看到这个消息的时候我第一个念头居然是：我已经还完当初的本金了，我也还了不少利息，虽然还没达到他们的标准——那么，对于那些买了这家公司产品却损失惨重的人来说，我应该也不算是坏人，对吧？那么好像，留住我必须活在这个世界上的理由，又少了一条。

我把我最后的那个电影剧本也留给你，我觉得这是我写过的最好的作品。原本只是要求我帮忙加两三场戏，结果我不小心重写了一整个剧本。本来我还想好好润色一下，但是电影不拍了。武替小姐今后要怎么样才能活得更好，我也真的帮不了她什么了。更重要的是，这个电影不拍了，像是一个信号，在提醒我，生命里这段美好的福利时光差不多了。不要贪婪。谢谢上帝或者魔鬼，他老人家帮助我拥有了这么一段回光返照的日子，谢谢你和洪澄，当然我也得谢谢我哥——有他在，可能我爸妈那里会好过一点。

如果这是我自己写的剧本，我会让主人公在经历了和你和洪澄这段相依为命的生活之后，重新获得活下去的勇气。但是吧，世事难料，我从你们身上，获得的是此刻——因为忠于自己最初的选择，而带来的平静。

再见啦，你要幸福。

还有一件事，冰箱里的那瓶龙舌兰，还剩下一半，你把它拿走，洪澄这个熊孩子好像是对它上瘾了。

章志童

2019 年 4 月 8 日

但是他写给洪澄的那封，却只有寥寥数语。

洪澄：

你现在深呼吸一下，数到十，再打开卫生间的门，然后报警。

以后千万别动不动就说你想去死的话了。你看到了，死是很可怕的。

请你相信，我永远都会支持你的，要勇敢一点，你一定会遇到更好的人和更有意思的事情。

不要和橘南姐学喝酒。

章志童

2019 年 4 月 18 日

回到北京的第三天，洪澄就搬走了。然后那个临时的号码也停了机。我再也没有她的消息。我想要把她在我这里的押金退给她，但是微信转账的时候，发现我已不再是她的好友。于是我把那笔钱通过银行转到了她写在合同上的那个账户，并没有被退回来，这让我稍稍放了心，她至少能安然无恙地活一阵子。

还有一件事我必须要去做，那个倒霉的，需要章志童从75集压缩到40集的剧本，章志童和洪澄一起完成了它。我已经通过我所有的关系，知道了这个电视剧的制片方是谁。我会一直地，不停地，非常有耐心地替章志童讨债，然后把这笔钱转给洪澄，这一定也是章志童希望的。

初夏降临的时候，我们公司奇迹般地迎来了一点转机。七年前，我们把雪夜的一个短篇小说卖给了一个导演，在这个六月，电影公映了，获得了非常好的票房和口碑。制片方赚到了钱，男主角据说一定会获得某个电影奖项的提名，而我们的雪夜，也重新开始抢手。我们仅剩的七个员工，再加上老板，一共八个人，今年唯一的任务就是把雪夜小姐伺候开心了，能换来一些为我们赚钱的机会。雪夜最终同意了我去年跟她提出的那个计划，她已经开始跟对方的制片人一起开了几次会，要着手写那个以拿去卖钱为目的的小说。

导演邀请了雪夜参加自己的私人庆功Party，我被雪夜拖着一起参加，对外的身份是雪夜的经纪人。导演住在顺义，天竺一带的某个别墅区。一栋说是托斯卡纳风格的三层小楼，我倒觉得，说是温泉度假村风格，也可以。但是那个小小的庭院被导演设计得很有味道。晚饭之后，人们三三两两地开始社交了，我就拿了一杯香槟，独自坐在那个日式小灯笼的旁边，离人群略远。哦，对了，导演的夫人已经非常热心地科普过，这个严格地说只能叫起泡酒，因为并非来自香槟产区——管他的，其实我有一点眼馋那几个男人们分享的威士忌，好的威士忌喝下去，耳边真的听得见风的呼啸声。于是我想起章志童对洪澄的叮嘱：不要和橘南姐学喝酒。

来宾里也有郑小姐，因为是非常私密的场合，她的经纪人也没有紧盯着她。她此刻坐在离我很近的一把铁艺椅子上，对我一笑，遥遥举了举杯子，然后我们不约而同地拖动了身下沉重的椅子，坐得靠近了一点。

“雪夜的新书在写什么？”她问我。

“跟以前的也差不多。明天我把雪夜的全套书都寄到你工作室去。”

“好呀。”她笑了，轻巧如尘埃的飞虫慢慢地在我们身边的灯光那里聚拢，“导演的下一部电影正在跟我谈合作，不过我自己很希望有一天能演雪夜的作品——她的女主角都写得太可爱了。”

“我们求之不得。”我回答，“其实——我认识一个姑娘，她是您的武替。”

“武替？”她脸上的困惑倒不像是装的，“我拍的好多戏都有替身，她们来来往往的，我都记不得谁是谁。”

日式灯笼里的灯灭了，一片绝对的黑暗突然降临。我听见导演洪亮的嗓音从某处传来：“没事没事，诸位少安毋躁，一定是哪里跳闸了……”

日式灯笼突然闪烁了一下，映亮了郑小姐娇艳的侧脸，然后熄灭，然后重归黑暗。在黑暗中，我喝光了自己的杯子。好啦，章志童，我不问了行不行？反正郑小姐根本不记得她——我原本是想把你最后那个剧本拿给郑小姐本尊看看，算了算了，话题到此为止，我知道，你要面子的。

那晚我的睡眠很浅，天色微明的时候便睁开眼睛，身边的半张床铺已经空了，徐丰已经在浴室里开始盥洗。我能趁这短暂的几分钟躲到阳台上去抽一支烟。淋浴喷头的水声让我的意识表层逐渐模糊，我愣愣地凝视着指间那一缕烟雾，我问自己，洪澄究竟有没有回去出庭。真是太不像话了，就连章志童都知道用一片黑暗和突然闪烁的灯笼来给我报个平安，她一个活人，却能销声匿迹到这个程度。洪澄你这样真的好意思？

浴室里“嘭”的一声，随后徐丰隐隐地在叫我：“橘南，橘南——”我厌烦地深呼吸了一下，继续吸了口烟，然后水声停了。“橘南——橘南——”这一次他的声音里掺杂着痛苦。我慢慢地吸完最后两口，细心地把烟蒂掐灭丢进垃圾桶，然后转身走往浴室，直到推门的那一刻，才开始让自己的声音里带上惊慌：“怎么啦？出什么事了？”他半坐在浴缸里，手捂着肋下，费力地吸气："没事，我摔了一跤，可能肋骨磕坏了，你别慌啊，扶我一下。"

医生拿着他的 X 光片告诉我们是肋骨骨裂的时候，我开始流眼泪，医生狐疑地看着我，可能是觉得这个家属的戏未免太多。走出诊室，我扶他坐下，我说我去药房拿药，眼泪持续不断地往外涌，我用力地拿手臂蹭了蹭脸颊。

"媳妇儿，你看你这是干什么……"徐丰的表情被疼痛撕扯得有点扭曲，我想他一说话可能会更疼，"别哭啊媳妇儿，没事的，大夫都说了没事儿，我正好休息两天不用卖命了，你看你这么傻——"他的语气虽然夹杂着因为疼痛导致的呼吸的混乱，可我听得出，充满了幸福与满足。

"对不起，我忘了把浴缸里那个垫子放回去，对不起。"哭泣的欲望像一头横冲直撞的小野兽，在我的身体里胡乱地奔跑着，想要找个出路。

"我媳妇儿是心疼我，我知道——"

对不起，我不爱你了。我的初恋，我的如意郎君。对不起，我永远不打算让你知道这个。

初秋的某日，雪夜打电话给我，她非常直接地说："把你花家地那个小房子卖给我，怎么样？"

"你还看得上那个小破屋子啊。"

"便宜啊，已经是凶宅了，我知道你连租都租不出去，已经空了快半年了吧？我跟你们那里的房产中介打听过，凶宅比正常的市价便宜三分之一还多。我不怕凶宅，那个章志童我以前也见过的，不是坏人。"

"我替他谢谢你。"我笑了。

"我漂了这么多年，乱花了好多钱，现在打算安定下来了，你不应该祝福我吗？而且，就算按凶宅的价钱卖给我，跟你当年比，也还是赚的。"

"那好吧，找个时间跟中介约一下，我也不大了解这些手续。"

"我会好好把它装修一下，找真正有名头的设计师，装修成那种能上杂志的蜗居——不过这么一折腾，我可真的没钱了。必须努力写作。"

“非常好，”我心情顿时愉悦了起来，“好像是尼采说过的吧，人一生最幸福的状态就是保持适度的贫困——我不确定是不是尼采说的，可是我觉得有道理。你只有没钱了，才能安心地写好作品。”

“别提尼采，跟海德格尔那种真正的大师相比，尼采最多算是个豆瓣写书评的。”

怎么回事？肤浅的雪夜小姐偶尔也有金句。

我愿意把那个小屋转手给她，因为万一某日，洪澄回来了，开门的是雪夜，她也不会觉得惶恐，她知道雪夜是谁，她也能轻易地通过雪夜找到我。

可能天道如此，有人命中注定要在决定去死的那一刻才不再卑微，有人命中注定要辱没门楣，还有人命中注定要假装依然爱着她的初恋，他们最终都要回到那个身边全是陌生人的城市。这城市需要祭品的时候，会毫不犹豫地从他们中随机抽取一人，可是，也真的是他们最后的容身之处。所以我相信，洪澄一定会回来的，她必须回来。

我希望雪夜住在那里，最终会进化成一个比我善良的人。

所有住过花家地小屋的人，都应该比我善良。

（《花城》2020 年第 1 期）

最后一天和另外的某一天

艾 伟

窗子很高，几乎直接抵在厂房屋檐下。窗外的天空飞过一群麻雀，发出叽叽喳喳的声音。天空寂静，鸟声惊心。这儿地处城郊，四周都是农田。窗子太高，厂子里的人没法看到农田和庄稼，只能看得见天空。麻雀成群结队出没。

早上六点钟起床铃准时响起。屋子里有十二个人，有六张上下铺的床。她们起床，穿衣服，然后开始折叠被子。被子折叠成部队那样方正，棱角分明。一阵忙乱后，十二个人都整理好了。房间寂寂无声。晨曦从窗外透入，房舍整洁，一尘不染。半个小时后，门打开了。有一个小时可以洗漱。洗漱的工具放在走道尽头的卫生间里。每个人的洗漱用具都放在那儿。俞佩华洗脸。卫生间东西各有一面镜子。一些人排队在照镜子。俞佩华难得站到镜子前面去。今天她有些想去镜子前看看自己，又害怕看到自己的脸。

方敏正在大门处等着她。方敏脸上没有表情，用惯常的不容商量的口吻说，今天你可以不去厂里。俞佩华低下头，没看方敏，她回答，还是去吧，最后一天了。

厂房生产一种模仿芭比娃娃的玩偶。她们不知道这些产品在商店出售时会贴上什么牌子。洋娃娃有三十厘米和四十厘米两种。三十厘米那种供幼童玩，服装艳丽，服装的领子和衣袖上夸张地镶着蕾丝边。四十厘米那种是给成熟一点的女孩玩的，橡胶身体有精致的乳房，穿上衣服后，俨然是个性感女郎了。工作台上摆满了手臂、腿、头部、身体、各种颜色的头发、眼睛和服装等。她们要把它们组装起来，成为一只成品的洋娃娃。

除了干活发出的声响，厂房里没人说话。工作是定量的，有数量及成品率的要求。她们要把一天的任务完成了才能上床休息。工作量大，要按时完成不太容易。那些新来的，手脚笨，更得抓紧时间。吃中饭也是狼吞虎咽，吃完就抓紧干活。俞佩华完成定额没任何问题，她在这里待了十七年了。

黄童童来了一年或者更长。俞佩华感觉她来很久了，好像一直在她身边。在这里时间变得特别漫长。时间又特别清晰，每一天她们算得清清楚楚，像用刀子在心里面刻了一道做记号。黄童童在俞佩华左边干活。黄童童长得很漂亮，有点像她们在制作的四十厘米那种洋娃娃。她以前的头发应该是染成棕色的，刚来时，她发端的颜色还是棕色的。黄童童有点傻，并且是个哑巴。不过不奇怪。到这里来的人要么特别聪明，要么特别傻。

眼睛是最后一道工序。洋娃娃没放上眼睛时，会呈现出骇人的表情。俞佩华想起黄童童刚来那会儿也是这个样子，目光里的恐惧深不见底，就像一只没装上眼睛的洋娃娃。

三十厘米的洋娃娃会说话，需要在身体里安装一个电池盒。黄童童正在把电池盒的接线焊接上去。这是最见功夫的一道工序。黄童童拿着焊枪，双手老是抖，焊了几次都失败。如果再焊接不上要成为废品了。黄童童以往不是这样的，她能准确地把接线焊接好。一年训练下来黄童童已是个熟练工。这不奇怪，只要安装超过一万只，任何人都可以闭着眼睛把电池盒子安装好。

黄童童终于安装好了。俞佩华松了一口气。

今天黄童童有些恍惚，做工时老是控制不住双手。她生病了吗？黄童童正在找她的镊子，可镊子刚才还在她的右手上，这会儿不知跑到哪儿去了。这是黄童童的老毛病。她老是丢三落四，找不到工具。俞佩华告诉过她，工具一定要固定摆好，熟练到“盲取”的程度。黄童童向俞佩华要镊子。俞佩华没把自己的镊子递给她，让黄童童自己把工具放整齐之后再干活。黄童童突然问，你要走了吗？这一年俞佩华学会了手语。她吃了一惊，她没告诉黄童童明天要离开这里。同宿舍的人是知道的，但她们都没有说起这事。一个人离去，她们的心会空一阵子。大家都懂这种心情，这种时候会绝望。不说出来就好多了。在这儿情绪越少波动越好，否则会麻烦。俞佩华没有主动提这事。一切像什么也没发生一样。

俞佩华没回答，看着黄童童，黄童童的目光凶巴巴的。或者不是凶，是恐惧。俞佩华一把从黄童童手里抢过那只玩偶，做起来。她看到黄童童盛玩具娃娃的盒子里没几只成品，这样下去，她将完不成今天的额度。难道她今晚不想睡了吗？俞佩华用手语告诉黄童童，让她把俞佩华装满洋娃娃的盒子堆放到号子处，并要她冷静一些。一百二十九号是俞佩华的号子。黄童童是一百三十号。中间的皮带上放着收纳成品的盒子。等到中午，皮带会转动起来，运转到另一个厂房质检。

我会来看你的。俞佩华用手语说。她刚做好一只四十厘米的娃娃。有一天，黄童童完成一只性感娃娃，对俞佩华说，我好喜欢，真想带一个回去。这是不可能的。俞佩华说，千万别偷偷拿回去，这不是闹着玩的。我以后会送你一只。

你不相信我会来看你？俞佩华说。黄童童没看她。黄童童的目光这会儿投向东边的高窗，天空上的白云一动不动。

窗外的太阳照在工厂的水泥地面上，缓慢地从西向东移动，快到中午的时候，太阳光束立在东边的墙边，好像白色的墙面拉了一层光幕。

厂子里有八十多人。从监视器里看，场面相当壮观。她们坐在工作台前，穿着同样的衣服，年龄各不相同，动作也有差异，但还是能找到一致性。她们面部没有表情，专注让她们显得更为机械。她们手上的洋娃娃，有的正在装配身体，有的正在穿上衣服，有的在固定头发。她们做好的玩具整齐地躺在工作台上。即便厂外的阳光很好，工厂的大灯依旧是亮着的。现在是夏天，大灯散发出灼人的热力，厂内的温度更高了。一些人脊背处渗出细密的汗珠。

陈和平一直观察着俞佩华和黄童童的一举一动。方敏忙于手头的一份档案。明天俞佩华要走了，俞佩华的相关文件需要归档封存。她寄存的物品不多，方敏已让人把物品放到一只简易的旅行包里。方敏复印了各种表彰的官方证明，方敏觉得俞佩华不一定在乎，但这些证明在她以后的生活中是用得着的。十七年里，俞佩华几乎年年都评为优等。也就是说她在这儿没出过一次差错，没扣过一分。方敏查过并且熟知俞佩华的档案内容。在做化学老师时，她也是年年先进。可就是这样的人干出了那种事。

有一个年轻的女警进来，告诉方敏，她通知了俞佩华的儿子，她儿子说不来接。方敏点了点头，这在她预料中。来到这里后，俞佩华几乎谁也不见，儿子和母亲来看过她，她拒见。她的案子太骇人听闻。她难以面对亲人。她只见过丈夫一面，原因是为了和丈夫离婚。她没多说话，只说把她忘掉，因为她会在这儿待上一辈子，这对他们来说更好。没想到她能减到十七年。十七年在这里一成不变，外面发生了多少事啊。俞佩华的母亲这期间过世了。方敏记得，把母亲亡故的消息告诉俞佩华时，俞佩华并没有停止手中的活，好长时间没有抬头。电焊条冒着青烟，方敏担心俞佩华把焊枪刺入她的手心。

陈和平朝方敏这边望了望，继续看着监控，好像发现了什么秘密。陈和平问，俞佩华来这儿时儿子多大？方敏说，九岁吧。

方敏看了陈和平一眼。方敏偶尔会感慨，职业真是有着自己的生命方向，会带着人往某个方向长。陈和平虽然是方敏的同学，但他现在成了一位艺术家，这个年龄了，身上竟还带着一些少年气质。而她长久在这儿待着，整天板着个脸，大概这张脸已经面目可憎了。

方敏来到监控器前，看到黄童童一脸不悦地在搬东西，俞佩华也是怒气冲冲的样子。方敏说，我本来想安排你和俞佩华见上一面的，你来一趟这里不容易。

陈和平说，进你们这里确实麻烦，我手机被缴了，介绍信和身份证也押了，到这里过了三道大铁门，我看不出她们有什么危险。

方敏说，可不能小瞧她们，要是由着她们的性子，不少人可是致命武器。当然大多数人与外面的人相差没想象的那么大。

俞佩华今天拒绝休息，方敏有点意外，也有点不高兴。俞佩华违拗了她的指令。这是俞佩华第一次表现出同平常不一样的意志。不过方敏没往心里去，猜想这同黄童童有关。

这儿表面上有严格的秩序，一切井井有条，但只要有人的地方，都是复杂的。这儿暗地里比哪里都遵循丛林法则。方敏当然知道犯人们之间的勾当，既然无法根除这种人与生俱来的恶习，只要不露出水面，谁也不会去管。黄童童刚进来时是这丛林里的小白兔，很多猎枪对着她。她又是个哑巴，被欺还不会开口说话。她动手能力弱，完不成任务，好不容易做好几只玩具娃娃，在她上厕所时还被别人占为己有（上厕所是要申请的，并且只能上下午各一次，她们不能喝太多的水）。黄童童回来后大吵大闹。这很幼稚，也很危险，监控记录得一清二楚，事闹大会被罚处。俞佩华把黄童童叫到一边，让她从自己那儿拿走做好的成品。

黄童童心智极不成熟。在食堂做伙食的欺生（这女人是从她们中抽调到伙食班的），给黄童童打的饭和菜很少，黄童童一直处在饥饿之中。食堂的饭菜并不好，仅能维持生存以及劳动所需要的营养。荤菜比如猪肉不是每餐都有，有也只有那么一点点。黄童童终于失去控制，发泄了压抑已久的不满，把刚打的汤泼到那女人的脸上，烫伤了那女人的脸。这是露出水面了，看得见的错全在黄童童。黄童童因此被关了一周的禁闭。

黄童童一周后放出来已不成人样，俞佩华向方敏要求黄童童在自己工号边做工。方敏意识到俞佩华想帮黄童童。在这里，难得有人对另外一个人表现出同情心，光凭这一点，俞佩华就值得称赞。她同意了。这是俞佩华这么多年向方敏提的唯一请求。

陈和平一直盯着监视器，好像他今天有什么意外的发现。上次陈和平带来一位演员。应该有些年纪了，不过保养得很好，一举一动带着某种受过舞台训练的仪态，既自然，又优雅。陈和平说让演员来体验一下，深入生活对演出有帮助。

你剧本已在排练了？方敏问。

是的，效果意想不到的好。陈和平说。只要说起他的剧作，他就一点不谦虚了。不过倒也不讨厌，他灿烂的孩子般的微笑把“无耻”完全消解了。

什么时候首演？我想看看。方敏说。

陈和平拉住方敏，指了指监视器上的俞佩华和黄童童，说，她们看上去像一对母女。你瞧见了吧，这就是母爱。女人母爱泛滥是极其可怕的。要是主演看到这一幕就好了，她会受到启发。

你可以手把手教给她啊。方敏讥讽道。

方敏听陈和平讲起过他的一次艳遇。女方把他当孩子，源源不断的母爱让陈和平窒息。

吃饭时她们聚在一起吃。打饭的时候，俞佩华已经知道昨天晚上黄童童哭了一夜，同宿舍的人都被她烦死了。“你自己耳聋，我们听得见。”“是你亲娘死了还是相好死了？哭丧啊。”同宿舍的人毫不客气。俞佩华这才知道今天黄童童做不好工的原因。俞佩华打好饭坐到黄童童对面。黄童童这会儿看上去蛮高兴的，她用手语问，你出去打算干吗？

俞佩华没想过这个问题。她想了好久不知怎么回答。她想起出事那天，她和儿子在看一场电影。要不是看那场电影，要是当时她在家里，母亲发现阁楼里的秘密时，就不会去报警，那就不会有后来的事，她还在过正常的日子呢。

想去看一场电影。俞佩华比画着。她的手语没黄童童打得漂亮，黄童童的手语带着表情，有情绪的时候，手语会变得快而有力，像飞快地做着某个决断。

黄童童的目光又转向窗外，好像有谁在召唤着她。她说，我恐怕这辈子都不能在电影院看一场电影了。

这里很明亮，很干净。劳动成为她们生活的所有。她们会被集中在一起唱歌，唱歌时脑子一片空白。她们不让自己想事。每个人背后都挂着一个长长的暗影。在这里，谁都不谈自己是怎么进来的，奇怪的是过不了多久人人都知道谁干了什么事。黄童童杀死了自己的继父。继父欺负她母亲还欺负她。

如果活儿干得好，你可以像我一样，十七年后就可以去电影院了。俞佩华说。我到时候陪你一起看。她又说。活儿干得好不难，你只要照我说的做，一定能干好。她的手势停在 0K 的位置。

我不可能十七年就出去。黄童童说。

熄灯铃响了。大家上床。俞佩华没脱衣服，好像脱掉衣服睡觉的话，她会永远留在这儿。她没睡着，时间仿佛停止了。在这儿十七年，她从来没像今天晚上这样感到时间凝滞不动。好像不会再有黎明，长夜将永远留在今晚。这也是她愿意今天继续干活的原因。当然黄童童也是一个重要的原因。她很难想象这个女孩能够承受得了这里的一切，待上漫长的一生。想到黄童童吃饭时高兴的样子，她有些不安。

窗子没有窗帘。月光从窗子射入。月光像一把刀子，插入这间小屋。这个地方没有植物。这个地方不允许有任何遮挡物。有时候俞佩华会认为这个地方也是从地上生长出来的，是这片空旷田野里的另类植物。她们都睡了。在睡梦中，人就落入黑暗之中。如果她们还有意识，应该也是暗的。凭俞佩华的经验，在这里必须修炼到彻底的暗，彻底的无意识，才能熬过漫长的时光。黄童童做不到。在这不足二十平米的宿舍里，俞佩华住了十七年，每一个角落她都了然于胸。门边上，她们每人有一个小小的格子，存放个人用品。那个地方存放的东西千篇一律。凡是明处的东西都千篇一律。人与人总是不同的。每个人都有自己小小的标记。在这十七年中，去了几个，也来了几个。新来的那人发现床板上刻满了字，是一句诗词：哲人日已远，典刑在夙昔。曾为教师的俞佩华记得那是文天祥的诗，一句很励志的诗。不知道是走的那个妇女留下的还是这之前的人留下的，这次走的女人七十六岁了，她把漫长的岁月留在了这里，她竟在这个地方追慕圣人。俞佩华是上铺，她能看到斜对面那个女人。她已沉沉睡去。俞佩华知道她的床头贴着一幅幼稚的儿童画，不过平时用一块布蒙着。

走道上出现混乱的脚步声。在这里每个人都是警觉的。她们虽然一动不动，但俞佩华相信她们醒了。她们的耳朵一定竖了起来，辨析着走道上的每一个细节。如果能够，她们会让耳朵像手臂那样伸出去，以便听得更清楚。这里出事可不是好事，会殃及每一个人。俞佩华的心揪了一下。

黎明究竟还是会到来的，也只有她这个彻夜不眠的人才会有那种不必要的念头。俞佩华看着月光在窗外的远处消失，看着晨光在窗外的远处一点点升上来。早晨的空气从窗外透进来，是夏天清冷的空气，有点儿庄稼的香味。俞佩华听说离这儿不远处有一片橘林。每年橘花开的时候，能闻到橘皮剥开时那种清香。终于，她听到了起床的铃声。

她洗漱完毕。方敏来了，面色浮肿，一脸憔悴。也许昨晚真的发生了什么。

她跟着方敏来到一间更衣室。她要在这里把身上的这套衣服换掉，换上自己的衬衣。这是一件十七年前穿过的衬衣，她怕不合身了，然而还可以穿。这十七年，她的身材竟没走样。幸好是夏天，可以穿衬衫。这些十七年前的外套根本无法穿了。

俞佩华看出方敏心情不好。她不敢问。她没资格问一位管教任何问题。她跟着方敏，向大门走去。她第一次看见那扇铁门。来的时候她坐囚车。现在，她得走着出去。方敏走得很快，到了铁门，她回头看了看俞佩华，神情严肃。俞佩华的心悬了起来，好像只要方敏改变主意，她就得回到那个地方。

昨晚出了不好的事，黄童童自杀了。方敏说。她偷藏了厂里的那把镊子，用镊子刺破了血管，幸好发现得早，没生命危险。要是死人的话，是大事件，监区会被究责。

俞佩华愣在那里，好像她的思维停止了运转。这感觉很像她出事那一天。

俞佩华收到一张话剧的票子。票子做得相当考究，比普通票子要细长，上面印着一张不知道谁画的尖顶房子，一半黑一半红。边上印着剧名：《带阁楼的房子》；座号：六排十三号。她猜想应该是方敏寄给她的。她不吃惊。在那儿，方敏告诉过她，有人准备以她的故事写一出戏。在方敏的安排下，她和作家见面。她没办法拒绝，在那儿，她没有任何拒绝的权利，她必须配合。只是她什么也不想说。那人戴着一副精致的黑框眼镜，笑起来依旧带着奇怪的孩子气，表情和善，至少没把她当怪物。她怀疑这么一个天真的人能写一出戏。作家在她心目中是鲁迅那样的形象，警觉、严厉、深刻，一眼可以把人看穿。眼前这个人，他的目光单纯，好像在他眼里，她是位天使。她不是。她是个罪人，法庭也是这么判的。这一点必须清楚。那天她没说什么，全是作家在自说自话，但方敏后来对她说，作家觉得很有收获，因为他握她的手时，她的手很暖和，比一般女性要暖和。这是一个重要的细节。作家是这么告诉方敏的。

现在住的房子是租的。刑期快到前的一个月，方敏问起她出狱后的打算。她不可能回老家。她让自己的亲人都抬不起头来，她不能再出现在他们面前，让他们平复的伤口再次被揭开。她想找一个地方度过余生。方敏主动提出帮她租房子。房子在北部城郊，房租便宜，合她心意。在里面劳作每月有五百元补助（前些年没那么多），十七年下来积下五万多块钱。汶川地震时她捐了两千元。其他的钱她没用过。在那儿她没任何消费，生活降到最低程度。

她很快找到了工作。她去了一家玩具厂。十七年的训练让她已是一位最优秀的工人。车间主任对她还算照顾，从来不问她的来历。民营小企业不关心你来自哪里。

有一天她突然思念起自己的儿子。她回了一趟老家。她不敢让人看见她。他们一定以为她将在牢里待上一辈子，人们见到她会吓坏吗？把她当成鬼吗？也许他们根本认不出她来了。她躲在家对面公园的一棵大树后面观察。儿子和她想象的完全不一样，她差不多认不出他来了，他面色苍白，看上去一副落魄的样子，脸上带着长期熬夜后产生的混乱气息。她后悔来看他。这应该早已料得到的。出了那样的事，同她有关的人都不会好过。她把他们的生活毁掉了。某一刻，她有冲动想站到儿子面前，告诉他，妈妈出来了。她忍住了。她不能这样做。那天她在大树后独自掉泪，待到天黑，然后安静地离开。最好装作是一个不在世上的人，这对儿子是最好的。不过儿子也许早已把她当成不存在的人了。

她不再想儿子。她更多想黄童童。她听说黄童童治愈后又关了禁闭。她写过信。黄童童没回。她相当忧心。她曾许诺过会去看她。当时黄童童不相信是对的。她没有勇气。那里的人都认识她，在她们眼里她或许不配以自由人身份到那里探监。她想，也许黄童童过段日子会回她信的。

这天是一个星期天，是话剧首演的日子。她收到票子时心里一直在斗争，是不是要去看。那是个噩梦，为什么要去面对它呢。她自己都快忘掉那档子事了。她起床，叠好被子，像在那里一样，她把被子叠得有棱有角。她有几次想改掉这个习惯，发现很难。另外她怕一旦改掉，她的生活和精神会垮掉，变得不可收拾。她最终决定去看戏。也许能见到方敏，可以问问黄童童的近况。

出门前她收拾了一下自己。她需要坐一个半小时的公交车才能到市中心。她坐在六公园的长椅上，看到西湖边游客摩肩接踵。一个中年男人走过时一直看着她，目光毫无遮拦。中年男人走了一段路，脚步慢下来，然后停住，往回转，在她坐着的那把长椅上坐下来。那男人说，给一百元，可不可以同他开房。她吃了一惊。这个男人怎么会往这边想？她吓坏了，马上站起来，几乎是逃跑的，样子十分狼狈。直到走远，她才回想刚才那一幕，有点无来由的兴奋。她竟有那么一点点后悔没跟他去。那人看上去不讨厌。她很久没有了。没碰过男人的身体。她几乎也感觉不到自己的身体。她努力把脑子里浮现的画面抹去，星星之火得尽早熄灭。她无法向另外一个人敞开。很多时候她更希望自己成为空气，别人看不到她。

在南山路的一个角落有一家不起眼的玩具店，很窄的一个门，店里很冷清。老板娘说她们卖的是高档玩具，不是地摊货。进去后，里面空间倒是挺大的，布置得很考究，每一个玩具都有固定的龛子，好像它们是供奉在那里的神祇。她看到绿皮火车、金色五子棋、红色的奥特曼、定量版金刚、微型恐龙骨架……在墙壁的空白处，挂着一些抽象油画，绚烂的光点和线条天真而随性。这时候，她看到在转角处有一只洋娃娃。她吓了一跳，那玩具同她做的几乎一模一样，四十厘米那种，棕红的头发，蓝眼睛，向上翘着的嘴唇，还有穿着的裙子，全都是她记忆中的模样。她最初本能地缩了缩身子，好像重回那个幽闭的监所。一会儿，她慢慢恢复了体力，伸出手去，把那只性感的娃娃从龛子里取了出来。这款产品，从她手中生产了成千上万只。她仔细辨别，是不是自己做的。

她拿起玩具娃娃闻了一下，好像那儿真的留存着她的气味或黄童童的气味。老板娘是个时髦的女人，奇怪地看着她的举动。我要这个。她说。她没看老板娘一眼。价格不便宜，一千二百元。她有点不敢相信。不管是不是那个厂子的产品，她没想到她做的娃娃值这么多钱。那她一年创造了多少价值啊！老板娘夸她有眼光，说这款娃娃是店里最畅销的，许多人都喜欢。老板娘开始替她打包。她说，不用，只要娃娃。老板娘说，这盒子多漂亮啊，免费的，为什么不要呢。她不再反对。盒子确实漂亮，也许洋娃娃放在这样的盒子里才这么值钱。她对老板娘说，我是做洋娃娃的，这种娃娃我做了无数个，数都数不清了。老板娘的脸突然沉了下来，说，我这儿的东西都是进口的，同国产是两回事。

从玩具店出来，俞佩华很高兴。她伸手摸了一下口袋，那张戏票在的。今晚她一定要想办法见到方敏，托方敏把洋娃娃送给黄童童。盒子必须掷掉，那个地方每样东西她们都要开包检查个透。她喜欢把一个没有包装的洋娃娃交给方敏，那感觉像是她刚刚从车间里生产出来一样。她答应过黄童童，会送她一个。她想黄童童会高兴的。她虽然不能把洋娃娃带进宿舍，不能抱着洋娃娃睡觉，因为洋娃娃里面有金属，会有安全隐患。但某些特殊的日子（比如联欢会），管教会允许她和洋娃娃待一段时光。

俞佩华抱着洋娃娃，盼着夜晚的降临。

方敏和陈和平早早坐在胜利剧院。观众陆陆续续地到来。方敏看出陈和平有些紧张，他应该在担心剧场能否坐满。要是空出一大块是很难看的。观众比方敏想象的要多，在开场前十分钟几乎满座了。陈和平又得意起来，对方敏说，现在看话剧是时尚，你应该多看戏才对。看戏的大多数是年轻人。方敏在前排寻找俞佩华的影子。俞佩华在第六排十三号。她在十排。她不确定俞佩华会不会来。在三分钟之前，那个位置是空着的。这会儿，那里已坐着一个人。她很快认出来了，就是她，端正地坐在那里，腰板挺直，好像在那里听一堂思罪课。方敏不知道她是什么时候进来的，她真的像影子一样无声无息。不过那地方的人都有点像影子。她想过去打个招呼，转念放弃了。这样或许会让俞佩华不能安心看戏。等演出结束再说吧。

对俞佩华，方敏怀着同陈和平一样的好奇心。方敏作为俞佩华的管教，和俞佩华相处了十七年，她在那里的行为堪称楷模，没有一个人能像她那样如此严酷地对待自己，不允许自己出一丝一毫的差错，这种意志力无人能及。方敏相信，这样的人干什么都能成事。另一方面，她一点也不了解俞佩华。她杀了自己的叔叔。九年后案子意外暴露。那时候她已结婚生子。她承认犯案，在法庭上详述了杀死叔叔的整个过程，并坦承当时神志清醒，但法官问她动机，她要么回答不知道要么沉默。在每一次的思过教育时，她发言全是判决书上的判词，只是加深了程度，并且表现出真诚和悔恨，从不涉及当年为何要这么干。陈和平采访她，也是这种态度。有时候方敏觉得俞佩华依旧是一个陌生人，是一个谜。这也是陈和平试图用戏剧的形式探索她内心的原因吧。方敏想看看陈和平怎么理解俞佩华。

七点半，演出正式开始了。俞佩华怀着好奇心看着女主角声嘶力竭地一唱三叹。她好久才认出她来，她见过她一面。一年前她跟着作家来过那里。她提的问题毫无逻辑，无法回答。看了一会儿，俞佩华断定这戏虽然有她的影子，但已同她没有太多关系，那演员演的不是她。她打了一个长长的哈欠。边上一个年轻女孩恶狠狠地看了她一眼。她打起精神装作专注地看戏。

方敏也很快得出结论，这出戏对俞佩华的故事做了全新的想象和拓展。职业也改了。戏中女主角父亲被人谋财害命。女主角和母亲相依为命。一年后，远在广州工作的叔叔住进了这一家，叔叔充当起父亲的角色。女主角对叔叔和母亲的结合非常反感，并怀疑父亲的死与此有关。有一天，女主角洗澡时，叔叔意外闯入，虽然叔叔看上去是无意的，但女主角认为叔叔居心不良。

女主角有一个邻家妹妹，是个哑巴，她喜欢在屋顶攀缘，满脑子幻想。夜里，哑巴妹妹来到女主角房间。哑巴说（手语配字幕），我梦见你爸爸了，她同我说，他是被叔叔杀害的。女主角相信这是父亲托梦给哑巴妹妹。看来她的怀疑并非无本之木。哑巴问，要真是这样，你打算怎么办？女主角说，我会杀了他。在舞台的暗处，叔叔听见女主角和哑巴说的话。女主角出门时，看见叔叔匆匆离去的背影。女主角感到不安。

女主角在硫酸厂工作。叔叔和母亲结合以及背后的阴谋开始在厂里流传。有同事拿此事当面嘲笑女主角。女主角像豹子一样扑过去，掐住那位同事的脖子。有人拖开了女主角。女主角告诫所有人，要是有人再敢造谣，再敢胡说八道，她会把硫酸泼到他脸上。话说得狠，但女主角看上去很无助，她蜷缩着抽泣起来，浑身打战。

方敏看出来，导演是用日常化的方式处理戏剧性，舞台平和沉静，某种悬疑氛围又让观众感觉到不安。演员显然完全没有做到导演想要的，表演略显夸张。音乐不错。她没把感受告诉陈和平，免得他笑话她这个外行。

女主角的疑心越来越重，变得疯疯癫癫。女主角发疯的戏演得好极了，每一句话都像胡言乱语，可句句都如利剑刺向叔叔。叔叔认为侄女得了疯症，在母亲的恳求下，叔叔把她送往精神病院治疗。

此时，整个剧场鸦雀无声。观众沉浸在某种悲剧氛围之中。六排十三号的俞佩华一如既往地挺直腰板，这个动作坐下后没有动过，仿佛她是一尊雕像。方敏想，如果剧场里每个人都如俞佩华这样，演员会崩溃。

演出继续。女主角从医院出来后回到硫酸厂工作。她变了一个人，沉默寡言，独来独往。她恨叔叔，残忍地把她送进疯人院。他们用各种仪器对付她（她没病不肯吃药被电击过）。现在女主角坚信是叔叔杀死了父亲。叔叔不但占有了父亲的财产还占有了母亲。接着女主角又遭受了一次打击，她十分喜欢的哑巴妹妹，在一次攀缘中意外从屋顶落下摔死了。对哑巴妹妹的死，女主角怀疑是叔叔所为。

一天，家中无人，叔叔喝醉了酒来到女主角的房间，叔叔酒气熏天，说侄女冤枉他，他为这个家操碎了心，可侄女从来不感谢他，还……叔叔悲伤地哭泣起来。女主角用早已准备好的二十颗安眠药放入开水中，递给叔叔。叔叔拿过杯子，仿佛得到巨大的安慰，悲伤地哭了，口中说，我的好侄女，谢谢，谢谢你接纳叔叔，然后一口喝掉开水。在安眠药的作用下，叔叔睡死过去。女主角用一根电话线勒死了叔叔。她把叔叔拖到卫生间浴缸里，把她从硫酸厂搞来的硫酸倒在叔叔的尸体上，舞台上冒出一股白烟……

女主角：没流一滴血，他就死了。（她看了看上苍，好像爸爸和哑巴妹妹正看着她）看到了吗？这个魔鬼已化成了一股烟。不过，还有几根白骨，可是我的硫酸用完了。（突然失声痛哭）我杀人了，我做得对吗？为什么你们沉默不语？也许我真的生病了，我总是心神不宁，妈妈说我已疯了，邻居也说我神志不清……（慢慢平复，自语）我还得处理这几根残骨……等等，我想起来了，我房间有一只盒子，我把残骨放在盒子里吧……

方敏研读过俞佩华的案宗，剧中杀死叔叔的场景，除了对话，其中的细节和俞佩华在法庭上的陈述完全一致。从开场到现在过去了一小时，应该还有差不多一半的戏。叔叔已经死了，下面会发生什么？叔叔的突然消失，母亲非常伤心，疑虑重重。邻居们倒是没感到任何奇怪，他们都带着嘲讽的口吻说男人抛弃这家子回广州了。

故事的转折来自于父亲案子的破获。父亲是被另一个人杀死的，警察抓到了那个人，那人也招供了。这件事震惊了女主角。这么说她无缘无故杀了一个人？难道是她错了？难道是因为她不能接受叔叔和母亲的行为，把想象当成了事实？难道当年自己真的因为失心而疯魔过？也许这就是她被送往医院的原因。

愧疚感开始折磨女主角。母亲又念叨起叔叔，对女主角说，我知道你不喜欢他，但你生病时，他每周来医院看你，只是你不肯见他，他很伤心。他如今在哪里？怎么把我们抛弃了呢？

戏开始向高潮推进。女主角再次在楼道口对着阁楼祭祀。这一场面震撼了方敏。舞台的灯光是红黑两色。黑的这一方是女人，红的是阁楼。舞台上只有女主角一人，她烧了很多纸钱，然而高举三支清香，说出大段台词，台词里面纠结着痛苦、悔过、悲伤和恐惧，她被抛入万劫不复的深渊里挣扎。那被灯光打成红色的阁楼里突然传来叔叔的声音：可怜的侄女，你把我放在阁楼，你在你的头上悬了一把剑啊……

方敏落泪了。陈和平转头看她。她有点不好意思。

终于到高潮阶段。左邻右舍都在传说这间带阁楼的房子是一间鬼屋。母亲变得疑神疑鬼，她决定请来道士，在屋子里做一场法事。

一帮道士穿着道服在舞台上跳着阴森的舞蹈，嘴中念着咒语。咒语伴着音乐，仿佛这咒语来自另一个世界，既神秘又悲悯。其中一个道士手中握着一把宝剑，剑刃闪出寒光。道士的剑突然向上一指，轰的一声，阁楼上掉下一只盒子。母亲打开盒子，昏厥了过去……

方敏看到六排十三号的人站了起来。俞佩华退场了。这一行为可以理解为她忍受不了内心被人窥探，也可以理解为她不喜欢这出戏。方敏很想跟她出去，问问她看戏的感受。戏还没结束，这样做显然不合适。她看着俞佩华穿过黑暗的剧场，消失在剧场的门口。

尾声。舞台的布景中间出现一块电影屏幕。女主角和儿子坐在舞台上，从舞台的环境可以看出两人在看一场电影，播放的是《东方快车上的谋杀案》。

剧终。剧场里响起热烈的掌声。接下来是演员谢幕的环节。舞台上大灯亮起。主持人开始一一介绍并感谢演员以及主创。首先演员们依次上台谢幕。有观众献花给主演。最后是导演登场。编剧原本是不用上台的，但主持人一定要陈和平说几句。陈和平客气了一下上台了，他没多说，只感谢了一个人，他没说出名字，大概只有方敏听出来他在感谢俞佩华。可惜俞佩华已经走了。在舞台光耀下，陈和平显出和平常不同的风度，举手投足很有艺术家风范，且不做作。方敏有点刮目相看了。在主持人的鼓动下，观众的手机成为一支一支的光棒，在黑暗的剧场内晃动，向主创致敬。方敏想，这一刻这些演员无论演的是主角还是配角一定都很幸福，是人生的高光时刻。看戏的人久久不肯散去。

方敏等着陈和平从台上下来，然后一起向剧场外走去。

方敏没想到的是，在剧场的大厅，俞佩华正等她。方敏看不出俞佩华此时的心情，她的表情永远是那么平淡。俞佩华的手中捧着一只洋娃娃，方敏看出来了，洋娃娃和里面生产的几乎一模一样。

方敏说，怎么样，戏还好吗？

俞佩华没有回答。好像她刚才根本没看过戏。她把玩具娃娃递给方敏，拜托方敏，把它带给黄童童。

俞佩华说，我答应过她的，我会送她一只洋娃娃。

方敏愣住了。她没接玩具娃娃。好一会儿，方敏长长地舒了一口气，艰难地说，黄童童已不在女子监区了。

俞佩华吃了一惊，问，黄童童去哪里了？方敏转过头，回避了俞佩华的目光，没有回答她。俞佩华突然面色变得狰狞，她几乎是喊出了声，告诉我，她在哪里？方敏吃了一惊。十七年来，她第一次感受到俞佩华不被驯服的力量，她似乎理解了十七年，不对，应该是二十六年前俞佩华的行为。

方敏和陈和平对视了一下，陈和平看上去像白痴一样不明所以，同刚才台上谢幕时判若两人。

（《收获》2020 年第 4 期）

辩　道

邱华栋

一

我到现在还记得当时那一次佛道两家辩论的场景。

很久以前，全真教曾宣扬儒、佛、道三家可以兼修，全真教教长丘处机更是不远万里，前往大雪山下，向成吉思汗宣扬道教的养生之道，得到了大汗的赞许。所以很长时间以来，道教都很受尊崇，占据着很高的地位。

但丘处机和成吉思汗去世几十年之后，情况发生了变化。道教在北方的势力日益扩展，发展太快，以至于少许地痞、混子痞子也变成道士，他们欺压良善，侵占佛教寺庙和儒生学堂。

事情就是从我的师父、少林寺长老福裕借着阿里不哥前往哈拉和林开蒙古大汗会议的时候，向蒙古朝廷告状开始的。

我师父的告状信引发了很多事情的变化，这是我后来才明白的事情，就像是蝴蝶扇动翅膀的时候，根本就不知道草原上的风暴即将来临一样。

我师父的告状信是他本人亲自拟定的，上面写道：道士们欺负蒙古人统治的地域过于辽阔，依仗当年成吉思汗对丘处机许下的一些言诺，到处收买田地，广积财富，还勾通官府，强占佛寺，捣毁了一些佛寺的佛像，摧毁圆寂的得道高僧的佛塔，驱赶信奉佛教的善男信女，实在无法原谅。福裕长老还附了一张道士恶行累累的具体案例，列表呈上。

蒙哥在那一次大汗会议上，听了阿里不哥代念的福裕长老的告状信，立即派遣当时他信赖的国师那摩，前往漠南地区，全面负责处理道士退还所占佛寺田产一事。

那摩国师一路星夜兼程，南下处理蒙哥大汗亲自交代的任务。他找到了当时全真教的教长张志敬，并出示了少林寺福裕长老亲笔写下的道士侵占佛教寺院和田地、毁坏寺庙造像的具体情况。

张志敬道长认为这是福裕长老的诬告，拒不承认。张志敬道长开始给他讲道理，那摩国师来自克什米尔，听不懂张志敬道长说的话，他的汉语不好，沟通起来很困难。

他就带着张志敬前往德兴府，觐见忽必烈。忽必烈当时正是郁闷的时候。他被解除了兵权，在德兴府也就是河北涿鹿休养，不想去掺和蒙哥和阿里不哥两位兄弟因大汗之位的较劲。

张志敬道长到达后，忽必烈听取了道教欺负佛教和儒家的情况。

他问道长应该怎么办？张志敬道长辩解了半天，忽必烈十分生气，因为在他管辖之下的河南、山东等地的道教势力这么大，范围这么广，一呼百应，且都在修习《老子化胡经》，也是他没有想到的。

张志敬手拿拂尘，为道教和道士辩解，忽必烈听不下去了，他脾气来了，让近臣刘秉忠和古鲁斯把他打了一顿。张志敬被打得满脸是血。

蒙哥大汗要对四川一带发起南征，出发前传令忽必烈，命在德兴府举行一场佛道辩论，来争一争到底谁是谁非。

忽必烈很高兴能在蒙哥亲征蜀地时，主持这样一场务虚辩论会。作为主持人，他决定在自己的官邸举行这场辩论会，他进行了辩论会场布置，派人邀请了儒、释、道的代表人物前来开平，参加这场日后影响深远的大辩论。我就是在那个夏天，跟着福裕长老前往开平。

后来，开平成了忽必烈的龙兴之地。蒙哥大汗南征不久就在重庆合川钓鱼城离奇战死。南宋军的投石机扔的石头击中了瞭望台，蒙哥刚好在瞭望台上指挥和瞭望，高高的瞭望台崩塌，他瞬间坠地，重伤不治而死。

蒙哥死后，阿里不哥认为自己应该继承蒙古大汗的位子。经过了一番争夺，忽必烈出人意料地继承了蒙古大汗的高位。

二

我们到达开平后，福裕长老年纪大了，住在毡房里休整，我喜欢出来到处走。我记得，那时候是草原最美的季节，到处都是金莲花在开放，杂草生花，茂盛到了一个人走进去，连影子都看不见。可在草原深处，野兔、狐狸、獾子和其他动物很多，蚱蜢、蝴蝶和蚰蜒在草丛中蹦跳和爬动，一派生机盎然。一条条草原河流弯弯曲曲，在太阳底下发亮。

开平正在大兴土木，按照一座城市的规划在建设。忽必烈的府邸也是一座不起眼的新宅子。在宅子的后面，在忽必烈的开平府邸的后院里，有一个跑马场一样的院子。

辩论场所就设在这个院子里，搭了一个台子，三边有帷帐围着，参加那一场辩论的台上坐着的代表都是高人，忽必烈坐在最中间，刘秉忠坐在他身后。佛、道、儒三家代表各六人，一共十八人，围坐成半圈。

其中：

道教代表有掌教道长张志敬，还有樊志应道长、王树宏道长等。

佛教代表来自多个地方，有来自克什米尔的那摩国师，有来自吐蕃萨思迦派的高僧八思巴，他后来也成了忽必烈信赖的国师，还有来自大理的思纯法师等。

儒家代表有儒生窦默、姚枢、廉希宪、张文谦等。

福裕长老这次不上台，在台下坐着。院子里人很多，我们坐在马扎上，靠右边前排的位置。福裕长老给我说，你看那个刘秉忠，他可是一个奇人，十多年前，他本来也是一位居士，跟随海云法师前往漠北觐见忽必烈，就被忽必烈留在身边成为近臣了。

福裕长老旁边有个人插话说，嗯，忽必烈最喜欢他，这个刘秉忠对儒、佛、道、巫、易经都很通达，观天象、懂音律，他还能够根据《易经》的千变万化，推算出时势的运转，深得忽必烈的信赖。他们之间的关系好到了经常彻夜长谈到天明，或从白昼谈到天黑，这是非常少见的。

福裕长老点了点头：传说刘秉忠和忽必烈之间还有一个密约，那就是，掐算人间时势和人物命运的事，忽必烈要求只有他们两个人之间知道，你知我知，天知地知。忽必烈在成吉思汗的子孙辈中的地位很高，掌管漠南汉地，权势日益隆盛，那他就得更加倚重刘秉忠了。

师父说着话，我注意到台子下面坐了几百人，他们都是来听辩论的。第一天上午的辩论，主要是围绕《老子化胡经》的要义展开。

需要解释一下的是，前段时间福裕长老委托阿里不哥在哈拉和林所做的申诉，已经由忽必烈帮助解决了。道士退还了侵占的佛寺和田产后，给忽必烈报告了处理结果，因此，在这次辩论会上，忽必烈不再对那个事情进行追究。

这一天可以说是风和日丽，白云缭绕，有一阵子还下雨了：有一块云彩飞过来，刚好覆盖在我们的头顶，就洒下了一阵清凉。我没见过太阳雨，所以我对太阳雨和雨后展现的彩虹，都感到很神奇。

我那个时候小，听不懂他们在辩论些什么，好像先是一个僧人出列说，《老子化胡经》基本上可以判断是伪造的，这本书荒诞不经不说，还将胡人和华夏分开，将佛教排斥在外。

道士们则据理力争，手持线装《老子化胡经》，一句句进行抗辩。眼看着道士们嗓门大，僧人们疑问多，最终也没有分出一个胜负。

最后，道士把手里的《老子化胡经》呈给了忽必烈，忽必烈一边翻阅，一边问："这是何人写的书？"

张志敬答："这是汉地自古就有的书，其中内容采自汉武帝时期史官司马迁写下的《史记》，距今已经有一千多年了。"

忽必烈又问："那我问你，是不是从古到今，只有汉地才出皇帝？"

这个问题很不好回答，张志敬比较机敏，回答说："不是汉地才出皇帝，其他地方也出皇帝，只是称呼有区别。"

忽必烈问："那别处的皇帝和汉地的皇帝，是不是都拥有一样的位及人尊、至高无上的权力和地位？"

张志敬说："一样的。"

忽必烈点了点头，没有再发问，上午的辩论就结束了。大家该吃饭了。我的肚子也饿了。福裕和尚敲了一下我的脑门。

三

佛道两家辩论了一天，也没有分出胜负，到了第二天上午，辩论还没有开始，忽然从院子外面来了一个瘸腿的和尚。他说，他是游方僧，要和道士们比比技艺。

忽必烈问身旁的几位僧人，这个和尚是谁？他们都说不认识这个和尚。

忽必烈饶有兴味，“好啊，那你就比试比试。”

道士樊志应武艺高强，他先出来迎战。

忽必烈说：“僧人有法号吗？会什么技艺？”

和尚施礼道：“贫僧法号道济，略通些武艺，道士会什么，我便会什么。”

忽必烈有了兴致，“那好，那就请樊志应道长先来。”

樊志应说：“我看你瘸，不和你比武艺，怕你说我欺负你。我和你比比记忆术吧。”

道济和尚拊掌大笑说：“好啊！”

樊志应就取来一册参加这次辩论会的名册，看了一遍后，把书册交给了刘秉忠，让刘秉忠当检验官，樊志应就闭上眼睛，开始背诵了。

果然，他一个个地把名册上所有参加这次辩论的人名，按照名册上的顺序都背了出来，一字不差。

“嗯，一字不差，果然记忆力超群。”刘秉忠向忽必烈禀报。

忽必烈赞赏：“不简单。看道济禅师的了。”

道济和尚说：“请刘秉忠先生取来一篇他写的文章吧。我知道他文采斐然。”

刘秉忠笑了笑，取来了他写的一篇文章，叫人递给了道济。

文章有三千字，是他写给忽必烈的关于筹建开平府的上奏。道济展开，看了一遍，又让人还给了刘秉忠，然后就在台下踱步，一字一句抑扬顿挫，竟然全部背诵出来。

刘秉忠一手拿着他写的文章，一边赞叹：“果然一字不差！”他把文章又交给了樊志应说：“看看道长能不能背得出？”

樊志应取过来，看了看之后，背了十几句，已经是勉为其难，却汗如雨下，后面的一句都背不出来了。

刘秉忠说："好，这一场比试，道济和尚胜。"

忽必烈兴致很高，大家的情绪也调动起来了。辩论会要是这么开，就有意思了。忽必烈问："还有道长应战吗？"

一个不知名的道士，从台下坐着的人群里走出来。他鞠躬示意，表示愿意挑战。刘秉忠说："报上法号！"

道士说："贫道紫云道长，擅长呼风唤雨。"

大家一听，都鼓起掌来，还有人喝倒彩，估计是根本不相信他能呼风唤雨。

我看到他手拿一支毛笔，张开一只手掌向大家示意，手掌里什么都没有。然后，他用毛笔在手掌心里写了一个字，又举起来让大家看。

大家都看到了，他的手掌心里写了一个"雷"字。

说时迟那时快，大家看到，本来是白云朵朵的天上，白云很快变成了黑云，并且快速聚集成雨云。接着，我们听到不远处传来隐隐的雷声，紧接着就起风了，风很迅猛，把大帐刮得呼啦啦响。然后就是哗哗的大雨下起来了，从外面席卷而来。

"黑雨！黑雨！"那个紫云道士念念有词。

果然下起了黑雨，雨滴落到了我手里，像墨汁一样黑。众人纷纷站起来，打算躲到旁边的毡房里去。

这个时候，只见道济和尚跃步上前，从背囊里取出一个葫芦，举起葫芦朝四周一挥舞，那团团的黑色骤雨立即就向他手里的葫芦口聚集，仿佛存在一股巨大的吸力，大雨顷刻被吸了过来。所有的黑雨在外面还在下，但在我们头顶却没有了，形成一股黑色的流体迅速地向葫芦里流去，很快就云开雾散，大雨骤停。

道济和尚看到云收雨停，天空晴朗了，然后把手里的葫芦朝草地上一倒，葫芦里的黑水都倒了出来。

作法的紫云道士手拿毛笔，脸上有羞愧之色，躬身退下。

大家鼓掌大笑。我再看看我的手上身上，一点黑雨的影子都没有了。这个道济和尚了不得。

忽必烈感到越发有趣了，说："道士还有什么妙招？使出来看看！"

这时，在台下的人群中，又站起来一位道士，只见他手拿拂尘一挥，众人头晕目眩的时候，却见从旁边的毡房里走出来三位女子，每个女子都绾着高高的发髻，身穿华丽的衣裙，身上环佩叮当响，腰身柔软，就像是一阵风一样来到众人面前，大家聚精会神瞅过去，一旦谁和女子的眼神相遇，就感觉被雷电击打了一样，感到浑身酥麻，眼波飘摇，摄人心魂。

这几个女子的到来实在让现场的气氛为之一变，在场的人都是惊叹声和魂飞魄散的赞美声。我头晕目眩之际，看见三个女子开始起舞了，她们的肚脐眼露在外面，我想看又不敢看，不敢看却又看见了。哎呀，把持不住了，小腹在燃烧。女人的舞蹈让人眼花缭乱，每个动作都是诱惑男人的妩媚之气，一股奇妙的香气飘洒在周围，男人们躁动起来，眼睛发红。女人在前面跳着跳着，走向了坐着的几百人中间起舞，挑逗着每个人，舞姿曼妙生动，逗得每个人流口水，心魂荡漾，不能自持了，每个人心中的心魔开始起舞，身体也变得燥热，好像血管在燃烧。有的男人呆呆地站起来，然后一起跳起舞来，各种姿势动作都有，场面顿时变得热闹和有点不堪了。

忽必烈感到场面有点不好收拾，就示意刘秉忠前去阻拦女子，要她们不要继续跳了。

刘秉忠还没有来得及走上前，道济挡住了他说："不要动，看我的。"

三个女子继续跳舞，依旧在那里不停舞蹈，开始疯狂旋转，转得所有的人都感到了眼晕，没有人注意到刚才那个拿着拂尘的道士站在一边，不停地用拂尘挥动，似乎在远处指挥着这三个舞蹈的女子。

道济忽然跳了起来，趋步上前，一把从旁边侍卫的腰间拔下宝刀，再一跃就到了三个舞蹈的女子跟前，手起刀落，一、二、三，道济和尚手里的刀咔嚓嚓砍了三刀，刀刀都砍到了三个女子的身上。

我惊呆了。道济杀人！而且所有人都惊呆了。

三个女子哎呀呀倒地，一阵旋风刮起，大家惊叫："和尚杀人啦！和尚杀人啦！"所有的人大惊失色，感到这道济和尚是不是疯了，竟然敢在众目睽睽之下，在佛、道、儒三家高人都在场的情况之下，公开杀人。

只见道济和尚手起刀落，三个妖艳的美女顿时倒地，鲜血四溅，汩汩流动。台上的十八个儒释道高人个个十分惊惧，纷纷站了起来，忽必烈旁边的卫士上前护卫住主公。忽必烈也有点反应不过来，对刘秉忠说：“刘刘刘——”

刘秉忠大喝一声：“拿下那个和尚！”

道济忽然大笑不止，说：“且慢，你们看看她们是什么东西吧！”

这时大家定神一看，女人倒地后很快不见了。原来，不过是三条卷起来的花毯，而刚才四溅开来的鲜血，现在仔细看，不过是水而已。

道济和尚向忽必烈鞠躬说道：“道士的伎俩，不过是幻术而已。”

再看那个手拿拂尘的道士，已面有愧色地退下了。

四

忽必烈问：“道济法师，这幻术真的存在吗？”

道济和尚说：“那我再来表演一下吧。”只见他趋步上前，一把抽出了一个护卫的宝刀，拿起来的那一刻，寒光一闪，众人心头一凛，不知道这个道济和尚要干出什么事情来。

只见他一刀就把自己的脖子砍断了，他的头飞了出去。身首分家，众人一片惊呼。他的脑袋飞走的时候，他自己的双手一把把头接住了，然后，他的脑袋对着旁边一个发呆的卫兵说：

“你接着我的头，再拿一坛酒来！”

旁边那个卫士战战兢兢地接住他的头，他的头还在说话，笑着看着自己的躯干站立在那里纹丝不动。

我很揪心，发现鲜血没有从道济和尚的脖颈处喷溅而出，似乎违背了一般的常识。

只有刘秉忠知道，这是道济和尚使用的幻术。他赶紧下令让人拿来一坛酒。卫兵把这坛酒放在道济和尚的双手上，他的躯干没有了头，手脚却依然灵活，因为边上卫士手中，他的头继续指挥着躯干。

头说：“喝酒！”只见他的躯干双手举起那个酒坛子，就把酒呼啦啦往自己砍断的脖颈处倒。

酒哗啦啦响着四溅开来，顺着道济和尚的脖颈处倒了进去。而这边卫士的脸开始变红了，跟喝醉了一样。

道济说：“好酒啊！好酒！我快喝醉了。”

然后，那边的身子盘腿缓慢地坐下来，拍手作歌一曲，唱得很好，众人大惊失色的时候，慢慢也不怕了，觉得十分开眼，觉得这道济和尚简直是匪夷所思之人，他们无法相信眼前所见就是正在发生的。

等到一曲唱完了，道济的身子站起来，走到捧着他的头的卫兵那里，双手把头接过来，然后往自己的脖颈处一放。

大家看到，道济的脑袋和身体又合二为一了。

众人都发出了一阵惊叹，然后掌声雷动。

忽必烈也有点恍惚了，问：“道济禅师，你怎么解释？”

道济鞠躬道：“不过是幻术而已。是大家的想象，我使用了幻术和障眼法，还有移花接木术，以迎合大家的想象，造就了这一幻觉而已，正所谓空即是色、色即是空。”

忽必烈说：“幻术就是幻觉的意思，我明白了。”

道济和尚说：“为了给大家表演幻术，我再露一手。”说罢，他从地上抓起一把带草的土，取过水壶，将土和成了一个泥团。我们眼看着他把一团泥捏成了一只小羊，一边捏一边念念有词，他手中的那只小羊就活了，放到地上，开始迎风而长，越长越大。

“活了，活了！”众人感到很神奇，纷纷围拢过来，看看这只羊到底是不是真的羊。那只小羊顷刻间长成了一只大羊。是一头很肥美的草原羊！还开始咩咩叫，四下撒欢尥蹶子，打算冲出人群。

道济和尚让人赶紧抓住它：“这羊要赶紧杀，然后烤熟了，和尚不吃，给大家尝尝才好！”

众人都大声喝彩，一起鼓掌。我也看得很兴奋，福裕长老又敲了敲我的脑门，意思是，机灵点，不要太兴奋。刚才女人出来时我就过于躁动了，几乎把持不住，被他看见了。

刘秉忠说：“如禅师所说，赶紧来人，把羊杀了，拿下去烤了。”

有两个护卫过来把羊抓住，一个人扭住羊头，另一位一刀就把羊的脖子割开，摁到了草地上，羊的鲜血流了出来。然后他三下五除二，就把这只羊剥了皮，取出了内脏，放在木盆里，把全羊用一根木棍穿起来，就这么屠宰好了。

道济笑着说："那就拿去烤个全羊吧。"

那两个人把肉羊抬下去，在外面烤全羊。不提。

忽必烈说："哪位道长还有神功要露一手？"

张志敬、樊志应两位道长互相对看一眼，手拿拂尘一挥，在道士群中再次站出来一位，鞠躬说："贫道道号普光子，愿意一试身手。"

道济还站在场子里，有点懒洋洋的样子，瘸腿使得他走路并不稳当，身上的僧服有点散乱了，他整理了一下。"来吧，旁门左道我不怕。我佛慈悲，佛法无边，不怕妖魔，尤其是心魔，更不足惧也。"

那个普光子道士头发都白了，扎着高高的道士发髻，只见他手拿一把折扇，一挥动，从随身带的袋子里取出一叠纸片，向空中一撒。

那些纸片飞入空中，然后飘出了这片区域，飘到了整个场子的外面。

众人正在诧异的时候，就听到了似乎有人在远处擂响了战鼓，由远及近，渐渐逼向这里。

五

等到这声响靠近的时候，大家明白了，这是一群马正在迅速逼近辩论场所。没等大家反应过来，大门被一下撞开，一群骏马撞破了帷幕、围墙闯了进来，人喊马嘶，每匹马的马背上，都有一个身穿铠甲、手拿武器的骑兵。我们坐在马扎上的人纷纷后退，只见这群骑兵足有几十人，向道济和尚冲去。

"戒备！"刘秉忠一声喊，二十四位铁甲兵立即在忽必烈身前身后形成了保护阵形，利刃朝外。

我看到，不知什么时候，道济的手里已经多了一根拐杖，骑兵和他对打，发出了铿锵之声，我明白了，道济手中的拐杖不是木质的，而是钢铁拐杖。他闪展腾挪，飞身一击，就见一个骑兵脑浆迸裂，被击下马来。

这真是一场恶战，闻所未闻，见所未见。一个道济好像在迎战千军万马，这么说肯定是夸大了，但道济和尚迎战几十个手里拿着刀、枪、剑、戟等长短兵器的骑兵，场面仍然令人震撼。

只见道济或者如风雷闪电，在马上马下奔走，手中拐杖所到之处，血液喷溅，人喊马嘶；或者静如立石，并未移动，而冲向他的骑兵却人仰马翻。一时间看得在场的人眼花缭乱、心惊胆战。

这一场恶战让人不明就里，也不知所以，但一场恶斗让大家也看得津津有味、目瞪口呆。

道济的打法我细细品味，还是看出来了。他是迎快打慢，声东击西，指东打西，隔山打牛。顷刻间，也许只是那么一阵子，几十匹马上的骑兵都被他纷纷打下马来，就像暴雨击打下来的落花，就像天空忽然下了雹子，人仰马翻了。这个场面可真是狼狈而壮观，人头滚滚，断胳膊少腿，马嘶之声悲惨至极，有的脱缰而逃，逃出了这个地方，有的被刺中心脏，死在大家的眼前，一阵抽搐，血腥味在眼前弥漫。

最后一个骑兵骑马逃走，道济将拐杖像投枪一样投出去，拐杖正中马匹之上那人的后心，他应声倒在了地上。

等到尘埃落定，道济稳稳地站定，大喊一声："止！"

大家定睛一看，刚才还一片混乱，到处都是鲜血迸溅、人喊马嘶、人仰马翻的场景，忽然就变成了绿草茵茵之地，只是飘浮着一些碎纸片。

道济和尚捡起几张纸片，却是剪纸剪出来的人和马，不过是纸片而已。

刘秉忠接过去，铁甲护卫散开退后，忽必烈接过来仔细察看："是纸马和纸人。"

刘秉忠说："道济和尚胜出。"

道济躬身说："启禀忽必烈汗，这是普光子道士的纸人纸马幻术，被贫僧破解了。"

大家一听，或者窃窃私语，或者交头接耳。没想到刚才那一阵子的人、马和兵器的格斗，竟然都是一些纸人纸马。释放纸人纸马的普光子道士十分惭愧，他被道济打败了，只能垂手站在一边。

忽必烈笑了："道士们有这些道行，很有趣。我看，道济和尚是个奇人，他都能抵打得过。哎，对了，刚才道济和尚变出来的那只羊烤好了没有？"

"好了！"有人一声喊，接着，两个护卫抬着烤好的一只全羊，走进来了。

大家都闻到了一股烤羊肉的香气，十分兴奋，个个垂涎欲滴。

刘秉忠问道济和尚："大家可以吃吗？"

道济说："当然可以吃啊。"

和尚道士都没动，儒生可以吃荤。那些看热闹的蒙古士兵纷纷解下了腰间的短刀，上前割取烤全羊的肉。这个割一块，那个割一块，烤得吱吱冒油的羊肉让士兵饥肠辘辘，立即大快朵颐了。

等到他们吃完了，道济笑了，说：

"尘埃本来无一物，变作牛羊仍是土。"

他刚说完，那些吃了烤羊肉的兵士全都捂着肚子，开始吐了。只见他们吐出来的烤羊肉都变作了泥块。

刘秉忠说："你们快去漱口吧！"那些兵士出去找水漱口了。

忽必烈说："有意思！这样的比试，比昨天的辩论要强，很有意思。道济禅师的道行很高，我希望你给我讲讲佛法。"

道济和尚说："恕贫僧不能从命。"

张志敬站出来说："忽必烈汗让你讲佛法，你到底能不能讲？我看你就是一个骗子和尚，根本就不懂佛法吧。"

道济淡然一笑："贫僧确实有点急事，本来赶过来是想看看你们的热闹，没想到，是我自己搞了一番热闹。今天不过是给大家增添一些趣味，想必大家辩论得太辛苦了。佛法无边，道行深邃，看每个人的悟性了。我走了！"

说完，道济和尚纵身跳起，朝一处白布大帐一跃，我们都看见他冲入那白色大帐，瞬间不见了，只是他的身形还印在白色的幕布上。

大家都呆了。有人跑过去察看，果然不见人了。

道济和尚就这么不知所踪。

六

我所知道的就是这些。后来，这场辩论又持续了一天，但我却觉得索然寡味了。我把手支在下巴处，脑海里跃动的都是道济和尚的身影。

太阳落在了草原的地平线下，黑夜从大地深处上升，这场佛道辩论进行了两天，听取了儒士们的意见后，忽必烈和刘秉忠耳语了几句，下了决断：

“既然汉地的皇帝和其他地方的皇帝，说的话一样尊贵，那就有一个问题了。在别的地方的史书里，没有老子化胡的记载，偏偏你们道士拿来的书记载了，不足信。我看，《化胡经》是伪造的。化胡化胡，是要化哪个胡？一派胡言。佛、道辩论，我宣布，道教失败。罚全真教大道长张志敬不得再担任教长职务，变为平民。樊志应等在场参与辩论和斗法的十七个道士，全部削发变为僧人，进入龙光寺修行。”

众人听了，都很惊愕，忽必烈又传命令：“焚烧道教经文四十五部，归还佛寺所属田产二百三十七处，由刘秉忠具体安排执行。好了，辩论大会结束，大家散去吧。”

就这样，一场佛道的辩论以道教的失败而告终。

他们散去之后，开平府人来人往，只有我还在那个场子里没有离去。我跑过去抚摸留在白色帐布上那道济和尚留下来的身影。他的身影开始是栩栩如生的，随着时间的流逝，也在快速变化，慢慢变得淡了、稀疏了、模糊了。

第二天我再去看，就只剩下一点点人形的影子了。

可我却越来越崇拜道济和尚了。在我的眼前，道济和尚勇斗道士的那一幕幕不断重现。

福裕长老知道我在想什么，他第三次敲了敲我的脑门，说他要回少林寺了，自己多保重吧。

福裕长老知道，我要去寻找道济，拜他为师。

我现在还在路上奔走。我在寻找着道济和尚。

茫茫大地之上人海如潮，那么多人如影如幻，可道济和尚却是无比真实地存在，他穿越幕帐不见了，可他就在我的眼前，我一定要找到他。

（《青年作家》2020 年第 7 期）

虞公山

徐则臣

要从一个鬼魂说起。

不管你信不信，那三个人的确看到了卢万里的鬼魂。他们用手指着脑门对我发誓："千真万确，如有半句瞎话，仝所你拿枪打我这里。"三个人在不同时间点，经过卢万里家的院门前，都看见他在烤火。卢万里缩着脑袋蹲在地上，面前是一个火盆，他正理着湿衣服在火上烤。在火焰和冒着水汽的湿衣服后面，他们三人都看见了卢万里瘦骨嶙峋的上身和那张憔悴的脸，他冷得直哆嗦。卢万里显然比活着的时候更瘦了。三个目击者的表述区别仅在于燃料：一个说，盆里烧的是木柴；第二个人说，烧的是火纸；第三个承认他没看清楚，火太大，几乎把整个火盆都吞没了。烧的什么不重要，重要的是，死去的卢万里突然回到家门口来烤火。

雨一直下，大的时候像老天漏了底，小的时候如满天的蜘蛛在吐丝，缠缠绵绵半个月没消停。所以，尽管现在是大夏天，如果鬼魂衣服湿透了，感到冷也很正常。反常的是，死去的卢万里为什么要回到家门口来烤衣服。

死人回家我没见过，但鹤顶这地方此类传闻从来没断过。算命的老赵多年来的口头禅就是：水边嘛，湿气重，阴气也重，出啥事都不稀奇。也就是说，鹤顶就是个神神道道的地方。所以卢万里的儿子把这件事作为报案的原因之一，我根本没当回事。他说有人动了他父亲的坟墓。他说不仅有三个街坊看见了他爸在院门口烤衣服，冻得直哆嗦，他还亲自梦见了父亲。在他的梦里，父亲穿着的正是在院门口烘烤的衣服，卢万里抱着胳膊对他说：

“儿子，我快冻死了。衣服全湿了。”

在他梦里，父亲的衣服的确是湿的，湿漉漉地正往下滴水。他做梦的时间在三个目击者看见烤火的场面之后，可见，父亲的衣服在烤干之后又湿了。第二天早上，他把这个奇怪的梦说给母亲和老婆听。母亲听了心酸得不行，跟邻居们说起时，止不住流下眼泪；老婆则当成个笑话，说给姐妹们听时自己都忍不住笑出声来。然后，作为反馈和回应，三个目击者看见卢万里烤火的消息陆续传到了他们家。里应外合，卢家就不能不上心了。卢万里的儿子想起来，清明给父亲上坟时是有点潦草，没烧几张纸。一定是父亲在那边缺钱了，所以衣服湿了也没得换。第三天，他一口气买了十刀火纸，每张纸上都摞满了金元宝，装在一个大号塑料口袋里捆到摩托车上，冒雨去给父亲上坟。

离坟墓还有二十米，穿过雨帘他就发现父亲隆起的坟堆缺了半边。再往下看，有人在坟墓旁边挖了一道深沟，雨水汇成激流，正从深沟里流过。浑浊的流水不停地冲刷父亲的坟墓，棺材一角浸泡在水里，流水撞击到黑色棺木上，激起泛白白的水花。卢万里的儿子骑上电驴子转身就跑，背着一口袋的火纸直接到了丁字路口。他结结巴巴地对所里的值班警员说：

“有有有人，盗盗盗了我爸爸的的墓。”

我们觉得这事不可能，卢万里又不是啥大人物，平常到不能再平常的一个坟，盗它，谁吃饱了撑的？本来下雨天也干不了活儿，大家想趁机打个瞌睡，他非要我们去破案。为了表示兹事体大，且有预兆在先，他把卢万里湿了烤干、烤干后又湿了的衣服和哆嗦喊冷的事给我们颠三倒四地讲了一遍。好吧，上车。

快到现场，一摊烂泥地，车过不去。下了车他让我们走在前面。他说天暗，他有点怕。

就是在那天的大雨里，我们发现了未遂的盗墓案，当然，盗的不是卢万里的墓。

卢万里埋在一个好地方。这一片高地，鹤顶人叫虞公山。传说甚多，有说古时候一个姓虞的人曾在这地方住过；也有说这地方埋过一个姓虞的大官；还有的说，一个姓虞的外乡人来这里修行，最后坐在山尖上飞升成了神仙。反正跟一个姓虞的人有关。这种传闻鹤顶人都懒得信，但凡跟别处有点区别的地方都有类似传说。如果都是真的，那咱们鹤顶早就仙迹处处，哪还会穷得如此叮当响？虞公山周围是片荒地，尽管没生老赵那样的慧眼，鹤顶人也看出来这地方风水不错，但因为离镇子实在有点远，人死了也极少长途跋涉埋到这地方。这两年不少人家鸟枪换炮，有了摩托车、电动三轮车，交通工具改变了距离的概念，虞公山周围才慢慢出现几座新坟。

我们围着卢万里的坟墓转了几圈，确定没人动过那口黑漆漆的槐木棺材。它露出一角，还有坟山垮掉半边，完全是雨水冲刷所致。卢万里的儿子拍胸脯保证，若非意外，他爸坟边绝不会出现水沟。坟墓的左侧低于右侧，虞公山上的雨水再凶，往下流也只会从他爸的左边走。他说得没错。坟墓周围荒草丛生，尤其是那些抱住大地不放的巴根草，拿铲子都未必能将它们连根拔起，仅靠雨水的冲刷，十天半个月怕是搞不定的。有人帮了忙。

这好办，我们继续在附近转悠，等同事开车回去取来几把铁锹。然后挖土筑坝再引流，让水从卢万里的左边走。果然，水落之后，在坟墓的右侧发现了铁锹切挖过的隐约痕迹。荒无人迹，谁会无聊来这地方模仿大禹治水呢。我提着铁锹绕虞公山的边缘走，十步之外看见了雨水没有冲刷干净的新泥。

虞公山说是山，其实就是个大一点的土堆子。也许姓虞的那人当初成仙或者刚埋下地的时候，虞公山确有一些气势，比如巍峨宽阔，那风吹日晒雨淋了不知多少年后，它已然也被消磨成了一个土丘。我跟着断断续续残留的新泥走，发现土丘坡上有一丛灌木尤为稠密。大雨把灌木洗得干净，同一丛灌木竟长出两种不同的枝叶。我用铁锹毫不费力就挑起了部分枝叶。再来一锹，剩下稍微牢靠一点的灌木也被从泥土里掘出来。一例都没有根。它们是被砍断了根插进土里的。

灌木清空后，再铲掉插灌木的一堆泥，土丘的肚子里似乎有个洞。我招呼大家过来，清除洞口堆积的虚土，再往里挖。果然一个黑灯瞎火的洞。铁锹在洞的深处撞上坚硬的东西。卢万里的儿子想出个招，打火机点着，系在铁锨头上往洞里探。洞中氧气稀薄，但奄奄一息的火光中，我们都看见了刚才铁锨撞到的什么。打磨光滑的巨大条石。

以在派出所工作多年的经验，我知道遇上大事了。我把所有人集合到跟前，发布如下命令：

任何人不得走漏风声；

立刻原样封堵洞口，恢复伪装；

现在就协助死者家属培筑好坟墓；

我现在就给有关部门和领导汇报，在相关决定下达之前，咱们所一定做好现场保护，不能有半点闪失。

省文化厅接手了剩下的工作，天还没晴透就派来考古队。他们认为虞公山下可能藏有古墓。他们与县史志办及有关历史学家交流研判之后，初步达成共识：虞公山的传说或许非虚，这地方真埋葬过姓虞的历史人物。安保工作由县公安局牵头，我们所全力配合。同时，责成我们所尽快侦破该起古墓盗窃未遂案。

我们手头的线索只有两个：一是这起盗挖跟卢家的关系。大雨之后的现场线索几乎消失殆尽，但两者之间若无必然联系，那只能说太过巧合。第二个，就是县公安局提供的两个过滤嘴烟头，他们在洞里找到的。一个古怪的牌子，蓝旗。

第一个问题好解决，警员做了拉网式查访，卢万里家人、亲戚，街坊邻里，甚至随机采访了跟卢家毫无关系的人，没有发现任何蛛丝马迹。卢万里生前口碑甚好，他的左邻高度赞扬了卢万里，那个老大爷说：“我就一个标准：凡是万里说有问题的，那人肯定有问题；凡是说万里有问题的，一定是那人有问题。我认识万里几十年了，这标准从没错过。”卢万里的言传身教影响了整个家庭，卢家家风挺好，门楣上还钉着“五好家庭”的牌牌。他们家没仇人，没做过亏心事，儿子、儿媳妇、女儿、女婿，人缘都不错，至少在查访中没听到任何负面评价。足够了。在乡镇，除非深仇大恨不共戴天，谁会干掘人祖坟这种损阴德的事。更不会有人抽风，要去卢万里坟边开一道深沟解闷。所以我们维持先前的判断：此事跟盗墓相关。

我把查访详情向县公安局做汇报。县局表示赞同，他们也发现，两者很可能关联密切。盗墓必须掘土，盗墓还得隐蔽，掘出的土不能露馅，运土也不能太麻烦，怎么办？现场解决。如何解决？被雨水冲走。自然便捷，神不知鬼不觉。卢万里的坟墓是距盗墓口最近的一座坟，山丘与坟堆之间正好有个凹槽，高处的雨水下泻，那地方是第一个下水口。为了加大水流带土的能力，盗墓贼掘开草皮和地表，人为地开了一条深沟。他们没想到，雨大流急，这个更有效的挖掘机阔大深沟的同时，把卢万里的坟墓也给摧毁了半边，露出棺木。已经在干燥温暖的棺木里安睡三年的卢万里突然落了水，感到了冷。盗墓贼失算了，提前惊动了鬼。

剩下的两个烟头。作为一个老烟鬼，很惭愧，我真没听说过蓝旗这个牌子。警员们去镇上各个商店买蓝旗烟，全都空手而归。店主们跟我一样孤陋寡闻。这方面见多识广的只能找满天下乱跑的人。住滨河大道边上的老苏长年跑长途客车，他也说不清，答应下一趟跑车时帮我问问。我把鹤顶在外工作、求学、做生意和游荡的人名单找出来，能联系的都联系了一遍，没一个人知道。结果显示，他们大部分人都不怎么抽烟，更不会带烟回来。这很好，健康比什么都重要。

副所长想起运河街上常年跑船的吴斌，这家伙烟酒都是大户，没准知道。他老婆在家，听说找吴斌，没好气地说：

“死了。”

“死了？”

“早死了。”

“啥时候死的？”

“一年到头连家都不着，跟死了有什么两样？”

副所长出了口长气，拿出烟头照片，“你见过吴斌带回来这个牌子的烟吗？”

吴斌老婆瞥都没瞥，“人都见不着，哪还见得着烟？”

副所长知道再问也是瞎耽误工夫，赔个笑转身要走，被叫住了。

“本来也懒得问，”吴斌老婆说，“赶上了我就多一句嘴。我家那兔崽子好几天不着家了，你们能不能帮忙找一下？”

“什么兔崽子？”

“我儿子，吴极。”

“失踪了?”

“谁知道。学校也打来电话，三天，哦，今天第四天，没上课了。”

“平常他会去哪儿?”

“谁知道。跟他爹一个德行，四六不着的货。”吴斌老婆摊开手对着房间挥了半圈，“这个家就是个旅店。”

副所长答应着，出了吴家。正经事没干成，倒添了桩新业务，回到所里就跟我抱怨。抱怨归抱怨，还是给镇中学打了电话。教务主任说，有这事，家长再不给出合理解释，按有关规定，可以开除了。教务主任又说，咱这鹤顶，一到下雨天事就多，吴极班上还有个同学也旷课四天了；班主任说，他俩好得穿一条裤子。

“两个孩子平时表现如何?”

“俩孩子性格都偏孤僻，”教务主任电话里的口气有点哀其不幸、怒其不争，“不太合群。听说经常抽烟喝酒。”

我和副所长对视一下。我们的判断步子可能大了一点，有枣没枣来一竿吧。

吴极的同学叫安大平，住在运河街的另一头。父母都在家，老实得像闷瓜，见了警员手都不知道往哪里放。除了回答我同事的问题，多一个字都没说，连句客气话都没有。据邻居反映，他们两口子常年如此，相对无言。如果不是拴在墙根的那条狗偶尔发出几声叹息一般的叫声，这个家可以一整天不弄出任何动静。两口子说，大平去他姑妈家走亲戚了。

“课也不上了?”

“大平没说上课的事。”

好吧。我同事问，可不可以看一下安大平的房间，两口子没说行也没说不行，对着一扇关着的门指指，门上贴着奥特曼。一个高二男生的房间，墙上贴的还是初中生口味的招贴画。没有烟味。在一个半开的抽屉里，同事看见一盒本地产的运河牌香烟。打开烟盒，剩下的五根烟里，有一根蓝旗。同事合上烟盒，对两口子笑笑，问，大平他姑姑家远吗?

从安大平家出来，他们直奔运河街的那一头。吴斌老婆正锁门要去菜场，这个时候肉会便宜点。她给了我同事一个白眼，不耐烦地说：

“你们到底想看什么？我都半个月没吃上肉了。”

“就看看你儿子的房间。没线索怎么帮你找儿子？”

吴斌老婆用钥匙打开儿子房门。吴极平常出门就上锁，不许母亲随便进他房间。因为门窗紧闭，浓烈的潮霉味中混杂着没能散尽的烟味。地上有烟头，没错，蓝旗牌。同事顺手翻了写字台上的一堆演草纸，有张纸正面演算了一道数学题，反面画着一个山包。山包的半腰上有一扇打开的门，一个粗暴的箭头指向门里。纸的右下角写着“祖宗”两个字。

“这是什么？”同事试探着问吴斌老婆。

“我哪知道？”她心不在焉地说，“一天到晚跟没魂儿似的，出了这扇门就像梦游。跟他老子半毫米不差。我说你们能不能快一点，再晚便宜肉都卖光了。”

同事回到所里汇报之后，驱车去了安大平姑妈家。

可能因为电视里正在播放侦探片，那俩孩子扭头看见三个警察进了门，立马从并排坐的椅子上跳了起来。安大平的姑妈也吓坏了，他们家从没来过戴大盖帽的。她跟在我同事后面说：

“他俩可啥坏事都没干啊，坐在这里看了一天的电视了。”

我同事说：“没事，我们就了解一下情况。”

俩孩子个头都不小，杵在那里一个挠鼻子，一个拧着手指头。

“有烟么？”

吴极脸上长满了青春痘。他从口袋里摸出挤皱的半包蓝旗。

“哪来的？”

“我爸上次带回来的。”

“带给你抽的？”

“我偷的。”

一个同事堵在门口防止他们溜掉。另一个同事指着椅子，“坐。”

他俩坐下来。安大平姑妈关掉电视，让我同事坐到旁边的木制沙发上。

“别紧张，就是了解点情况。旷课可不是个好习惯。”

“吴极说不想上了，我就陪他出来了。”安大平怯怯地说。

“为什么不想上?”同事问吴极。

“心慌。”

“吃坏肚子了?”

“不知道。”

“再想想。比如看见谁，害怕了?”

吴极低着头，翻起眼看眼前的两个警察，然后扭头往后看。堵在门前的我同事，像逆光中矗立的一座黑塔。

“嗯。”

“看见谁了?”

吴极低头不吭声。

“大平，要不你来说说?”我同事说。

安大平看看吴极，后者没反应。安大平犹豫之后小声说：“你们。”

“戴大盖帽的?”

安大平点点头。

“在哪儿?”

“虞公山。”

“哦，”我同事说，“吴极，你俩一块儿?”

吴极突然站起来，脸涨得通红，“那就是我们家的地方！我本来姓虞!”

两个孩子被带回所里。

副所长把审问结果报送给我时，哭笑不得，这是他从警十八年来见过的最有意思的案子。如果嫌疑人不是未满十八岁的少年，他敢断定这会是本年度全中国最荒唐的案件，没有之一!

虞公山那个洞是吴极和安大平两人掘的，为寻找古墓。卢万里坟墓旁边的水沟也是他俩挖的，如我们和县局推断的，是为了就近把掘出的新土冲走。那个小坟里埋的是谁，他们根本不关心，甚至都没认真看一眼卢万里的墓碑。俩孩子交代，他们利用中午和下午放学后的空闲时间来干活。刚开挖不久就下起雨，本以为雨天对工程不利，黏黏糊糊到处是泥，但发现雨水可以迅速将掘出的新土冲走，他们倒希望雨一直下下去了。因为不会留下明显的痕迹。尽管此地荒僻，若非逢年过节，扫墓上坟的人都见不着，他们还是谨慎为上，每次工作结束，都要把洞口伪装妥帖。大雨帮了他们的忙，踩出的泥泞也很快被雨水抹平；小丘上杂草也多，被踩趴下了，喝了一肚子水后，腰又迅速地挺起来，所以我们第一次去那里，完全没留意这些疑点。

“为什么盗墓?”我问副所长。

“嗨，他们根本不认为是盗墓。”副所长拿出提审记录，“吴极认为他只是在挖自家的祖坟。他说吴斌一直跟他说，他们原来姓虞，当年老祖宗虞公出差途中意外病逝在鹤顶，天热，遗体没法久存，只能就地下葬，埋在了虞公山。虞公山其实就是个大坟堆。只是天长日久，历史演进，鹤顶人把虞公墓这事给忘了，虞公山成了一个大土丘的名字。吴斌跟儿子说，他们这支‘吴’跟本地的吴姓没关系，他们从‘虞’字来。当年虞公是清朝康熙年间的大官，起码相当于现在的省部级干部。因为是皇帝的宠臣，死后才备极荣华，有如此规模的大墓。虞公客葬异地，他的二儿子是大孝子，便迁居鹤顶，长年为父亲守墓。因为是从家族中分出来，如同从‘虞’字里拆出个‘吴’，这一支虞公后代就以吴姓在鹤顶繁衍开来。”

“听上去挺是那么回事的。就算真是吴家祖坟，吴极这孩子为什么现在突然开挖了?”

“据安大平说，吴极跟一个姓吴的同学闹矛盾，对方说，‘有种别姓吴。’为撇清跟对方‘吴’的关系，这小子血直往脑门蹿，竟然要到老祖宗的坟墓里找证据。吴斌跟他说过，虞公落葬时，带了一部家谱进地下。”

这算不算“儿戏”?他还真就这么干了。这孩子都没意识到，即便真有家谱陪葬，几百年过去，也不知道腐烂多少回了。而且，找到家谱就能证明他是虞公的后人?

“吴斌跟吴极说，他们家有一部吴姓家谱，打头的是虞公的二儿子，只要两部家谱衔接上，齐了。没有比这更有力的证明了。”

家谱这么复杂的东西我不懂。我爹给我留了一本，让珍藏，我放抽屉里后再没拿出来过。但以我对家谱粗浅的了解，很多家谱开头都会有一段大帽子，历数自家姓氏的沿革，吴极完全可以拿出自家的家谱嘛。

“这个我也问了。”副所长问我要了根烟，“吴极说，他把家里翻了个底儿掉，没找着。就给吴斌的船上打电话，父亲醉醺醺地跟他说，早不知放哪儿了，回到家再说。他一趟船经常要跑三四个月，吴极等不了，找到一部算一部。头一次见到这么仓促上阵的盗墓贼。找了几本盗墓小说翻了翻，围着虞公山转了三圈，觉得哪个地方顺眼，一锹插下去就开干了。担心一个人忙不过来，就把好朋友拉过来帮忙。哦对了，他不同意盗墓这个说法。”

“不盗墓他们怕啥?”

“我们的人守在那里，大盖帽总还是有点震慑力的嘛。他俩就跑了。”

“口供跟现场都吻合?”

“核对无误。挖掘工具藏在旁边的小树林里，也找到了。”

确实有点意思。我想找个时间跟吴极这孩子聊聊。他爹我见过，跑船回来，经常摇摇摆摆穿过运河街，一大早看上去也是醉醺醺的。

专家们确认虞公山下有座古墓。墓主人虞凤常，字鸾翔，湖北宜昌人，仕宦生涯主要在清康熙年间，官至大理院少卿。也就是大理寺卿的副手，佐正卿总理全院事务并监督一切事宜，正三品，够大的官儿。专家查阅大量史料，证实了本地的传说。大理院少卿虞凤常确系陪侍康熙皇帝沿运河南巡，船队行至鹤顶时病逝。虞少卿是康熙的爱臣，他的突然亡故，让皇帝十分悲痛，其时天气尚热，尸体不宜久存，长途迁移更是不妥，便御旨厚葬于此。当年一定是立了墓碑，碑文很可能还是康熙御笔，但很遗憾，不知道在哪个年代弄丢了。很可能因为墓碑的失散，导致本地人对这段历史的记忆开始漫漶，最终成了众多漫不经心的传说之一。不过这也在一定程度上保护了虞公山，否则，早不知道被那些职业的盗墓贼光顾多少次了。

我们把吴斌的“吴自虞来”一说报给专家，他们讨论之后，表示存疑：现有的资料完全不能支撑吴斌的说法。虞氏一族，在北京和宜昌都有后人，子孙繁茂，有案可稽；至于鹤顶的这一支，真没听说。

考古发掘正在有条不紊地进行。鹤顶在运河边上，千百年来，无数历史人物在运河上穿梭，无数的大事在水上与河边发生，大大小小的遗迹不能算少。在这方面，鹤顶人还是见过一点世面的。开始几天，大家围观考古现场的热情挺高，里三层外三层，等专家们找到此系虞公墓的确凿证据，即一块镌有“虞少卿”字样的石头后，人群就慢慢散了。热闹不能一直看下去，自己的日子还得好好过。我们继续提供必要的安保，所里的日常工作也逐步恢复。

跟县局协商之后，对吴极和安大平做过批评教育，把他们送回了课堂。我知道吴极没有想通。说实话，我也挺好奇，于是决定，干脆把它当成不是案子的案子继续办下去。周末下午，吴极母子俩都在家，我敲响了他们家的门。

儿子挖了虞公山，当妈的觉得挺没面子；但因为儿子这开山的几锹，引来一场轰轰烈烈的考古，还坐实了虞公墓，当妈的又觉得儿子给自己长了脸。不过此外，“吴从虞来”又让她哭笑不得。你爸整天云里雾里，瞎话张嘴就来，你也信？当妈的又十分来气，这事用膝盖想都觉得荒唐啊。我到吴家时，没说上两句，吴斌老婆又训开了儿子：

“好的你没学，脑子抽筋倒学得挺快。不过那死鬼也没啥好的可学。”

吴极小声嘀咕：“我爸没瞎说。”

“他不瞎说？嫁给他十八年，我算明白了，从头发梢到脚指甲盖儿，他从头到脚都是个骗子！”

“我爸不是骗子！”

“他要不是骗子，你妈我就是七仙女，就是王母娘娘。”

“我爸就不是骗子！”

“好了，老娘懒得跟你争了。你真是你爸的亲儿子。”

我赶紧打圆场，表示想跟吴极单独聊聊。

“随便！”吴斌老婆手一挥，“能带回家聊到管饭更好。”这婆娘拎起织毛线的袋子去邻居家串门了。

我问吴极：“你爸知道这事吗？”

“不知道。电话打不通。”

吴斌跟着一个外乡人跑船，每年回来两三次，吴极掰着指头数，在家撑死了也就待一个月。活儿多？谁知道。他喜欢在水上跑，说在陆地上走不稳，上岸就要摔跤。他悄悄跟儿子说，别告诉你妈啊，我两条腿不一样长。吴极想看看两条腿差多少，吴斌刮了一下儿子的鼻子，站着是看不准的。可是吴斌一躺床上就是前腿弓后腿蹬，两脚从来不齐，那姿势像在跑路。过去吴斌有过两个便宜的手机，一个喝多了不知丢哪去了，一个站在船边撒尿时，不小心滑进了水里。干脆不要手机了，反正没人找。吴极找他，都是打船老大的电话，那差不多也是个不靠谱的酒鬼。

吴家的房子不大，就这样也没塞满，客厅里的摆设稍显清冷，感觉这家人随时都可能搬走。"喜欢爸爸吗？"我问。

吴极低着头，"不知道。"

"想爸爸吗？"

"不知道。"

"爸爸回到家都干什么？"

"喝酒。跟妈妈吵架。给我讲故事。"

"都讲了什么故事？"

"什么故事都有。"这孩子突然有了自信，眉毛都跳了起来，"我爸爸一肚子故事。真的，他什么都懂。他去过很多地方，每个地方都能带回来一大堆故事。不信你问安大平。我爸一回来，他就待在我家不愿走。他说我爸是他见过的最会说笑话的人，每次他都笑得两个腮帮子疼。"

"你妈妈喜欢听吗？"

"我妈说，都是吹牛，鬼话连篇。然后就吵架。有时候还会打起来。"

"你爸都跟谁一起喝酒？"

"他自己把自己喝醉。一年有十一个月在外头，哪来的朋友。"

鹤顶镇上姓吴的有好几家，跟他们家都不是本家和亲戚。吴极往上四五代，都是单传。他爸说，跟他们不一路。

"你们家的家谱你看过？"

吴极摇摇头，"我爸都忘了放哪儿了。但是我看过这个。"他去自己房间抱回来一本破旧的县志，砖头一样大。他熟练地翻到折页的地方，递给我看。

纸页泛黄，印刷效果也欠佳。那一页介绍虞公山的传说，列出四种：虞氏住地说；虞氏修仙说；虞公墓说；还有一个愚公说。第四种意思是，这地方原来真有座山，堵在某人家门口，这家也出了一个愚公，暂将此山夷为平地，可惜天不假年，快削平的时候累死了。大家就把剩下的这个土包叫愚公山。已经有个跟王屋和太行两座山耗到底的愚公，本地人想，还是别弄重了，分不清彼此也麻烦，于是改叫虞公山。虞公墓说，指的就是虞凤常落葬于此，名之虞公山。吴极只在此一说的文字下，用圆珠笔画了两条歪歪扭扭的线。

“这个说明不了什么问题啊。”我说。

“我相信我爸的。”

吴极说这句话时，内向、羞涩和躲闪都不见了，一脸单纯笃定的孩子气。我摸了摸他的脑袋，感觉像在摸我们家的那个小混蛋。儿子高中毕业后，再不让我摸他脑袋了。“挺好，挺好。”我说，“你爸这么说，一定有他的道理。想吃什么？”

他想吃羊肉串，如果可以，还想把安大平也叫上。没问题，我说这顿一定管饱。我们在镇上最好的羊汤馆等安大平。他们想吃的全点了。分手的时候，我要了吴斌的船老大的电话。

那人姓秦，山东口音，说话充满梁山泊的豪气。我们聊得很好。船停在码头，他留守船上，吴斌上岸溜达了。他说吴斌这兄弟不错，就是管不住自己的嘴，每顿都离不开那二两猫尿，可惜了一肚子的才华。秦老大说到猫尿时嘿嘿地笑了，他也好这口。水上跑惯了，不喝两口真顶不住那寒湿，还有“孤独”。他说到“孤独”时舌头打了个结，不习惯这样文气和矫情的表达。

“一肚子才华？”

“也是一肚子鬼话。”秦老大吐了一口痰，在电话里说，“那真是个聪明人，说什么像什么。他要不跟我搭个伴，这一年到头在运河里跑上跑下，我还真不知道时间怎么打发。”

“你知道他祖上姓虞么？”

“那得看他喝到哪儿了。喝到位了，也姓过昊。”

我不知道接下来该问啥了，便随口说：“一肚子鬼话那你还信？”

“信了能翻天？你们可能不了解他。聊透了，你就知道，这人让你心疼。对，心疼，就这个意思。”

我头脑里立马出现一个清瘦的男人，还有点病病歪歪的。事实上，我见过的吴斌虽然块头算不上多大，但绝对是个结实的汉子。

“我可能没说清楚。反正这兄弟真不是坏人。他不过是张嘴就来。你要是跟他敞开了说上一个小时，我担保你会认为他跑船是屈才了。我一直觉得他能干很多高级的事。能干什么我也说不好，反正他经常没魂儿的样子既让我冒火，又让我愧疚，觉得委屈了他。但他又能干什么呢？所以这些年我一直收留他。要是别的船老大，早换个更年轻能干的了。不好意思，啰啰唆唆的，也不知道我说明白了没有。”他的声音突然远了，一段空白，他一定是捂住了话筒。很快山东口音又回来了，“吴斌回来了，又喝多了。你要跟他说吗？”

“不必了。我就随便问问。谢谢。”我竟然有点慌张地挂了电话。

这次通话之后不到一个月，准确地说，二十八天，考古发掘还在进行，秦老大突然给我打了个电话。吴斌死了。昨晚喝多了，可能夜里起来撒野尿，一脚没踩好，栽进了运河里。今天一大早尸体浮在水上，幸亏没漂太远，要不都不知道他跑哪儿去了。现在他正加足马力把他运回来，明天就到鹤顶。他觉得先给我打个电话，可能比上来就通知吴斌老婆孩子要妥当。为什么妥当，他也不知道。这个山东汉子，在电话里露出了哭腔。他说，吴斌无论如何是个好兄弟。

由所里出面，找了一辆车去接吴斌。我以为吴斌老婆会拒绝去码头，没有，她坐在车上一声不吭。如此安静的母亲，吴极也有点不适应，他下意识地抓着妈妈的胳膊，他的手不停地抖。

吴斌被水泡得变了形，头发稀疏，白多黑少。他长一张瘦脸，跟肿胀的身子完全不成比例。吴斌老婆没有哭出声，只是眼泪啪嗒啪嗒地掉。吴极也一样，因为控制不住的惊恐，他连眼泪都很少。秦老大年轻时肯定是个壮汉，此刻两鬓斑白。他擦眼泪的时候不得不擤鼻涕。

一切从简。最后关头，再整理一下死者仪容。吴斌脸上蒙一沓火纸，这是鹤顶的风俗。旁边站着五个人，他老婆、他儿子、秦老大、我和安大平。就在殡葬工要把他推进炉子里的那一刻，吴极抓住了父亲。他把父亲的两条腿直直地并到一起，握住父亲的两个脚踝。为了看得更清楚，他弯下了腰。

（《芳草》2020 年第 3 期）

猫生

葛亮

我终于要写这篇关于猫的故事。

在我出生后不久，我的母亲投入了工作。有相当长的时间，我的外公外婆在抚养我。同时他们有一个帮手，是我的小姨。

我外公家那时的房屋，尚有一个阁楼。在我记忆中，午后的阳光，透过顶窗，会一点一点照射到地板上。逐格向前迈进，好像日晷一样。我的婴儿时期，常常被抱到这个阁楼上，有时放在摇篮里，有时放在临窗的床上。因为那里是全家日照最好的地方。我外婆听一个医生的忠告，笃信小孩要多晒太阳，才有助于钙的吸收，长高长大。

但有时，那些光会在某个角度，凝聚为光束。这往往吸引了我的注意，会凝视这束光。大人们说，我在一岁之前，曾经有段时间眼睛有些斗鸡。我想，这可能和这束光有关。因为你无法忽略它的存在。如此透明，中间有灰尘飞舞。

在这阁楼上，发生的另一件事，总是被大人说得惊心动魄。小姨至今念起，仍说心有余悸。那天家里没有其他大人。小姨因为值夜班，中午便在阁楼上，哄我睡午觉。这中间，小姨中学时的同学来找她，她便下去。这个同学是个返城的知青，因为隔了许多年未见，又曾经知心得很，两个人似乎有说不完的话。待聊了半晌，才想起我还在楼上，大叫一声“不好”。

她听到了我的哭声。我从小就是个哭声很大的孩子，中气十足。所以在幼儿园时，我有一个绰号，叫“金嗓子”。

小姨匆忙地赶到阁楼上，看见我们家的大猫芒果，正对着一只不知哪里来的野猫。那是一只狸猫，凶猛而体形巨大，虎视眈眈地看着我。

上个世纪的 80 年代，所谓流浪猫，原没有现在这么好的待遇。如今我们小区楼下，可以看到它们优哉游哉，或卧或行，定时定点地接受着人们的投喂。而它们的神情，也一律是怡然的。因为不需要为了食物而争斗，眼光也往往是涣散而缺乏戒备的，甚而有一种家畜的谄媚。每见于此，我的母亲就会说，在她的记忆里，夜半总是能听到野猫厮杀的声音。那才是这些小兽的常态。

所以，这个城市一直流传着传说。说庞大的野猫，在饥饿的状态下，甚至会以婴孩为食。我们一个邻居家的孩子，被咬掉了鼻子。我的小姨显然被这种传说吓破了胆。她看见芒果站立在我与狸猫之间，浑身的毛已经支棱起来，喉头发出低沉的吼叫。因为身上的毛簌簌地颤抖，体形也因此扩大了一倍。而那只狸猫犹豫了一下，并没有去意，只是将尾巴扬起，围着我与芒果兜起了圈，在迂回中靠近。芒果终于趴低，身体弯成弓一般的形状，忽然将自己像箭一般射了出去，一口咬住狸猫的脖颈。两只猫开始激烈地打斗。这时候小姨才愣过神来，急忙将我抱下了楼。

当大人们重新回到阁楼上，一边责备着小姨的失职，暮色已低垂，室内一片昏暗。野猫已经不知去向。他们看到房间的床上和地上，到处都是蓬松而散落的猫毛。芒果静静地趴着，正用嘴巴舔舐自己的前爪。那前爪和眼睛流着血，已经凝成紫色。

外公用红汞水为它消毒。然后狠狠叹一口气，说，芒果这是用命来搏啊。看看，眼睛都差点给咬穿了。母亲怀着感激的心情，抱着我去堂屋的猫窝看它。它蜷缩着，看到母亲怀中的我，停止了动作，温柔地发出了“喵”的叫声。然后站起来，一瘸一拐地走过来，用头蹭一蹭母亲的裤脚。母亲蹲下身。它端详了我一下，然后抬起头，舔一舔我像黄豆大小的脚趾。

后来，当芒果稍好了，它就夜以继日地守在了我的身边。它的一只眼睛，已经看不见了，但另一只眼睛还保持了十分的警觉。只要有陌生人接近，喉咙里就发出戒备的声响。邻居们都渐渐知道，我们家里有一只比狗还要凶的独眼大猫。孩子们都很怕它。但据母亲说，它唯独对我保持着分外的温柔。它窝在摇篮里，将身体紧紧蜷裹着我，像是对一只小猫。眯着眼睛，耳朵却在机敏地颤动，留意着周遭的声响。而我也似乎习惯享受于它的温暖和气息。我是个好哭的孩子，每每没来由地号啕，大人们抱着哄着都没有用。但唯独芒果趴到我的身边，喉头发出“咕噜咕噜”的声音，我便立即停止了哭声，气息均匀地沉沉睡去。而芒果，便再也不离开我。用一只眼睛凝神看着这个婴孩，寸步不离。

这段有关我婴孩时的记忆，在我头脑里已了然无痕。但我的母亲会一遍遍地讲述。幼童时的我，对这只丑陋而年老的橘猫，并无特别的好感。只记得它的毛色杂乱，有多处的脱落。而且有一只失明的眼睛，里面常年积聚了眼屎。它很凶悍，但似乎对我格外亲近。而我是下手无轻重的孩子，有一次在玩闹中揪着它的耳朵，它终于想要挣脱，情急中用爪子在我的手上挠了一下，留下一道血痕。大人们在我的哭声中到来，惊慌地喝退它，打它。芒果并没有离开很远，远远地站着。半响后，才怯怯地，慢慢走过来，绕着我，试探地用嘴巴拱拱我，舔一舔我的手。

我再大了些，母亲告诉我，在我出生的那个正月，芒果产下了三只小猫。历来，“春猫子”都要经受气温与体质的考验。大约是那个冬天格外的冷。春寒料峭，三只小猫竟然都没有活下来。最后一只，是在我出生的那个月份死的。芒果对着小猫僵硬的身体，守了整整一夜。外公将小猫埋进了花园里，半夜它又刨出来，放在了猫窝里，用自己的身体暖着，直到那小猫发出了难闻的气味。

外公将小猫埋到了更远的地方。它没有再追赶过去，但是却凄厉地叫了一天。

当我来到这个家里，它第一眼看到我，便似乎恢复了安静。它试探地走到摇篮边上，趴下来，试图用身体把我卷裹起来。与对它的小猫，一模一样。

在我长到六岁时，芒果再次怀了孕。这时它已经很老了，很瘦弱，但是肚子很大。外公说，至少有四只小猫啊。它变得小心翼翼，护着肚子。走得也很慢，趴低身体。看上去，好像用肚子贴着地面。

到接近秋天时，外公说，我很担心它会生不下来。但是，中秋后的夜里，它忽然发出了凄厉的叫唤。外公披上衣服，走到了堂屋，看见芒果正卧在外公为它准备待产的窝里。羊水已经破了，它变得十分焦躁，身体出现些微挣扎。四肢绷起来，似乎很紧张。外公看护着它。这样一个多小时，都没有生出来。它好像很疲惫了，叫声也开始虚弱。

外公很伤心，说，唉，芒果已经十岁了。生这窝小猫，可能要送了它的命啊。

但这时，芒果却流出了许多血。然后外公就看见有小猫的头露出来了。

生出了一只后，芒果似乎耗尽了力气。它将身子靠在箱壁上，望望外公。闭上了眼睛，像是要睡过去。外公将它刚生出的小猫放在它眼前。我说，芒果，加油啊。

芒果终于张了一下眼。它艰难地抬起头，伸出了舌，轻轻舔了一下小猫。这只小猫真瘦小，蜷缩着，好像在瑟瑟发抖。

芒果将小猫都生出来了。果然是四只小猫，但是另外三只都是死胎。可能是太久没有生出来，都闷坏了。小猫身体上都包着胎衣，血淋淋的。外公捂一下我的眼睛，不让我看。自己用一只鞋盒，把死去的小猫都装起来。我知道他又把它们埋到花园里去了。

这一回，芒果似乎并没有很伤心。它甚至没有多看一眼。它的心思，都在活下来的这只小猫身上。

这小猫很瘦，闭着眼睛，看不见。但是，好像是因为本能，也可能是因为气味，它很快钻到了芒果的怀里，发出了“咪咪”的细微的叫声。芒果用嘴巴拱一拱它，引导它找到了母乳的位置。它立即趴了上去。才手指长的一只小猫，竟然有很大的力气。我看它使劲地吸吮，竟然将芒果的肚皮吸得一起一伏。

外公笑笑说，这一窝里，就留下它一个，是个“福将”。芒果十岁了，也算功德圆满了。

芒果剩下的一只眼睛，目光变得很温柔。它软软地叫一声，时不时去舔一舔这只小猫，理顺它还很柔软的胎毛。在我看来，小猫的毛色，实在是有些奇怪的。大体而言，它算是一只狸猫，但是身上莫名有一块白。猫身上局部的黑白颜色，一般都有点睛的作用。比如，在头上的黑呢，可以叫“乌云盖顶”；生在四爪上的白，可以叫“踏雪”。总之，都可以起个好听的名字。可是呢，这只小猫很奇怪，只在侧面的肚皮上，生了圆圆的一块空白。像是身上的花色，忘记被填满了。外公问我，毛毛，你看这像个什么？

我看了看，说，像一只汤圆啊。

外公哈哈大笑，说，好啊，那就叫它“汤圆”吧。

汤圆长到一星期大时，小姨带回家一只小奶猫。

这小猫看上去，比汤圆略大些，虎头虎脑的。但是身上的毛支棱着，应该是未受到很好的照料。

外婆说，这是哪里来的？

小姨说，厂里传达室赵大爷捡到的，在花坛边儿上。我想咱家不是有芒果吗，我不能见死不救啊。

外婆说，不会是野猫生的吧。你怎么回事，什么都往家里捡，有寄生虫怎么办？

小姨不接她的话，打了悠长的呵欠，说，下夜班困死了，妈我去睡觉了。

但没过一会儿，小姨便宣布她睡不着。她跑到了猫窝边上，看她刚刚放在窝里的小猫。

但是，她瞧见芒果蜷缩在箱子的一角，身体蜷曲着，将汤圆也包裹在自己的皮毛里。而那只新来的小猫，趴在箱子的中间，好像是睡着了。显而易见，芒果用这种方式，表达着对这个来历不明的小猫的排斥，甚至不惜牺牲自己的空间。

小姨叹了一口气，她轻轻捧起小猫，将她放在芒果的肚皮旁边。芒果一动不动。小猫在温暖的母体旁边受到了诱惑，出现了本能，开始将身体往前拱，甚至开始挤压汤圆。芒果急了，喉咙口发出低沉的嘶声。它用后腿猛然一蹬，小猫被蹬出老远，哀戚地叫唤起来。

这游丝一样的声音，让小姨十分心疼。她将小猫放在手心里，对着芒果，做了一个怀抱的姿势。她对它说，芒果，谁的孩子都是孩子，你不能见死不救啊。

不知芒果是不是听懂了。当小姨把小猫再放进箱子里，芒果的身体慢慢舒展开来。它冲着小猫的方向，软软地叫了一声。小猫如受到了鼓励，爬向了它，钻到了它的肚皮下面。拱了拱，飞快地找到了它的乳头，吃起了奶。大约突然而至的痛楚，让芒果的身体颤抖了一下。这小猫，大概很久没吃东西了。

芒果平躺下来，闭上了眼睛。

小姨舒了一口气。忽然，她冲我大声说，快看啊。

我已经看到了。芒果抬起头来，它将鼻子靠近了小猫，仔细地闻了闻。在片刻犹豫之后，它终于伸出了舌头，开始舔这只小猫。舔得异常仔细，从头到尾。

小猫在这舔舐中，似乎感到舒服，发出软软的叫声，耳朵也耷拉下来了。它杂乱的皮毛，也被舔得清晰顺滑了。这是一只黑白相间的小猫。它的背上，有一个黑色的“T”形的花纹。小姨说，毛毛，你看，这像不像个榔头。

于是，这只小猫，从此被命名为“榔头”。

榔头是一只很壮健的小猫。这一点，同时体现在它的性格和生长方面。相对于汤圆，它长得更快，一个星期个头已经大了不少。并且，它有天然的争取的欲望。它吃奶的时候，就是“用尽了吃奶的力气”，占据最优越的位置，还时不时地把汤圆往旁边挤。而汤圆呢，则有些逆来顺受的性情，当然，也可称之为随遇而安。把它放在哪里，都老实地待着。虽然它也睁开了眼睛，但似乎好奇感仅止于向四周张望，而不像榔头似的四处乱爬。它也并不介意榔头侵占了它的母爱。榔头有时会爬到芒果的肚皮上，四仰八叉地，还打起了呼噜。小姨就嘲笑地说，它可真不把自己当外人啊。

这时候，芒果就默默地将汤圆用嘴巴叼起来，放在离自己更近的地方，不厌其烦地舔它，仿佛以示爱的公平。

这期间，外公不断给芒果加餐，为了让它下更多的奶。有小鱼拌饭，小鱼是那种很容易嚼碎的鳑子鱼，还在里面掺入虾皮。我看着外公。外公说，芒果老啦，牙口不好，这个虾皮呢，可以给它补补钙。

可是，对以前最喜欢的鳑子，芒果似乎没有什么胃口，象征性地吃几口，就停住了。它低下头，偶然抬起，轻轻地叫一声。它只是守着它的小猫们，寸步不离。它似乎很依恋地看着它们。

到汤圆快满月时，有天夜里，忽然打起了很响的雷，然后下起了滂沱大雨。雨停了，外公忽然听到窸窸窣窣的响声。他穿上衣服起身查看。我跟着起来，看到堂屋里的猫窝空了。

什么都没有。芒果不在，汤圆和榔头也不见了。

我大吃一惊。要知道，这近一个月，为了照顾小猫，芒果没怎么离开过窝。

外公说，唉，怪我，这窝离门口太近，打雷给惊着了。

我四周看了一看，找了又找，也有些着急，芒果去哪里了呢。

外公的目光，在堂屋的门上停住了。这木门上留了一处小布帘，是供芒果出入方便的。那布帘上，有个湿湿的爪印子。

外公于是带着我走出门去，看看地上，然后穿过了小院，最后来到了院子后头的储藏室。

外公推开了储藏室的门，打开了灯。

我四下里望，眼睛一亮，大声说，外公，芒果在这儿呢。

芒果卧在这个小房间的角落里。这房间平时很少人来，摆满了各种杂物。我们走过去，芒果先是戒备地猫低了身体，绷得紧紧的。待看到是我们，才扬起头，轻轻叫了一声。

我们看到芒果浑身都是雨水，湿透了，有些瑟瑟发抖。

汤圆和榔头也在。它们卧在外公摆在墙角博古架的一大摞宣纸上。这摞宣纸，中间被刨开了一个坑。芒果和榔头卧在这坑里，身上堆满了纸屑。两只小猫，倒都是干蓬蓬的，睡得正香。外公叹一口气。我知道他是心疼这些宣纸。

芒果这时走过来，用头蹭一蹭外公的腿，蹭来蹭去，来来回回。

外公蹲下身，说，芒果，你怎么了。

芒果抬起头，一只眼睛里，闪着光芒。在黯淡的室内，像一颗绿宝石。它软软低叫一声。外公伸出手，里面是一只小鱼干。它不吃，只是伸出舌头，舔一舔外公的手心。

外公让我拿来一块毛巾，给它擦身上的雨水。它有些焦急地扬起头，望一望两只小猫的方向。

外公说，芒果一定是被雷惊到了，所以要冒雨把两只小猫转移到安全的地方。

我说，可是，两只小猫身上，怎么一滴雨都没有呢。

外公说，当妈妈的，怎么会让自己的孩子淋雨呢。

我又问，它怎么知道储藏室是最安全的地方呢。

外公愣一愣，回答我，当年芒果生头胎，我给它准备了产褥子，它不要。自己跑去那个储藏室，把小猫给生下来了。那就是它心里最安全的地方。

芒果病了。不吃不喝，吃一点就吐出来。

它蜷在窝里，一动不动，我们望着它。它就眯着眼睛，虚弱地叫一声。两只小猫，拼命地想要爬向它。但是，只要一靠近，它就将身体挪开，驱赶它们。可是榔头似乎有些锲而不舍，甚至咬住了它的尾巴。它于是艰难地站起来，叼起这两只小猫，轻轻把它们放到了窝外面。

外公说，芒果知道自己不好了。

外婆说，这怎么办。

小姨开始哭，但很快她一抹眼泪，说，我出去找个人。

没等我们问，她就出门去了。

很快她就回来了，身后跟着一个年轻男人。小姨低着头，介绍他，爸妈，这是李大志，我们的厂医。

这个叫李大志的青年人，看了小姨一眼，很礼貌地问外公外婆，病人在哪里。

我未来的小姨父，就以这种方式，第一次登门。在此之前，小姨甚至对所有的家人，都没提过这个人。据说这时，他已经追求了我小姨一整年。

外公愣一愣，说，小同志，你跟我来。

李大志看到了芒果，有点惊奇。因为小姨跟他说的是，家里有

“人”得了急症。他很是忐忑，因为这大晚上的，并没有去医院，而找上了他，必然是有什么特别的原因。毕竟，他只是一个年轻的厂医，刚刚从学校毕业。

现在，他更忐忑了，因为他从来没有给动物看病的经验，实习时也没有过。相反，其实他有点怕猫。因为他的鼻敏感，他对所有带毛的动物，一向敬而远之。但此时，他唯有硬着头皮上了。

小姨对他表现出的犹豫有点不耐烦，说，你到底会不会看啊。

他赶紧笑笑，说，没问题。

他一边打开了医疗箱，从里面拿出了压舌板，将手靠近芒果。芒果闻到了生人的气味，立即张开眼睛，戒备地看了李大志一眼，喉头发出“咕噜噜”的声音。

小姨问，你在干什么。

看……看看舌苔。李大志勇敢地把手又往前伸了伸。但是，芒果忽然咬住了压舌板，不肯松开。李大志脸憋得通红，使劲地想要抽出手来。但病中的芒果，仍然表现出了惊人的咬合力。

外公于是拍拍芒果的脑袋，说，芒果，要知好歹啊。这是李大夫，给你看病呢。

芒果真的就将嘴巴张开了。但是，它并不想让李大夫看它的舌苔，将头偏到了一边去。

李大志有点不知所措，就问外公，病……病人，之前有什么症状。

外公就对它说了。李大志沉吟了一下，点点头，说，我给它听一听吧。

李大志从医疗箱里拿出了一个听诊器。他戴上了听筒，一面将那金属的听头，放在自己的手里攥着，攥了好一会儿。

小姨催促他，你怎么还不听哦。

李大志嗫嚅一下，说，就好了。有点凉，焐……焐一焐。

谁也没注意到，小姨的眼里，这时忽然闪过的一丝柔情。

接下来，就出现了令我至今记忆犹新的一幕。外公抱着芒果，小姨把住它的腿，让它不要挣扎。李大夫将听诊器小心翼翼地在它肚皮上移动，神情严肃郑重。

过了一会儿，李大志将听诊器拿下来，说，嗯，肺部有杂音啊。应该是淋雨感冒了，轻度肺炎，也影响了肠胃。我给它开点药吧。

李大志认真地写着药方，一边说，这个，一天两次，要饭后吃，温水送服。

小姨说，啊，怎么给芒果温水送服？

李大志又闹了个大红脸。他说，对……对啊。怎么办？

外公忙出来打圆场，说，不碍事。我把药捣碎了，拌在猫饭里给它吃。

芒果吃着李大夫的药，在全家人的照料下渐渐好起来了。

只是胃口还不太行，吃两口饭就不吃了。

李大夫时不时跟着小姨，过来看看它，还给芒果带了葡萄糖的针剂，说可以补充营养，好得快。

可是，这样一病一折腾，芒果的奶水回去了。两只小猫只好提前断了母奶。外公呢，就多订了一瓶牛奶，倒到一个小碟子里。榔头呢，很快就学会自己挨着碟子，吧唧吧唧地舔起来。但是汤圆太小了，还没有学会自己舔食，只会着急地在旁边咪咪叫。

李大夫说，我……我有办法。

我看他，用打针的针筒，在牛奶瓶里吸满了，然后凑到汤圆的嘴边，慢慢推下去。奶香吸引着汤圆张开了嘴巴。不知是不是出于本能，它开始用力地吸吮，就如同趴在芒果身上一样。以后，条件反射一般，只要看见针筒，汤圆立刻张开嘴巴。

芒果默默地坐在近旁。它看出了李大志的好，便从以往的戒备变为了亲近。有一次，在他给汤圆喂过奶后，它走过去，舔了舔他的手。

很快到了初冬。

冬至这一天，家家户户要“做冬”吃团圆饭。外婆对小姨说，小妹，明天叫小李大夫来家里吃顿饭吧。

小姨蹲在地上逗小猫玩。她听着，头也不抬，说，咱全家吃饭，叫他干啥。

外婆说，让你叫，你就叫，哪来这么多话。

小姨脸微微一红，说，你们要是都喜欢这个结巴，我，没意见。

外婆笑了，说，哪是我们喜欢，是咱家芒果喜欢呢。芒果，对不?

芒果听见了，抬起头，看着外婆，很温柔地"喵"了一声。

汤圆两个月的时候，家里人才看出了它的异样。按理因为照顾得好，两只小猫都成长得茁壮。榔头来了一个多月时，已经满地跑，十分矫健，出其不意地抱住人们的腿脚，像是巡捕的小兽。

而汤圆则一直艰难地爬行。准确地说，是用两只前腿在爬，拖着后肢，努力地爬行。你可以体会到它对世界的好奇，体会到它站起来的盼望。可是，后面那两条腿，却软软地使不上力气。看它努力地昂起头来，像是一条在岸上喘息的鱼，这模样十分让人心疼。

小姨说，是不是缺钙啊。

于是就把钙片磨成了粉，混在牛奶里给它吃，但是似乎并没有改善。

李大志看了看，说，这小猫的后腿，好像变形了。脚掌内翻。

李大志就用钢丝和大号的木头衣夹，给它做了一对夹板，绑在后腿上。汤圆疼得直叫，但芒果懂得他的好意，便使劲舔着汤圆，安抚它。

一个月后，夹板取下来，后腿算是矫正过来了，但仍瘫软在地上。芒果低下头，拱一拱汤圆，鼓励它。汤圆拼命地撑着前脚，几乎耗尽了力气，但是无济于事。

这时候，我们都很清楚，汤圆是一只先天残疾的小猫。

我也不知道，汤圆是性格本就安静，还是因为无法四周活动而变得安静了。榔头越来越强健和聒噪，会用叫声表达它所有的要求。要我们为它开门，喂食，甚至无聊时需要人陪伴它玩耍，榔头都用急促而嘹亮的叫声来表达。

但汤圆，紧紧依偎着母亲，寸步不离。这种依偎，并未因为它体形的成长而改变。芒果因为迁就自己的儿子，似乎也变得行动迟缓，总是静卧着，只有吃饭时才会唤上汤圆。

但是与行动不便相对照的是，汤圆是一只极其热爱洁净的小猫。它从不会随便便溺。所以，总是要非常艰难地爬到猫砂盆，安静地解手，然后用猫砂细细地盖上。有一次，小姨出去换猫砂，忘记把猫砂盆拿进屋。到了傍晚，忽然响起了凄厉的猫叫声。小姨恍然大悟，当她火速将汤圆放进猫砂盆，汤圆颤抖着，尿了好长的一泡尿。可能已经憋了很久很久，到了难以忍受的程度。但是它仍然没有让自己失禁。尿完了，它仍然很细心地用干的猫砂盖住，然后艰难地从盆里爬出来，一瘸一拐地爬向它的母亲。这让我们都十分惊异，为它的自律，也因为它没有因残疾而放弃自己，这更为让人心疼。

而榔头则走向了另外一极。它早早就在室内待不住了，而且似乎注定是向往野外的。它大小二便，都要跑到外公的小花园里解决。偶然也会在床底下不羁地撒上一泡，当有尿骚味弥漫上来，必然是它的作品。外公叹一口气，在它脑袋上拍了一记，假装呵斥它：怎么都说不听。

长大以后，我在科学画报上读到，猫科动物，总是用便溺来做出记号，对其他动物表明自己的势力范围。也许这个家，对于榔头而言，就是一座丛林吧。

到了夏天时，总是下许多雨水。人和猫都闷闷的。

一天雨后，竟在黄昏时晴了，而且出了很大的太阳。

外公就把家里的猫都抱到花园里晒太阳。

雨后，总有蜻蜓低飞。榔头兴奋得很，在花园里奔跑，赶着蜻蜓，扑来扑去。汤圆抬起头，一动不动，眼睛里闪着好奇的光。一只蜻蜓，竟然飞过来，静静地停在了它的鼻子上。它可能也吓了一跳，却大气不敢喘一下，眼珠盯着蜻蜓，几乎要对起来。终于没忍住，打了个很大的喷嚏，把蜻蜓给惊飞了。

芒果照例转过身，在儿子的头上舔上一舔，以示安慰。阳光照在这对母子身上，暖洋洋的。芒果趴下来，阖上眼睛。我抚摸它的皮毛，它喉咙里就发出呼噜呼噜的声音，可能是很舒服吧。

芒果这时已经很老了，病了一场后，精神一直不济。半年掉了许多毛，背上都秃了不少。它已经完全没有大人向我描述的当年的神气。趴在地上，像是从箱子底里拿出来晒霉的一件老旧的黄色皮坎肩。

芒果是在这年的秋天死的。

死的时候，并没有什么征兆。前一天晚上，还吃了一小碗鱼饭。

芒果的尸体，是清早时在储藏室里发现的。

这是它觉得最安全的地方。

被发现时，汤圆紧紧地依偎着它。而榔头则在它的四周走来走去。

芒果侧躺着，眼睛闭得紧紧的，只是像睡着了一样。

榔头在芒果死后的第五天，失踪了。

吃饭时，也没有出现。外公隔一段时间，就去猫窝里看一看。只看到汤圆静静地卧在那里，不吃也不喝。小姨抚摸它一下，要把它抱出来喂食。它挣扎着，用前脚抵住箱子的边缘，不愿意出来。

外公叹一口气，说，由它吧。这窝里有它娘的味儿呢。

榔头一天一夜没有回来。外公将吃饭的搪瓷碗在花园的台阶上敲着，嘴里喊，榔头，回来吃饭了。

敲了很久很久，榔头一点影子也没有。

外婆说，唉，到底是野猫的种，养不熟啊。没良心，说跑就跑了。

小姨撇撇嘴说，榔头不会跑的。

我也说，外婆，榔头不会跑的。

又过了两天，中午时候，榔头回来了。

它浑身脏兮兮的，嘴里叼了一个东西，直接跑进了堂屋，将那东西放进了窝里。

小姨本来很高兴，但是定睛一看，大惊小怪地叫起来。原来榔头把一只老鼠搁到了汤圆面前。这老鼠很大，几乎赶上了榔头大半的身量。颈子上，还汩汩地流着鲜红的血。

小姨慌忙拿了一只炭钳子，将老鼠夹了出来，丢在地上。

可是榔头，却一口咬上去，跳进了窝里，重新又放到了汤圆跟前。

小姨伸手打它一下，说，榔头你要死啊，多恶心啊。

当小姨又要夹那只老鼠时，榔头忽然蹦了上来，在她手上凶狠地抓了一道，身体弓了起来，喉头放出低沉的吼叫。

小姨生气极了，伸出脚踢它一脚。它愣了愣，回身望一望汤圆，叫了一声，箭一般地跑出去了。

我们都觉得，榔头不会再回来了。

但是隔了两天，看到堂屋里黑影一闪。我们赶紧走进去，看到猫窝里，放着大半条的红烧鱼。

又隔了一天，我们又发现，汤圆正在窝里啃一只酱猪蹄。

终于有邻居上门投诉，话说得很不客气，说你们家的猫，干什么不好。老来偷我们家的菜，就真少它一口吃的吗。

外公叹一口气，狠狠心，将堂屋大门底下那个供猫出入的小门，给封上了。

有天半夜里，我们听到了“咯吱咯吱”抓门的声音。走出去一看，果然是榔头。

榔头看到我们，并没有退缩。它抬着前脚，支起身体站着，将门使劲抓得更响了。

不理它，它就在外面抓个不停。锲而不舍，足足抓了半个小时。

外公终于为它开了门。它哧溜一声冲了进去，径直冲到了猫窝跟前，松了口，把一只麻雀送到了汤圆的嘴边，然后拱一拱它。

那应该是它的猎物。

然后，榔头自己退到了墙角里，卧了下来。再看我们，是一脸浑不吝的神情。

它卧下来，安静地周身舔着自己。我们这才注意到，它身上有几道很明显的伤痕。一些血已经凝固成了紫色。可还有一道很深的，仍然在渗血。

外公从急救箱里拿了红药水，把它抱到自己的膝盖上，给它涂药水，消毒。后腿上一处，给它缠上纱布。

它也不抗拒。我知道，这药水沾上伤口，是很疼的。榔头一声也不吭，只是向猫窝的地方张望。

外公把它放到了地上。它一瘸一拐地走到了窝跟前，把头探进去，用自己的鼻子，碰一碰汤圆的耳朵，又轻轻面对面地蹭了一会儿。

这才站起来，坚定地往门口走去。到了门口，却又回转了头，看一眼猫窝，对我们叫了一声，这才出去了。

我们看到，榔头虽然受了伤，仍然十分矫健地蹦到了窗台上，然后是墙头、屋檐，动作一气呵成，最后消失在我们的视野里。

外公远远看着，对我说，娘没了，它知道要照顾弟弟啊。

我看见外公眼里星星点点的，声音也有些酸楚。

外公回了房间，拿出工具，蹲下身，将堂屋封住猫洞的木板给拆掉了。

以后，榔头仍然经常回来。但更多的时候，是在外面流浪。

在外面食无定时的日子，并没有影响它健壮地成长。它已经是一只大猫了。有一次，在附近的公园里，看到了榔头。它蹲踞在一个水泥砌成的乒乓球台上，气定神闲。它身边有其他一些野猫，围绕着它。显然它已经是一方首领。它倨傲地环视，它的右眼上方，有一道深深的疤痕，是某次打斗留下来的。眼睛就不太能顺利地睁开。可是另一只眼睛，目光如炬。这让我想到了当年的芒果。

在环视中，它看到了我和外公，猛然站起身。摇摇尾巴，向我们致意。

榔头每次回家，照例会带“礼物”给汤圆。

汤圆也长大了。虽然行动不便，依然安静，但可以看出它的乐观。虽然无法蹦跳，但它的前脚因为使用得更多，变得发达，可以拖着后腿飞快地前行。在家里，好像是到处游动的一尾鱼。

每次榔头回来，它就目光闪亮，十分兴奋。它们在院落中打闹，如同小时候一样。有时汤圆的前爪是欠分寸的，在嬉闹中，显见是把榔头打疼了。但榔头甩一甩头，只迁就地，用嘴巴轻轻咬它一下。榔头也会匍匐身体，模仿汤圆，在地上做爬行的动作。但它其实并不及汤圆游刃有余，经常落后。当它们累了，就窝在一起，相互舔舐。这时榔头的眼光，和在公园里看到的完全不同，温柔而涣散。

每次，榔头都不会逗留很久。有时它听到风吹草动，耳朵立即警觉地支棱起来。然后站起身，毫不犹豫地跳上屋顶，飞檐走壁地消失了。

过了这一年的暑假，我要跟爸妈上小学了。

临走时，我抱起汤圆，才发现它已经很重了。我说，汤圆，你要好好听外公的话，我会再回来看你的。

汤圆对我叫了一声，然后轻轻地舔一舔我的手。

亲戚们把我送到门口。我回过头，忽然看到，墙头上有道黑影一闪，就不见了。

我希望那是榔头吧。

（《江南》2020 年第 3 期）

瓦西里

钟求是

跟莫斯科相比，圣彼得堡显得老派一些，教堂很多，街道不宽，大多数房子攒着不短的年头，看上去有点旧色。好在旧色之中，一条长河从城中穿过——不用说，它就是著名的涅瓦河。涅瓦河水面开阔，颇有气度，让整座城市亮堂了许多。

不坏的是，我们就下榻在离涅瓦河不远的一家三星宾馆。这里的地陪导游是一位夹带中国东北口音的胖男。胖男导游说："你们呀得在这儿住上四宿，圣彼得堡的历史厚着呢，好玩的地方老多了。"他嘟噜着舌头送出一串景点，夏宫冬宫要塞教堂什么的，好像所报的是一份俄餐菜单。

按游程安排，我们第一天逛了夏宫。夏宫的殿厅和喷泉派头不小，挺让人提神的，用团里大爷大妈的话说："别小瞧了老毛子，还真是有点家底儿。"玩到傍晚，集体吃了团餐回到宾馆，一天的奔波才收了尾。上岁数的把门一关，待在房间里准备洗洗睡了。年轻的男女还剩有体力，相互串门扯些闲话。我无伙无伴，又不知道干点什么，就下楼出了宾馆到街上走走。

宾馆门前是一条小街。此时夜色刚冒出来，小街上行人不多，显得有些清淡。我走了一段不觉得有趣，脚步正有些茫然，目光一拐看到了路边咖啡馆的标识。我在北京是泡吧老手，有时待在出租房里太寂寞，就拎着电脑到咖啡馆里写上一个下午或一个晚上。现在既然在这里遇上了，我不反对自己进去坐一坐，也算是添一次俄罗斯的泡吧经历。

我走近咖啡馆推门进去，左右打量一下，在中间一张小桌前坐下。店厅不是很大，但两边靠墙矗着高大的檀木书柜，显出几分优雅。有点暗淡的灯光中，坐着三三两两的身影。很快一位侍应生走过来，我不会俄语，只能用蹩脚的英语要了一杯卡布奇诺。

等候的时间，我掏出手机巡视微信朋友圈。正潦草地看着，屏幕上跳出一个电话号码并响起铃声，我划开话筒，压低声音说话。对方是一家影视公司的文学策划，用居高临下的口气向我打问剧本的事儿。我不高兴地敷衍几分钟，摁掉话筒。侍应生端着托盘过来，将咖啡杯子搁在桌上，又讲了几句俄语。我不明白地瞧着他，心想这哥们儿干吗这么严肃。这时旁边传来一句中国普通话："他是让你别在这里大声说电话。"我扭头一看，竟是一位中国老男人——他坐在里侧的小桌前，似乎也是一个人一杯咖啡。我吐一下舌头，转过身冲侍应生耸耸肩，说了一声Sorry。

侍应生走开了。我端起咖啡杯子呷了几口，然后想到一个情况：两个中国人坐在俄罗斯的咖啡馆里，相互不搭腔，这无论如何有点奇怪吧。正这么溜着神儿，那位中国老男人走过来坐到了我的对面。他一头银发，还戴着金边眼镜，儒雅中又有点横劲儿，似乎是个爱教导别人的老头儿。我赶紧说："刚才我以为自己小着声音的。"他盯住我说："是来旅游的吧?"我点点头说："出来散个心，先玩莫斯科，今天刚到这儿。"他说："你是……写剧本的?"我又点点头说："我小着声音还是被您听了去……中国的耳朵在哪儿都有呀。"他说："你，知道瓦西里吗?"这句问话有些跳，我说："是瓦西里大教堂的瓦西里吗?"他说："不是，是电影《列宁在十月》《列宁在1918》的瓦西里。"我愣了一下，说："这个我不知道。"他说："搞影视的不知道电影《列宁在十月》《列宁在1918》?"我说："听说过没看过，这种电影又不是必须要看的。"他说："不同意！没看过《列宁在十月》《列宁在1918》就来圣彼得堡，你怎么读得懂这座城市?"我心里一笑，都什么年代了，还掏出这种神逻辑。我说："这两部电影您看过许多遍吧?"他说："我数字不好，忘了看过多少遍啦，但我能把台词背下来，尤其是瓦西里的。"我哈了一声说："这么说，瓦西里是电影中的牛B人物?"他沉默了一下，说："我不想跟你谈瓦西里……如果你是我的学生，我不会让你及格毕业的！"说着他站起身，走回自己的桌子。

我有点丢兴，追了他一眼。我注意到他的桌子上有几张纸，上面搁着一支笔——我心里一动，看来这老头儿也有在咖啡馆里写字儿的习惯。

从咖啡馆回到住处，时间不算太晚。虽然有些累，我还是起了心念，从手机优酷里调出《列宁在 1918》。这部电影的故事发生地是在莫斯科，那时苏联刚刚迁都。电影一开始，身材高大的瓦西里从莫斯科回到圣彼得堡家中，见到了妻子和摇椅里的孩子。妻子抱怨说没有吃的："牛奶没有，面包也没有，怎么办?"瓦西里说："不要哭，面包会有的，牛奶也会有的，一切都会有的。"这几句话挺熟耳，算是口头语录了，原来出自这里。故事往下走，克里姆林宫卫队长马特维耶夫打入敌人内部，当听到对方马上刺杀列宁时，他奋勇地从楼上窗户跳下，口中大喊一声："瓦西里!"守在那里的瓦西里冲过去护住中弹的马特维耶夫，马特维耶夫让瓦西里赶紧去救列宁。情节到这儿有点意思了，属于剧情叙事中的拐点。我恍惚一下，记起姜文在《阳光灿烂的日子》里玩过一个镜头，几个青春少年高喊着"瓦西里"从高墙上跳下。嘿嘿，其源头原来也在这里。

看完电影已是深夜，我还想做思考状，脑子一暗很快睡去。第二天醒来有些迟，匆匆吃过早餐上了车，才知道是去参观冬宫。胖男导游先提示大家今天要备足体力，因为进门前要排很长的队，再用三四个小时走马观花。一位大叔说："走马观花也得用三四个小时，冬宫很大吗?"胖男导游说："冬宫号称世界四大博物馆之一，有 1050 个房间。"一位大妈立即表示不服："1050 个房间算什么，冬宫房间再多，有故宫那么多吗?"胖男导游呵呵笑了。我掏出手机塞上耳机，开始看《列宁在十月》。影片中列宁很忙碌，瓦西里也很忙碌，武装起义的准备工作在危险中展开。片子进行到一半时，旅游车到达冬宫广场，我们下车排队。队伍的长度的确可观，估计得排上好一阵子。我拿着手机继续看。瓦西里到工厂车间发动工人，与敌方官员周旋；列宁让瓦西里必须睡上两小时，瓦西里悄悄溜掉了；瓦西里在街上用高大身子挡住列宁，骗过敌方士兵的眼睛。影片的尾部形成高潮，阿芙乐尔号巡洋舰开炮了，之后起义人群潮水似的涌向冬宫，打开铁门冲进去。临时政府的部长们正在议事厅开会，面对一拥而入的工人与士兵，他们目瞪口呆。

电影结束得恰是时候，因为此刻排队也接近了入口。在随后的时间里，我一直裹在人流里往前走。这儿的艺术品确实霸气，我看到了达芬奇《戴花的圣母》、拉斐尔《没有胡须的神圣家族》、伦勃朗《达娜厄》，我还跟石像《伏尔泰》合了影。不过在眼睛忙碌的同时，我脑子里仍留存着影片的余味。我很想找到那个有着政权交替象征的议事厅，但冬宫真的太大了，晕头转向中一时不可能找到。

这天晚上，我又来到那家咖啡馆。我的运气不坏，中国老头儿果然坐在那儿，而且是昨晚的同一张小桌。

我走过去直接坐到他的对面。他没有惊讶，先瞧我一眼，又低头写完纸上的一行字，说："什么情况？觉得这儿的咖啡不错？"我说："我猜您今晚还在这儿，我想跟您聊聊。"他说："我为什么要跟你聊？"我说："您是个怕寂寞的人，不然不会在咖啡馆里写字儿。"他说："我怕的不是寂寞，这个理由不成立。"我说："昨晚听了您的话，我把《列宁在十月》和《列宁在 1918》看完了。"他微微一愣，把笔撂在桌子上，说："那你想跟我聊什么？瓦西里吗？"我说："我知道我没资格谈瓦西里，所以只想听您的。"他说："听也是一种能力，你觉得你有吗？"我说："我至少有好奇……跟着旅游团挺无趣的，白天跑景点晚上睡大觉，我不想只是这样。"他说："这句话及格了，和旅游团混在一起是有点傻，我就乐意一个人跑来跑去。"我说："您看上去不像是来旅游的，您像是在旅行。"他说："旅游和旅行有什么区别？"我说："旅游没故事，游行有故事。"他说："在圣彼得堡待七天了，我没有故事只有回忆。"我说："回忆本身就是一种故事。"他说："毕竟是写剧本的，想着的就是故事。"我说："一个写剧本的，连瓦西里都不知道，怎么能写好剧本。"他松一松脸笑了："嗯，这句话又及格了。"

顺着气氛，我唤来侍应生又点了两杯咖啡和一些糕点。他说："咱俩这么说着话，像老熟人似的，可我还不知道你是谁。"我说："我姓吴，你叫我小吴好了。我是南方人，现在北京漂着，是个半拉子编剧，还属于替别人打工的阶段。"他说："好吧，你'无'我'有'。我姓尤，你叫我老尤好了。"我赶紧说："我不能叫您老尤，瞧您这气度，得叫您尤老。”他说：“这话不及格，我七十还不到，叫尤老起码得八十以上。”我说：“我猜您是大学老师，还是一位不轻易让学生及格的老师。”他点点头说：“以前是大学教授，现在是退休老头儿，一位无所事事的退休老头儿。”

新的咖啡杯子上来了。这位自称是退休老头儿的前大学教授端起杯子吹一吹气又放下来，开始了关于瓦西里的讲述。

事情得从两个月前说起。那一天，无所事事的尤教授坐在杭州家中的书房里，自己跟自己玩一个游戏。他在一张纸上写下“一生最遗憾的事”，然后在脑子里挑挑拣拣，拣到了就记上一笔。到了这个年纪，谁的岁月中不散落着一些憾事，很快白纸上写满了提示词句，有近二十条之多。他对着白纸沉默一会儿，开始做减法——想一想，画去一条，再想一想，又画去一条。画到最后，剩下了两条，一条是“王小语初恋”，另一条是“瓦西里论文”。这两条是连在一起的，没法再画了，但他又明白，若一定往“最”字上靠，还得是瓦西里论文。

许多年前，当尤教授还是县城青年小尤时，中苏关系早已不好。不过关系不好并不意味着马上丢开俄语，小尤在中学时代便学过一年半俄语，而且比班上其他同学学得好。中学毕业后，他进了一家机修厂一干就是好几年，日子过得无味不惊。好在这时他喜欢上了电影，尤其是苏联电影。苏联电影虽然讲的也是中国话，却有异国情调。当然啦，那会儿的苏联电影主要是指《列宁在十月》和《列宁在1918》。在相当长一段时间里，小尤追着这两部电影看，有时在电影院内，有时在城郊某个晒谷场上，有时甚至在某个山腰村子里。银幕上有咖啡、兵舰、芭蕾舞，还有打着手势说话好听的列宁、勇敢又爱笑的瓦西里、老用梳子梳头的马特维耶夫，这一切加起来，让一双县城青年的眼睛充满了迷恋。

迷恋能让人产生激情。有时他在车间里干活儿，脑子里会闪回电影里的一些镜头。这时他多么期待瓦西里突然走进车间，拍拍他的肩膀并发给他一支步枪，告诉他说明天就攻打冬宫。有时他跟工友们说着话儿，嘴巴里会卷着舌头蹦出几句亢奋的俄语。工友问你的舌头发烧了吗？他嘿嘿一笑，说这是瓦西里的台词，他翻译回去的。

有一天他遇到了一位叫王小语的姑娘。她是绣品厂的工人，不仅长得端正，还喜欢看苏联小说。两个人在工厂联谊会上认识，搭过几句话后，都觉得对方懂自己。每次约会时，他聊苏联电影《列宁在十月》《列宁在1918》，她聊苏联小说《在人间》《钢铁是怎样炼成的》。当她说到高尔基时，他会按照电影中的样子描述这位作家的外貌。当他讲到瓦西里和妻子时，她会拐个弯儿引出保尔·柯察金与冬妮娅的爱情故事。因为他俩的嘴巴，遥远的苏联人物经常会在星月晚上拜访这个县城。此外，电影和小说是可以攀亲的，没有多久，她也喜欢上了这两部苏联电影，他则去图书馆借苏联小说看。

那段时间，县城青年小尤还生长出一个决心，就是自己也要弄一些重要的文字。之所以敢说“重要”两字，是因为瓦西里的分量压得住纸张——电影中列宁说话挺风趣、做事有气势，但他是个大人物，不容易下笔，所以小尤想写一写瓦西里。开始他试着以小说笔法讲一讲瓦西里的故事，却怎么也抻拉不开。在撕掉好些张草稿纸后，他找到了叙事方式，就是用几个角度前后左右地去说，像是一群人围在一起细议一个人。一些年之后，他明白这种文字叫深度影评。但当时他并不自知，只觉着好多想法在脑子里集合，手中的笔写得洋洋洒洒。当然了，洋洋洒洒这种成语只能暗中赠给自己，不能在小语跟前提早使用。

直到文章写好后，小尤才用有点豪迈的口气告诉了小语。小语问，是什么东西呀，是小说吗？他说，不是，比小说要高级一些。小语说，比小说还高级，吹牛吧？在不少时候，有一种兴奋叫淡定，可那会儿他还不懂得这一点。他自得地一笑说，我可以让你看，但必须答应我一个条件。小语问，什么条件？他说，你看完了不能只是口头表扬，你得帮我抄一份稿子。

这篇文章的草稿纸涂改得太丑，已经撕掉了，需要再抄一份以做备用，他想把这件累手的事儿交给小语。小语一抿嘴说，我的手是用来绣花的，不是替别人抄字的，除非你写得真的好。这句话里放着一半同意一半撒娇的态度呢，他提一提身子，用秋高气爽般的微笑回应了她。

第二天晚上，小尤带着稿子骑自行车前往城西郊外，那里的大樟树下属于两人经常相会的地方。正是秋日之夜晚，一路上鼻子不时能遇到花香。到达樟树下，小语已等在那里，她的样子比较好看。他刚说一句调皮的夸语，就被她堵了回来。她说别光讲好听的，把稿子赶紧拿出来。他嘿嘿一笑将手伸进裤兜，一摸没摸着，转而再往另一只裤兜，也抓了个空。他愣了一下，两只手急切起来，在上下各只衣兜里进进出出，同时眼睛望向自行车后座、轮胎以及周围地上。待再次抬起头，他的脸上已有了茫然的吃惊。小语说，不见了？怎么会不见了呢？他说，是呀，怎么会不见了呢？小语说，你安静一分钟想想，到底是怎么回事。他就让自己脑子静下来，回想路上的情况。想了一分钟，又想了一分钟，空空荡荡的什么也抓捕不住。小语说，要是丢路上了，得赶紧往回找。他省悟过来，马上跳上车，带着小语往原路骑。这一路有绿草地、石板小道、桥面和铺砖街道，虽然夜色不浅，但白纸们躺在地上是躲不掉两个人四只眼睛的，何况是如饥似渴的眼睛。

随后时间里，两个人骑着自行车在城西郊外的路道上搜寻，一遍两遍三遍。到第四遍的时候，小语突然从后座上跳下来，站在那儿仰起头闭上眼。小尤刹住车用脚点地，问怎么啦？小语说，我闻到了花香。他说，为什么插进来说这个？小语说，谢谢今天晚上的花香，花香让我的脑子醒了过来。他说，小语你到底想说什么？小语说，你没有写文章，今天晚上也没有丢稿子。他说，我没听懂，你是说我在开一个玩笑？小语说，你不是在开一个玩笑，你是绣花似的绣了一个谎言。在那一刻，他有点蒙了。蒙了一会儿他说，我可以告诉你，我的文章题目叫《瓦西里的面包》。小语说，我也可以告诉你，面包会有的，牛奶也会有的，但不是一切都会有的。他说，你的意思是瓦西里讲错了？她说，瓦西里没有错，我的意思是你错了！这么讲过，她转过身走了，消失在仍飘着花香的夜色里。

就这样，在那个秋日晚上，县城青年小尤不仅丢掉了稿子，还丢掉了女友。这是一件多么不及格的事情。此刻，前大学教授老尤坐在咖啡馆里，远远望着许多年前的自己，脸上仍渗出遗憾的神色。我从倾听中回过神来，问："那个晚上……你们就算掰了？"他点点头："是的，以后再没有见面了。"我说："多大的事呀，丢了东西着急一下就应该过去了。"他说："后来我寻思过，小语读过一些小说，心气不低，可能早有些瞧不上我，我那会儿心里也有傲气。一个心高一个气傲，丢开爱情就不觉得特别可惜，因为我们还有别的向往。"我说："那个年代，您说的向往是什么呢？"他说："看书看电影，发现县城之外有趣的东西。这种向往帮助了我，让我有能力在两年后考上大学。"我说："您考上大学之后的事我不用多想就能猜出七八分，先当学生后做老师，写一堆论文教一堆学生，反正跟我大学里的导师差不多。”他说：“活了这么多年，我经历的事你哪能猜想得出。不过往大里说，人的一辈子还真是差不多。”我嘿嘿笑了。他又说：“譬如一上年纪就喜欢回忆，好像谁都一样。”我说：“那天坐在书房里，您是回忆初恋女友多一些还是回忆瓦西里多一些？”他沉默一下说：“今晚坐在这里，我跟你讲的可不仅是爱情故事。”我说：“我懂了。”他说：“正是那天坐在书房里，我心念一动，决定来圣彼得堡看一看。我以前去过不少国家，也到过莫斯科，可圣彼得堡从没来过。”我说：“来了之后挺有感觉，就每天写点日记什么的？”他摇摇头说：“不是日记，我在补写当年那篇文章。”我暗吃一惊，扫一眼桌上的稿纸，果然看到了“瓦西里的面包”几个字。他端起咖啡杯子喝了一口，说：“当年丢了文章心劲也没了，不肯再去重写，时间一长，脑子里早留不住任何痕迹。奇怪的是到圣彼得堡后，头一天夜里便做了一个梦，随后几日那些遥远的文字竟从记忆角落里慢慢现身，排着队走到我跟前。这是一种提醒，让我在圣彼得堡做一次复习。”我说：“与这些文字重新相遇，得有一些感慨吧？”他说：“陌生又熟悉呀……陌生是因为有四十多个年头夹在文字里，熟悉是因为瓦西里还是那个瓦西里。”我吸一吸鼻子，说：“可是四十多年过去，你真没觉得瓦西里也已老去，早到了退休的年龄？”他没应答，眼睛抬起来盯住我的眼睛。过了片刻，他收回目光，嘴里轻轻叹出一口气。

接下来是沉默时间。今天晚上，老尤已经说得够多，似乎需要让嘴巴休息了。但我又觉得，也许是我的话扫兴了他的嘴巴。他不喜欢让瓦西里老去。

为了去掉沉默，我拿起手机加他的微信。他同意了。一分钟后，他的头像出现在我的手机里，是一张大学校园的图片。他的昵称是“已老小尤”。

下一天上午的行程，是坐游船体会涅瓦河。因为内容单纯，出发时间后延一些，到达码头已是十时。上了游船，才知道与另一个旅游团组合一起，一加一之后的人数刚好占满船舱座位。船舱里已布置成临时娱乐厅，据说有歌舞表演以及伏特加和鱼子酱，不过得稍候勿躁。

于是一大群人散到船舷边看河水和岸景，同时不忘了摆出各种拍照姿势。涅瓦河的好，是既开阔又能收住两岸，一路上能望见阿芙乐尔号巡洋舰、彼得保罗要塞、冬宫、罗斯特拉灯塔柱，等等。见到阿芙乐尔号巡洋舰的时候，我眼睛吃了一惊，这艘历史战舰没有披着沧桑，而是漆刷一新地舶在岸边成了游览点，像化过妆的特型演员。也不知为啥，它光鲜体面的样子，反而让我觉出有些落魄。我举起手机远远拍下一张。

娱乐的时间到了，男女们抢着身子进入船舱占了座位。桌子上果然搁着不少吃物，包括伏特加、鱼子酱和面包。大家欢着嘴巴吃起来，同时让眼睛瞧向舱首，那里站着几位胖瘦不一的俄罗斯演员。

表演开始，演员们又是唱歌又是跳舞的，期间不停地拉一些中国游客临时加入节目。一位小伙子演员唱起一首耳熟的俄罗斯情歌，边唱边坐到一位中国大妈旁边，中国大妈奋勇地跟唱两句，马上让歌曲走了调。一位苗条女演员邀请一位中国小伙子上去坐在一张椅子上，然后绕着椅子跳踢踏舞，弄得中国小伙子只好转着脖子扮鬼脸。演出的间隙，另一位肥硕女演员喜欢走来走去地敬酒，一不留神就在男游客脸部送上一只鲜红的唇印。

肥硕女演员端着杯子站到我跟前时，我及时躲开了她的红唇袭击。她用生硬的中国话说："你狡猾，那你喝伏特加。"我说："呀，你会讲中国话？"她说："一点点。"我说："那我上去玩一个节目，你配合我。"她说："什么叫配合？"我说："就是一起演出。"她说："一起演出，好的好的。"我又说："你知道瓦西里吗？"她说："知道知道，瓦西里大教堂。"我说："不是那个瓦西里，是电影中的瓦西里。"她说："你要电影演出吗？配合我可以。"说着她拽了我往前边走，一下子把全场的目光招引了过来。走到那张椅子前，我做个手势让她坐下。她隆重地把肥胖的身子摆好，抬起脸好奇又调皮地看着我。我说："娜塔莎，我们的孩子睡着了，他瘦了。"她惊讶地说："我叫娜塔莎？孩子我们有？"现场出现一些笑声。我说："不要难过，不要哭，面包会有的，牛奶也会有的，一切都会有的。"她入戏地说："我没有哭，我有高兴。你要面包吗？拿给你我可以。"她起身从旁边桌子上取了一个面包，塞到我手里。我不知道怎么往下走戏，有点发愣。她将我手上的面包撕了一块，挑逗似的塞到我嘴里，又突然探头在我脸上印了一记红唇。船舱里爆起一阵笑喊声，我崩溃地捂住脸，乱着脚步逃下了场。

游船在河上走了两个小时，回到码头已是午饭时间。在中餐馆吃团餐时，有人提起我的演出节目，一桌人重新被引出了笑。又有人往我手机发了一段视频，正是我两分多钟的表演场面。我看了一遍，也忍不住乐了。

用过午餐，旅游大巴又拉大家去参观一个教堂。坐在车上，我念头一跳，在手机微信里找出“已老小尤”，先将那张阿芙乐尔号巡洋舰的照片发过去。过一会儿，老尤回复：关于这条舰，现在好像添了一些说法，时间在改变历史。我有点明白他的意思，想一想，又似乎不明白。我不乐意在此纠缠，手指一摁把那段表演视频又送出去。没有太久，老尤送回五个字：荒诞的加倍！我赶紧写一句：我只想告诉您，即使在圣彼得堡，瓦西里也不存在了。老尤好像沉默了一会儿，回应道：谁说瓦西里不存在了，此刻他就在街上。我傻了一下，问：什么意思？我不懂！老尤没有再搭理我。

下了车，参观的是滴血大教堂。“滴血”两字听起来颇有杀气，但那只与历史有关。眼下的教堂外观好看而且和气，搭积木似的叠了一堆“洋葱头”，看上去像一座华丽的城堡。不过因为刚好在整修，无法进入内部，只能在外围转一圈。转完了时间有些早，胖男导游看一眼手表，让大家自由活动。有人就问，这儿有什么好玩的？胖男导游一指手说，那边就是涅瓦大街，可以逛商场买东西。我对购物不感兴趣，拜访一下手机里的百度兄，附近有一家好玩的文学咖啡馆。百度兄说，这家咖啡馆是文青聚集的地方，当年普希金就是在该馆子喝完最后一杯咖啡，然后出门直奔决斗地点的。

旅友里也有两位男女文青，听我这么一说，有兴致一起去领略一下。我们沿着一条小河岸边往前走，走了不长一段路，前方渐渐热闹起来，原来出现了一条步行文化街。这种文化街杂着前卫艺术和地方风情，容易收集人气，好像哪个旅游城市都会有一条。此刻，我们的目光划来划去，遇到了礼品店铺、小书摊、现场画像师、饮品推车，等等。再往前走，是一位安静坐着的手风琴老人、一张摆着画儿的长形售台。

忽然，我眼睛一愣，看到了站在路旁的一位中国老头儿——嘿嘿，一头银发，金边眼镜，那不是老尤是谁！

这会儿的老尤不是游客。他手里拿着一张杂志大小的肖像图片，不时截住路人说点儿什么。路人看着肖像要么摇摇头要么耸耸肩，然后转了身子走开。我紧上几步走过去，唤了一声“尤老”。他看我一眼，说：“不是尤老是老尤。”我说：“您这是干吗？”他晃一晃手中的图片说：“陪着瓦西里在这儿玩哩。”我脑子一跳，瞧图片上的人儿，果真是瓦西里——他脸部挂着微笑，眼眸又有点严肃，像是黑白银幕上的一个定格。我扭头问身后跟上来的两位男女文青：“这就是瓦西里，你们知道吗？”男文青说：“不是你提示，我们哪里知道呀。”女文青说：“这瓦西里，长得还挺帅嘛。”我想一想，对老尤说：“我明白了，您在问圣彼得堡人，他们认不认识瓦西里。”老尤点点头说：“我这是街头调查。”我说：“调查的结果呢？”他默了脸，似乎不想回应我，又忍不住一指旁边抱着手风琴的老头：“他认识。”那俄罗斯老头一动不动，仿佛睁着眼睛睡着了。

我注意到两位文青好奇的神情，便把老尤简单介绍了一下。男文青冲老尤说：“老先生，您这么喜欢瓦西里，我很想知道他到底有什么能耐。”不等老尤答话，女文青说：“他拿面包牛奶哄女人，肯定是个情场高手。”男文青说：“不要这么说好吗？我觉得这哥们儿是条汉子，已经摆脱了低级趣味。”女文青说：“情场高手怎么就级趣味啦？普希金说，生命诚可贵，爱情价更高。”男文青说：“哇，这句话是普希金说的吗？”女文青还想接腔，我猛喝一声：“够了！”因为我瞧见老尤似乎要做什么动作。

老尤把图片卷起握在手里，脚一抬踩在旁边凳子上，又一抬站到了卖画儿的售台上。卖画儿女人仰头看一眼这位中国老头儿，把画儿往一旁挪了挪。老尤沉默一下，开始用俄语说话。他先说得有些生涩，渐渐顺起来，一句一句地往前走。旁边的手风琴老人似乎醒过神儿，双臂一动将手风琴拉出了声响。琴声有点抒情又有点伤感，像老友帮个手似的，扶住了老尤的声音。

男文青悄声问：“他这算是发表演讲吗？”女文青也不解：“他演讲的内容是什么？”我有把握地说：“不是演讲是背台词，他在背电影中瓦西里的台词。”这时不少路人停下脚步，围成了松懈的一圈。在文化街上，这种突然冒出来的艺术行为也许并不让人稀奇。

老尤这时候的声音已经比较生动，一会儿低沉，一会儿高亢，很有点进入角色的意思。即使中间有点磕绊，也能自我修补地跳将过去——背诵中的忘词儿或破绽儿，在场的耳朵们压根儿听不出来。

差不多过去一刻钟，老尤才收起嘴巴，让自己安静下来。作为结束情节，他用手理了理头发，似乎要变换角色，成了卫队长马特维耶夫。又停顿一下，他身子一跃跳离台子，在空中喊了一声“瓦西里”，然后笨拙地摔到地上。我吓了一跳扑到他跟前，两位文青也凑了上来。还好，他似乎没什么大碍。我们扶住他的身子。他抬起脑袋，慢慢地说：“我想让你们知道，瓦西里是谁。”

似乎可以这样说，在圣彼得堡与老尤的遇，是一种没有伏笔的缘分。我到圣彼得堡是看风景的，一不留神却看到了风景外的剧情，这也算是不大不小的趣事。对内心有点堵的我，至少在这几天里开心了一些。

如此一想，我觉得自己这一趟旅行挺值的。

离开圣彼得堡的前一个晚上，我收拾好行李，没忘了给老尤发一句客套话：这次认识您很高兴，明天一早我就撤了。过了大约半小时，老尤回复一句：你现在有空吗？来一下咖啡馆。我写：呵呵，你比我还咖啡控呀。老尤答：不是喝咖啡，你陪我走走。我的手指停顿几秒钟，摁出 OK 的图标。这时候不答应他，显得我有些不够意思。

我穿好衣服下楼，不一会儿就到了咖啡馆。老尤没坐店内，而是倚着一辆自行车等在门口。我走近了说：“嘿嘿，您真有能耐，还能弄到自行车。”他说：“向咖啡馆老板借的，好几天待下来跟他混熟啦。”我说：“那篇文章补写好了吗？”他拍拍衣兜说：“补写好了，所以想在街上放个风。”我笑了说：“骑车拉风？”他说：“先走走吧，可以说会儿话。”

老尤推了车往前走，我伴在旁边。夜色已浓，街上相当安静，路灯将两人的身影时而拉长时而缩短。老尤说：“有件事不公平，这几天你知道了我不少，我对你知道得还不多。”我说：“我呀个人历史浅薄，没值得特别一说的。”他说：“不能吧？一个漂在北京的编剧，又是可以熬夜的年纪，怎么也得出手几部电视剧。”我一时语塞，有些事老尤还真不一定能弄懂。在这个春天，我依着老大提供的分集提纲，日夜兼程地扑腾脑子，终于码完了四十集电视剧中的四分之一剧本。按照一集一万元的稿酬，我本该得到十万元票子的，但老大拍拍我的肩膀，说先拿五万吧，剩下的一半以后再给。说实在的，对此我并不沮丧，日子虽摇晃却趴不下去。我沮丧的是老挣不到名分，虽有作品却不能署名，不能署名就等于没有作品。每当电视上播出一部眼熟的好剧或烂剧，我便知道自己又多了一个无法相认的私生子。

我朝空气中呼出一口气，说：“告诉您吧尤老，我现在还是个卖文为生的所谓枪手，熬夜熬出来的文字只是变成了小钱。”他说：“说多少次了，不是尤老是老尤。”我嘿嘿笑了一声。他又说：“为什么不这么玩？”我说：“我们是漂着的人，漂着的人哪有资格按自己的性子玩。”他说：“那老婆孩子呢？你不会说你还没成家吧？”我说：“还真没成家……这可不能怪我。”他说：“不怪你怪谁？”我说：“我使劲伸手了，可够不着愿意嫁给我的女人。”他说：“怪不得你昨天的表演很不像样，一开口说‘娜塔莎，我们的孩子睡着了’，那口气就不对。”我一耸肩说：“那娜塔莎太胖了，我找不到那种感觉。”他说：“要这么说，让你找不到感觉的不是那位娜塔莎，而是那种船舱的氛围……那种氛围不是瓦西里出场的时候。”我说：“可您昨天不也站到台桌上了吗？我觉得那也不是瓦西里出场的氛围。”他慢一慢脚步，叹口气说：“看来你我都一样，想逃出眼下的日子去找些新的感觉，可这种感觉不容易让我们找到。”我说：“呵呵，您这句话有点哲学呀。”他不吭声了。

不知不觉两人已到了涅瓦河边。夜晚中的涅瓦河真是好看，两岸的建筑物披上了金黄或冰蓝的灯光，通体晶亮。河上的桥显出了透明般的三维效果，河中的水则形成了一扇扇波光。老尤说：“就在这儿吧，咱们骑一段。”我看一眼自行车：“两个人一起，可以吗？”老尤说：“俄罗斯的车子结实着呢，来吧，你带我。”我接过车把，展腿跨上了车，老尤一跳也坐上了后座。

车子沿着岸道往前骑，路上清静无人，只有一阵阵凉风迎面吹来，让人激灵灵的痛快。我一摁车铃，打出一串明脆的声响。声响中，我能感觉到后面的老尤有话要说。果然，老尤大声说："小伙子，你现在有没有想到干点儿什么呢?"我想了想说："我要吹口哨，我好久没吹口哨了。"我嘴唇一撮，口中飘出一条长长的哨声，还带点儿声调的起伏。我有点得意，让哨声伴着车子跑了好一会儿。然后我说："老先生，你现在有没有也想到干点儿什么呢?"他说："我早想好了。"他从衣兜里掏出那几张补写的稿纸，撕了一下，又撕了一下。我吃惊着，差点要刹车停下。他说："不要停，一直往前骑。"我明白了，说："你这样做是乱丢东西。"他说："我已做好了被罚款的准备。"说着他的手往上一扬，几张纸片飘到了风里。骑出去一段，他的手又一扬，另几张纸片到达了空中。

我踩着车子向前奔跑。此刻，我的眼睛不能后望，但我能接收到老尤既畅快又伤感的心绪。不仅如此，我还能看见那些白色纸片随风飘在岸道上方和河面上方，久久不肯落下。

（《长江文艺》2020年第6期）

竹峰寺

——钥匙和碑的故事

陈春成

来竹峰寺的头两天，我睡得足足的。从来没那么困过。那阵子心里烦闷，所谓“闷向心头瞌睡多”，有它的道理。山中的夜静极了。连虫鸟啼鸣也是静的一部分。头两天，只是睡。白天也睡。白天，寺院中浮动着和煦的阳光，庭中石桌石凳，白得耀眼，像自身发出洁白的柔光。屋瓦渐渐被晒暖。这是春夏之间。我躺在一间仅有一床一桌的客房的床上，想象自己是个养病的病人，虚弱又安详。多少年没睡过那样的好觉了。像往一个深潭里悠悠下沉，有时开眼看看水面动荡的光影，又闭上。睡到下午四点多，实在不好意思了，起来吃了点面条，开始在寺中转悠。这时他们正在做晚课。每个寺庙的晚课内容不尽相同，竹峰寺的不算长，也不短。三个人在大殿里嗡嗡念诵，音节密集，用密集的音节营造出一种小规模的庄严气象来，站门外听，声势颇壮，听不出仅有三人。忽而声调一缓，由慧灯带头，曼声吟唱起来，好听极了。听到“是日已过，命亦随减。如少水鱼，斯有何乐……”我就走出院去，四下闲逛。

偏殿一侧，深草中散落着不少明清的石构件，莲花柱础，云纹的水槽。多数都残损了。一只石狮子已然倒了，侧卧着，面目埋在草丛中，一副酣然大睡的样子。另一只仍立着，昂然地踩着一只球，石料已发黑，眼睛空落落地平视前方。我打着呵欠，懒洋洋地穿行在这些废石荒草间，那石狮子像被我传染了似的，也大大地打了一个呵欠，然后若无其事，继续平视前方。我扭头对它说：“我看到了。”它装作没听见，一直平视前方。它前边只有一丛芒草，风一吹，摇着淡紫的新穗。于是我就走开了。

有时我也去慧灯和尚的禅房里，向他借几本佛经看看。有一些竟是民国传下来的。经我央求，才借给我。竖排繁体，看得格外吃力。不一会儿，又困了。有时从书页中滑落下一片干枯的芍药花瓣。也不知是谁夹在那里的，也不知来自哪个春天。已经干得几乎透明，却还保有一种绰约的风姿。而且不止一片。这些姿态极美的花瓣，就这样时不时地，从那本娓娓述说着世间一切美尽是虚妄的书卷里，翩然落下。看倦了，就去散步。黄昏时我总爱走出寺去，到山腰去看看那个瓮。

那个瓮是前年秋天慧航师父发现的。据本培说，那阵子他没事老在山上转悠，拿一根竹棒，东戳戳，西探探，想找到那块碑。先是找到一块石板，掉在南边山涧里，费了好大劲，人爬下去一看，上面没字。翻过来，也没字。那石板显然不是天然的。怎么好好的一块石板会落在山涧里？谁也不知道。慧航还不死心。秋天，又找到一块木板。这块木板被一块大石压着，埋在山腰深草中。慧航心想：是了！这是记号，东西一定藏在下面。搬开石头，揭开木板，是个瓮。瓮中空空如也，只有一层干掉的泥。这是下雨天泥水渗进去留下的。本培拿抹布把瓮里头淘洗了一遍。好大一个瓮！人可以蹲坐在里面。这是干什么用的呢？慧航说，他去过广州，那边人喜欢吃深井烧鹅，就是这样在地下挖个洞，埋个瓮，再把涂好料的鹅吊进去烤。没准以前寺里有个广东和尚，躲到这里来开荤。回去问慧灯，慧灯老和尚说，不懂不要乱讲哪，出家人怎么能吃烤鹅？这是个听瓮。什么瓮？听瓮。听到的听。慧灯说，过去行军打仗，一般是埋个小陶罐在土里，罐口蒙层牛皮，人伏在地上，耳朵凑上去听。远处有兵马动静，自然就听到了。效果最好的，是埋个大瓮在地下，人躲进去听，能听十几里开外的声音。清末的时候，这寺庙被土匪霸占了，那个瓮估计就是他们埋下的，官兵要来剿，提前能听到。这些是从前我师父告诉我的。那个瓮，我小时候就在那里了，也钻进去玩过，没想到这么多年了，还在。于是他们把那个瓮原样盖好，搁在那里。这回来寺里，上山时我听本培说起，觉得很有趣，没事总爱来玩玩。

黄昏时我又揭开木板，钻进瓮里，盖好。躲在里头，油然而生一种安全感，像回到了自己的洞穴。有一天傍晚我不知道因为什么事，觉得心里难受，就躲进那瓮里，痛痛快快地哭了一场，无人知晓，舒服极了。漆黑中，能听见空气的流动声、遥远的地下水冰凉的音节，甚至溪流拂过草叶时的繁响。土壤深处有种种奇异的声音。有时听见黑暗中传来一阵“隆隆”的响声，像厚重的石门被缓缓推开，片刻又寂然了。问本培，他说这是山峰生长的声音。山峰不是一点点匀速长高的，而是像雨后的竹笋，一下一下地拔高。也许几个月拔一次，也许几年。我问他哪里听来的，他说百度。去问慧灯师父，他说他小时候也听到过，听师兄说，是土地公的呼噜声。我至今也没搞明白那是什么声音。有时从瓮中出来，天已黑透，我周身浸在一种敏锐、清冷的知觉里，仿佛刚从深渊里归来。擎着手机的一团光，我慢慢摸上山去。

睡了几天，精神好多了，有时兴起，爬上久无人迹的藏经阁去望望。藏经阁在竹峰最高处，推开二楼后窗，可以望见群山间有一小片碧莹莹的闪光，那是远处的湖面。往东一些，两座山之间，有一小截很细的深灰色线段，那是回鸾岭隧道和铁葫芦山隧道之间的公路。多年前我就是在那截线段上望见竹峰的，不然此刻也不会来到这里。仿佛上一刻还在那儿张望，忽然就已置身山中。人生真是奇妙。

福建多山。闽中、闽西两大山带斜贯而过，为全省山势之纲领，向各方延伸出支脉。从空中看，像青绿袍袖上纵横的褶皱。褶皱间有较大平地的，则为村、为县、为市。我家乡屏南县在闽东的深山里。从宁德市到屏南，有两小时车程，沿途均是山。我非常喜欢这段路。这些山多不高。除了到霍童镇一带，诸峰较为秀拔外，其余多是些连绵小山，线条柔和，草木蔚然，永远给人一种温厚的印象，很耐看。我很喜欢看这些山，一路都在张望，望之不厌。山间公路，多是盘山上下，要么就穿山过隧。常常是连续几个隧道，刚从一段漫长的黑暗中出来，豁然开朗，豁然没多久，又进入下一段黑暗。在隧道中行车，想到自己身处山体内部，既有一点激动，又觉得安宁。回鸾岭隧道很长，出了隧道，到进入铁葫芦山隧道之前，有约二十秒的时间，可以望见上面的云天和四下的山野。大一寒假，从宁德回屏南的路上，这二十秒中，我第一次望见了竹峰。竹峰和公路间隔着一道水，山峰的下半截隐在前面一座山之后。这时我望见竹峰的峰顶上，茂林之中，露出一角黑色的飞檐。当时十分好奇，那样的绝顶山巅上，怎么会有人家呢？是为了防范土匪侵扰，或者躲避征税？我们本地的民居，屋檐又没有那样美丽的弧线。是道观，或是庙？就在这儿留了个心。第二年暑假回来，路过那里，一望峰顶，却不见了那个檐角。也许是久无人居，坍塌了？也许之前所见，只是幻觉。这一来更增添了神秘感。到那年冬天，我又回来，车还在隧道里，我就准备好了，到了，一望，那檐角竟又完好地重现在峰顶。一想，才明白过来：夏天林木繁茂，屋檐为山巅的浓绿所遮蔽，冬天草叶凋零，这才显露出来。这些年来，对于我，它就像一个小小的神龛，安放在峰顶的云烟草树间。在我的想象中，无论世界如何摇荡，它都安然不动，是那样的一处存在。

一直到大学毕业那个夏天，我才下定决心，要上去看看。我就要去遥远的城市工作了，无论如何，要上去看看。一个念头搁久了，往上添加了种种想象，那就非实现不可了，即便明知幻想有破灭的可能。寻了个机会，我搭了乡间大巴，在回鸾岭附近的站点下了车，烈日下徒步走了大半天，近傍晚时才到那山峰脚下，仰脖一望，分明是绝壁。绕到山峰后面时，恰有一道狭长的紫霞，蜿蜒着指向西侧的天空。原来山峰背面，远离公路的一侧，有个小村庄。村子上空炊烟还没散尽，几声狗吠，霞光渐暗。进村逛逛，似乎只见到老人和小孩。几个孩子在场上疯跑，发出尖锐的叫声。老人喝骂着唤他们回家。从村中望峰上，天际余光里，几座殿堂的檐角隐约可见，俨然是一座寺庙嘛。从山峰这一面，有路上去。问了一个老头，那座山叫竹峰，寺是竹峰寺。夏天天黑得晚，我冒险趁着最后的亮，一气上了山。山路还算好走，多是土路，难走的地方垫了石块。走到半山腰，树丛中蹿出一只小兽，月光下远远地站住，向我望了一眼，又急急地回身蹿入林中。看模样，是麂。到了寺门口，我敲了敲那扇木门板。门上的红漆剥落殆尽，只剩零星几块，像地图上的岛屿。过了好久，本培的声音懒懒地响起："谁呀？"我还没答，门就开了。

那是我第一次见到本培。那时慧航师父还没来，寺中只有他师父慧灯老和尚和他两人。他还没出家，是个住庙的居士。这人有点怪，医学院毕业，不知为什么，跑来这寺庙住下，日常帮慧灯打理些事务。他父母早已离婚，父亲经商，忙，也管不了他，只好和他商定，当居士可以，出家不行。大概认为他没几年就会想通，回来了。没想到他刚到寺里半年，父亲就接了几笔大订单，觉得冥冥中似有佛祖庇佑，再劝他回家时，语气也没那么坚定了。本培有个世俗的爱好，打游戏，学生时代养成的，戒不了。每天早课后、午饭后、睡前，都要玩几局。他说古有诗僧、书僧、棋僧，游戏僧也是与时俱进的产物。不过学佛之人沉迷游戏，总归不像话。慧灯和他约定，游戏可以玩，只有一样，射击、打斗类的不行，会滋长戾气。本培说好，就下了一个单机版的实况足球，单机版魔兽（慧灯不懂这其实也算打斗），天天玩，玩不腻。他也玩游戏，也看经书，也种菜、做饭，日子过得很有滋味。这几年不见，他倒胖了。他说是馒头面筋吃多了。

我初次来时，庙里荒凉得很，大雄宝殿是废墟一片，衰草离离，只有僧房、斋堂、藏经楼几处地方较完好。连佛像都没有，房间里挂着佛祖、观音的画像，聊以代替。那晚慧灯师父和我招呼了几句，就早早睡下了。这是个枯瘦而话不多的老人。本培和我坐在寺门外乘凉，谈天说地，直到很晚才睡。银河从天顶流过，像一道淡淡的流云，风吹不散。本培大概挺久没和同龄人聊天了，且乐于向我介绍山中的一切，说得很有兴味。不知为什么，我这人不爱交际，和他一见却很投缘，聊起来没完。也许因为性格都有点怪僻，怪僻处又恰好相近。那次住了两天。和慧灯师父道了谢，和本培留了联系方式，约好下次再来，我就走了。一走，就是六年。

如今我又来了。

这次回乡，心里烦闷。一是刚换了工作，还有点飘然无着落的感觉；二是老屋被拆。我在辞职和入职之间，狡猾地打了个时间差，赚到了为期两个月的自由。哪也不想去，想回家休整休整。回来一看，家已经没有了。早听说要拆，要拆，老不拆，空悬着心；突然就拆了，风驰电掣。我一回来，放好行李，就跑去老屋。一看，全没了。青砖的老屋，连同周边的街巷、树木，那些我自幼生长于其间，完全无法想象会变更的事物，造梦的背景，一闭上眼都还历历在目的一切，全没了。不仅如此，整个县城都在剧变，新来的领导看样子颇有雄心，要在这山区小县施展拳脚，换尽旧山河。四处一逛，风景皆殊，我真切地感觉到世事如梦。一切皆非我有。没什么恒久之物。其实在城市中生活，我早已习惯如此，每天到处都在增删一些事物，涂涂改改，没个定数。有什么喜欢的景致，只当一期一会，不倾注过多感情，也就易于洒脱，没了就没了。只是对于故乡的变动，我一时没有防备，觉得难以接受。无论如何，那座安放在群山之间，覆盖着法国梧桐浓荫的小县城，已经不复存在了。

我总希望一切事物都按既定的秩序运行下去，不喜欢骤然的变更。我知道这是一种强迫症，毫无办法。前两年，每天上下班，坐车绕过一个交通环岛，岛心有一株大榕树，我很喜欢那株树，幽然深秀的样子。上班时车从这边过，我看一下树的这半边；下班时从那边过，看一下那半边。好像非如此一天不算完整似的。那树也确实好看。某一天它忽然消失了。没什么理由，就是消失了。我无法解释它的消失，只好想象它是一只巨大的绿色禽鸟，在夜里鼓翼而去了。我像丢了一个根据地似的，惘然了几天。后来环岛上改种了一片猩红的三角梅，拼成五角星的形状。还有一处幽僻的小花园，废弃在博物馆的一角，我夜跑时最爱隔着铁栅栏，向园中张望。心中烦乱时，遥想那里的荒藤深草、落叶盘根，就渐渐静定下来。后来它也消失了。楼盘像蜃楼一样在那里冉冉升起。相似的经历有许多次，似乎是在为老屋的消失而预先演练，让我好接受一些。榕树、废园、老屋，这些像是我暗自设定的，生活的隐秘支点，如今一一失去了，我不免有种无所凭依之感。

老屋那一带成了工地，围着铁皮墙。工地边上，也蜃楼一般，起了两座售楼部，各亮着殷红的大字，刺在夜空上。左边是：盛世御景。对面是：加州阳光。我一阵恍惚，不知身在何世。我想，那些消逝之物，都曾经确切地存在过，如今都成了缥缈的回忆；一些细节已开始弥散，难以辨识。而我此刻的情绪、此刻所睹所闻的一切，眼下都确凿无疑，总有一天，也都会漫漶不清。我们所有人的当下，都只是行走在未来的飘忽不定的记忆中罢了。什么会留下，什么是注定飘逝的，无人能预料，唯有接受而已。如此迷糊了几天，正在愤懑和惆怅间摇摆，忽然想起竹峰寺，想起本培和慧灯师父。一联系，本培说你有空来住几天嘛，我二话不说，收拾了一个小包，和父母说了一声，就来了。

来竹峰寺的大巴上，我一边望着窗外群山，一边用手摩挲着老屋的钥匙。钥匙上印着“永安”两字，是个早已湮没的品牌。我不知道该怎么处置它。老屋不复存在，它就是我和老屋之间最后的一丝联系，像风筝的线头。我想象这钥匙是一只 U 盘，老屋仍完好无损，只是微缩成极小的模型，就存放在这只 U 盘里。一同存储在其中的，还有关于老屋的诸般记忆。这么幻想着，摸着掌心的一小片冰凉，心情渐渐松弛下来。钥匙该如何处置呢？不能放在身边。放在身边，久了，它就成了日常之物，日常的空气会消解它身上的魔力，直到对我失去慰藉作用。扔掉，又太残忍。我想了想，决定把它藏起来。藏在一个无人知道的，千秋万载不会动摇的地方。只要我不去取它，就能一直藏到世界末日。但不能把钥匙扔进湖中或悬崖下，必须要我想取，就能够取到的地方。什么时候来取，不一定，但这种可能性必须保留。这一点可能性将我和它永远地联系在一起。

藏东西，是我惯用的一种自我疗法。我从小就是个太过敏感而又有强迫症的人，也试图把自己的神经磨钝一些，办不到。这点我很羡慕本培，他的脑子里像有个开关，和他谈到一些最细微的感受时，他完全能了解，能说出，洞然明彻；在一些乏味的、可憎的事物面前，他只消啪的一声关上开关，就如同麻木，全然不受其侵蚀。我问他是如何做到的？要从哪部经典入手？他说打打游戏就好了。我想世上也许并不存在对人人管用的经文，要调伏各自的心性，每个人有每个人的偏方。大学时，我有一件心爱的玩意儿，是个铁铸的海豚镇纸，四年里在宿舍练字，离不开它。毕业前，我把它藏在图书馆里一处我非常喜爱的幽静角落，藏得极隐蔽，保管不会被人发现。它现在一定也还在那里。想到这个，我心中就觉得安适，仿佛自己就置身在那个小角落里，无人瞧见，将岁月浸在书页的气味中。闭馆熄灯后，落地窗前一地明月。有时月光伸进那角落，停留片刻，又挪移开，一切暗下来。这样想，仿佛那铁海豚就是我的分身，替我藏在我无法停留的地方。我可以通过它，在千里外遥想那里发生的一切。这种癖好，太过古怪，那感受也极幽微，恐怕常人不太能理解，但对我确实是有效的。这么想着，车到站之前，我已决定把钥匙藏在竹峰上。

本培骑了个小电驴，在村外客车站等我。我坐在后座上，风声呼呼中，他向我说了寺庙的近况。前几年，慧灯师父的师弟慧航也来了。慧灯年纪大了，不爱管事，最怕去宗教局开会，就让慧航当了住持。慧航才五十来岁，很能干，寺庙兴旺了不少，大雄宝殿也重修了。本培说，蛱蝶碑的故事，不知你听过没有？我说我在书上看到过一点，不太了解。本培说，你可以了解一下，蛮有意思的，你可以拿来写写。他大概是看过了我空间里存的文章，知道我在写东西。说话间我们进了村，一抬头，就望见竹峰。本培把小电驴还给村民，和我谈谈说说，一路走上山去。

峰以竹名，倒不是因为峰上多竹，而是说山峰的形状像一截上端被斜斜劈去的竹茬子。这比喻不知是什么人想出来的，倒也传神。春夏时山头隐没在一片浓绿中，不大看得出来，待到秋冬草木萧疏，露出苍然岩壁，这才显出一峰孤绝，宛若削成，确实像一截巨大的竹茬，直指云天。峰顶是一块倾斜的平面，竹峰寺就建在这块斜面上。最低处是山门，山门进来，照例是大雄宝殿、观音堂、法堂，渐次升高，最高处是北面的藏经楼。寺院不算大，前后高差却有十来米。我在公路上望见的，就是藏经楼的一角飞檐。

竹峰寺的格局如一般汉传寺院。早年间，进了山门左右还有钟楼、鼓楼，郑重其事，今已不存。钟楼旧址上，用三根杉木搭了个架子，铜钟就悬在横梁上，早晚由本培象征性地敲几下。因为位置好，钟声经群山回荡，远远地送将出去，惊散一些林梢白鹭，像吹起一阵雪片，旋了几圈，复又落下。钟对面，是坍了的碑亭，石制碑座还在，亭柱久已朽坏。再往前，当中是大雄宝殿，前些年重修的，红漆尚新，长窗上的雕饰极精美，是慧灯师父亲手打的。大殿里供着释迦牟尼佛，佛前还摆了一尊很小的石佛，造型古拙，笑容憨厚，这是从大殿旧址的废墟里挖出来的。大雄宝殿背后是观音堂。观音堂后，是一方庭院，种些寻常花木，左边是几间僧房，一间库房。右边是香积厨兼斋堂。厨房的后门外有一条由山泉汇成的小溪，像一道弯弧，自峰顶发端，从寺庙右侧流过，下到半山腰，积成一处小水潭，再往山崖下泻水，就成了一道细长的悬泉飞瀑。从厨房后门出来，溪上一道小桥。桥面覆了层浅土，中间因有人走，土色泛着白，两边则摇曳一些野花蔓草。春天时开一种朝开暮落的叫“婆婆纳”的蓝色白心小野花，常有粉蝶飞息。桥下小溪，密匝匝生遍茂草，水浅时，只能从草茎间一些断续的亮光辨认出这是溪流。过了小桥，是一块菜园，规划得小而精致，依照节候，种着各色果蔬。果蔬熟后，一半送给到访的香客，一半留着自己吃。

庭院再往上，是法堂，已经塌了一半，残垣瓦砾，另一半的青砖地上蒙了几寸厚的青苔。这一部分，暂时还无力重修，而且寺中人少，照顾不了这么大块地方，只好任其荒废。法堂和藏经楼之间，又是一片荒庭，石砖缝里，野草像水一样溅出来，四下流淌。庭中松、柏、菩提树，均极高大，浓荫压地，绿到近于黑。日暮时枝叶望如浓墨，凭空堆积，枝叶间鸣声上下，却不见飞禽的踪影，又热闹又荒凉的样子。因为高，阴雨天常有几缕流云横曳而过，一派云树森森的气象。藏经楼在寺庙最高处，虽还完好，也废弃多年了，踏入时，黑暗中像有什么小动物一哄而散。上人时楼梯呻吟不已，似乎随时有崩坏之虞。据说楼里有时闹山魈，我没遇见过。魈，是福建山区中一种传说中的生物，身形如小狗大小，也有说像猴子的。该物行动迅捷无比，性子顽皮，常闯入人家，打翻油灯，开一些无恶意的玩笑。从前农村常有关于魈的传说，如今近乎绝迹了。夜里散步，有时听见从藏经楼方向传来奇怪的声响，像小孩赤脚跑过木地板。刚竖起耳朵听，却又安静了。楼阁的黑影突兀而森严，月亮移到檐角，像一只淡黄的灯笼。

住了几天，我渐渐对竹峰寺加深了了解。一方面是向慧灯师父请教，一方面，用手机查了些资料。

竹峰寺始建于北宋，寺中传下来的刻有元丰字样的石臼、石槽可以证明。后来几经劫乱，屡废屡兴，规模在乾隆年间达到鼎盛。其时由紫元禅师住持。从当地的一些传说，可以想见竹峰寺当年的兴旺（兴旺到有点奢靡）。说是紫元禅师过七十大寿，弟子找来名厨执掌寿宴，要摆三十八桌素斋，遍请全县名流。说法是一桌一岁，如此就可寿至一百〇八岁。寿宴提早一年就开始准备。当时香火极旺，银钱不缺。厨师拟好菜单，请管事的大弟子过目，说其中有二菜一汤，都需用到芍药花瓣，一道菜要用干制的花瓣，一汤一菜则要用新鲜的。芍药花，本地少有，就有，成色也不佳。大弟子问能不能换成别的？厨师有些为难。旧时办宴席，菜色、次序都有定式，菜名均有相应的口彩，替换了几道，就不成套了。大弟子去请示师父。紫元方丈在蒲团上眯着眼，也不接递过来的菜单，像入定又像瞌睡，白须微颤。过了好久，在香烟缭绕中，老方丈睁开眼，缓缓地说："没有？没有就种嘛。"于是就种。把扬州的芍药花工千里迢迢请到这山区小县的寺庙里来，如今想来也令人咋舌。老方丈的一句话，一个老人低哑的声音，飘飘忽忽，落到实处，就成了灿若云锦的花朵，实在近乎神迹。芍药环寺而种，遍地绮罗，烂漫不可方物。花香炉香，融成一脉，满山浮动。寿宴之后，竹峰寺的芍药就出了名，列入本县十景之中，当地缙绅名士，多有题咏。这些诗如今还能查到一些，大多无甚可观，有趣的是，几乎都提到了蛱蝶碑。因为竹峰寺此前是以这块碑出名的。如今知道它的人已经不多了。

这碑上有个故事。故事大要在《覆船山房随笔》里有记载，有些细节则是听慧灯师父讲的。他是在解放前听他师父说的。

说是明朝景泰年间，有个书生姓陈名永字元常的，寄住在竹峰寺中。陈元常“家贫，世崇佛，工书，少有才名”，功名不就，就成了写经生。几个月前，方丈托他写一部《法华经》，酬以银钱，还管吃住，一是爱他的字，二来也有怜才恤贫之意。陈元常来了数月，却不着急写，笔墨不动，每天就在寺中转悠。午饭后在庭院里走走，黄昏时在山崖边坐坐。望望天上的云，捡起一个松果，看看，又抛掉。日子久了，僧人间不免有议论，以为他吃白食。陈元常不着急。他在琢磨该怎么写。陈元常少孤，母亲信佛很诚，从小就拿佛经教他识字。他是在念“子曰诗云”前就先读过“如是我闻”的。《法华经》，他自幼能背，而且感情很深，一些句子，使他想起已经亡故的母亲。他要好好写这部经。该怎么写，他琢磨了很久，还是没动笔。

陈元常学书，最佩服的是王右军，稍长，觉得右军不可追及，转而学虞永兴、李北海。这两人的字，其实都宗法王羲之，永兴守之，得其温婉；北海变之，参以雄健。陈元常学这两家，都很像，几可乱真。可他觉得，用这两种风格写《法华经》，都不太对。“若书此经，则永兴之法失于柔，北海之法失于豪”，他想把二者融合起来，“复欲以永兴笔书北海体，则两失之”。没有成功。

这天暮春午后，花气熏人，陈元常又在寺中闲逛。照例看过了偏殿的壁画，听了会儿枝头的莺啭，摸了摸打呵欠的小和尚的头，他到一处石阶边坐下。对着庭院中融融春光，他看了很久，想了很久。直到一只翅上有碧蓝斑点的蝴蝶飞过他眼前。那个午后他想了什么呢？几百年前的少年心绪，没人知道。我猜想，他是在找一个平衡点，在庄严和美丽之间找到最恰当的位置，然后等圣境降临笔端。蝴蝶飞过。陈元常意态忽忽，迷了魂似的，就跟了那只蝴蝶走。那天天气晴暖，莺啼切切。蝴蝶飞进大雄宝殿，他也迈进去。午后殿中无人，香烟袅袅，佛也半眯着眼。陈元常见那蝴蝶在香烛垂幔间忽上忽下地飞，飞绕了几圈，竟翩翩然落在佛髻上。他大吃一惊，呆立当场，《覆船山房随笔》里写，陈元常“见彩蝶落于佛头，乃大悟，急索笔砚，闭门书经，三日而成。成，乃大病。诸僧视其所书，笔墨神妙，空灵蕴藉，似与佛理相合。尤以《药草喻》一品，神光涌动，超迈出尘”。蝴蝶轻盈地落在大佛头顶，是何等光景？难以想象。宗教的庄穆和生命的华美，于刹那间，相互契合，彼此辉映，想来是极其动人。陈元常被那个瞬间击中，找到了他的平衡点，得于心而应于手，于是奇迹在纸上飘然而至。这部经一直保存在寺中，其中的《药草喻》后来被刻成碑，立于亭下，供人观赏。原本应叫法华碑，因此典故，多被称作蛱蝶碑。每年到寺中礼佛的文墨人不少，见了这碑，没有不惊奇赞叹的。晚明的福建晋江书法家张瑞图曾购得此碑拓本，评价说：“如春山在望，其势也雄，其神也媚。又如古池出莲，淳淡之间，时露瑰姿。端凝秀润，不失圆劲，真得永兴之宏规，北海之神髓，惜乎其人名之不显也！”据说弘一法师晚年在泉州，也见过友人所藏的拓本，说：“此字中有佛性，有母性，亦有诗性。”不知确否。如今是连拓本也失传了。至于陈元常其人，据《枯笔废砚斋笔记》记载，几年后他再次赴考，在山路中遇到土匪，死于非命。也有说他就在这寺里出了家的。

《覆船山房随笔》中摘了一些清代题咏竹峰寺中芍药和碑的诗句，往往将碑花对举，平实的如“谁见蝶飞金粟顶，唯馀花落碧苔碑”，轻佻的有“诵偈三千首，观花一并休。春风无戒律，蝶绕古佛头”云云，不一而足。

到清末，寺庙为土匪所占，成了匪穴。民国时又重建，不过已经很凋敝了，寺中僧侣不过五六人。其时“废庙兴学”，庙产，也就是竹峰下的几十亩田和果园，被没收充公。芍药花只剩寥寥几丛，红灼灼的，像几簇余焰，每年春末，在墙角寂然地烧几个夜晚，又寂然地熄灭了。“破四旧”时，有信徒提前到寺中报信，僧人们有了准备，在那些小将上山之前，把寺中一些贵重的法器、经卷、玉雕观音、黑檀木罗汉像之类，收集起来，藏到大雄宝殿供的佛像肚中和法座里。旧时塑像，往往在佛像背后留一空洞，法座背后亦有机窍，佛像开光时，由高僧将经书、五谷、珠宝、香料甚至舍利装入其中，各有寓意，叫作“装藏”。这时就成了临时藏匿之所。因为听说本县的另一处名寺永兴寺的石碑尽数被砸毁，考虑到蛱蝶碑名头太大，难于幸免，僧人们就把它从廊壁上取下来——民国初年，碑亭朽了，一时无力修复，只好把石碑镶在大殿一侧廊壁上，一样风雨不到——不知抬到山上什么地方藏起来了，然后众僧四散而逃。结果，佛像被砸了，里边的器物都被掏出毁掉。那块碑也就此失踪。

那些逃下山去的和尚里，有一个就是慧灯师父。他是本县北乾村人，自幼在竹峰寺出家，当时才三十出头。下山后回到村里，被迫还俗，就随他舅舅学手艺，当了个细木匠。那时细木匠没有全职的，平时也种田，秋收后，谁家里要准备嫁妆了，就把木匠请去。木匠是吃住都在主人家的，一连打几个月的嫁妆：桌椅、衣橱、梳妆台、床。乡下对样式要求不高，结实为主。雕花刻镂，有则最好，没有也成。雕花也无非那几样：松鼠葡萄、蝙蝠祥云、云龙纹样、松鹤图。有的还要刻一两句诗，比如衣橱上照例刻“云锦天孙织，霓裳月姊裁”，字是凸起的，可以当作开抽屉的把手。慧灯学了没两年，就都会了，还能自己出样。他的手很巧，现在也能看出来。六月芒草吐穗时，我见过他用极流利的手法做出一支扫帚，那扫帚几乎可用美丽来形容，且十分顺手耐用。寺中现在用的家什器具，大半是出自他手。如今慧灯七十二了，大件家具，已不再做，有时兴之所至，随手做个小玩意。平日泡茶用的茶海，即是慧灯用一段树根做的，样式苍莽而富有野趣，稍加斧凿，便显出一种浑厚静穆。树根上有一块圆形节疤，本来不好处理，他将它雕成鲸鱼隆出水面的背部，另一处雕出举起的尾鳍，使整个茶海的面像一片真的海面。置茶杯于其上，就像沧海浮舟，非常好玩。

70 年代，他进了木器社。后来木器社又改成县家具厂，他一直当到技术股股长。其间当然也娶妻生子。90 年代，他退休了，也抱了孙子，觉得对家庭的责任已经尽到，想了却一桩心愿，和妻子儿子一商量，就再度出家了。妻子知道他多年来一直存有这个念头，也不加阻拦，但有一个要求：端午、中秋、过年要回家里过。这没话说，慧灯同意了。儿子开车送他到福州西禅寺受戒。慧灯即二次出家时起的法号。受戒回来，就上竹峰寺去了。这时竹峰寺已毁了多年，慧灯稍事修葺，就住下了。他工作以来，一直有笔专门的积蓄，绝不动用，就是留着重建竹峰寺用的。但要重修佛殿，这也远远不够。没有佛像，就在墙上贴了三世佛、观音的画像，下置一小香炉，早晚参拜。环堵萧然，不减其诚。一直到慧航来了，情况才有所好转。

慧航是三十多岁出家的。他是扬州人。据说 80 年代在北京上过某名牌大学。那时本科生都金贵，能考上那所大学，前途无量。临毕业，他不知道犯了什么错误，竟没拿到毕业证，被遣送回原籍。为什么毕不了业，他绝口不提。回乡后，他在扬州开过几年茶楼，也开过澡堂、素菜馆。他想来很会做生意。但是据他说，也受过不少刁难、勒索。钱没给够，就天天被临检，开的第一家茶楼就是这样倒闭的。后来才学乖。也许正因为这种经历，他对权力非常热衷，平日最爱谈的是省级、市级的人事任免。开素菜馆时，结识了一些和尚，他觉得干和尚这行挺有前途，一拍大腿，把素菜馆转让给朋友，自己留了点股份，就出家了。他是在 90 年代末出的家，比慧灯稍晚。因此年纪相差近三十岁，望如父子，却以师兄弟相称。

这是个绝顶聪明的人。他到过多省，会说粤语、闽南语、温州话、京片子，来了本地没半年，屏南话也学会了。他记性非常好，记数字尤其快，手机号码他只消听上两遍，没有不会背的。县里几个领导、老板的号码、生日甚至家人的生日，他都记得一清二楚，随问随答。算算某老板母亲寿辰快到了，就拿点礼品：手串、平安符、观音玉佩之类，登门拜访，每次所得的馈赠，都十分可观。他这人诙谐健谈，俗而有趣，大家都很喜欢他。而且谁都得承认，他确实很有才干。没几年，他就募捐到一大笔钱，重修了山门、大雄宝殿、观音堂。村里的小孩，有时还拿功课来问他，没有他不会的。凭着这份机灵，他刚出家几年，就在西禅寺当到典座，很得住持赏识。因为升得太快，被同辈排挤，常穿小鞋。当了几年，心情郁闷，没想到当和尚也这么累。这时慧灯师父从山里给他打电话，聊到竹峰寺近况。慧航听了，忽然动念，宁做鸡头不做凤尾，与其在大寺里打熬，不如另立山门，自己创业。而且他四处打听了一下，这个县城经济虽不发达，近年外出做生意的人多了，年节回乡，往往乐于捐助，寺庙还是有发展潜力的。加上慧灯在电话里说，你要来，住持给你当，你有本事。于是一拍大腿，他就来了。

来了之后，发现情况没想象的好。寺庙好容易有了起色，维持生计，绰绰有余，要发展壮大，则远远不够。这几年，他受了两个打击。一是想修一条直通山门的路，施主可以由山下直接开车到门口。问了一个在外做施工的老板，老板估了个价，高得离谱，说没办法，这个山实在太陡，施工难度很大。第一桩宏愿就此破灭了。二是他想申报文物保护单位。和县里几个领导都打过招呼，却没了下文。有人来看过，说你这寺庙过去破坏得太厉害，而且民国的老建筑，都残败了，近年重建的，价值不大。正在他将要作罢的时候，一个老头带了一队老头，上山来了。是县里的书法协会和诗词协会来采风，都是些退休老干部。上到半山，就都气喘吁吁，歇了一气，在半山腰分了韵，老头们各赋律诗一首，然后怀揣笔墨，奔袭到寺中，茶还没喝，就借了书桌，开始排队挥毫。为首的老头是县书协主席，他挥完了毫，对慧航说，解放前，这个寺庙的蛱蝶碑很有名，他小时候还见过，非常难忘。不知那块碑现在找到了没有？慧航不知道这事，问慧灯。慧灯说，没找到，找不到了。主席说，竹峰就这么点地方，能藏到哪里去？总归就在这山上哪里埋着吧？慧灯不说话了。主席临走前，对慧灯、慧航说，要是能把碑找到，一则是个文物，二则陈列起来，给大家观摩一下前辈书法，也是一桩功德啊。说完露出遗憾的神情，就下山了。本培收拾桌子，拿起那主席的题字看了看，问慧航，就这字也能当书协主席？慧航说，他儿子是市里某某部门的领导。这些事都是本培告诉我的。

本培悄悄跟我说，慧航这人，人是不错，好相处，就是有一样，官瘾大。他这几年的理想，不是什么内修外弘、重振道场，而是当上县政协委员。永兴寺的住持法峰和尚，就当了县政协委员。他对法峰似睡非睡地坐在会议桌旁的胖大形象非常向往。可是永兴寺香火很旺，每年还能给贫困生捐不少钱，因此法峰名声很好，俨然宗教界领袖。竹峰寺没法比。慧航想，要是能找到那块碑，一来，弄个玻璃柜陈列起来，游客来寺里，除了进香，也有个赏玩的地方；二来请人打个拓本，或拍个照片，给书法协会的主席老头送去，没准老头一高兴，能给他说上话。提名县政协委员，没准有戏。

于是慧航就问慧灯。慧灯逃下山时，也三十岁了，藏石碑的人里，想必也有他一个。起初，慧灯不说话，只是摇头，且难得地露出非常厌烦的神色。后来被磨久了，他才开口，对慧航说，碑，是师父领着我们几个师兄弟一起藏的。当时说好，就把碑藏在那，下山以后，谁问也不能说。慧航说，那现在寺庙不是重建了嘛，还藏着干吗？慧灯说，就放那里挺好的，别动它了。拿出来，保不准哪天又有人来砸。慧航嚷嚷起来，说现在什么时代了，谁还会砸你的碑？慧灯就不说话了。

慧航不死心，前年从春天到秋天，每天一清早就满山转悠，找碑。先在山沟里找出一块石板来，又在山腰找到一个瓮，接连失望两回，这才有点心灰意懒。前年年底，他最后找了一次，无果而归，进门见到慧灯在那里雕一个竹筒，自得其乐的样子，忍不住和他吵了一架，逼问他碑在哪里。话说得僵了，两人一下都沉默起来。慧灯忽然剧烈地摇了一阵头，抿着嘴，大滴大滴的泪水滚落下来。老和尚哭了，哭得无声无息。神色很庄重，又像很委屈。慧航一下子就后悔了，也明白了慧灯的意思。老和尚对当年的承诺看得很重，是打算守一辈子的。另一层意思，他有点惊弓之鸟，总担心从前的事会再来一遍。碑还是藏着好，谁也砸不了。慧航觉得自己之前的做法，对师兄，是一种出卖，似乎有点羞愧。第二天起，他再没提过碑的事情。

去年一年，慧航的雄心壮志好像忽然瓦解了。可能是年纪到了，可能是山居生活改变了他的脾性。他有一天吃饭时竟然说，其实路修不上来，挺好的，人太多了，吵，也应对不过来。另一表现是他开始听评书，《三侠五义》《白眉大侠》《七杰小五义》《楚汉争雄》。他说他自小就爱听，扬州的茶楼、澡堂里，都有说书的，泡在热汤里，听着书，在池边嗑个瓜子，赛神仙。多年不听了，如今把这爱好捡起来。当然有客人来时，不好当面听这个，没人时听。后来还听上《鬼吹灯》《盗墓笔记》了。他还会唱几嗓子，常哼的竟然是崔健和罗大佑。他说是大学时学的，那会儿兴这个，《一块红布》《盒子》《之乎者也》。黄昏时我在山上散步，听见远远的一个故作沙哑（模仿罗大佑）、荒腔走板的声音在昏暗中逼近，就知道，是慧航来了。

黄昏时我总爱在寺门外的石阶上坐着，看天一点一点黑下来。想到“苍然暮色，自远而至，至无所见而犹不欲归。心凝形释，与万化冥合”，这些字句像多年前埋下的伏笔，从初中课本上，或唐代的永州，一直等到此时此地，突然涌现。山下的村庄，在天黑前后，异常安静。直到天黑透，路灯亮了，才又听见小孩的嘶喊声。本培说，这村里有个说法，说是人不能在外面看着天慢慢变黑，否则小孩不会念书，大人没心思干活。我记起小时候似乎也听奶奶说过类似的话。山区里，古时山路阻隔，往往两村之间，口音风俗都有所差异，但毕竟同在一县，相似处还是较多。为什么会有这种说法呢？天黑透了却不忌讳，小孩一样玩耍，大人出来乘凉。忌讳的是由黄昏转入黑夜的那一小会儿。也许那时辰阴阳未定，野外有什么鬼魅出没？我想象在黄昏和黑夜的边界，有一条极窄的缝隙，另一个世界的阴风从那里刮过来。坐了几个黄昏，我似乎有点明白了。有一种消沉的力量，一种广大的消沉，在黄昏时来。在那个时刻，事物的意义在飘散。在一点一点黑下来的天空中，什么都显得无关紧要。你先是有点慌，然后释然，然后你就不存在了。那种感受，没有亲身体验，实在难于形容。如果你在山野中，在暮色四合时凝望过一棵树，足够长久地凝望一棵树，直到你和它一并消融在黑暗中，成为夜的一部分——这种体验，经过多次，你就会无可挽回地成为一个古怪的人。对什么都心不在焉，游离于现实之外。本地有个说法，叫心野掉了。心野掉了就念不进书，就没心思干活，就只适合日复一日地坐在野地里发呆，在黄昏和夜晚的缝隙中一次又一次地消融。你就很难再回到真实的人世间，捡起上进心，努力去做一个世俗的成功者了。因为你已经知道了，在山野中，在天一点一点黑下来的时刻，一切都无关紧要。知道了就没法再不知道。

余光霭霭中，我想东想西，又想到那块碑的去向。慧航不找了，我却对它起了很浓的兴趣。山涧里，怎么会找到一块没有字的石板呢？这事相当离奇。在我的想象中，那些字潜进了石头的内部，其实石板即是碑，那些字能在所有石头间流转，也许现在就藏在我脚下的石阶里，在柱础中，在山石内，在竹峰的深处，灵光一般，游走不定，幽幽闪动。这样想着，我坐了很久，直到钟声响过，本培打着电筒来喊我回去。

夜里山中静极。说天黑了，其实是山林漆黑，天空却拥有一种奇妙的暗蓝，透着碧光，久望使人目醉神迷。黑色的山脊有蒙茸的边缘，像宣纸的毛边，那是参差的林梢。寺中很早就歇下了。灯一关，人就自然地犯困，满山虫声有古老的音节。躺着算了算日子，已来了半月有余，没几天就该回去了。我在黑暗中摸到床头的钥匙，摸着“永安”两个字，想，是把它藏起来的时候了。

藏在哪里好呢？清早起来，我在寺里寺外转悠，一面想。一个幽僻之处。一个无人知道的地方。一个恒久不会变更的所在。似乎满山随处都是。不对。随处挖个洞埋起来，不会带给我那种安适感，那种暗戳戳的欢喜，隐秘的平和。我散着步，脑中想着藏钥匙，不免又想到和尚们藏碑。如果我是慧灯他们，我会把碑藏在哪里呢？不，我不会埋起来的。在我们看来，知道那场浩劫只有十年，忍忍就过去了。在他们，也许觉得会是永远，眼下种种疯狂将成为常态。碑埋在土里，百年后那些文字难免漫漶得厉害。是我，我不会直接埋起来。不埋，还能藏在哪里呢？当成石板，铺在廊下？不成，廊下铺的尽是错落的方块小石板，没有这么长条大块的。我踱步到碑亭下，打量那碑座上的凹槽，琢磨了好一会，忽然想起一件事，差点叫出声来。这时他们已做完早课，本培来喊我吃早饭。早饭是粥、馒头、炒笋干、腌雪里蕻、腌菜心。我边吃边发呆。一个念头像一缕烟，在我心里袅袅升起，盘来绕去。饭后，我和本培一同去菜园侍弄茄子，我神思不属，差点没把那些茄子浇死。这些天来，我恨不得山中岁月能无限延长，这一天却盼着天黑。下午连去了几趟菜园，要么是本培，要么是慧灯在那里，轮流值班一样。我只好等着天黑，心下焦躁。

天黑透时，我在房里已躺了半天。出来看看，寺中一片静，各处都熄了灯。走过慧航房门外，里头传出单田芳苍凉的嗓音。本培房间窗户亮着绿荧荧的光，像一团鬼火。我知道那是他在玩实况足球，屏幕把他身后的窗玻璃都映绿了。慧灯的房间安安静静，老和尚想已睡下。院中虫声唧唧，此外别无声息。我回房拿了支小电筒，换了条短裤，穿拖鞋，悄悄进了厨房，推开后门。忽然有几道黑影从菜园里腾起，扑扑地远去了。我吃了一惊，随即知道是长尾山鹊，这种鸟红嘴蓝身，有着过分华丽颀长的尾羽，胆子极大，常来菜园偷食。

鸟去后，菜园里一味的黑，水流声在黑暗中听来格外空灵。我定了定神，没过小桥，却在岸边坐下，把电筒叼在口中，手扶岸沿，用脚去探溪水。水凉极了。我慢慢滑下去，在溪中站稳，水刚淹到大腿。溪中半是长草，高与人齐，我用手拨开，一步步往桥洞挪去。手脸被草叶刮得生疼。钻进桥洞时，和躲进瓮中有相似的感觉。桥洞因为背阴，没生多少草，人可以舒服地站着。

拿手电往上一照，原来这小桥是由两块长石板拼成，长不到两米，一块稍宽些，一块窄，都蒙了层青苔。两块石板的缝隙间，有土，所以青苔尤为肥厚。石板搭在两边石砌的桥墩上。我把手电凑近了石板，仔细看，窄的那块，青苔只是青苔；再看宽的那块——青苔下有字。我听见自己咚咚的心跳声。用手摸了摸笔画的凹痕，这才确信自己猜得没错。字迹在苔痕后时隐时现：

“……山川溪谷土地，所生卉木丛林，及诸药草……密云弥布，遍覆三千大千世界……雨于一切卉木丛林，及诸药草，如其种性，具足蒙润，各得生长……犹如大云，充润一切，枯槁众生，皆令离苦，得安隐乐……”

其实事情的经过很简单。白天我在脑中过了几遍，有了点信心，这才等到夜里无人，下桥洞来验证。和尚们逃下山前，把贵重法器藏在佛肚中、莲座里，蛱蝶碑太大，只能另藏他处。我要不是因为自己要藏钥匙，设身处地地推想一番，也绝对想不到碑在哪里。看碑座上凹槽的宽度，可以估计出碑的尺寸，把竹峰寺前前后后想一遍，也只有这小桥较为吻合了。和尚们把原先的小桥抬起来，用石碑替换了其中一块石板，再原样放好，架在桥墩上。他们大概还在上面原样铺了层浅土，踩实了，弄得和菜园、厨房后门的土色一样，桥与岸浑然相连，不仔细看，都留神不到下面是石桥。被替换出的石板，如果就近扔在桥边，小将们见了，容易生疑，所以和尚们抬了它，远远地扔进南边的山涧里。就是这么简单一回事。慧航那么聪明，却总以为碑在竹峰上某处埋着，一来是灯下黑，二来他不理解我们藏东西时的心理。藏碑于桥，有字的一面向下，悬空着，不受土壤和雨水侵蚀；溪床里又满是茂草，将桥洞遮掩，隐蔽得很好。我们日日从桥上过，谁也不会想到蛱蝶碑就在脚下。

我举头端详那些字迹。对于书法，我爱看，爱写，懂得不深。只觉得那一笔一画，看得人心中舒展。笔画间弥漫着一种古老的秩序感，令人心安。经文大半为青苔覆盖，然而仅看露出的部分，就已十分满足。写佛经，自然通篇是小楷。结体茂密，内敛而外舒，透出稳凝，而不沉滞；运笔坚定，但毫不跋扈。写经者极有分寸，他在雄严与婉丽之间找到了一个绝佳的位置，既兼容这二者，又凌驾于其上。更可贵是其安分：能看出写经者并非徒骋才锋，一意沉浸于书道，那经文本身想必亦使他动容，因为笔下无处不透出一种温情。字与经，并非以器盛水的关系，而是云水相融，不可剥离。我用目光追随着一笔一画，在石板上游走，忽然间得到一种无端的信心，觉得这些字迹是长存永驻之物，即便石碑被毁成粉屑，它们也会凭空而在，从从容容，不凌乱，不涣散。它们自己好像也很有信心。看了很久，我站定了，闭上眼，过了一会儿，在黑暗中看见那些笔画，它们像一道道金色的细流，自行流淌成字，成句，成篇，在死一样的黑里焕着清寂的光。我睁开眼来，心中安定。

老屋的钥匙早放在口袋里；这时我摸出来，在手心用力握了握，给它递一点温热。然后环顾桥下，见到石碑和桥墩的缝隙间，封着一道很厚的青苔，幽绿。我将青苔小心地揭开一点，然后趁钥匙上的一点热度还没消泯，把它放进去，推了推，塞实了；又把青苔小心地盖上。于是我的钥匙，钥匙里储存的老屋，老屋的周边巷陌乃至整个故乡，就都存放在这里，挨着那块隐秘的碑。青苔日夜滋长，将它藏得严严实实，谁也发现不了。唯有我知道它的所在，今后无论身在何方，都能用想象和它接通。也许多年后我会一时兴起，重来此地，将它取出；也许永远不会。只要我不去动它，它就会千秋万载地藏在这碑边，直到天地崩塌，谁也找不到它。这是确定无疑的事情。确定无疑的事情有这么一两桩，也就足以抵御世间的种种无常了。我这么想着，最后凝视了一眼那道青苔，那块碑，就钻出桥洞，爬上岸去。

第二天早上，浇菜的时候，本培说，溪里的草怎么东倒西歪的，是不是山上的麂昨晚跑到这来喝水？我低头锄草，不接话。过了一会儿，本培又问我，你手臂上的道道在哪刮的？昨天还没有。我只好扯了个谎，说昨晚肚子饿，想到菜园摘根黄瓜，太黑了没留神，滑到溪里去了。本培笑了我几句。慧灯在一旁插竹竿侍弄豆子，这时抬起头，深深地看了我一眼，没说话。

到了该回去的日子。午饭吃过，三人送我到寺门口，一一道别，慧灯送了我一本《金刚经》，说有空时看看。慧航给了我一条手串。本培和我一道下山，待会用电驴载我去车站。路过山腰那口瓮时，我又进去坐了会儿，盖上盖子，重温一下那黑暗和声音。本培也不催，就站在路边等我。午风中林叶轻摇，群山如在梦寐中，杜鹃懒懒地叫。我们一前一后，走在将来的回忆中。我恍恍惚惚，又想起我的钥匙来。我想到日光此时正映照溪面，将一些波光水影投在那碑上，光的涟漪在字迹上回荡，在青苔上回荡，青苔在一点一点滋长，里边藏着我的钥匙，钥匙里藏着老屋和故乡，那里一切安然不动。就这么想着，我一路走下山去，不知何时会回来。

（《夜晚的潜水艇》上海三联出版社 2020 年版）

仙 境

哲 贵

1

从家开车到越剧团，大约需要二十分钟。车子一发动，余展飞身体有感觉了，兴奋了，柔软了。不是柔软无力，是柔韧，充满力量，跃跃欲试。同时，身体里好像有股水在流淌，可比水要绵柔，几乎要将身体溶化。很轻又很重。很淡又很浓。他很享受。

越剧团有两个排练厅，一大一小。他直接去小排练厅。不用事先联系，更不用打招呼，他知道，团长舒晓夏已经在小排练厅了。一打开车门，一阵音乐涌进耳朵，那是锣鼓声，是密集如万马奔腾的行板。一听那声音，身体立即又起了不同反应。这次是热烈的，是滚烫的，是奔放的，他几乎要摩拳擦掌了。他听见身体里有开水沸腾的咕噜声，那是身体被点燃的声音，他要绽放了。他知道，那是《盗仙草》选段，是越剧里难得的武戏，特别有挑战性，让他神往，令他痴迷。他都快恍恍惚惚了。

他进了排练厅，果然，舒晓夏已经化好装，正在厅里踱来踱去。她看见余展飞进来，朝他看一眼，那眼神是急不可耐的。两人直奔化装间。

这是余展飞的习惯，也是他的态度，即使是排练，即使排练厅里只有他们两个人，他也要化装，也要穿上戏服。他不允许马虎，一点也不行。

舒晓夏给他化装，他们都没有开口说话。他们不需要。几十年了，只要一个眼神，一个微小动作，便可以领会对方的意思。什么叫心意相通？这就是。什么叫心有灵犀？这就是。而且，余展飞听了进来之前的伴奏音乐，已经知道晚上排练的内容，没错，还是《盗仙草》选段。

他和舒晓夏第几次排这个戏了？起码有几千次吧，甚至更多。

装化完了，舒晓夏帮他穿上戏服。他晚上扮演守护灵芝仙草的仙童，是短打扮，头上扎着一条红头巾。在正式演出的戏文里，守护仙草的仙童是四个，两个先出场，跟白素贞对打。被白素贞打败后，去后山请两个师兄出来。白素贞最后不敌，口衔仙草，被四个仙童架住。这时，仙翁出场，放她下山救许仙。

他们晚上练双枪。这是《盗仙草》里很重要的一场武打戏。当然，双枪几乎是所有中国戏曲里的重要武戏，也是最基础的武戏。正因为基础，要练得出彩不容易，太不容易了，几乎所有武生都会的动作和技术，大家都很熟练，都想做得出彩，怎么办？办法只有一个：创新。没错，只有做出别人不会做的高难度动作，只有做出别人不会也没想过的精彩又优美的动作，只有做出惊险又与白素贞冒死精神相协调的动作。难，太难了。但可能性也正在于此，吸引力也正在于此，激发创新的动力也正在于此。一般情况，白素贞和仙童都是先拿拂尘出场，然后是剑，再是双枪，最后是空手搏斗。空手搏斗的难点在翻跟斗，每个仙童翻跟斗都是不同的，都有讲究，第一个是前空翻，第二个是侧空翻，第三个是后空翻，第四个是前空翻加后空翻。空翻都是连续性的，有连翻三个，也有连翻六个，身体是否挺直，动作是否干净，很考验人的。双枪是《盗仙草》里的重头戏，是重中之重。一般的演出，白素贞和四个仙童各拿双枪，打斗到激烈处，四个仙童围着白素贞，将手中双枪抛向中间的白素贞，白素贞要用脚板、膝盖、双肩和手中的双枪，将来自四面八方的枪，准确又利索地反挑回四个仙童手里。这里面有连续性，又有准确性，还要控制好力量和弧度，差一点点都不行。而且，八杆枪要连贯，要让观众眼花缭乱，要行云流水。既要武术性又要艺术性，要升华到美的高度。这太难了。

舒晓夏将伴奏音乐调整一下，跳过前面舞拂尘和舞剑的段落。直接到了耍枪花。那枪是老刺藤做的，一米来长，两头都有枪尖，中间涂得红白相间，枪尖绑着红缨，行话叫花枪。他们每人两根花枪，先是象征性地比画几下。戏曲的灵魂之一就是象征。

随着锣鼓声密集起来，他们站到排练厅中间，耍起枪花。看不出他们身体在动，其实他们全身在动，他们身体很快被手中的枪花覆盖。他们的枪先是在身体左右画着圈，手臂不动，手腕随着身体扭动，锣鼓声越来越密集，枪转动的速度越来越快，红白相间的花纹这时变成红白两道光芒，两道光芒最后连在一起，形成一道彩色屏障。从远处看，排练厅中间的余展飞和舒晓夏不见了，只有两个彩色球体，纹丝不动，却又风起云涌。

耍完枪花之后，他们练挑枪。余展飞投，舒晓夏挑。这是余展飞和舒晓夏的创造，他们不是一根一根来，而是八根。余展飞将八根枪一起投过去，舒晓夏用脚尖、用膝盖、用肩膀、用枪将八根枪反挑回来。考验功力的是，余展飞八根枪是同时投过去的，而舒晓夏却要将八根枪连续挑回来，八根枪要形成一排，在空中划出一个优美弧度，像一道彩虹。练了一段时间后，反过来，舒晓夏投，余展飞挑。这种挑枪，整个信河街越剧团只有他们两个会，估计全天下也只有他们两个会。

2

父亲余全权是信河街著名的皮鞋师傅，绰号皮鞋权。他在信河街铁井栏开一家店，做皮鞋，也修皮鞋。他长期与皮鞋打交道，皮肤又黑又亮，连脸形也像皮鞋，长脸，上头大，下巴尖，张开的嘴巴像鞋嘴。对于余展飞来讲，父亲最像皮鞋的地方是脾气。皮鞋有脾气吗？当然有。皮鞋最突出的脾气就是吃软不吃硬，它不会迁就穿鞋的人，不能跟它“来硬的”，必须顺着它的性子来，要尊重它，要呵护它。但它又是感恩的，懂得回报。谁对它好，怎么好，对它不好，怎么不好，它是爱憎分明的，也是锱铢必较的。擦一擦，亲一口，它会闪亮。不管不顾，风雨践踏，它就自暴自弃了。它对人的要求是严格的，甚至是严厉的。它不会主动选择人，但会主动选择对谁好。不是一般的好，而是全心全意，甚至是合二为一，它会将自己融进人的身体里，成为身体的一部分。

父亲就是这样的脾气。每一双经过他修补的皮鞋，都有新生命，是一双新皮鞋，却又看不出新在哪里。他做的每一双皮鞋，看起来是崭新的，穿在脚上却像是旧的，亲切，合脚，就像冬夜滑进了被窝。

从皮鞋店到皮鞋厂，是父亲的一个改变，也是皮鞋对父亲的回馈。那一年，余展飞已经当了三年学徒，理论上说，可以出师单干了。实际情况也是如此，余展飞觉得技术已经超过父亲。

也就是这一年，余展飞“认识”了舒晓夏。农历十月二十五，信河街举办物资交流会，越剧团接到演出任务，将临时舞台搭在铁井栏，就在皮鞋店对面。那天下午演出的剧目是《盗仙草》，舒晓夏演白素贞。

余展飞不是第一次看越剧，也不是第一次看白素贞《盗仙草》，他以前看过的。也觉得好，咿咿呀呀的，热闹又悠闲，真实又虚幻。但那种好是模糊不清的，是不具体的。说得直白一点，就是舞台上的白素贞跟他没关系，没有产生任何联想和作用。但这一次不同，他被白素贞“击中”，迷住了。她一身白色打扮，头上戴着一个银色蛇形头箍。她的脸是粉红的，眼睛是黑的，眼线画得特别长，几乎连着鬓角。美得不真实，惊心动魄。余展飞突然自卑起来，粗俗了，寒酸了。他无端地忧伤起来，无端地觉得自己完蛋了，这辈子没希望了。当他看到白素贞和四个仙童挑枪时，整个心提了起来，挑枪结束后，他发现手心和脚心都是汗，浑身都是汗。这是他第一次发现自己的手心和脚心会出汗。当看到白素贞下腰，将地上的灵芝仙草衔在口中时，他哭了。差不多泣不成声了。他觉得魂魄被白素贞摄走了。

散场了。对余展飞来讲没有散，他依然和白素贞在一起，如痴如醉，亦真亦幻。他不知不觉来到戏台边，来到后台。他看见了白素贞，不对，是正在卸装的白素贞。有那么一瞬间，他有失真感觉，却又觉得无比真实。卸装之后，舞台上的白素贞不见了，他见到一个长相普通的姑娘，身体单薄，面色蜡黄，眼睛细小，鼻梁两边还有几颗明显的雀斑。

舞台上下的反差让余展飞措手不及，让他惊慌失措。但恰恰是这种反差拯救了他，唤醒身体里另一个自己，他感到震撼，感到力量，更主要的是，他看到了可能——既然她能演白素贞，我为什么不能演？他突然萌生出一个念头：我要去越剧团，我要唱《盗仙草》，我要演白素贞。

这个念头来得凶猛，令他猝不及防。用父亲的话说是，丢了魂了。

但余展飞知道，他的魂没丢。是被舞台上的白素贞“迷住了”，也是被现实中的白素贞“唤醒了”。他回到店里，对父亲说：

“我要去学戏，我要唱越剧。”

莫名其妙了。突如其来了。父亲没有放心上，小孩子嘛，心血来潮是正常的，异想天开也是正常的，怎么可能去学越剧呢？怎么可能不做皮鞋呢？说说而已。不过，父亲觉得不正常的是，这个下午，余展飞什么也没有做，鞋没有做，也没有修。他还是那句话：

“我要去学戏，我要唱越剧。”

父亲明白了，这孩子鬼迷心窍了。

问题的严重性在于，接下来，余展飞还是什么事也不做，见到他就说：

“我要去学戏，我要唱越剧。”

那就是疯了。走火入魔了。父亲不可能让他去学戏，不可能让他去唱越剧。父亲的人生只有皮鞋，当然，他还做了一件事，就是生下余展飞。对于父亲来讲，两件事也是一件事，可以这么说，他也是父亲的一双皮鞋，甚至可以这么说，他从出生那天起，便注定这一生要和皮鞋捆绑在一起，逃不掉的。这一点余展飞知道不知道？他当然知道。实事求是地讲，余展飞不排斥父亲，也不排斥皮鞋。恰恰相反，他喜欢父亲，因为他喜欢皮鞋，也喜欢修皮鞋和做皮鞋。他喜欢父亲，是因为父亲待皮鞋的态度，父亲没有将皮鞋当作商品，商品是没有感情的，而父亲对待每一双皮鞋，无论是来修补还是来定做，都像对待儿子。也就是说，在父亲眼中，余展飞和那些修补和定做的皮鞋几乎没有区别。余展飞委屈了。确实有一点。但他内心却是骄傲的，他觉得这正是父亲与人不同的地方，他没有将皮鞋当作鞋来看，而是当作人来对待。这是余展飞喜欢的。余展飞也是将皮鞋当作人来对待的，他跟父亲不同之处在于，对他来讲，皮鞋是有性别的，是分男女的。这跟男鞋女鞋无关，而是跟皮料有关，跟使用的胶有关，跟使用的线有关，跟针脚的细密有关，最主要的是，跟皮鞋的气质有关。但是，无论是哪种性别的皮鞋，余展飞都是喜欢的，无论是他做的，还是别人拿来修补的，只要到他手里，他都会让它们发出独特的光芒，他会给它们全新的生命。

3

那一个月里，余展飞只说一句话，其他什么事也不干。皮鞋权先是惊讶，再是愤怒，然后是恐惧，最后是无奈。他懂儿子，就像他了解皮鞋和各道制作工序一样，不能“来硬的”。他做出了让步，但也是有条件的，他答应让余展飞学越剧，但只是业余，主业还是做皮鞋。这就是“以退为进”了。

余展飞答应了。只要能学越剧，让他不吃饭不睡觉都行。

父亲找到一个长期在店里定做皮鞋的人，也是父亲的酒友，他是信河街越剧团的鼓手。余展飞后来才知道，在剧团里，鼓手地位很高，类似于轮船上的舵手，起掌握方向的作用，起控制节奏的作用。父亲将那个鼓手请到家里喝酒，喝得脸色由白转红，又由红转白。最后，鼓手捏着酒杯，问他想学什么？余展飞说他想学《盗仙草》，想当白素贞。鼓手一听就笑了，说：

“要学《盗仙草》，想当白素贞，在信河街只能找俞小茹老师。俞老师是第一代白素贞，她的学生舒晓夏是第二代白素贞。这事非找俞老师不可。”

余展飞是从这一刻开始，才知道那天演白素贞的演员叫舒晓夏，因为那天演出就是鼓手敲的鼓，他告诉余展飞：

“舒晓夏现在是越剧团的台柱子，俞老师已经退居二线，但要学戏，还得找俞老师，姜还是老的辣。再说，舒晓夏不收学生。”

一个礼拜后的一个下午，鼓手带他去越剧团见俞小茹老师。余展飞记得是直接去排练厅的，一大堆人，有化装的，更多是没化装的。穿什么的都有，穿短打扮的，腰间都用一条红腰带扎起来，穿戏服的，比画着动作，沉浸在各自的情境中。排练厅一片混乱，却又秩序井然。他第一眼就找到正在排练厅一角的舒晓夏，她穿着白素贞的戏服，脸上没有化装。她的装扮让余展飞有不真实的感觉，既是白素贞，又不完全是白素贞。他发现，自己特别迷恋这种感觉，似真似假，如梦如幻，虚中有实，实中有虚，脚踏实地，却又飞在半空。余展飞很羡慕这些演员，他们哪里是在排练？哪里是在演戏？他们就是生活在天宫中的一群神仙，饥食仙果，渴饮琼浆，生活在各自的想象中，悲欢离合，逍遥自在。这样的日子才是有意义的，不用考虑柴米油盐，更不用考虑生意来往，只需要考虑自己和角色的内心。他们就是神仙，是漫无边际的神仙。他多么希望成为其中一员。

俞小茹老师穿一件黑色旗袍，烫一个波浪头，在排练厅走来走去，有时停下来，对某个演员说几句，或者用手纠正某个动作，偶尔也示范一下。鼓手将俞小茹老师叫到一边，俞老师显然已经知道他，笑眯眯地问：

“你为什么要学《盗仙草》?”

“我要演白素贞。”

“你为什么要演白素贞?”

“我要《盗仙草》。”

“你为什么要《盗仙草》?”

“我要演白素贞。”

俞小茹老师一听就咧嘴笑了，确实是个外行哪。俞老师告诉他，《盗仙草》是《白蛇传》一个选段，以武戏为主。《游湖》《断桥》《合钵》也是《白蛇传》的选段，以文戏见长。俞小茹老师当年最拿手的是《断桥》，其次才是《盗仙草》，余展飞说：

“我只学《盗仙草》。”

紧接着，他又补充一句：

“其他戏都不学。”

俞老师没有觉得余展飞这种思维有什么问题，她觉得蛮正常，而且蛮正确。余展飞不是专业演员，他学戏只是好玩，也可能只是一种寄托。再说了，如果能把一段戏学好，学到精髓，就很了不起了。俞老师问他：

“以前学过没?”

“没。”

“会一点吗?”

“我会下腰，就是白素贞用嘴去叼灵芝仙草的动作。”

这一个多月来，余展飞做了一件事，用脑子回忆那天看到的演出，模仿戏里白素贞的每一个动作，他比较满意的是下腰。

俞老师说：

“下一个看看。”

余展飞二话没说，扎个马步，一下就将腰“下”去了，而且是以口触地。他知道自己做得不错，下腰下得轻松，起腰起得利索，脸不改色，心不跳。站起来后，拿眼睛看着俞老师。俞老师咦了一声：

“腰蛮软的。”

越剧团是不收业余学员的，再说，余展飞已经十五岁，这个年龄才学戏，显然迟了。余展飞见俞老师面有难色，他说：

“俞老师，我只想学戏，只想演白素贞。”

俞老师想了一下，说：

“我给你化个简妆看看。”

俞老师带着鼓手和余展飞进了化装室，让余展飞在一面镜子前坐下。俞老师先在他脸上打一层底粉，然后在脸蛋上涂点胭脂红，最后是描眉眼。描完眉后，俞老师往后退两步，看了看余展飞的脸，又咦了一声。这时，站在边上的鼓手拍起了巴掌：

“好俊的一张脸。好一个白素贞。”

俞小茹老师最后收下余展飞，当然是看在鼓手的面子上。鼓手说了，俞老师这次“破例了”，以前没有收过“这样的”徒弟。

余展飞后来才知道，俞老师当初答应收下他，一方面是出于鼓手的面子，另一方面也是可怜他，顺口允了而已。在她呢，也没有太放在心上。这些年来，她见过多少学戏的孩子最终还是选择离去。何况余展飞还有店要照看，家里还有一家皮鞋工厂刚开业。因为余展飞跟父亲有约定，皮鞋工厂开业后，父亲负责工厂，铁井栏皮鞋店由余展飞坐镇，他学戏时间只能在晚上。俞老师心想，这孩子也就是一时心热，正在兴头儿上呢，来几次，吃些苦头，自然知难而退。她也算做完人情了。

让她没想到的是，余展飞是真下了狠心学戏，什么苦都吃。学戏最难的是练基本功，单调、枯燥却费劲，譬如压腿、劈叉、踢腿、下腰、扳朝天蹬，哪一项不需要下死功？就拿最简单的压腿来说，一般人压个九十度试试？压不起来的，即使压起来，用不了五秒钟，保准抽筋，是那种不由自主的抽筋，身体就散了。再譬如劈叉，压腿也可以说是为劈叉做准备的，要将两条腿劈成一字形。对于一个十五岁的孩子来讲，要将腿劈下去，等于将他腿上已经生长出来的筋砍断，那得多疼？得下多大功夫？但余展飞一句疼没说，甚至没有发出任何声音。俞老师让他练拿大顶，让他拿三分钟，他一定拿十分钟。俞老师让他拿十五分钟，他一定拿半个钟头。他在店里练，做皮鞋时练，吃饭时练，睡觉也练。这就让俞老师刮目相看了：这孩子不是一时兴起，而是着了魔了。看得出来，他是真喜欢学戏。这个时候，俞老师的想法发生改变了，将余展飞“放心上了”，对余展飞有了“新的希望”。当然，俞老师没有将这个想法告诉余展飞，不需要说，也不能说，这是她个人的事，是她和舒晓夏的事，跟余展飞无关。现在，跟余展飞有关了，但他还是不需要知道，俞老师不想让他知道。

练完一年基本功后，俞小茹老师才教他真正学戏。余展飞的嗓音又让俞老师“咦”了一声。余展飞平时说话属于偏柔和的男低音，很男性化的。他居然能变音，最主要的是，发出的声音不生硬，是很温和的女低音。太难得了。男生扮旦角，第一是扮相，第二是声音，他居然能唱出这么真实的女声。俞小茹老师心里想：是个旦角的料哇。

4

拜在俞小茹老师门下，余展飞最开心的事，是能见到舒晓夏，能向她学戏。

舒晓夏是他师姐，在内心里，余展飞却是将她当作师傅。没有拜入俞老师门下前，余展飞在家“瞎练”《盗仙草》中白素贞的动作，模仿对象就是舒晓夏。他脑子里既有舞台上的白素贞，也有卸装后的舒晓夏，两个形象既分离又合一。他记得白素贞的每一个动作、每一句唱词，甚至每一个眼神。如果要认第一个师傅，那就是白素贞，就是舒晓夏。

舒晓夏是在排练厅看到余展飞的，知道是俞老师新收的徒弟。她只用眼睛余光瞟了余展飞一眼，立即感觉到威胁：这人不简单。她感觉到余展飞身上有种“仙气”，也可以称为“妖气”，她能感受到他身上的“执拗”、“一根筋”和“不可理喻”。他是个“疯子”，是个什么事都干得出来的“疯子”。艺术需要的正是“一根筋”和“不可理喻”，特别需要“疯子”的精神和行为。她就是个“疯子”，为了演戏，她可以什么也不管，可以什么也不要，包括自尊，包括身体，包括生命。她只想成为站在舞台中央的那个人，只想成为戏中的那个角色。

舒晓夏对这种威胁不陌生。她曾经给过俞老师这种威胁。当她第一次正式登上舞台，正式成为白素贞后。她从俞老师眼神中看得出来，她是多么哀伤，多么无奈，那是一种被对方逼到悬崖尽头的怨恨，是走投无路的绝望。这种感觉不是长驱直入的，而是混沌的，是弥漫的，是眼睁睁看着自己枯萎的悲凉。眼睁睁看着自己消亡，却无能为力。

她现在感受到来自余展飞的威胁，她觉得，这是俞老师刻意安排的，是专门针对她的。她当然不甘心。她不是俞小茹老师，她不会束手就擒的，为了舞台，为了舞台上的角色，她会拼命的。

必须主动出击，但不能盲目。一个月之后，排练结束后，她在越剧团门口“无意中”遇到余展飞，她主动打招呼，主动自我介绍，主动约余展飞：

“有空的话，咱们一起排练《盗仙草》。”

这是余展飞做梦都想的事，只是没胆子提出来：

“真的?”

“当然是真的。”她停了一下，接着说，“这事不能让俞老师知道。”

她知道，俞老师是不会让她接近余展飞的，他是俞老师用来对付她的秘密武器。而她从余展飞眼神看出来，他是愿意接近她的。

那以后，舒晓夏经常去余展飞的鞋店，打烊之后，余展飞反锁了店门，一起排练《盗仙草》。

舒晓夏原来的打算，是想让余展飞放弃白素贞，那么多越剧剧本，他演什么不可以？扮演哪个角色不行？为什么偏偏要演白素贞？他可以演青蛇，可以演梁山伯，可以演祝英台，可以演贾宝玉，可以演崔莺莺，可以演杜十娘，也可以演穆桂英。想演什么，自己教什么，可是，余展飞说：

“不，我只学《盗仙草》，我只演白素贞。别的都不学，都不演。”

死心眼了。舒晓夏也是个死心眼，她清楚，跟死心眼的人是没有道理可说的，讲不通的。那么好吧，就学《盗仙草》吧，就演白素贞吧。“教鞭”在她手里，“方向盘”在她手中，她指哪个方向，余展飞只能跟到哪个方向。也就是说，余展飞始终在她掌控之中，余展飞是孙悟空，她是如来佛，逃不出她手掌心的。

一接触，舒晓夏就知道，遇到劲敌了，跟自己相比，余展飞或许算不上戏痴，他不会为了演戏，连生命也可以不要，但他绝对是有魔性的，他心里住着一个白素贞，身体里也住着一个白素贞，一遇到白素贞，他就“魔怔”了，不能自拔了，意乱情迷，差不多是神志不清了。他怎么演都是白素贞，白素贞就是他。作为一个演员，舒晓夏明白，这有多么可怕，那等于说，这个演员进入一个特殊空间，这个空间里只有他，只有白素贞，他想怎么演就怎么演，他想演成什么样就是什么样，没人能够阻止得了。这样的演员，不是“疯了”是什么？一个“疯了”的演员，是什么都可以做得出来的，是无法估量和比较的。有时候，这样的演员就是个“神”，演什么角色都是“神灵附体”，都是“灵魂出窍”。这一点，舒晓夏是有体会的。

既然如此，教还是不教？当然教，而且要更认真地教。她要做的事情其实也很简单，就是不让余展飞“疯了”，让他清醒，让他知道，他是在演戏，他不是白素贞，白素贞也不是他。

但是，舒晓夏发现，她做不到，只要一接触到《盗仙草》，只要一接触到白素贞，余展飞什么也不管了，余展飞不见了，只剩下白素贞，而这个白素贞也不是她通常理解和演绎的白素贞，而是一个陌生的白素贞，一个带着余展飞浓烈气息和情绪的白素贞。那还怎么教？

让舒晓夏意想不到的变化是，在与余展飞接触过程中，她的心理和身体发生了微妙改变。只有舒晓夏知道，于她来说，这个变化是翻天覆地的，是史无前例的。她居然对余展飞“动了心”，居然有跟他身体发生关系的念头和欲望。在此之前，她只对戏里的人物有过这种感觉，对戏里的白素贞，包括对戏里的许仙，她可以以身相许，可以合二为一，她没想到对余展飞会有这种感觉。但她没有慌乱，出乎意料地淡定。她对余展飞最初的“敌意”来自他的威胁，当她接触余展飞之后，和他排练《盗仙草》之后，威胁升级了，变成了压迫，她发现，一旦成为白素贞，余展飞的白素贞比她更疯狂，比她更迷离，比她更决绝，也比她更柔情。这种感受很不好，是被压挤和束缚却没能力挣脱的感觉。这让她丧气。在演戏方面，她从来没有丧气过，也从来没有服过谁。她是最好的。她演的白素贞，是真正的白素贞，天下第一。可是，跟余展飞的白素贞一比较，她自卑了，无论是扮相、神态、动作、眼神、氛围还是唱腔，余展飞的白素贞似人似妖似仙，却又非人非妖非仙，那是真正的妖孽，光芒四射，摄人心魄。她达不到这个境界。

她对余展飞“动了心”，还有一个只有她才能体会的原因，这种体会或许只有她这样的演员才有，她愿意与余展飞合二为一，因为他们都是白素贞，他们本来就是一体的。

有这个心思后，她才让余展飞来她宿舍排练。舒晓夏心思不在穿衣打扮上，不讲究，但干净。宿舍却是“垃圾场”，眼睛看得见的地方，都跟越剧有关：脸谱、盔头、戏服、拂尘、刀、剑、枪、剧本，等等，等等。随意堆放，杂乱无章。有一面墙壁是镜子，镜子让宿舍显得双倍凌乱。不过，杂乱无章却产生出特殊氛围，即使是兵器，在这里也变得柔和，变得温暖，变得含情脉脉，变得情深意长，变得真实又梦幻。这里每一件东西都可能幻化成白素贞，至少与白素贞有关。

他们是在排练中亲吻起来的，就在那面镜子前，他们穿着戏服练下腰，练白素贞口衔灵芝仙草。他们背对背，在镜子前做成 m 形，两张嘴便“衔”在一起了。是舒晓夏主动的，余展飞有过短暂迟疑，很快就热烈起来。脱下戏服后，又急切地抱在一起，继续“排练”。

亲吻是什么？舒晓夏理解，亲吻是正式演出前的“头通”，是热场子，是酝酿，是发酵，是含苞待放，是必不可少的过渡。可是，“头通”打了一个月，就是喧宾夺主了，正戏还唱不唱？舒晓夏有意见了，觉得余展飞在这方面的勇气和能力完全不像白素贞，更像懵懂退钝的许仙。只能依靠自己了，因为她是白素贞，是完整的白素贞。

那天晚上，排练结束后，他们跟平常一样，戏服还没有脱就抱成一团。在亲吻过程中，舒晓夏增加了一个动作，主动探索余展飞的身体。慢慢地，余展飞反应过来了，将手伸进她的身体。戏服在不知不觉中被脱掉，身上所有衣服不见了，最后时刻来了，当舒晓夏要将身体交出去时，余展飞突然停住了：

“不能。”

舒晓夏心里一冷，问：

“为什么？你不喜欢我？”

余展飞回答说：

“不是，你知道我喜欢你，但我不能。”

“为什么不能?”

“我也不知道为什么不能。”

余展飞的回答让舒晓夏不满意，很不满意。但没再问下去，她觉得冷，嘴巴都僵住了。

5

俞小茹老师告诉余展飞，以他的天赋，如果一门心思将功夫花在学戏上，将来成就一定超过她，说不定能走出信河街，走上全国舞台，成为一代名角。但是，她没有要求余展飞这么做，她说余展飞的任务不仅仅是唱戏，他还有家族责任。最主要的是，她认为戏曲环境变恶劣，看戏人减少，社会关注点转移到赚钱，能赚到钱才是英雄，才是当家花旦，才是台柱子，才是“名角”。她感到戏曲行业在走下坡路，而且是一条看不见尽头的下坡路。这种时候，她怎么可能让余展飞来做专业演员？她甚至觉得，余展飞根本不应该来学习，他应该跟父亲做生意，帮父亲把皮鞋厂办好，赚更多钱。但她也没有要求余展飞这么做。在这个问题上，她蛮自私的，她觉得遇上一个好苗子了。唱戏是她的事业，她这辈子只做这件事，当然希望这个行业能够兴旺，希望得到更多年轻人的关注，更希望有潜质的年轻人投身这个行业，只有这样，这个行业才有希望，才有未来。

她用一年时间给余展飞“打基础”，又花一年时间，将《盗仙草》教给他。是一句唱词一句唱词教，一个动作一个动作教。两年之内，俞老师一直“捂着”他，没让他“亮相”。其实也不是完全“捂着”，俞老师每周会带他去一次剧团排练，跟他配戏的演员，都是俞老师特意叫来的。他演白素贞，不能总是一个人对着空气比画，要考虑和四个仙童配合，要有默契，特别是挑枪那一段，差一分一毫都是不行的。

他第一次在剧团正式登台，是两年后的汇报演出，听说信河街文化局局长也来“观摩”。俞老师安排他演《盗仙草》。他在排练厅和四个年轻演员对戏也很正式，都有化装和穿戏服，毕竟只是排练。汇报演出不一样，虽是内部观摩，但所有观众都是内行，都带着挑毛病的眼光，还有领导坐镇。其实是考试，是大阅兵。

余展飞没有紧张，恰恰相反，他内心是迫不及待的兴奋。他不是剧团的人，没有考试压力。更主要的是，他知道自己演白素贞时，舒晓夏就在台下。他一直想让舒晓夏看看自己在舞台上演的白素贞，他想让舒晓夏知道，自己演的白素贞是从她那里来的，她演的白素贞，改变了他的人生，他原来的生活除了皮鞋之外还是皮鞋，他看到的和想到的都没有离开皮鞋。是她演的白素贞帮他打开一扇大门，让他看到，除了皮鞋，他的生活还有梦想，而且是一个只有他看得见摸得着的梦想。或者可以换一句话，她演的白素贞让他突然从现实生活中飞起来，让他看到原来没有看到的东西，那些东西是他以前没有想过的。

在他演出之前，是舒晓夏，她演的也是《盗仙草》。舒晓夏上台时，余展飞在候台。他站在舞台右侧，一直盯着舞台上的白素贞。这是完全不同的体验。他上一次是站在台下看台上的白素贞，那时的白素贞是遥远的，是虚幻的，是可望不可即的。这次不同了，他在舞台上，他能感觉到，自己就是白素贞，他和舞台上的白素贞是相通的。他能感受到白素贞每一个动作、每一句唱词，更能感受到白素贞内心的愧疚、悲伤和决绝。

确实是不同了。他离白素贞更近了，甚至就是白素贞。他也觉得离舒晓夏更近了，因为舒晓夏已经和白素贞合为一体。

轮到余展飞上台了，他依然停留在刚才的情绪里，他已经盗到仙草，飘飘荡荡回去救许仙。是锣鼓声提醒了他，让他重新回到舞台，哦，他又回到峨眉山，再盗一回仙草。余展飞不见了，舒晓夏不见了，舞台不见了，舞台下所有人，包括俞老师也不见了。他现在就是白素贞，白素贞现在只有一个目的——盗了仙草回去救许仙。白素贞更哀伤了，也更决绝了。白素贞一边担心许仙的生命安危，一边担心能否盗到仙草。但她内心是坚定的，是没有回旋余地的，必须盗回仙草，必须救活许仙。这事没得商量。

随着锣鼓声，白素贞使用了“莲步水上漂”。她确实是“漂”上去，腾云驾雾，晃晃悠悠，却又风驰电掣。在舞台上转了小半圈，又回到右侧，她一抬头，开口唱道：峨眉山。她能感觉到，这声音是一支射向峨眉山的利箭，穿破云雾，不达目的绝不回头。

一上台，余展飞就忘记了音乐，他不需要音乐，他要的是仙草。音乐似乎又是存在的，变成一种提醒，让他不断向前、不断飞翔的提醒。

回到台下，余展飞依然沉浸在那种情绪和情节之中，白素贞口衔仙草，飞向家中的许仙。他似乎听到舞台下巨大的掌声，看到俞老师跑到后台，激动地抱住他，不停地跺脚。

6

那次“汇报演出”后，俞老师对他说，文化局同意招他进越剧团，局长特批一个名额。

进越剧团演戏，是他这两年来的梦想。可是，当真正要成为专业演员时，当他即将成为真正的白素贞时，他又犹豫了。这意味着，他将抛弃皮鞋店和皮鞋厂。在没有直接面对这个问题时，余展飞一直认为自己更愿意当一名演员，那是他的梦想。可是，当机会摆在面前，他却犹豫了，但他不好意思直接回绝俞老师，只好说：

“我没问题，我回去问问我爸。”

余展飞记得，听他这么说，俞老师突然很夸张地笑了两声。但是，俞小茹老师那么骄傲的人，后来还是托鼓手去做父亲的工作，鼓手和父亲喝了一顿酒，回去问了俞老师一句话：

“你说做生意和唱戏哪个有前途?”

俞小茹老师再没说什么。或许，她已经想通了，或者，是绝望了。她在那一年提前办理了退休手续，与人合伙成立了一家演出公司。

也是那一年，余展飞进入父亲的皮鞋厂，父亲抓生产和管理，他负责采购和销售，父亲主内，他主外。他向父亲提出要求，在工厂顶楼要了一个房间，装修成排练厅。下班后，他会去排练厅待一两个小时，有时更长。

也就是那一年，余展飞和舒晓夏开始每周一次排练，他们只排《盗仙草》。

他们两人演的白素贞是同一个白素贞，却又是不同的白素贞。舒晓夏的白素贞显得坚毅，甚至刚毅，眼神、动作和唱腔都显示出坚硬的力量，这种力量是掷地有声的。余展飞的白素贞是柔软的，甚至是哀怨和哀伤的。他的白素贞显示出另一种力量，是冰下流水的力量，看不见，但能够感受，那种感受让人忧伤，忧伤是一种无法言说的力量，特别“摧残”人。说不清两个白素贞谁更出彩，坚毅和柔软都能打动人。

皮鞋厂发展是飞跃式的，从刚开始的三十个工人，增加到三百个，然后又增加到三千个。余展飞的职务也在发生变化，从科长升到副厂长。皮鞋权不管生产管理了，只抓技术。

舒晓夏凭《盗仙草》参加省文化厅戏曲比赛，她挑枪的动作设计打动了所有评委，拿到一等奖。这是信河街越剧团几十年来第一次拿大奖，半年之后，舒晓夏被提拔为副团长，成了“有级别”的人。

两个人都到了谈婚论嫁的年龄。这几乎是顺理成章的事，一个搞经济，一个搞艺术，还有比这更般配的结合吗？不可能了嘛。

余展飞也是这么想的，他觉得这是理所当然的。他知道舒晓夏喜欢自己，而且，他也知道，舒晓夏没有别的人选。以前没提出来，是因为他没想过结婚的事，他想舒晓夏也是。结婚看起来是人生大事，但在决定婚姻上，往往是一刹那，甚至是草率的。

余展飞想结婚，是因为父亲想他结婚，父亲对他说：

“我老了，这个摊子要交给你，希望你早点成家。”

余展飞没有当面答应父亲，但也没有反对。那就是可以商量的意思了。他找谁商量？当然是舒晓夏。

周一晚上，他们在皮鞋厂顶楼结束排练后。初秋的晚上，天气还没有凉下来，即使开着空调，两个小时排练下来，也内衣湿透。他们脱了戏服，坐在镜前卸装，余展飞突然对舒晓夏说：

“嫁给我吧。”

舒晓夏手里拿着卸装湿巾，转头看着余展飞，一脸惊讶：

“为什么？”

她这么问，轮到余展飞惊讶了：

“你不爱我吗？”

舒晓夏停顿了一下，点头说：

“我爱你。”

余展飞松一口气：

“那就对了，你爱我，我也爱你，我们结婚。”

舒晓夏这时眼睛一动不动地看着他，然后，缓缓地摇摇头：

“不，你不爱我。你爱的不是我。”

余展飞从镜子前跳了起来：

“怎么可能？我还不知道自己爱的是谁？”

舒晓夏很镇定，面无表情地说：

“你爱的是白素贞，是舞台上的白素贞，而不是现实中的我。”

余展飞俯视着舒晓夏的眼睛，很肯定地说：

“我当然爱舞台上的白素贞，同时也爱现实中的你。”

“骗人。”舒晓夏仰视着他，“如果你爱现实中的我，为什么不能和我上床？如果你爱现实中的我，为什么要和我争演白素贞？你爱的是白素贞，一直是白素贞。白素贞就是横亘在我们之间的峨眉山，无法逾越的峨眉山。”

余展飞突然打了个哆嗦，一股冷气从头顶倾泻下来，立即覆盖全身。他想否认，可是，一屁股跌坐在椅子上，什么话也说不出来。

7

皮鞋权退居二线了。他这么做，当然是对余展飞放心，除了唱戏，他对余展飞确实放心。他是满意的。一切按照他的设计推进，唱戏只是小插曲，开次小差而已，他最后不是选择回皮鞋厂了吗？谁还没有个开小差的时候呢？同时，他又对余展飞不放心，除了皮鞋厂，只剩下唱戏，连婚姻都耽误了，这让他焦急，也让他伤心。但他能下命令让余展飞娶妻生子吗？这不是工厂赶订单，他没办法亲自“上马”，只能商量，只能提议，只能干着急。他提议多次，余展飞表面上答应“好的好的”，却没有实际行动。他知道余展飞和越剧团的舒晓夏关系密切，也委婉地对余展飞说过：

“我看小舒这人还行。”

余展飞点头说：

“是的是的。”

表明态度了，方向也指明了，余展飞还是按兵不动。他按捺不住了：

“你和越剧团的舒晓夏到底在搞什么鬼？这样不明不白拖着算什么？”

余展飞装傻：

“我们关系很好啊，她是我师姐啊。”

心力交瘁了。皮鞋权决定将皮鞋厂交给余展飞，不管了，没个尽头。迟早要跨出这一步的。

父亲退休后，余展飞觉得最大好处是可无拘无束排练。但余展飞是不会“乱来”的，所有排戏都在工作之余。他觉得很好，每天充满期待，精神和身体都是饱满的。一想到晚上可以和舒晓夏排练，他就觉得这一天是美好的。

舒晓夏当上越剧团团长后，余展飞想出资装修越剧团排练场所，舒晓夏不肯。她知道余展飞有钱，也是真心实意，但她不愿。她打报告给文化局，局里拨专款让她装修。

装修之后，多了一个小排练厅，余展飞和舒晓夏有时将排练移到小排练厅。

余展飞“主政”皮鞋厂后，做了几个“大动作”：第一是改厂名，将原来的“皮鞋佬”，改成“灵芝草”；第二是将工厂改成集团公司，工厂名字带有计划经济痕迹，而公司是市场经济产物；第三是花十年时间，在全国各地开出五千家专卖店，他让“灵芝草”开遍各地，第四是“灵芝草集团公司”上市，敲锣当天，他个人市值三十三亿。

在“上交所”敲锣当天，余展飞特别邀请俞小茹老师、鼓手和舒晓夏作为嘉宾。他亲自上门送请帖，鼓手看到请帖里注明“正装出席”，一脸诚恳地问：

“中山装算不算正装？我只有一套中山装。”

余展飞一听就笑了：

“你穿法海的袈裟也是正装。”

俞老师现在老年大学教越剧。余展飞约好去她家送请帖，她问余展飞都邀请了谁？余展飞说邀请了越剧团的鼓手和舒晓夏。俞老师沉默一会儿，说老年大学教学蛮忙的，每天都有课呢。余展飞说舒晓夏有演出任务，去不了。她听了之后，改口说：

“我去请假试试，学校领导蛮尊重我的。”

舒晓夏确实因为演出没有参加，但余展飞认为，即使没有演出，她也不会去。这些年，除了演出，除了越剧团的事，舒晓夏很少抛头露面。她也很少提俞老师，余展飞倒是提过几次，她没有任何回应。余展飞后来就不提了。

舒晓夏没结婚。余展飞没问她原因。他动过再次向舒晓夏求婚的念头，但没提出来。

余展飞没再提，还有一个原因，他确实很享受和舒晓夏排练《盗仙草》，不但精神满足，身体也得到满足。他每天会去公司排练室坐坐。这个排练室是在原来基础上改建的，规模、设备和越剧团的小排练厅差不多，他有时会独自唱一段，或者练一阵枪花。有时只是坐坐，什么也没做。也就够了。

父亲走得突然，也不算突然。父亲身体一直很好，就像他做的皮鞋，经久耐用。可能是平时坐多的缘故，有高血压，也不是很高，低压一百，高压一百四十，按时吃“络活喜”，血压就“标准”了。他的死跟高血压没关系。余展飞觉得父亲是“闲死”的，他做一辈子皮鞋，突然不做了，空了。他原来喜欢喝点酒，喜欢喝信河街五十六度老酒汗。他喜欢老酒汗直扑脑门的冲劲，喜欢酒后不断升腾的幻觉。退休之后，喝酒的念头也没有了，他大概觉得“任务”完成了，再活下去没意思了，也没意义了。

父亲走时，虚岁才七十，很叫人惋惜。事发突然，更叫人痛惜。

按照信河街风俗，父亲葬礼之后，有场宴请酒席，余展飞想请越剧团来演一段《盗仙草》，他想用这种方式，送父亲最后一程。余展飞觉得舒晓夏可能不会同意，越剧团是艺术团体，怎么会在葬礼宴席上唱戏？太低贱了。出人意料的是，舒晓夏居然一口答应。宴请那天，她带来越剧团全班人马。

《盗仙草》安排在宴请尾声，也是酒至酣处，差不多人仰马翻了。这个时候，临时搭建的舞台上，锣鼓声响起来了。很多人知道余展飞喜欢唱戏，喜欢演白素贞，但从来没见过，大家起哄，让余展飞来演。一个人带头后，几乎所有人跟着喊余展飞的名字，一边喊，一边用手掌或者拳头拍打桌面。场面“不可收拾”了。余展飞去“后台”找舒晓夏，舒晓夏化好装，戏服也穿好了，她看着余展飞：

“你演不演？”

其实，听到锣鼓声后，余展飞身上肌肉已经抑制不住地兴奋，他感觉肌肉在跳动在喊叫，在翻腾，发出吱吱声。舒晓夏这么一问，似乎身体已飞翔在半空，哪有不演之理？

他坐下来，舒晓夏给他化装。锣鼓声中，他看着镜子里的自己变幻成白素贞。镜子里还有一个白素贞，那是舒晓夏扮演的白素贞，两个白素贞时而分开，时而重合。他听见演出开始了，两个守护仙草的仙童上场，几句念白之后，手持拂尘做着练武动作。他还听见喊叫他名字和拍打桌面的声音。又是一阵锣鼓过后，两个守护仙草的仙童退场，轮到白素贞上场了。他看了眼扮成白素贞的舒晓夏，她表情穆然，并不看自己。锣鼓声催得更急，他不由自主、恍恍惚惚地被舞台吸引过去。他一身白色打扮，手执拂尘，上身纹丝不动，脚板挪移，飘上了舞台。舞台下立即安静下来，叫喊声和拍打桌面的声音戛然而止：哪里还有余展飞的影子？分明就是千年蛇妖白素贞嘛。分明是舍身救夫的白娘娘嘛。太妖怪了。

余展飞一踏上舞台，舞台便成了峨眉山，云雾缭绕，群山巍峨。他现在是她，是白素贞，是上峨眉山盗仙草救夫的白素贞。眼里只有千难万阻，眼里只有刀山火海，眼里只有灵芝仙草，眼里只有悲伤的希望。

她先是用拂尘与两个仙童对打。两个仙童不敌，向后山退去。

第二场，手持双剑与两个手持双剑的仙童对打，仙童败。

第三场是手持双枪与四个手持双枪的仙童对打。她突然感到双腿发软，双手发酸，沉重得抬不起来。客观原因是：为了父亲的葬礼，连续三天，余展飞每天只睡四小时。主观原因是：白素贞身心俱疲，她长途奔波，又挂念家中许仙性命，筋疲力尽了，她明知打不过四个仙童，却不甘心就此罢休。她知道，困难还在后头，还没到挑枪环节呢，她第一次怀疑自己能否顺利完成那套动作。此时，四个仙童将双枪从她头顶压下来，她使双枪往上一顶，感觉八杆花枪像八座山从头顶轰然而下，胸中有一口滚烫热流奔涌而上，被她硬生生咽下去后，这股热流更加凶猛往上涌，她眼前一黑，几乎一屁股坐下去。就在此刻，意外发生了，舞台上突然多出一个白素贞，手持双枪，飞奔过来，和她并肩而立。

四个仙童这时围成一圈，轮番朝她们投枪。两个白素贞背对着背，将枪尽数反挑回去。舞台上彩虹飞舞，霞光闪烁，舞台下的观众伸长了脖子，仿佛忘记了自己的存在。当四个仙童第四轮将双枪投向两个白素贞时，她们做出了一个令所有人意外的动作——将枪悉数“没收”了。四个仙童见丢了兵器，慌了手脚，一哄而下。

舞台上只剩两个白素贞。她们舞出的枪花将身体团团包围住，成了两个既统一又独立的球体，发射出一道道让人睁不开眼睛的金光，既真实又虚幻。

（《十月》2020 年第 3 期）

离开中英街需要注意什么

邓一光

早三十年，中英街可不是现在这个样子。嗯，更早些时候，大约两百年前，梧桐山脚下流淌着清冽冽的滘水河，河两岸一年两造，生长着由青及黄的南方矮禾稻谷，一些风逸而神气的白鸬鹚黑鸬鹚抻展开阔大的翅膀从山腰间滑翔而下，落在河边，碎步跑动着追喙鱼虾，那是一道让人舒心的自然风景。1898 年，清政府和英国签署了《中英展拓香港界址条约》，滘水河做了分界线，河北是清国人祖上留下的地盘，因“日出沙头，月悬海角”得名的沙头角，河南则变成了英国人新租借的土地。一开始，南岸的人们不干，两岸本是一家人，阿太阿叔住河这边，赖里妹里住河那头，河水在自家土地上流淌，怎么就拿来做了界河，生生分割出两家？于是反抗，结果被英国皇家步兵操着李·恩菲尔德步枪一顿狂射，镇压了。滘水河目睹惨案，生了气，像是有意为之，不久就丢下界址改道去了北边，不在中间阻拦，让签下界址条约的双边官家尴尬。两岸的人们不管界址的事，他们在逐渐干涸的旧河道上踩出一条土路，管它叫鸬鹚径，在鸬鹚径上搭建起油毡棚，住下来，使用只有当地人才能分辨的围头话、客家话和汀角话拉家常，和仙女般和美的鸬鹚为伴。再以后，油毡棚换成洋灰房，鸬鹚路慢慢变成一条街，街后几家作坊，造陶瓷、砖瓦、农具、香粉和凉果，人们把劳动收获的稻米、鱼虾、禽畜、蔬果和土布拿到街上出售。到了 20 世纪 30 年代，属于新界人的赖里妹里在界碑南边开起店铺，向尚处闭关锁国的界北阿太阿叔卖些洋货，再收些北边的土特产去港岛和九龙卖，鸬鹚路改名中英街。

我就是在这条街上找到了我的人生。

1983年中英街开街，吃免税饭的水客佬纷纷拥向这里。你想想，隔一道关口，商品差价百分之六十，那是什么赚法？等于捡钱。早三十年，我在这条街上混，多年后回想往事，仍然心潮澎湃，那时候的中英街生机勃勃，它是我的梦想之地！

之所以提起这件事情，是我以为早已忘记了。我如今已奔耳顺之年，那会儿二十郎当，什么梦没做过，什么苦没吃过，一腔热血里蹦跶着一颗雄心，没人拦得住。现在？梦早醒了。人不能一辈子好运气，我早想通了。我现在和侄子经营着一家建材店，他大学毕业没找着工作，我阿哥七九年逃港后一直没音讯，不知生死，我得替阿哥当阿爸，养他老婆和一双儿女，你说对吧？

哦，扯远了，说主题吧。今天早上，我接到一位年轻人的电话，对方问我是不是周锦堂先生。我是叫这个名字，打小起没有改过。对方说他叫班森，B-e-n-s-o-n，那是他的名字。我当然没听说过这个名字。他说了他是谁的儿子。我是毛更新的儿子。叫班森的年轻人在电话那头说。有一阵我没有说话，脑子里一片空白，但很快回过神来。我说，哦。我说了“哦”以后又沉默了。叫班森的年轻人告诉我，他父亲半个月前去世了，胰腺癌，他是父亲唯一的孩子，和母亲从欧洲赶回来处理后事，计划明天返回欧洲。昨天打包父亲遗物时，发现了一件和我有关的旧物，他觉得这件东西很重要，但他从小不在父亲身边长大，不了解父亲的社会关系，他通过政府有关部门找到了我的联系方式。现在的城市靠智能管理，要找到谁很容易。叫班森的年轻人说，他想和我谈谈，希望我能见他一面。

这就是我突然想起当年那些事情的原因。

收起电话后，我问侄儿，班森是什么意思？侄儿在店铺门口帮客户往车上装货，怀里抱着一捆多芯线，眼仁骨碌了两下，说，好像是，有父亲的性格吧。我说，哦。我说完“哦”以后就想，侄儿和叫班森的年轻人，他们都没了阿爸，这件事情，它是怎么发生的？

那年我刚到中英街时，街上只有几十家铺子，卖些大陆不多见的日用品、化工面料、电子产品和金器。一开始我替老狐带货，主要是录音机和手表。老狐姓胡，新界的水客头，做内地收购商的生意，人们管他叫老狐，就像我姓周，人们管我叫阿粥。说起来，我和老狐算远房亲戚，我们两家都是博罗杨村华侨农场的归国华侨。老狐的阿爸是印度尼西亚大学教授，回国后落了个右派成分，家里子女多，老狐在家不受待见，十几岁跟人逃到香港，搵了几年工，拿到香港身份，中英街开埠后，他在街上做港行转陆水，组织人从新界带货过关。老狐手下有几十个带货蚂蚁，多数是做兼职的打工仔，也有几个深户，挣点辛苦的水钱养家糊口。我一直跟着老狐干，他很照顾我。

一开始我办的是蓝证，一次性出入，带货免税额三千。钱难赚，我吃过亏，说好每手货给三十港币，一般只能拿到十块二十块，不够交房租和饭钱的，有两次一毛钱没拿到，还挨了揍。这样干了半年，我给老狐说，我们是同乡，你不能这样对待我。老狐说，同乡只屎尿，批斗我阿爸最狠的就係同乡，外乡人冇批斗过我阿爸，冇把我阿妈打残，冇逼我老姐投河。我据理力争，我姨丈公是你舅公，我怎么舍得批斗你舅公的外甥女婿？再讲，我那会儿没出生，你老姐投河我不知道，知道我一定跳下河去捞她。老狐气呼呼看我一会儿，递颗槟榔给我说，好好跟定我，莫教手乱踹，以后不让你折本。

不是吹，带货这一行我有天分。我不是雏子，不会紧张兮兮蹲在入街广场上等着提货，那很容易被巡街差佬看出来。有时候，我会晃晃悠悠走过大榕树，闪进后街，靠在石墙上看打着哈欠的慵懒妇人依在自家门口饲婴儿乳；有时候，我会踱进熟悉的店铺，和帮工的大陆妹说说笑笑，打情骂俏。干我们这行的拿货有规矩，流水人肉（人员）进街前先要拍照编号，按人头提货，出关后有人拿着照片验货。我是老狐的亲戚，不用谁验。我会观察当天是哪几个差佬查关，不会在同一班人值差的点进出。要是我没得失心风，朝差佬脸上吐槟榔水，一定没人拦我。那两年我特别顺，通过率高，老狐看我能干，花了点钱给我办下沙头角长居和多次往返黄证，我有了身份，虽说一次只能带五百块货，但进街次数多了，抽头也就多了。我那会儿混得不错，不到五年就帮阿爸把家里的新房子盖下了。我还开始追妹子。她叫观水秀，增城人，模样儿俊俏，在沙头角帮她姐丈守服装摊。我答应赚很多钱，然后娶她，我们一起过好日子。她有点扭捏，不说嫁不嫁给我的话，但我确定她迟早会答应，我有把握。我说过，老狐他对我不错。

大概80年代末，有一次，老狐被人装进蛇皮袋，拉到八仙岭上揍了一顿，用鸭嘴钳下掉两颗门牙，流了很多血。打过破伤风针，牙镶好以后，老狐不再做录音机和手表，改做金。我听说这件事是一个有大背景的水客佬干的。我没敢问。我还跟着老狐，升格做了他的贴身马仔，替他管理人肉。我当然不能说我的运气和老狐门牙被人钳掉有什么关系，但情况就是这样。我管人肉，不光能抽水头，还能隔三岔五替自己带点小货，老狐他知道，睁只眼闭只眼，要不他能怎么样？他做金子最鼎盛时期，我每天组织人一趟趟带几公斤货出关，他后来的发达有我很大功劳。当然，我也走过麦城，没少挨揍，还被人敲断两根手指，但我能吃苦，人缘也好，从不欺负人肉，遇到同行有麻烦，能照顾的都会照顾，这是水客间的默契。走麦城那次，我防着前胸没防住后背，被港警抓住，那些阿Sir偶尔也查水客，我货被扣下，交了五百元保释金，三个月后到粉岭出庭，再交三百元开庭费，判罚三千，一个月白干了，比敲断手指还让我心疼。

我交罚单那会儿，内地第一家外汇交易中心刚成立，第一座核电站在大亚湾正式运行，互联网刚刚建局，大家都生活在欣欣向荣的改革春风里，万众都在往好里奔，我给自己鼓劲儿，没关系，风中去的水上来，我不会比别人差。

以后毛更新就来了。

有一天，我蹲在观水秀服装摊前，手里端着塑料杯，杯里盛着刚买的咖喱鱼蛋，一边吃着鱼蛋一边和观水秀聊天，老狐把一个瘦瘦的年轻人领过来，说阿粥，这係毛更新，技校生，也係杨村镇的，你带上他一起做。那是我第一次见到毛更新，他约莫比我小两三岁，相貌清秀，梳着哥哥的二分头，用了啫喱定型，穿一件水版港衫，一双带襻凉鞋，看上去风华正茂，只是有点显腼腆。他假装镇定自若，手插在口袋里，伸一只脚出来，但他脚颤得厉害，还不断地扭头干咳，听得出嗓子眼里没痰，我就知道他很紧张。我问他，毛更新，你是技校生，为什么不在家里吃公差饭？他一梗脖子，操一口杨桃腔的粤普说，我不想一世没前途。我嘻嘻笑着问他，你指的前途是什么？他眸子斜到一边，用眼白罩住我，眼白和他脸色不相上下，总之很有文化的样子。他说，老狐说了你们的情况，先申明，我和拿不到提成的那些人无共样，我立志做商人，少一分钱也不干。我被鱼蛋噎住嗓子眼，喘过气来后哈哈大笑，笑得手中杯子里的鱼蛋抖落掉两只。我止住笑，朝地上的鱼蛋可惜地看一眼，站起来，牙签穿了塑料杯里最后一只鱼蛋，送进观水秀嘴里，鼻孔里哼了一声。毛更新听出我在嘲讽他，没受打击，反过来问我，子贡知道啰，孔夫子个大弟子，他就是大商人，不是他出资，孔夫子不会搭着风周游列国。他这样说，我就不高兴了。孔夫子我知道，三千弟子，比老粥的马仔多出百倍，但我不喜欢新来的人教育我，而且当着观水秀的面。我把塑料杯和牙签往排水沟里一丢，说，切，饿狗想飞鸟，还商人哩，你先把博罗普通话改掉，改成广普也行，改成客普也行，要不就干脆说香港白话，说好了再说子贡的事。毛更新愣一下，不明白地问，为什么不能说博罗普通话？我说，你说博罗普通话，差佬一听就知道你从山里来，就会盯上你，你拿什么周游列国？毛更新被我说蒙了，问，那，怎么改？我拉长声调教训他，博罗话哩，声母带喉塞音，有大量清边擦音“ɬ”声母，央元音“ɨ”作单韵母、复韵母或韵尾的字多，这些，广普和客普都没有，抵得啰？我说完，得意地朝观水秀飞了个媚眼。毛更新张着嘴瞪着我，半天没吭声。现在看出来了，他不光眼和脸白，牙也白，肯定是仔细刷牙的人。我没告诉爱清洁的他，初中毕业后，我不想种柑橘，在农场小学代过几天课，不光官普话说得好，还啃了几本中小学语言教材，我得教孩子呀。

后来和毛更新熟悉了，我才知道，他早先的理想不是做商人，而是当医生。他家和我家一样，从新加坡回来，不同的是，我阿爸是工程师，他阿爸是医生。他受阿爸影响，从小崇拜葛洪，就是在我们罗浮山建道场那位岭南道教开山鼻祖，但他不崇拜炼丹的化学家和写《抱朴子》的哲学家葛洪，而是崇拜写下《肘后备急方》的医学家葛洪。毛更新认真研读过葛洪的《肘后备急方》，书都被他翻烂了。用他的话说，葛太老是世上最早治疗天花和恙虫病的神医，对肺痨的治疗心得比外国人早一千年。他想做葛太老那样的人，可惜他学习成绩不景气，只考上惠州卫生学校，读了两年护理专业，毕业后分回罗浮山乡村卫生站，离葛老爷子的道场倒是不远，却离医学家的理想十万八千里，于是他毅然改变梦想，脱下乡村卫生站的白大褂，跑到沙头角来了。

看得出来，毛更新是那种不达目的不罢休的人，自他入伙后，他就一天到晚给我讲商人的故事。有一天，观水秀一大早在海鲜档买了蛏子送来，我淘米煮饭洗蛏子，毛更新脚尖贴脚跟过来，不说搭一把手，缠着问我知不知道战国时期的大商人吕不韦，秦公子异人落魄赵国，吕不韦把异人当买卖做，资助他回国做了秦庄襄王，自己官拜相国，又帮助秦王兼并六国，统一大业，还主持编纂了《吕氏春秋》，比我教小学生清边擦和央元音强百倍。为了证明“ɿ”和“ɨ”对商人不算什么，他专门举例，说商人德才兼备，在秦汉之前是国人的典范，所以《史记》专门有一卷《货殖列传》，就是用来歌颂商人的。

老实说，毛更新这个人挺清新，没有油滑气，让人喜欢，但我却不待见他的执拗。我知道他想说服我接受他的观点，可我一点也不想当《货殖列传》里的人，看上去他们的确了不起，可下场都不怎么好。我只想赚够钱，带着观水秀回杨村镇光宗耀祖，过一番人间好日子。我的朴素愿望被毛更新拿着理想的榔头一下一下猛敲，脑门那块尖锐地膨胀着，特别疼。事情过后再一想，要说乡音乡情，葛洪是半个博罗人，钟楚红也是博罗老乡，每次出关交完货，我就拉着观水秀找家录像厅看《胡越的故事》和《鬼新娘》，观水秀看周润发和蔡枫华，我看钟楚红。我从没想过从祖先那里学点什么，我就想见见同辈的红姑，我是说，近距离见，最好能说两句话，那就是我的梦想。

好在，除了在商人理想上的纠结，毛更新没有别的毛病，他讲他的故事，我只当他书生意气，不和他一般见识。那天吃饭时，观水秀筷子头咬在牙齿间，哧哧笑着看毛更新，看一会儿咬着我耳朵小声说，她有个守服装摊的小姊妹，想和毛更新睡，问我能不能帮忙。这事我知道，不光守服装摊的，沙头角吃走水饭的女人都喜欢毛更新，他在街头一出现，一堆鲜眉亮眼的妇女都会贴过来，变着法子调戏他。我就把观水秀姊妹的愿望告诉毛更新，问他行不行。毛更新脸红成虾干，眼睛瞪得比驼鹿眼还大，嘴角挂着半拉油汪汪的蛏子壳，一副受到侮辱的样子。我哈哈大笑。观水秀也笑，腰肢撑不住地往我身上挂。这事有过以后，毛更新就好多了，能接住了，全亏我在一旁指点，这是后话。

可以说，毛更新刚来那段日子对我刺激特别大，他打开了我的眼界，让我为自己的目光短浅羞愧，经过这家伙一点一点地灌输，我心里有些东西开始发芽。为了像毛更新那样立志，我忍痛舍弃红姑，转而追

《大时代》和《笑看风云》，这些打打杀杀玩腹黑的故事里才有我需要学习的东西。从那以后我养成了看书的习惯。其实不是书，是杂志。那会儿地摊杂志特别多，也没个正经刊号，印得很粗糙，取个惊世骇俗的标题，一本能卖到五块八块，花了我不少钱。

毛更新第一次带货是我领着他做的。那天早上，我给他和另几个新来的人肉做培训，交代离开中英街时需要注意的事项：如果被查到，咬死货自用，求放行；海关要是不放，千万别犟嘴，按退港、补税、扣货依次选项，宁愿打单扣货也绝不认罚单，不能让通行证被刷，要是一年开出三次绿白单，这行就别干了。

交代完，我把人带进街里，让他们等着，我去店里探货。老狐已经在那儿了，和人在后铺饮茶说话。等店里的伙计收拾好货，打好小票，我把人一个个叫进来，按人头提货，每人二三十块港币连同小票塞进手心，告诉他们货是什么，抽检时怎么说。轮到毛更新，他很紧张，不停地扭过头去清嗓子，我犹豫了一下，收了金子，让他等着，去一旁铺子里买了五百块钱的橄榄油和化妆品，打好包扛过来。老狐在后面看见了，骂了句，会算唔会除，偷米较番薯。但也没管我。

我把货交给毛更新，告诉他货没有危险，让他记住我教的，放心出关，我会送他出关。我带了几客金，指点毛更新跟在几个扛着大包小包的东北游客身后，利用他们做掩护，我则和毛更新隔着三五个游客，跟在他后面去关口排队。

那天游客不多，队伍只排了半条街，不到两小时就轮到我们了。毛更新跟在那几个打大包的东北客后面，本来很安全，快到他时，一个老伯突然觍着脸插到毛更新前面，哪知道就被查出带了违禁品。海关人累极了，骂老伯，鬼打里，一把年纪不嫌驼衰人，三代乌鸡唔走种，懒得说你，还笑，再笑开你罚单，货主打死你。老伯追着扣走的货求情，亮出后面的毛更新。毛更新吓坏了，站在那儿瑟瑟发抖。海关人看他一眼，二话没说，收走了他的通行证，让他哪儿拿的货退回哪儿去。

我挤过去，拉着毛更新退回街里，告诉他，人家根本没查他货，看他眼神不对，诈一下，他只消理直气壮回一句事情就过去了，他站在那儿只管发抖，等于自我暴露。

我把毛更新带回店里，给他重新收拾了一袋奶粉和麦片，不值三百块，让他再去验关。毛更新站着没动，脸色苍白。我说，你还做不做？你当在这条街上端饭钵这么好端？你要今天空手出关就坐死了人肉脸。毛更新不回答。我看他已经快哭出声来了，就骂他，狗屌个，还梦想，子贡样子学不会，吕不韦样子也学不会？我骂毛更新，其实是实话，这条街不是一般的街，六七年暴乱那会儿，大陆民兵开枪打死几个英国阿Sir，就那样街上的商铺也没落过闸，在这条街上混，天塌下来斜眼可以，抬头冲着天空犯愣不行。过一会儿，毛更新仄身过来，气不顺地从我手中夺过货袋，出门贴着街边走了。我连忙跟上去，这回很顺利，海关人没拦他，他找海关人员要扣下的通行证，人家不给，没好气地说，这碗饭你吃不了，回家改端别的碗去。他一脸臊红地出了关，货交给等在外面的人，水费没领就走了。

那天我帮老狐出了不少货，老狐很高兴，晚上叫了烧鹅仔，我们喝了点酒，守着破电视看《伴我闯天涯》。毛更新很沉闷，回到住处就蒙头睡了，晚饭没吃。我借着酒劲对老狐说，毛更新证被扣了，这碗饭他吃不了。老狐呷了口酒，叹声气说，不是人人都像你阿粥，龙舟装猪屎，总有灶下鸡，一撮土地上出来的人，能照应就照应点。我听了很感动，觉得自己门牙留着也不如老狐。酒喝完，上床睡觉，听见毛更新在被窝里嘤嘤出声，我冲他说，要就号出来，听海关人叫，怎么做商人？那家伙揭开被子挺尸一般坐起，鼻孔冒泡地朝我喊，行远啊子！我哼一声说，前世少哩你，管你。我就倒头睡了。

做水客吃的是力气饭，一天街里街外守十几个小时，累成死狗，一般凌晨才能回到住地，第二天睡到太阳当顶才有力气爬起来，到沙头角找个店喝茶，下午两三点钟进街，拿货差不多等一两个小时，再去排队出关。在街外等待那几个小时是我和毛更新的聊天时间，我们的友谊就是这样聊出来的。

现在回想起，那真是好年代，我和毛更新，我俩胸怀大志，想着早日攒足钱，摆脱带货仔角色，自己盘家店做真正的商人。这方面我比毛更新有出息，毕竟我出道早，起活超出他一两丈。我记着老狐的话，手把手教毛更新，好比我是先生，毛更新是学生仔，他要在我手上拿到文凭。我教了毛更新很多做水客的诀窍，比如“四不一绝对”：不在水塘犯蠢，不和港水发生冲突，不参加内地客冲关，不帮生客带货，绝对不沾违禁品——差佬不傻，知道我们在干什么，只是每天几千上万人往外带货，多数属自用，个个查那得累死。人家主要查国家专卖品，还有毒品、枪支、文物、濒危动植物和大宗货币这些违禁品，做我们这行绝对不撒骰子，撒泼一次等于送自己上路，我们不能把大好前程砸在自己手里。

话这么说，我诚心诚意教，毛更新进步却不大。开始带货那段时间，他扑了好几次关，多数时候只能空手出街，连累我挨老狐骂。我没有嫌弃毛更新，继续苦心巴力教他，怎么才能不掉水塘，不做黑户，保住白底。我还带毛更新一遍遍看《猫和老鼠》，教导他，海关差佬是强者，等于汤姆，水客是弱者，等于杰瑞，汤姆有一种抓水客的强烈欲望，杰瑞要摆脱恃强凌弱规律，就要上演老鼠战猫的戏法。可是，我越来越感觉，毛更新不是吃水客饭的料，他理解能力特别好，每次给他上课他都拼命点头，表示听懂了，可一出手就露怯。很快我就看出来了，他脑子和手分了家，说起商人的故事一套一套，做事情却不断出差错，真是白风华正茂了。关键是，他点子特别背，隔段时间海关会组织抓水客，我们叫"大屠杀"，他好像就是为"大屠杀"生下来的，几乎每次都闯到闸刀下，货被扣下三次后，他上了黑名单，这样当年就不能干活了，只能靠老狐养着他。

有一段时间，一提到毛更新老狐冷脸，以后不干了，背后给我提过两次，说阿旧是妇人家，屙尿唔上壁，出不了道，让我想办法把人弄走。我没同意，想办法拖着。知道管鲍之风是怎么回事？管仲和鲍叔牙合伙经商，彼此让利好成基，后来两人都当上了齐国上卿。人家古人能这样，我和毛更新，我们为什么不能做新时代的管鲍？我就是这么想的，毛更新让我知道人这一生不能虚度，要有远大目标，我不能不讲良心把他丢掉，我阿粥要做阿旧的保护人。

那段时间，毛更新常常背着人流泪。我感觉他特别痛苦，悲从中来那种。我鼓励他，葛洪炼丹烫脱过千层皮，吕不韦的银子也不是轻易从地里刨出来的，哭有什么用。我后来急了，用家乡话骂他，剨哩三刀都无血出，屎都唔知臭。可能我说了家乡话，没说普通话，毛更新伤了自尊，很长时间不搭理我。我心里很难过，让观水秀去找毛更新说话，劝劝他。观水秀抱着一棒酸唧唧的黄皮，跑去吧嗒吧嗒吮着黄皮仁和毛更新说一气，毛更新不剥黄皮吃，也不理会观水秀。我觉得，那样的毛更新，好像生活在黑暗的日子里。

90年代以后，海关查得越来越严，我被海关赵差佬盯上，终于成了水塘脸。老狐保我，让我转干天文台，负责看水，遥控通关情况，组织冲关。我天天读报纸看电视，琢磨国家形势，研究海关心情，看着查紧了就通知休息，“大屠杀”时期不开工。再以后，老狐越做越大，我做了水头，算是出人头地了。我不让观水秀再守摊子，找关系把她弄进一家贸易公司上了班。我和观水秀，我俩确定了恋爱关系，她是我的人了，死心塌地跟着我，一下班就往我这儿跑。我得风得水，很中意，只是观水秀有些得了天空扑翅膀，一见到毛更新就风摆杨柳地弯下身子哧哧笑个不停，人挂在我的胳膊上说，得人恼，阿旧啮支啮笪，蠢到死。我不高兴观水秀那样说毛更新，毛更新他一点也不蠢，只是道闷住了，说他蠢不公平，只要观水秀说毛更新坏话，我就亲她，狠狠咬她嘴唇，这样她就笑不出来了。

毛更新这么不温不火地干了几年，“八·二八”海关“大屠杀”那次，我带观水秀回博罗见父母，定结婚日子，晚上家人亲戚喝了点酒，错过了内线报警，手下人肉被抓了好几个，其中也有毛更新。那次也怪他，见我不在，逞能多带了几客金子，人当场在水塘被带走，因为是黑户，有记录，想捞都捞不住，判了六个月拘役。

毛更新服刑以后，我每个月都去收容所探视他，给他送衣裳和食物。我还给他带了一本《陶朱公大传》，是专门给他买的，不是地摊杂志。每个月他从拘留所放出来那天，我会摆一桌，叫上几个要好兄弟，陪他喝一顿。毛更新不敢多喝，怕回所里被训斥，但他很感谢我，每次看见兄弟们为他干杯，他都落泪。他那个样子让我难受，可我也不知道说什么，只能傻笑着拍着他的肩膀一遍遍说，你吖只搋屎棍，你吖只搋屎棍。我那么说当然不对，毛更新从来不惹事，只是在做商人的路上，他比别人多了几道坎，不像是能成就志向的模样。

半年后，毛更新刑满释放，我开着老狐的那辆皇冠，哼着“干杯朋友，就让那一切成流水”，开心地去拘留所接他。毛更新上车后沉默了一会儿，开口说，阿粥，我不想再做这行了。我安慰他，你是拘役，再犯不算累犯，你放心，我会照应你。毛更新扭头看着街上匆匆来往的行人说，他不是要保清白，这半年他想明白一件事情，他不是做商人的料，再往下做也没什么意思。我感到意外，心想，他说得对，不是所有人都能进“货殖列传”，子贡也好，吕不韦也好，世上人有几个能做到？这么一想，心里有点难过，车偏到一旁停下，转身把毛更新搂进怀里，轻轻拍打他的背，听他胸膛里发出压抑不住的呜呜声。

我认识一个搞旅游的香港人，叫阿标，私下邀过我好几次，要我帮他往中英街里带团，我拒绝了。观水秀动过心，劝我说，都是揾工当马仔，跟着老狐只认识金子，跟了阿标就能看到外面的世界。我教育观水秀，这不行，人不能不讲情义，老狐对得起我，我不能背叛他。但毛更新就不一样了，我帮毛更新，相当于帮老狐解决了个累赘，我就给阿标打电话，把毛更新介绍给他，然后带毛更新去见了他。阿标很高兴，那个时候离九七没几年了，他急着扩大生意，人手不够，他立刻打电话给毛更新办导游证、租房、安排学习，这让我心里松了口气，觉得到底把毛更新安顿好了。

以后毛更新就搬走了。临走时，他扭捏地把我叫到屋外，掏出一样东西，飞快地塞进我手里，说是送给我的礼物，特意用带刑劳动的薪水托阿标在香港买的，是陆货。我非常吃惊，那是一台夏普牌电子手册，相当重的一份礼，我从来没有收到过这么重的礼物。毛更新不好意思地说，本来想送给我一台现金出纳记录机，他在拘留所里听一位机场高管牢友提到过。他觉得那个能帮助我成为大商人，对我来说更有用，可惜他钱不够。现在你知道了，我和毛更新，我俩是什么样的友谊，即使分手，我们也会砸骨敲髓地鼓励对方。

毛更新离开后，我们偶尔会通个电话。没多久，他情绪缓过来了，电话里透着兴奋，说阿标很厚道，对他不错，做旅游也没有那么大危险，基本不和阿 Sir 发生冲突，他上手很快。我替毛更新感到高兴。我说，好啊好啊，阿旧你好好干，找时间出来我请你喝酒，为你庆功。话虽那么说，我俩都忙，一次酒也没喝成。你想啊，香港很快就要回归，有人逃离，有人填空，有人趁机补仓。老狐借势而为，做了大货主，在宝安和广州开了店，新界那边加了一间仓库，我仍然做老狐的水头，负责走货，我的事业也在飞升，如果现在离开，我现在就能做商人了。毛更新也忙，阿标提拔他做了内地项目的副经理，那个时候还没有自由行，血拼一代还没出现，能办下港澳证的内地客不多，可都是荷包鼓胀的先富佬，钱非常好挣，听说在维港卖水都能年入百万，毛更新提成可观，哪有时间见我。

本来没什么，我和毛更新，我们是不是商人，都走在成功的道路上，要说意气风发，这个词也配得上。可是，我慢慢发现，自打毛更新离开后，观水秀有点神色不宁，明亮的眼睛失去了往昔的神采，人也不往我身上挂了，有时候带她出去玩，她也没精打采，最爱吃的酱油虾，我替她一只只剥好，放进蘸水碟里，她似笑非笑地看着我，也不动筷子。要知道，那会儿离我们定下的婚期只有三个月了。再后来，观水秀辞掉外贸公司的工作，一句话也没有留下就离开了我。我打电话没人接，她换掉了手机。很快我听说，她去找了毛更新。知道这件事情以后，我肺都气炸了。我给毛更新打电话，问他怎么回事，问他观水秀在哪儿。毛更新在电话那头一句话也不说。我骂他唔知衰，殁肠烂肚，然后摔了电话。那是我第一部私人电话，爱立信 GSM，我和毛更新，我们的友谊和爱立信同时粉碎了。

然后就到了九七香港回归。

干我们这行有个规矩，不侥幸。老狐守了十几年，不知道哪根弦断了，有个内地客出大价钱进洋垃圾，量大货源足，老狐居然破了只在中英街带货的道行，接了单，跑到皇岗口岸做了几单，赚了一大笔。我参与了那几次走水，听老狐怂恿，把全部身家赌进去，也跟着大捞了一把。以后老狐昏了头，居然买关放水做车件，结果做冒了。

事情败露后，老狐我俩准备跑路，走之前要把鹿颈路仓库里的货转移了，那是价值几千万的货，老狐舍不得扔下，我的全部身家也在里面。老狐在这行做得太久，没有可以托付的朋友，走投无路时，我想到毛更新。老狐拿不定主意。我向老狐保证，阿旧不是灵光人，但绝对不会对不起人。老狐嚼着槟榔，吐一口血水说，你心大，观水秀个事情让边讲？我心里狠狠剜痛了一下，半天没说话，过了一会儿说，他是烂人，但不是衰精，占了观水秀，不能再占金子。老狐点点头，说，也是，除非他硬要做铳打鬼。

我给毛更新打电话，约了地方，匆匆赶去和他见了面。到那儿才知道，借着香港回归势头，阿标做大了，他开辟了三个产品，海洋公园、太平山和黄大仙庙，毛更新带着几班人守在口岸这边，专做各地蜂拥而至的各地政府考察团，每天早上八点开始，半小时发一个团，一直发到闭关，钞票流水似的进。毛更新安静地听我说了事情，二话没说，答应替我和老狐收拾后路。我们没有谈观水秀的事。我没提，他也没提。我还记得他那天的打扮，他穿一身挺括的蓝条子杰尼亚，二分式换成了蓬松的烟花烫，说真的，是不一样了，风华正茂那个词就是给他准备的。

那是我最后一次见到毛更新。

我和老狐没有跑掉，出关时连人带车被扣下。我听见一声长长的叹息从老狐的烤瓷门牙缝间透出，那会儿我没顾上他，而是盯着乌光锃亮指到鼻子前的微型冲锋枪，心里想，这货有没有牌子？是陆货还是水货？

案子很快判了，老狐判了二十二年，我判了十五年，以后减到十四年零两个月，又减到十三年零四个月。等我刑满释放后才知道，老狐没我运气好，牢头要他一份饭食，他不答应，被踢中要害，服刑第二年就死在监狱里，如今怕是骨头都打鼓了。

我从监狱里出来后，第一件事就是联系毛更新。我打算要回托他照管的身家，还有老狐那份财富，我得把它们交还给胡家人。可是，毛更新消失了，博罗话，吖只衰鬼，下世下哩。我打听过，毛更新人还在，可不再是当年的样子，十几年过去，他发达了，如今是好几家上市公司的股东，而且是大不列颠及北爱尔兰联合王国的公民。就是说，他终于做成了陶朱公，而作为他当年的引路人和保护者，我却落得一文不名，这就是我的下场。

我没想过回中英街继续混。在监狱里，狱方组织服刑人员收看新闻，那时我就知道，自打香港回归，五星红旗插上港府大楼，内地人随便都能进香港，人们不再往中英街里挤，连工商银行都从街里撤了出来，当年的带货天堂，如今已经成了历史。

可是，那条街毕竟养育了我，对我有恩，我去公安局正经办了“前往边境特别管理区通行证”，去街里凭吊了一次。街上没有多少游客，两支举着“文化之旅”小旗帜的小学生团和老人团，隔着几尺宽的街面笑吟吟彼此让过，一对耄耋老人哆哆嗦嗦落在队伍后面，商量着买了一支四元钱的甜筒，你舔一口，我舔一口，满意得不得了。我走进中英街历史博物馆，找个角落坐下来。我什么也没看，用不着。我就那么安静地坐在那里，脑子里冒出些奇怪的画面：德国的柏林墙……越南的贤良桥……朝鲜的三八线……

我想着那些和我毫无关系的场景，脸上洋溢着微笑，觉得我这一生，真的说不清楚。

我最终还是打听到毛更新的下落。他没有待在英吉利海峡那边的爱丁堡，你猜他在哪儿？他哪儿也没去，就在深圳，在大梅沙中央半岛天琴湾。我能理解，人们说离乡别土易摧颓，不到万不得已，多数岭南人不会离开生养他的地方。

我乘坐387路公交车去了大梅沙。我走着上山，一边走一边转着脸看风景，我觉得那是属于鸟和风的地方，人住有点可惜。然后我被保安拦住。在通过一个简短的内线电话以后，保安礼貌地告诉我，业主不认识我，请我离开。我说，他当然认识我，我们是兄弟。保安说，业主没那么说，请你离开。我说，你让我和他通个电话。保安警告我说，你要不离开，我就动用法律了。我听出保安的口音，熟悉的央元音“ɨ”，但他提到法律，我和它打了几十年交道，知道是怎么回事。我没再说什么，离开那个美丽的鸟窝。

我开始打听在别的什么地方能找到毛更新。我收集了很多毛更新的资料。哈，我可长见识了。电视上、互联网上、书店里，全是他的“货殖列传”。我整夜整夜地坐在那儿，或者躺在那儿，一页页划动手机，翻动书本，看他的拼搏史，看得热泪盈眶。然后我抹去脸上的泪水，对着视频里志得意满的他那张脸一遍遍骂：信得你使都会攞筒攞袋，供狗咬脚峥，唔识良心，殁肠烂肚，屙屎都唔同你共粪缸！

接下来的这些年，我不知道自己是怎么过来的。我在龙岗工厂里绞过螺丝，在南山街头做过O2O游动广告，在东莞别墅区做过保洁工，往福田CBD高级酒店里送过污水蚝。这个世界变了，有个说法叫腾笼换鸟外加总部经济，政府把低端制造业赶走，为高科技产业和全球五百强腾地方，人们正在逃离这座城市，当年我带的那些人肉兄弟，他们带着外地妻子回到家乡，买房买地，再投个潮汕牛肉锅店，每天坐在宽大的新围屋里泡凤凰单枞，念天地之悠悠，独怆然而涕下。我却没地方去，人混成这样，回不去了。

我觉得日子仍然要过下去，我在城中村扎下来，盘了个建材店，哪怕苦苦奋斗，大半收入给房东交了房租。我整天在店里进进出出，盘弄地板瓷砖、墙面建材、门窗建材，和顾客砍价，给工程队打电话，一边想着一个人，人们顶礼膜拜的财神爷，范蠡。范蠡当年辅佐勾践卧薪尝胆，十年一剑，功成名就后鸟尽弓藏，弃官为商，三次白手起家，世人尊为商圣。我觉得，他这样顽强真的很好，是我学习的榜样。

直到今天早上，我接到一位叫班森的年轻人的电话。年轻人问我住在哪儿，他来接我。我说不用接，你家是不是住大梅沙？他说，对，半山的物业卖了，深圳湾一号的几套也卖了，天琴湾这套我父亲特别看重，打算先留着。我说留着吧。我说我能找到。

这次没有人拦我，班森带着电瓶车在山脚下等我。我看他，年轻人剃着圆寸头，穿了件学院气质的普莱诗牌衬衣，比他父亲帅气十倍，但好像也是个爱脸红的男人。我们一起坐电瓶车上山，车子直接驶进他家里。我在球场大小的客厅里坐下的时候心里隐隐作痛，我想到这家人的幸福生活，还想到了什么？至于他家的情况，我就不说了，反正就是你在电影里看到的那种样子。

班森从楼上取来一只公文包，从公文包中拿出一样东西，郑重地交给我，然后在我对面坐下。东西很旧了，我还是一眼认出了它。夏普牌电子手册，我当年收到的最重要的礼物，他父亲送给我的，用半年带薪劳动的薪水。班森告诉我，因为之前不知道，在整理父亲遗物时，他翻看了电子手册里的内容，里面有我的名片、通讯录，还有一些当年的账目和流水，对此他非常抱歉，也幸亏这样，他才能找到我，亲手将物品交还给物主。年轻人之所以想见我，是他对一件事情感到困惑，在他的印象里，父亲是正直勤勉的企业家，电子手册里的内容却让他隐约看到了一些逃脱海关监管、非法走私物品入境的行为，对此他十分不安。他不明白我的电子手册为什么在他父亲手上，他希望我能坦率地告诉他，怎么说呢，他一直尊敬的父亲，是否参与了那些人们不应当去做的事情。

请您一定告诉我，这件事情对我和我们家族非常重要。年轻人慎重地请求我。

我扭头朝落地窗外看，那里有一个巨大的游泳池，风吹皱了池子里的水，几只鸟儿在池边张头张脑，好像在说着什么。我能说什么？我对那个年轻人说了下面这个故事：

有这么一个人，叫布雷特·卡瓦诺，是2018年10月当选的美国联邦最高法院首席大法官，他陷入了一些丑闻，这些丑闻一直没有核实，人们不知道事情是不是真的，不知道他到底是一个什么样的人。可是，人们知道一件事，在美国当代历史中，卡瓦诺扮演了一个传奇角色，他在二十年时间里近乎神奇地出现在几乎所有美国政治事件和大案现场——白水案、福斯特案、拉链门案、小埃连案、大选计票案、安然破产案、弹劾克林顿、“9·11”事件、反恐战争、虐俘门、窃听门……在接受指控时，卡瓦诺说了下面一段话，“我期待用真相做证，我将捍卫我的好名声，捍卫我一生都在塑造的品格和诚信。”

年轻人一脸敬佩地看着我，说，伯父，您太有文化了。我看着明显放松下来的年轻人，矜持地微笑了一下，问他是不是明天就走。年轻人给出了肯定答案，他读研究生，在导师的实验室里有份工作，他回国半个月了，不能再停留。我问他是否还会回来？他说不知道，他在香港出生，很小就去了英国，已经习惯了那边的生活，家里人也都移民英国了，家乡再没有直系亲属。我沉默了一会儿，看着年轻人明亮的眼睛，心里想，我骂过他父亲，骂他路项死，路下埋，绝家子，博罗话，断子绝孙，不知道是不是我的诅咒让他父亲英年早逝，如果是，我很抱歉。不过，好在上天没有听我的话，他父亲没有绝代，有这么个出息的儿子，相反，我连个后人都没有。我那么想，不禁红了眼圈，心里一波温水过，一波凉水过。

我坐正身子，清了清喉咙，隐约回忆起，曾经熟悉这个看似多余的动作。我郑重地对面前的年轻人说，我当年进过监狱，电子手册是我进监狱前托他阿爸替我保管的，我做的事情他不知情，那会儿他在另一个行道打拼。说到这儿，我们家乡有句俗语，识得系宝，唔识系草，过去我低看了他的阿爸，我以为他是草，结果我错了，他是宝，不是草。我告诉年轻人，深圳可不是他们的英伦三岛，它是世界上最年轻的城市，是不见血的竞技场，没人能仅靠善良赢得尊重，你得有一身本事，还得有大志向，否则就算是宝，最终也可能落成草。我告诉年轻人，我从他阿爸身上学到很多，比如，他刚才说我有文化，我的文化都是看杂志看来的，这个习惯保存到今天，是他阿爸教会我的。

我说了什么？我干吗要提到城市？它是一座了不起的城市，成就了无数人，它也没有亏待我，不然我不可能仍然能留在城中村。我觉得事情到这会儿就算谈完了，我没有再向年轻人询问什么，比如他阿妈的名字，我觉得世事难言，最好不问。

在征求过年轻人的意见后，我揣上失而复得的电子手册，坚持不要年轻人送，离开阔气的别墅，从山上往山下走。路过门岗时，我举起一只手，朝年轻的保安挥了挥。

我觉得大梅沙真是一个好地方，也许人和鸟啊风啊什么的就该住在一起。我想起中英街早年的事情，那条清亮的滘水河，还有那些大翅膀的鸬鹚，它们有时候会纠缠不休，但终究鸟归鸟，河归河，各有归宿。而且，我觉得吧，我年轻时做过梦，相信梦它能成为现实，有时候它可能破碎掉，但谁的梦不是这样？人年轻的时候总会冒点傻气，挨几下锤，我挺高兴经历过这一切，我得维护它，不能让它在我还活着的时候死去，你说对吧？

（《北京文学》2020 年第 9 期）

众　生

金仁顺

宋惠玲

宋惠玲是在河里淹死的，那一年她十四岁。那条河在我童年的记忆里淹没了不少生命，矿长的小儿子也葬身其中。我从未见过那个据说是很文雅、有礼貌、相貌周正的少年。他的尸体从河边抬回来的时候，他的妈妈抚尸痛哭，对上前来安慰自己的、有点儿痴傻的大儿子说道："为什么死的不是你？"这句话后来传诵极广，当人们形容丧子母亲的悲伤，或者表达对矿长大儿子智力的轻视时，都会把这句话搬出来。

虽然都是溺亡，但宋惠玲进入河中的理由却和大家不同，这也是日后她成为英雄人物的原因。她的一本"红宝书"掉进了河里。

很多插图和版画都再现了宋惠玲打捞"红宝书"时的情景——河水的波浪画得比海浪还要高，宋惠玲一只手紧紧抓着一本"红宝书"，劈波斩浪的动作看上去分外矫健，表情也非常坚毅。那不是一个濒死者的表情，是草原英雄小姐妹手握羊鞭与大风雪战斗（好几本小人书里，宋惠玲的故事都和她们的故事并列编在一起），并且获得最后胜利的表情。

我和伙伴们经常去河边玩，她们最初说起宋惠玲的时候，我无法相信这是真的。英雄人物都是光芒万丈的，怎么可能这么轻易地在我们身边就出现一个呢？但小人书是真的，时间地点姓名都对，让人无法质疑。有一次我还被伙伴们拉进河边的一个树林，柳树长得弯弯曲曲的，枝条披头散发的。在一个石头堆前，有人凑近我的耳边说道："这就是宋惠玲的坟。”我掉头就跑，宋惠玲在那个时刻丧失了英雄的形象，变成了游出水面回到人间的女鬼，摇曳的柳树枝是她的头发和手臂，为了躲避这些柔软的纠缠，我差一点儿跳到河里去。

不管宋惠玲，也不管有多少人死去，我们还是经常去河边，上世纪70年代的童年是很难绕过河边的。

“宋惠玲真的那么爱‘红宝书’吗?”我反复猜想，“就算她爱‘红宝书’，也不能为了一本书跳进河里连命都不要了啊。书可以再买啊。”我自己是绝对不会为一本书跳进河里的。我的疑问后来得到了答案。

“那本‘红宝书’里夹了五斤粮票。宋惠玲怕回家挨爸爸的打，才跳进河里去追‘红宝书’的。”

“那宋惠玲怎么还成了英雄呢?”我问。

“那些写书和画画的人不知道‘红宝书’里有粮票的事儿呗。”

王长荣

小时候我生活的地方由三个部分组成，一个国营大煤矿、一个国营钢铁企业以及一个镇子。煤矿和钢企的工人是响应国家的号召，从各地迁移过去的，那时候我还不到四岁。“文化大革命”进行到中期。

在流行光荣榜和大红花的年代，我的个头儿一直都很矮，对戴着红花的人物，必须是仰视才能见到。在光荣榜上面，王长荣头上顶着矿灯，脖子上系着白毛巾，身上穿着工作服，他的照片占据光荣榜最中心的位置，比其他劳动模范的照片要大上一倍，胸前的红花也比别人的大出很多。

每天上学放学，我都要从王长荣的照片前面经过，抬头或者不抬头，知道他都在那儿，微笑着注视我。久而久之，对这个从未见过面的人，好像熟悉得不得了。

如同他的名字一样，王长荣二十年来始终是光荣榜上的常青树。他是全国劳动模范，偶尔到北京开会，领导们都会一脸笑容地接待他。每次开会回来，王长荣下了火车便直奔井口，换了衣服下井，在掌子面上工作十几个小时以后再回家。他虽然经常出去开会参加活动，但工作仍然比普通工人干得多，劳模是当之无愧的。

煤矿里经常出现或死或伤的事故，工人们到了几百米甚至是上千米深的地下，就像飞到几千米高空的飞机上的乘客一样，“听天由命”的分量变得格外地重。作为名人的王长荣在我的记忆里，似乎与灾难从来没搭上过关系。虽然他也和其他矿工一样在暗无天日的地方工作，但他的身上好像有一层无形的盔甲，让他总能躲避开灾难。

我长大以后，看到媒体大肆宣扬某个模范人物时，脑子里就会有个弹簧那么一弹，王长荣像乘着升降机从井底上来一样，以光荣榜上照片里面的样子出现在记忆里。徐虎、李淑丽以及其他著名的全国劳动模范也都能唤起我对王长荣的回忆。有一次我在《南方周末》上看到一篇深度报道，关注矿工长期在井下工作，得了硅肺却得不到治疗和赔偿的问题，我当时忍不住在心里计算了一下，王长荣在井下工作了一辈子，他肺里面会含有多少煤粉？

在计划经济时代，王长荣做了几十年的模范人物，他退休以后赶上市场经济时代，他的儿子承包了煤窑，当起了煤窑主，已经退休的王长荣是现成的技术指导。王长荣与煤的关系似乎具有特殊的魔力，那么多私人煤窑，数他们家的煤窑煤质好、产量高，煤对于王氏父子而言，是真正意义的“黑金”。几年之内，他们便拥有了几百万的家底，富甲一方。王家有了钱，跟着有了房子车子。不久，王长荣的儿子儿媳在一次车祸中丧生了。

王长荣再一次成为人们茶余饭后的谈资。在很多人看来，一个劳模儿，家里有那么多钱是很不正常的，所以才出了意外。

丁 婶

丁叔丁婶是山东人，“闯关东”时从山东来到东北。没什么文化的丁叔当了一辈子矿工，在我的印象里，他的矿工服、矿工安全帽，以及矿工黑色的水靴，要么穿在他身上，要么清洗了以后搭在院子里晾干。丁叔老实巴交，我们两家做了好多年的邻居，我听他说过的话没超过十句。丁婶的话比丈夫多，但也远远算不上唠叨，一口山东腔。她个子不高，不胖不瘦，和大家一样留着齐耳短发，穿灰色的衣服，不好看也不难看，每天做饭洗衣服，为家里的三个孩子操心。

煤矿难免有矿难。每次传来井下出事故的消息，丁婶和其他矿工家属一样，拼命往山上的井口跑。那条路不短，要跑上很长时间，那也是生和死之间的距离，让人肝肠寸断。丁叔好几次都大难不死。有一次井下发生重大塌方事故，死了几十个人，只有他和另一个工人幸免于难。

丁婶除了要照顾家庭，自己也有工作。她在洗煤厂当工人，几组工人轮转着工作和休息，早上八点、下午四点、夜里十二点，是几组工人交接班的时间。女工并没有因为性别的关系而得到特别的照顾，她们和男人一样，经常半夜爬起来去上班，或者在深夜里下了班独自摸黑回家。洗煤厂离住宅区很远，其中有几段路特别僻静。有一天夜里，丁婶在上夜班的路上被人奸污了。她回到家，把事情告诉了丁叔。丁叔既找不到凶手，也没有什么报警的意识，他把所有的愤怒都发泄到妻子的身上。都是她的错，贫穷，工作，黑夜，意外事件。他们吵架，甚至动手，闹得很厉害。邻居们半夜被吵醒，有热心肠儿的人过去劝架，事情就这么传出来了。

那一段时间大人们的态度很微妙，聊天不再是家长里短、散漫无边，大家不提强暴事件，更没有人提到丁婶的名字。大家谈论的焦点问题，是深夜通往洗煤场的几条道路上，这些年来发生的其他事件。同样意外，同样黑暗，同样难以启齿，同样被当事人吞进肚里。

丁婶那段日子过得很艰难，但就像生活中的其他事情一样，后来，又发生了别的事件，丁婶身上发生的事情就变成了往事。

陈大夫

陈大夫和我们家很熟，所以，连我们这些晚辈都知道女护士是陈大夫的情人。

陈大夫脾气不好，待人接物有些酸气，但他是医院最好的儿科医生，没有之一，患者父母为了自己孩子的病痛，没有谁不奉承讨好他的。那个女人是儿科护士，文静秀气，笑容比话语多。

陈大夫五十五岁就可以退休了。他们家的房子正好在临街，是最热闹的地段，他开了一家个体诊所，女护士也跟随着到他的诊所里当护士。那些得了病的小孩子全被带到了陈大夫的诊所里来，医院里的儿科变得清闲了。

陈大夫和女护士的工作方式，跟从前在医院里别无二致。他们的关系维系多年，早已经不是秘密。有她在眼前和身边，陈大夫说话和声细语，偶尔和小朋友们开开玩笑。她从年轻到中年，细白皮肤，眉眼秀媚。病人多的时候她忙工作，人少的时候，她坐在病床边儿上，织织毛衣，或者从陈大夫手里接了钱，出门买水果和零食。

一个医生和一个护士，一个男人和一个女人，他们每天在一起，配合得天衣无缝。

陈大夫的妻子也整天在诊所里忙碌。以前她是医院的药剂师，丈夫回家开诊所，需要护士，也需要她的扶持。诊所开在临街，中间有一个小院落，后面就是大夫家的房子。陈大夫的妻子前后里外地忙，诊所病人多时，她要助诊、开药、接待；病人少时，她要买菜洗衣做饭，还要照顾一个儿子。她好像是唯一一个不知道自己丈夫婚外情的人。每天中午陈大夫雷打不动的午睡时间里，她和护士在诊所里聊聊家常、说说闲话。

有一次我们在家里谈起何谓爱情，和往常一样，有人举陈大夫和女护士的关系当论据。前阵子陈大夫生病卧床了一段时间，诊所临时由陈大夫的妻子照看、打理。有一天中午，刚好送来一批药品。她和护士一起整理了一会儿药箱，看到午饭时间快到了，她把剩下的活儿交给护士，回到家里做饭。饭做好后摆上桌，陈大夫见饭桌边没有女护士，当即摔了筷子，拉下脸来，拍着桌子气势汹汹地对妻子强调："我还没死呢！"

他的妻子什么也没说，起身去前面诊所把丈夫的情人找到后面来吃饭，她自己去整理剩下的几箱药品。

二　哥

我和他妹妹是邻居、同学、朋友。他是她的二哥，我们也跟着叫二哥。

他们家有两个男孩两个女孩，大哥很有大哥样儿，上世纪 70 年代末是汽车司机，80 年代初又当了汽车队队长。那时候能手握方向盘开汽车是件很酷、很了不起的事情。大哥开着大汽车，威风得很。

二哥也很有二哥的样子，细瘦身材，白白净净，头发自来卷儿，像个读书人，或者艺术家。大哥在外面风风火火干事业，二哥在家里安静自处。

我们都知道二哥有病，但具体是什么病却搞不清楚。他很少出门就跟身体虚弱有关系。但在我们当年的眼睛里，除了更好看、更秀气，他看上去跟别人没什么两样儿，他从未在公共场合倒下、昏厥，被人抬去医院过。至少我没见过。

他只穿很好的衣服。有些质地不那么好的衣服会让他过敏；他戴的表也很好，不好的表也会让他过敏。还有很多其他的东西，空气、水、食物，他只能用最好的东西，坏的和旧的东西不能近他的身，会害他生病。我们对此唏嘘不止：这是什么富贵病啊？真的假的啊？他的病把他变成贾宝玉了，只能吃好的喝好的用好的。这种病我们也很想得。

他们的父亲是煤矿的党委书记，是最大的官儿。那时候煤矿的工资、福利也比一般的地方高出一大截儿，如果他生在普通人家，那可怎么办?

我几乎没注意到他是哪天死亡的。在此之前我知道他在谈恋爱，和一个清秀、苗条的姑娘。有天我们去他家的时候发现他们并肩坐着，没什么话，微笑着。他们互相对视的眼神儿就是所谓的“眉来眼去”。他的死亡好像没引起多少哭声。多年来，他的家人，还有邻居朋友们，一直在等待着某个消息，这个消息终于来了。

大家都松了口气。

马小兵

马小兵是班里最爱出洋相的男生，喜欢模仿老师逗大家笑，打架时抡书包的动作像演杂技一样。他跑得快，运动会的时候，一千五百米、八百米、四乘一百米接力、四乘五十米接力都有他。他逢跑必胜，得了好多奖品，杯子、毛巾、笔记本、圆珠笔……风光得不得了。

我们家和马小兵家隔着三个胡同住着，上学放学的时候经常会碰见。但男生女生很少说话，碰见了也像不认识。

有一天早晨从马小兵家里传出一件很离奇的事情，有小偷半夜窜进他们家偷东西，被他爸爸发现了，他爸爸没抓到小偷，反而被小偷用刀在身上划了二十六处皮肉伤。事情就跟长了腿似的，传得飞快，我上学时远远地朝马小兵家看，发现胡同口站着好几个探头探脑的女人，一脸神秘地咬着耳朵说话儿。没过几天，传言改变了说法，说马小兵爸爸在外面胡搞，被人在玉米地里捉住后，用刀划伤了，小偷的说法是他自己编出来的。

从那以后我见到马小兵，横看竖看都不顺眼，很想把他爸爸的丑行在班里揭发出来。但马小兵一直对我客气极了，别的男生惹我不高兴时他还去对人家拳打脚踢一番，我便不好意思对他不讲义气。

升入初中后，我收到马小兵写的一封信，那是我一生中收到的第一封情书。尽管他个子很高，长得很好看，私下里招几个女同学喜欢，我仍然觉得自己受到了很大的侮辱。我把马小兵的信撕成碎片装在一个信封里，在放学的时候扔给他就走了。我快走到家时他从后面追了上来，脸涨得通红，跟着我走了几步，问我："你为什么把我的信撕了？"我心想，这还用问吗？"我不相信你不喜欢我。"马小兵跟着我走了一段后，突然说道。这话把我惹火了，我回头看着马小兵的眼睛说："我凭什么喜欢你？你以为你爸爸的事情我不知道吗？丢人现眼。"

马小兵那么大的个子竟然被我的这句话摁住了，他身子向后靠在一面红砖砌的围墙上，脸上显现出了类似于水泥的颜色，嘴巴也好像被水泥封住了。我转身继续走，在家门口时我扭头看了一眼，他已经没影儿了。

他跑得要多快有多快。

孙 伍

有段时间爸爸工作忙，午饭我们要给他送到办公室去。

我是在爸爸办公室里认识孙伍的。他是外地知青，具体哪里人没记住。他中等个子，衣服比女人还要干净整齐，脸色比豆腐还白，细长的眼睛像两条小鱼，有时眨个不停，有时又一动不动。我爸不在，他坐在办公桌对面的椅子上，盯着我看。

我把装饭盒的包放在办公桌上，在我爸的办公椅上坐了一会儿。我爸匆匆忙忙进来，拍了拍我的头。

我把椅子让给爸爸，把饭盒拿出来摆到办公桌上。爸爸吃起来。没跟孙伍说话，更没客气地问问他是不是吃过饭了。

“我想离婚。”孙伍说。

我爸看了他一眼，“哦”了一声。

“那个老不要脸的还看不上我，让女儿跟我离婚。”孙伍说，“到底谁看不上谁啊?！我后悔死了，在知青点儿跟她谈恋爱，结了婚，要不我早就考上大学去北京了。”

爸爸只管低头吃饭。

孙伍的谈兴好像没受到什么影响。

“婚我是早就想离了，不为她们两个，也要为别人。”孙伍提到的“别人”，吓了我一跳，那是当时红极一时的女影星的名字。她的名字从孙伍的嘴里飞出来，那么亲近，那么随便，就好像他们昨天还待在一起似的。接着孙伍又提起另外两个女影星，还是那种很家常的口吻，他说她们暗恋他也有好长一段时间了。这么多女人都喜欢他，让他很伤脑筋。

“是得想想办法。”爸爸笑着说，把吃完饭的饭盒盖子扣好，回身交给我。

孙伍走了以后，我问爸爸：“真的有那么多电影明星都喜欢他吗?”

“他想得美。”爸爸说完就把我打发走了。

过了没多久，孙伍拿着一把菜刀上了街。他引起了很多人的注意，有人问他：“孙伍，你干吗去?”孙伍就一本正经地回答：“我要去杀小破鞋和老不要脸的。”听的人嘻嘻笑，接着问：“谁是小破鞋？谁是老不要脸的?”“我老婆是小破鞋，小破鞋的妈就是那个老不要脸的。”整条街的人都被孙伍弄得高兴起来了，“你为什么要杀她们呢?”“我要和小破鞋离婚，老不要脸的不答应。所以，我只能杀了她们。”孙伍很有派头地说着，径直朝丈母娘家走去。

过了半个多小时，孙伍又回到了街头。跟在他身后的是那个“老不要脸的”，她披散着头发，手里举着菜刀，闹革命似的在后面追孙伍。街上的人从没那么多过，叽叽喳喳地朝孙伍逃跑的方向拥。孙伍的老婆后来也追来了。她和母亲在拉扯的时候，菜刀砍到了她的手背上，血很快就流了出来，她的手如同戴上了一只红色的手套。在往医院去的路上，母女俩互相搂抱着，哭得鼻涕一把泪一把。孙伍在她们身后不远不近地跟着，像看热闹的人一样脸上挂着笑容，跟别人一起嘲笑那对丢人现眼的母女。

那是孙伍最后一次公开露面。几天以后，他被送进了精神病院。

单莉

单莉是最早穿喇叭裤戴蛤蟆镜的姑娘，也是唯一一个在街上跟小伙子们一起抽烟的姑娘。她爸是大食堂的厨师，有几道菜做得相当出名，她妈妈永远把自己的头发抹得流油，走路时扭着屁股拧着腰，传说厨师的绿帽子能装满一仓库，但单莉妈妈从来没被捉奸在床过，甚至普通拉手都没有被抓住过。

单莉比她妈妈好看。腰细得不够人一把抓的，屁股像水蜜桃。她的头发梳得也和别人不一样，额头上面的头发拢起来，然后往后一梳，有点儿像时髦小伙子们的飞机头。她的衣服颜色鲜艳，紧身，任谁看了她，目光都会变成苍蝇蚊子蜜蜂，围着她打转。

她最早跟矿上技术科的副科长好过，两家住得近，一来二去地好上了。后来她喜欢上篮球队的队长，就把副科长踹了。她跟篮球队队长好的时候，整天在篮球场边混，像朵鲜花插在篮球队里，小伙子们都围着她转。队长为了证明自己的主权，经常把手臂搭在她肩上。有比赛的时候，她坐在球场最中心的位置，比矿长还要醒目。没比赛的时候，他们要么聚集在一起抽烟聊天，要么用手提录音机放音乐跳迪斯科。她跳舞的时候那么高兴，谁也想不到她后来为了音乐老师甩了篮球队队长。

音乐老师是外地新调过来的，白白净净的，手风琴拉得特别好，唱歌也唱得好。从初中到高中的女学生们都被他迷住了。谁也搞不清楚他怎么会和单莉认识又好上的。

篮球队队长在大街上揍了音乐老师一顿，打得他鼻血横流，人人都以为他是㞞货。但这个㞞货在单莉要甩了他的时候，却抹了单莉的脖子。现场非常吓人，血喷得满屋子都是。

音乐老师是在河边被枪毙的。以前我们放学后经常到那个地方去玩，有一次还在草丛里捡到了鸭蛋。

单莉死后，她妈妈没了影踪，不知道她是出门了还是从此闭门不出。她的厨师爸爸变成了酒鬼，手里攥着个手榴弹似的酒瓶子，眼睛里面红通通的，看谁都像有着天大的恨。

病友

读高中的时候，我有三分之一的时间在生病，住过好几个医院，也因此，认识了几个病友，这个女人是其中之一。

第一次见面时我以为她被人打了，或者被什么重击过，她身上的瘀青很多，脸上脖子上好几块紫色。她的床头柜上摆着很多东西，跟医生护士说话很熟稔的样子。她带着伤，却还是笑嘻嘻的。

病房就我们两个。没有人陪护的时候，我们就闲聊。

她没被人打。她身上的青一块紫一块，来自她的血液病。她伸出手来给我看，她的十个指甲都是紫色的，嘴唇也是紫的。

她不知道自己怎么会得上这个病，也不知道这个病是什么。从二十二岁开始，她在医院里待的时间超过待在家里的时间。她去过好几个大城市，北京、上海、广州、沈阳——她边说边伸出手指头数着，像个小孩子。每到一家医院，她总能引起小小的轰动，吸引来很多医生。她的血是紫色的！她的病他们也没见过，他们都想研究研究，她的血被一管管抽出来，抽到她发出抗议，“再抽下去就把我抽死了！”

医学专家对她进行过几次大型会诊，各有各的看法，但结果是她的病没有被治好。

她说起她的单位，她正儿八经的上班时间还不到一年，然后就病倒了。这些年她四处看病花的都是公费，耗资巨大，单位同事因为她已经好几年没拿过奖金了。她很不好意思，但她更想活下来。她才二十八岁，总觉得也许哪天就碰上好医院好医生，把她的病治好了。她单位里的人没有奖金也很不开心，但谁也不好意思因为没拿到奖金就咒她去死。至少当着她的面，同事们没说什么。

我们在一起住了一个星期。我出院的时候她送我到门口，有点儿难舍难分，她说她也快出院了。

半年后我们在一个婚礼上遇见。结婚的是她的同学，也是我同学的姐姐。她穿了身挺新的衣服，指甲仍然是紫色的，不知道底细的人会以为那是她故意染的。她打量着新娘子，边吃糖边跟我说："下一个结婚的就是我了。"她们同学差不多都结婚了，她快三十岁了，是个老姑娘了。我冲她笑着点头。她比我大十岁，不像老姑娘，更像个小女生，活泼开朗，什么都憧憬。

婚礼过后不久，举行了她的葬礼。

张 福

张福是个农民。一到冬天，他棉袄外面套着羊皮背心，在公路上赶着一辆毛驴车捡牛粪马粪。

很多人都认识张福，大家说起什么事情时，都会很自然地提到他，比方说谁谁的自行车在路上摔坏了，轮子飞了出去，差点儿被张福的驴踩到。谁谁家买了秋白菜，上坡时推不动了，张福帮忙推上去，还一直给送到家门口。谁谁家的孩子冬天时在路上放爬犁，要不是张福拉了一把，爬犁带着孩子就差点儿钻进汽车轮子下面。张福区别于任何别的农民的地方在于，他不在田里，总是在路上，谁都看得见他。他自然而然地出现在大家的话题里。但张福也从来没成为过什么话题中的主题，他是作为某种参照物存在的，就好像路边的某间房子、某棵树。

"文革"结束了，又过了几年，80 年代到来了。80 年代的中国就像从漫长的冬季里醒了过来，阳光变得明亮起来，天地间一片生机勃勃，张福从我们上学放学的路上消失了，我们也把他遗忘了。仿佛过了很久，在全国范围内的一次"扫黄"活动中，张福，连同他做的事情被公安局清查出来。

张福手头上管理着十几个女人。那时还不时兴夜总会、桑拿浴、洗头洗脚屋之类的地方，那些女人的生活看上去和其他人并没有任何不同，但那只是"看上去"。男人们去找张福，跟他谈好价钱后，张福把某个女人叫出来，到他安排好的房子里面和男人交易。其中有一个女孩子，长得病恹恹的，瘦弱白净，林黛玉似的，看人的神情很高傲，据说她在那伙儿人里面最年轻、最好看，价钱也要得最高。

张福被抓以后，沉默了好几天，后来才开始交代。他不说则已，一说惊人。他无须凭借任何文字记录（据说他是文盲），却能把几年之间交易的情况一项一项地讲出来，时间、地点、人物、价格，甚至当时的天气以及其他某些微不足道的细节，他都能讲得丝毫不差。

一大堆名字被抖落了出来，其中不乏有头有脸的人物和一些五六十岁已经儿孙绕膝的长者。在我们这个不大的地方，引发了一场世俗大地震，被波及的人家闹得鸡飞狗跳，离婚、寻死觅活的事件发生了好几起；更多的人看大戏，津津乐道，拍案惊奇。据说张福待在监狱里倒是很从容，他说我这一辈子能干出这么大一件事儿，死也值了。

姨婆婆

姨婆婆是一个宽脸膛的老太太，牙齿好像有些问题。为了把话说得清楚，她的语速很慢，一个字一个字地讲。可能同样是因为牙齿的问题，她吃一顿饭的时间是平常人的三倍。她这样慢腾腾的，让生性爽利又总有很多事情要做的小姨很不耐烦。有时候急了，难免要摔摔打打，发几句牢骚。这种时刻，姨婆婆便装聋作哑，隐退进她那间光线昏暗的房间里或坐或躺。人老了，诸多无奈，凡事看不开也要看开。

小姨其实不是虐待婆婆的儿媳妇，好吃的好喝的，她一样儿也不缺少地摆上婆婆的小餐桌，而且据她抱怨，她刚结婚的那几年，受了婆婆数不清的气。小姨夫天生好性子，为人厚道谦和，夹在老妈和老婆中间，对谁都笑眯眯的，对谁都无可奈何。

有一次小姨出门，在我们家所住的城市里转车。晚上吃饭时，话题说到姨婆婆身上，小姨照例表达了一番对她的厌恶，然后说起前一阵子姨婆婆半夜里煤气中毒，她爬起来把婆婆拖到院子里的雪地里，好一阵子忙活才把她抢救过来。

“事后我很后悔，当时假装不知道就好了，反正她都八十多岁了，死了不是更省心？”

小姨是开玩笑，大家也都没把小姨的话当真。但我父亲的脸整晚沉着。他是个孝子，最恨人不敬老。小姨走了以后，他很不高兴地对妈妈说："她说的那是什么混账话？怎么可以这么做人？"

"她一直喜欢乱说话的，你又不是不知道。"妈妈替小姨辩解。

小姨刚走，一封电报拍到我们家，姨婆婆去世了。那时候的通信，没有办法及时地通知到小姨，三天后她出门回来又在我们家等候转车时才知道这个消息。整个晚上，小姨没说一句话。

第二天一早，父亲陪小姨回家帮忙料理丧事。几天以后，父亲回来。

"小姨回到家后，是怎么样的反应？"我问父亲。

"没下车就哭起来了，下了车往家走的一路上，更是呼天抢地的，没等进门，已经有人听见声音迎出来了。"父亲停顿了一下，又补充了一句，"她是真的很难过。"

"姨婆婆还真会挑时候啊。"我知道不应该，但还是忍不住笑了。

姑　妈

我十二岁那年，姑妈一家四口从外地搬来我们家附近。

说是姑妈，其实血缘关系很远。但我们两家相处得很亲近，姑妈经常来我们家做客，和我妈妈聊天聊到深夜。他们以为我睡着了，言谈不大顾忌，我才知道原来姑妈不能生育，表姐表哥都不是她生的孩子。

再后来飞来横祸。姑妈和姑父一起，出了车祸，姑父一条腿残疾了，侥幸生还，姑妈当场丧命。家里一半的人赶去奔丧、帮忙，忙了好几天才回来。姑妈再也不会来我们家里做客了，她的形象被定格在那张遗像上。我这才发觉她是一个目光异常温柔的女人，那一刻的悲伤，直到如今仍然找不到恰当的语言形容。

大学毕业那年夏天，我坐火车回家看望父母。在卧铺车厢里，我上面的中铺是一个老教师，大概是懒得爬上爬下，她坐在我的铺位上和我聊天。起初我们有一搭没一搭地东拉西扯，后来她提到她住过的一个小镇，我随口说，我姑妈以前也在那儿住过。她问起姑妈的名字，我说了。她拍起手来，原来她们竟是认识的，而且是邻居。

"你知道你姑妈不能生育吗？"老教师问我。

我说知道，虽然不是亲生的，但姑妈对表姐表哥好得不能再好了。

老教师也说姑妈是个很善良的人，笑容温顺。

“我刚认识她的时候，她结婚没几年，做梦都想生个自己的孩子。”她接着说道，“我安慰她，说以后会有孩子的，让她不要着急。过了没有两个月，有一天我见到她，她喜洋洋地对我说，‘我怀孕了’。那个月她整天想吃酸的，看见油腻的东西就吐。她确定自己的肚子里有个男宝宝。过了几个月，她的肚子鼓了起来，而且越来越大，见到她的朋友邻居们都恭喜她。十个月过去了，孩子没生，十二个月时，她去医院看医生。医生仔细给她做了检查，说她根本没怀孕，肚子里面其实是一股气。你姑妈的怀孕完全是一次臆想。医生说完那些话的第二天，你姑妈的肚子就像泄了气的球一样，又恢复到原来的样子了。那以后，你姑妈再也不提想生孩子的事儿了。”

我很震惊，想起法国作家蒙田说过一句话：强劲的想象产生事实。我从来没想过，这句话居然会落实在我认识的人身上。

（《广西文学》2020 年第 8 期）

生活风格

阿　乙

一

回旋地村只有两户人家，住着两名年纪相当的鳏夫。靠山的那家姓潘，叫潘学富。临水的那家姓毕，叫毕癸丑。潘学富有一个好女婿，这个女婿有点什么，就用电动三轮车拖到丈人家来。毕癸丑有四个儿子，却对他不闻不问。

几年前本地发过一次地震，潘学富借此机会，将房屋推倒重建。新建的房屋一共三层，贴着鸽灰色瓷砖，装着铝合金窗户，二层、三层建有阳台，大门装的是血红色的防盗门，屋侧装了一根排水管。毕癸丑还住着老屋。老屋一共两层，用的是夯土墙，墙体已经开裂。屋顶盖着黑瓦、灰瓦、红瓦和石棉瓦，旁边还摞着一叠瓦，一些瓦上长着苔藓。窗户上，木制的窗框和窗棂一直没上油漆，玻璃破了不少，残缺的地方就用油纸遮挡着。木门破破烂烂，像是被刀刻了一道又一道，每当推动它，就会发出吱呀吱呀的声响。有一次，在毕癸丑向儿子们诉苦这样的房屋会倒后，那四个人商量了一会儿，找来一根圆木，顶在屋的后面。毕癸丑的房屋只有潘学富的房屋一半高。

潘学富的房屋还在兴建时，毕癸丑就来评价："潘学富你逞能啊，做这样一幢屋借了不少债吧?""门改得这么大，请风水先生看没？风水不好，诸事不利啊。""万一屋没做好，人死了呢。"毕癸丑的话越说越难听，除开因为他心理阴暗，见不得别人好，和潘学富善于忍让也不无关系。最近，潘学富请石匠来给门头刻字，毕癸丑又来说话："我听说古时候，人都是家里出了进士举人，才在门头上刻字，不然就空在那里。哪像现在，是个人就往门头上刻字，还是连后都没有的人。"

潘学富和往常一样递过来一根烟，笑嘻嘻地说："老庚你话说得这么高级，我一句都听不懂。"潘学富说得没有半点不真诚。毕癸丑拍拍上衣口袋里的香烟，说："我又不是没有。"

老年人醒得早。毕癸丑这一天五点就醒了。他的脑袋晕晕沉沉，肚子因为饥饿变得火烧火燎的。他坐在床上，听见从车载音箱里发出的歌声，由远及近，越变越大。一辆电动三轮车从积满水的马路上疾驰而来，进入回旋地村。是潘学富的宝贝女婿阙春生来了。几乎在阙春生敲门的同时，潘学富就打开门。都能想象，为了尽快给女婿开门，潘学富的鞋都没穿好。潘学富一连问了好几个问题：燕子还好么，孩子怎么样，你自己呢。毕癸丑想，这时候啊，潘学富的右手正亲热地抓着阙春生的胳臂，而阙春生的脸因为腼腆始终通红着。迷迷糊糊中毕癸丑听见翁婿两人说什么"一块好肉"，去了屋内。毕癸丑像皇帝坐在床上，头和背靠着墙，等待婢仆前来服侍。当初生养四个儿子，他就怀着这样的目的：要依靠这四个儿子来养老，衣来伸手，饭来张口。一个人一生能使出的力气是有定数的，毕癸丑在供完老四上学后，就感觉这个定数到了。从此自己只好享福了。他想，四个人养一个老人家还不容易？可惜事与愿违。

就说老大毕小龙，生活在县城，是一个冷性的人。因为对别人说的话置若罔闻，对别人交代的事置之不理，很快失去了大多数的朋友。剩下那小部分朋友后来也被他得罪走了。因为他听信骗子的话，以为自己要发大财了。他主动对那小部分朋友说："人要脸树要皮，瞧你现在，有什么资格和我坐在一起?"他和前妻育有一子。离婚是因为他看中一名从广东回来的女子，据说手中颇有积蓄。可惜这笔积蓄，在给女方父亲治病时白白花光了。他见如此，也就直接不认识女方了。他现在住的地方是租的。他整天在里面睡觉。有时人们会在彩票出售点看见他，有时会在小餐馆看见他，有时他直接揭开公共垃圾桶的盖子，看里边有什么吃的。他吃东西时不停地吧嗒嘴巴，弄得动静极大。偶尔他会回一次回旋地村，将家里残忍地翻一遍，看有没有钱。即使是一个镚子儿他也不放过。

就说老二毕小虎，生活在乡里，只有初中文化，是个爱拼账的人。他买了四间门面，一间用来卖水泥，其余租出去给人做汽车修理生意。他还买了一幢三层的楼房，让老婆带着子女专心生活在里边。一看见毕癸丑来到乡里，他就生气，上牙齿磨下牙齿地说："又来。你哪个儿子不比我活得好，为什么偏偏就找我？我好说话些？你要是来我家吃也可以，你叫你剩下的儿子给我钱。你又不是我一个人的爹，你是大家的爹。要是只我一个人养你，那我这个儿子做得也太不值了。你说对不对？我一共生了三个女儿，最后才生了一个崽，光罚款都不晓得交了多少。还有做生意亏了多少呢。这些你晓得不？还有，就因为我一个人在乡里，这些年的礼都是我去送的。几多的礼啊。我光是送礼都要送穷。唉，我真是没用。不像他们能跑出去。你说说，你怎么就生出我这样一个没用的儿子来呢。"

就说老三毕晓诗，高考六年，考上大专，自打去省城读书后，就让人见识了什么叫作"摇身一变"。他在言行举止和穿着打扮上表现得比城里人还像城里人。他从此只穿衬衣、皮鞋，并且总是将衬衣下摆扎进裤腰带内。他的视力很好，却要戴上一副眼镜。他从此也不愿说一句家乡话。有一次毕癸丑去学校给他送生活费，正好碰见一名他的同学。同学指着毕癸丑问毕晓诗："他是谁呀？"毕晓诗淡定地说："一个熟人。"毕业后，毕晓诗在市长运公司找到坐办公室的工作，娶了一名市里的姑娘，生了一个儿子。毕癸丑生病去市里医治时，毕小虎开车带他到毕晓诗住的小区，毕晓诗下楼来了，但是和毕晓诗生活在一起的岳父岳母就是不下来打声招呼。毕癸丑住院时，儿媳和亲家也没来探望一次，只是托毕晓诗捎来几只将要发臭的咸鸭蛋。毕晓诗还是个小气的人，毕癸丑到市医院复查，他就是带父亲去上岛咖啡吃了一顿简餐，还是用券买的单。父亲吃，他看。看了一会儿，他端起那顿套餐里配的味噌汤喝了。

就说老四毕小豹，高中毕业后，在老三毕晓诗的庇护下，去市里开出租车。老婆租了一间不到三十平米的角落开早餐店。夫妻二人租住在一间堆满面粉的小房子里，请的一名员工就住在早餐店里。两人可以说三百六十五天无休。毕小豹对父亲总是说"我在外面欠了一屁股的债，不知哪年能还完"，对外面人总是说"我为父亲治病欠下了一屁股的债"。毕小豹节省得连洗衣机都不肯买。

这时候从潘家传来剁肉的声音。毕癸丑想，剁肉就剁肉呗，犯得着把斩肉刀举得那么高然后往下剁得那么响吗，一定要把动静弄得那么大吗，生怕我不晓得你们家在吃肉吗？毕癸丑越这样想，越觉得人家是故意的。他觉得潘学富和女婿阙春生在厨房里高声说话，就是要奚落他。

他听见翁婿这样说：

潘学富："皮有点黑，肉又是红色的，有的地方还发绿。"

阙春生："可能欧洲养的和牛就是这样。"

潘学富："时代真是变化快，现在连欧洲的牛肉都吃得到。"

阙春生："可不是吗？"

潘学富："几多钱一斤呢？"

阙春生："一百多一斤好像。"

潘学富："怎么这么贵呢？"

阙春生："也是打了好几折买的，实际没花多少钱。"

潘学富（应该是尝了一小块）："放盐没有，春生？"

阙春生："我没有放，外父。"

潘学富："说来奇怪，这肉怎么这么咸。"

阙春生："可能是欧洲的牛运动多，出汗也多。"

潘学富："吃起来跟鸵鸟肉味道差不多。"

这时候，潘家的厨房，门和窗户都是敞开的，炖肉所产生的蒸气和香味就从各个缝隙钻进一墙之隔的毕癸丑的卧房，使毕癸丑不得不伸长脖子，好将口水吞咽下去。毕癸丑起床后，到灶间去，随便刷了锅，往锅里舀进去五六瓢井水。然后往炉膛里夹松毛，点着油木。油木烧出火苗后，再往炉膛里塞小柴枝。噼噼啪啪地烧了好一会儿，水才开了。毕癸丑端来昨天没吃完的半碗饭，用铁瓢舀了开水倒进饭里，就算是碗泡饭了。还有点咸菜，大概伸三下筷子就夹完了。毕癸丑吃着吃着，眼泪在眼眶里高速打转。可是啊，还要把这泪水生生憋住，因为后门吱呀一声响了，是潘学富端着一大碗牛肉汤过来了。潘学富说："老庚你看看呢。"于是毕癸丑痛苦地看了一眼，那汤是如此鲜美啊，一颗颗的油星就漂荡在清澈的汤上面，那肉炖得是如此烂啊，肉就像一块岩石立在汤中间。毕癸丑怎么也忍不住嘴里四溢的口水，只有当着潘学富的面咽下去。

潘学富说：“你看，我女婿念我可怜，专程去谋了点牛肉来给我吃。”

毕癸丑说：“我又不是没有儿子。”

潘学富说：“我自然晓得你是有儿子的。老庚我不是说你儿子不剁肉回来。你儿子总剁肉回来，就是今天没剁回来。今天不是刚好巧吗，我女婿剁了肉来。大家一起吃吃有什么关系呢。”

毕癸丑说：“不吃。”

潘学富说：“我寻思着大家乡里乡亲的，还是欧洲的肉，闹热闹热。”

毕癸丑说：“我说了不吃呢。”

说着毕癸丑将潘学富往外推，还把门拴上了。潘学富啊啧啧叹了好几声，端着那碗牛肉汤出去，生怕它泼了。后来毕癸丑去后院茅厕解手，发现那碗牛肉汤搁在后门门槛边的石凳上。几只苍蝇正在汤上面飞舞。他这一打开门，堂屋里拴着的黑狗就冲着这边跳跃。到这时，整个后院还飘浮着浓烈的肉香，丝毫不见散去。毕癸丑想潘学富就是这样的人，不会当面还击你，但总能找准机会给你难堪。你不是说他没有后吗，他就过段时间端碗喷香喷香的肉来找你，告诉你，你不是有四个儿子吗，你四个儿子在哪里呢，一年到头都不见到他们一次。我呢，虽然只有一个女儿，嫁的是一个没有爹没有娘的孤儿，可是这女婿隔三岔五总是来一下，一来总不空手。要是我说，我宁要这个孤儿出身的半子，也不要你那四个亲生的儿子。

从茅厕返回时，毕癸丑想踢飞那碗牛肉汤，忍住了。后来他背着箩筐去山脚的地里。中午回来时，他发现潘学富提着铁皮桶，正从里边拣出骨头朝自己家的狗扔过去。那狗的目光一直追随着骨头在空中飞行的弧线。骨头每掉下一根，黑狗就将它纳入怀里，然后又满是期待满是感恩地看着潘学富。毕癸丑还没见过它对一个人有这么贱过。瞧见毕癸丑回来了，潘学富放下桶，从石凳上端来早已准备的一碗新盛的牛肉汤。汤已经不如早晨的新鲜，肉的色质也差了，不过仍不失为一碗好肉。毕癸丑眉头紧蹙，嘴唇哆嗦起来。他对着潘学富的脸说：“我不吃，你还要逼我吃不成?”潘学富端着那碗肉扫兴地回去了。毕癸丑推上门，拴好，返身时，看见自己养大的黑狗正用前腿拢紧怀里的骨头，惊恐地看着他。待他走近，它像是对待陌生人一样对着他狂吠起来。毕癸丑想，就这么一会儿工夫，它就被收买了。他找来打牛的鞭子，对着狗反复、狠命地抽打。狗因此发狂，一直拖着链子向外跳跃。直到毕癸丑出门走了，它还在跳，直到将自己跳死了。

毕癸丑出门时，上一场大雨所遗留的露珠还挂在树叶上，新的一场大雨又要来了。天空漆黑一团。毕癸丑目如炭火，笔直朝前走。就像不是他在走，而是无尽的愤怒和委屈在推着他走。他遇见水洼也不绕行，就让鞋踩进去。后来遇见雨水也不躲避，就任它尽情地浇打自己。大岙村的潘学清是最后一个见到他的本地人。潘学清看见这几十里地最难说话的老人穿着白背心从雨中走来，就把自己的伞撑到对方头上，问："癸丑，你这是要去哪里啊?"毕癸丑从裤兜里掏出一团钱，对着潘学清扬扬，说："我又不是没钱，我去乡里剁肉回来。"

潘学清撑着伞跟着毕癸丑走了几步，想到自己是回家的，就又打着伞往回走，任毕癸丑一个人朝国道的方向走去。毕癸丑穿过国道，沿着国道那边的小路就能走到乡里。

二

货运司机杨国庆是在犹豫要不要走时遇见小学同学金鑫的。当时杨国庆吃好饭，掏出已经发黑的劳保手套戴上，一只脚蹬着卡车的侧踏板。但这并不意味着他就要拉开门一跃而上。天一下子暗了下来。马路显得比以前更黑。面馆外除开有几张纸在飞，什么动静也没有。一会儿准得下大雨。杨国庆就是为这个犹豫的。他不知道是应该冒雨把剩余的四十公里跑完，还是应该等雨停了再走。就在这时，金鑫从杨国庆刚吃过饭的面馆走出来。他们相视良久，然后金鑫说："我说是你，刚刚在餐馆就感觉是你。"

杨国庆说："要死呗，在这里碰到同学。"

金鑫说："是啊，几多年没见呢。"

金鑫恰好要找便车去县城，这促使杨国庆下定决心现在就走。读书时，金鑫个子很矮，长着一张娃娃脸，是同学们长期取笑和欺侮的对象。欺侮他的人甚至包括女孩。对此，他总是以笑脸相迎，似乎自己也乐在其中。那时候，人们只要是看见金鑫，就会特别开心。现在，几十年过去，再看向这张娃娃脸，感受到的却是生分。这张脸有时会没有表情，一对眼睛长得比牛眼还大，是双眼皮，眼睛下坠成一对眼袋。金鑫人还是那么矮，拉了几次把手，才爬进驾驶室。杨国庆还是那个老实人。

卡车驶入国道时，狂风将道路两旁的小树、灌木吹得东倒西歪，好像是一群小鬼举着双手在挥舞。养护工人压住帽子，躬身从工段小跑回来。一会儿，就见一滴鸟屎大的雨水啪嗒一声打在卡车前窗。紧接着，漫天的雨水朝大地密集地射来。狂风吹走大片的雨水时，像是吹走一道道白光。杨国庆打开雨刮器，不得不前倾身体，探出脑袋，紧紧盯着车前模糊的路面。

“不热吗?”从金鑫嘴里发出疑问。他指着杨国庆戴着的手套。

杨国庆说：“噢，我一贯如此。冬天热天都这样。”

金鑫说：“你还是跟过去一样，过细。”

杨国庆说：“还是安全一些好。你呢，你不热吗?”

杨国庆瞟见金鑫总是去掸一下怀中抱着的西服。在这样的季节穿西服着实令人奇怪。金鑫没有告诉对方他这是要去相亲。他开始没话找话，顺着对方的心情说一些话。毕竟自己是搭了对方的便车，说些话让对方高兴也算是对对方进行感激和补偿。

金鑫朝杨国庆仰起头，问：“儿子今年几大呢?”

杨国庆说：“19 岁。”

金鑫说：“读大学了吧?”

杨国庆说：“是啊。”

金鑫击掌，并伸出右手食指朝空中点了点。他说：“我就说吧，一定是个重点。”

杨国庆说：“要算，也算是个重点。”

金鑫说：“什么大学呢?”

杨国庆说：“南京财经大学。”

金鑫说：“南京，还是财经，不是重点是什么?”

杨国庆说：“是啊。”

金鑫说：“我说吧，当年读书时，老师总是点你名让你回答问题。

这东西就是这样，基因在这里的。”

杨国庆说：“他自己努力。”

过了一会儿，金鑫又问：“在县里做了屋吧？”

杨国庆说：“做也算做了吧。”

金鑫说：“我就说，不做两三幢屋，还是你杨国庆？”

杨国庆说：“做了三幢。”

金鑫说：“三幢？”

杨国庆说：“是啊，一个小孩一幢。”

金鑫说：“你生了三个？”

杨国庆说：“是啊，两个细的，一个读初中，一个读小学。”

金鑫连声唱赞，说：“我怕你结了好几个婚吧？”

杨国庆说：“两个。”

金鑫说：“上一个什么时候离了呢？”

杨国庆说：“离了有十三四年。我算算呢。有十四年了。”

金鑫说：“屋在哪里呢？”

杨国庆说：“一个在水木蓝天。”

金鑫说：“水木蓝天，这么好的小区。”

杨国庆说：“是啊，水木蓝天。”

金鑫说：“还有呢？”

杨国庆说：“造纸厂有一个，立信酒店边上有一个。”

金鑫说：“水木蓝天几多平米呢？”

杨国庆说：“只有一百多个平米。”

金鑫说：“立信的有几多平米呢？”

杨国庆说：“立信的只有八十多个平米，女孩子，不需要给她准备好大一个房。”

金鑫说：“立信的单价贵，你也算是尽了心。”

杨国庆说：“是啊，立信的一平米要贵四百多元。”

金鑫说：“造纸厂的呢。”

杨国庆说：“造纸厂的我以后打算是给老细的，现在自己住。也有一百多个平米。”

卡车一直匀速朝前开。因为大雨一直在下，部分国道变成河流。汽车通过时，半个轮子浸进去，水花四溅。金鑫说："你别说，这样的天开车还蛮爽的。"杨国庆没有回应，他认真看着车的前窗。每当雨刮器呱地刮动一遍，车窗就被擦干净一次，车前的路就隐隐约约现出来。几乎与此同时，新的雨水又从玻璃上方淌下来，使杨国庆什么也看不见。这时候他得猜。一半靠看一半靠猜，他将卡车匀速朝前开过去。金鑫的思想沉浸在汽车通过水流所发出的哗哗声里。他的人生并不像杨国庆那样稳定和富有，还充满着未知数。人们说他这一趟要去看的女人有点跛，具体跛到什么程度说法并不统一，有的说"几乎看不出来"，有的说"总比缺胳膊少腿的要强"。金鑫在想这些事时，感觉到汽车先后两次发生震动。第二次比第一次要弱一些。这种感觉很快从记忆里消失了。这大概是汽车的前后轮先后经过了一条减速带。汽车继续前行了一里，从一个出口拐出去。那是条只剩一些道砟的老柏油路。杨国庆将车停在路边，拉起手刹。沉思片刻后，他关掉引擎，然后耷拉下双臂，任前额贴着方向盘。金鑫问："国庆你这是怎么了？"从杨国庆嘴里发出那种食物中毒者才有的自顾自的呻吟。金鑫握住杨国庆的肩头，问："国庆你怎么了？"

杨国庆说："我可能轧死了一个人。"

金鑫说："鬼话，我怎么一点都没感觉到？"

杨国庆说："百分之百轧到了。是个活的、有生气的东西。车子轧过去时，我都感觉他的背拱了一下。"然后他一直在说"我完了老弟"。

金鑫说："你别说得那么绝对。你好好想想呢，有可能是牛。这样的天哪里还有人出门呢？"

杨国庆说："我就看见有个东西直着走到路中间来。牛怎么会直着走过来呢？"

金鑫拧开保温杯，倒了一杯盖的温水，喂给杨国庆。杨国庆第一口呛了出去，后来几口喝进去了。金鑫不时抚摸他背部，说："国庆啊，别怕，咱们没事不惹事，有事不怕事。"后来他们下车查看。保险杠和进气格栅那里看不出有碰撞的痕迹，也看不出没有碰撞的痕迹。车轮及挡泥板沾了一些泥浆，金鑫用树枝刮走泥，没有发现有尸体碎块。"血也没看到。"他补充道。他们打算去事发地看看。走了几步，杨国庆用鞋底搓掉两人刚留下的脚印，上车从储物盒翻出一对两只一共四只一次性塑料鞋套。他们穿上鞋套，冒雨走向国道，又沿国道边的小路朝事发地走。他们的裤脚全都粘上泥浆。金鑫一直握着杨国庆的手。

途中，杨国庆要金鑫用手机上网查下《道路交通安全法》。金鑫从湿透的裤子里摸出上不了网的诺基亚老款手机，说："说起来可怜，我还在用这样的手机。"

杨国庆说："你考过驾照没？"

金鑫说："考过。"

杨国庆说："你考过，就应当记得轧死人犯不犯法。"

金鑫说："过失不犯法。"

杨国庆说："我是说逃逸。"

金鑫说："轻的三年以下，重的七年以下。"

杨国庆说："你确定？"

金鑫说："我记得总是这两个数字，最重也就七年。"

杨国庆说："我也记得好像是这样。"

金鑫说："就是醉驾把人轧死了逃逸，也是七年。"

两人朝前走了很久，也没见到尸体。金鑫觉得这是一场错觉，说不定只是轧过去一根树枝，而他们也已经走过了所谓的事发地。他说："这样朝前死走，以为还没走到，其实早走过了。"他这样说没多久，杨国庆扶住金鑫的肩膀，再也走不动。金鑫能感觉到那双手在剧烈颤抖。"我说了，我说了呗，崽啊。"从杨国庆嘴里传来近乎哭泣的声音。金鑫朝国道上望去。一具被拦腰切断的尸体躺在拐弯处。是个穿白背心的老年人。切断处因为受到挤压高高耸起。一些肠子被压扁了，一些则像气球鼓起来。两条腿，一条脚尖朝后，一条脚尖朝前。从尸体上微微伸出一只手，似乎在诉说着什么。金鑫哇的一声呕吐起来。这时，从杨国庆嘴里传出胡话来："我根本没来过这里。对不对？我没来过这里，我是走别的路走的。"可是只要将视线一移向那里，他就不得不接受这样一个事实：他不但来过这里，还在这轧死了一个老头。后来杨国庆又说："我说了今天不能出车，不能出车，非要出。现在出事了吧。"金鑫站直身体时，他的手又像铁钩一样死死抓住金鑫的肩膀。他说："我怎么办啰，我还有三个小孩要供。这下全完了，我到哪里找钱去赔呢。我怎么赔得起啊。"

金鑫大概要说什么时，只见一辆车——同样是卡车——从尸体上疾驰而过。他们看着一块肉飞起来，扑向路边的沙地。从尸体里又溢出大量的血来，路面一时殷红。卡车在犹豫中停了。司机下来时探头探脑，好像是要过来偷什么东西。他走到尸体旁，双手抱头不敢想象。接着，应该是瞟见路边小道并排站着一个高个子和一个矮个子，那两个脸色惨白的人正直勾勾地看着自己，他便发出恐怖的叫声，跑回卡车，将它歪歪斜斜地走开了。

金鑫说："你看，现在已经不是你一个人的事了。如果要追究责任，你也只负百分之五十的责任。"

杨国庆说："唯愿如此。"

金鑫说："而且谁也说不准，是你先轧的，还是刚才那位司机先轧的。"

杨国庆说："是啊，我完全可以说，我不晓得自己撞了谁，我就是开车过去，我没有感觉到撞人。"

金鑫说："完全可以这么说，这样说完全成立。"

十分钟后发生的事简直让他们欣喜若狂。从茫茫白雾里闯出来一辆厢式货车，车身漆着"悦庆肉联"四个红色的美术字。通过拐弯处时，货车略微带了点刹车，因此能听见从车底发出的排气声。随即，乳白色的它加速离开。尸体的上半截在轮下翻了个个儿。接着，从雾里又闯出一模一样的一辆。以后仿佛是天遂人愿，只要是他们渴望有一辆，就一定会冒出来一辆。直到他们觉得这样够了，太够了。一共二十一辆，很明显是一个公司的车队。车辆在经过拐弯处时都迟疑了一下，然后朝前狂奔，唯恐落后，像极集体迁徙的羚羊或者野马。在它们终于消失一空时，金鑫转身朝杨国庆举起右掌，说："来。"杨国庆不明就里，直到金鑫让他也举起右掌来。金鑫击打了杨国庆举起的右掌，说："噢耶。"国道上，尸块被切割得七零八乱，散布在各处，有一些完全被轧平，甚至被轧进缝隙中，化身马路的一部分。

金鑫说："根本没办法收拾，怕是用铁锹铲，也不见得能铲起来。这会儿就是你去跟他们说，是你轧死了他，他们也不相信。你从哪一点能证明是你轧的呢？"

杨国庆说："是啊。"

金鑫说："证明不了的。"

在走回去的路上，金鑫意犹未尽，说："这么多车轧过去，算谁的责任呢？谁的责任都算不了。就算是赔偿，赔多少合适呢。我觉得让这么多人同意去赔都是一件难事。估计最后还是国家认倒霉。出这样的事，家属要找起来，也是找国家方便。国庆我总说你不要太老实了，该硬气的时候一定得硬气。理直气壮地。"这时，原本把他们浇得眼皮都睁不太开的雨水已经大为减弱。他们拖着因浸湿而变得格外沉重的裤子朝老柏油路走。抵达后，杨国庆说他得去河里冲洗车子。金鑫说这是应当的。杨国庆爬上驾驶室后又匆匆下来。他将两百元钱揉成团塞给金鑫。金鑫躲避时，他强行把它塞进金鑫裤兜里。金鑫也就不再反抗。

作别后，金鑫手挽西服，站在旷野发了一会儿呆。然后他摘下浸满水的假发，朝地上连续甩动。

三

上午，悦庆肉联门店的开业典礼还在搭台，阙春生就来了。工人将卷成筒的地毯铺在店前，地毯两侧摆放迎宾树各一棵、花篮各七只。他们还给红色拱形门充气，将祝贺条幅沿楼顶一字排开悬挂好。在组装演出平台时，有一颗螺钉不合，是阙春生帮忙找来铁丝，从螺钉孔里穿进去，用钢丝钳拧紧。演出时，有一对穿着翡翠绿色胸罩和长裙的姑娘，晃着满身的肉，跳了很久的肚皮舞。她们几次邀请观众上台对舞。只有阙春生上去。她们中的一个捉住他的右手，扶住她的腰，让他跟随她的节奏一起扭动。不能上去时，阙春生就站在三轮车的车斗里，跟着尖叫、舞蹈。即或如此，阙春生还是没占到什么便宜。主持人许诺的"更多精美的礼品"，比如价值二百四十八元一公斤的澳洲和牛牛肉一斤、价值一百元一公斤的乌拉特草原羔羊肉卷一斤、价值八十元一公斤的湘村黑猪后腿肉一斤，他一样没得到。就是松花蛋、大米这样的末奖也没他的份。

当他离开现场时，人们问他"抽到没"，他说："抽个鬼呀，什么都没得，骗死人。"人们又问："总有个什么的啊。"他晃晃手上印着"悦庆实业"字样的礼品袋，说："就是这个，发了一个袋子。"人们因此哈哈大笑。

中午，悦庆公司在永和饭店办答谢宴。饭店门口贴着红纸，两名迎宾小姐站在那。只要有人走过去，她们就递上大头笔，请他在纸上签名，然后又指引他进去。阙春生走过去，拿起笔写下自己的名字。不过在要走进饭店时，被超市员工拦住，请他出示邀请函。阙春生这一天的懊恼与沮丧可想而知了。他只好朝里边摆好的酒席说："我吃你妈瘪，我怕是吃去死。"

这时，悦庆实业集团总裁仰靠在一张椅子上，轻蔑地看着舞台。他双手抱臂，不时抖动架起的双腿，大清嗓子。站在台上的是一名来自市里的退休老师，头发斑白，穿一件白色亚麻短袖唐装，正双手握着话筒，以央视著名编导、《舌尖上的中国》总撰稿的身份讲话。他说自己是"半个永和乡人""永和人打他三个巴掌他也不还手""这一次实际是来看永和的亲人们"。后来又说自己去过五十九个国家、地区，曾和某省长在密室长谈四个小时，并去联合国教科文组织总部领过奖。他讲完时，总裁高举左手，用右手除拇指外的四根手指拍打左掌下沿。下来后，总裁又手心朝下，朝他挥手，让他坐到自己身边来。往下还有颁发顾问聘书、发放助学奖金、变脸表演等活动。酒菜已经摆上桌，与席者因为不能吃饭，变得烦躁。彼此间开始聊天、看手机，有的张大嘴打哈欠。大厅一时充满嗡嗡的声响。总裁其实比别人更想结束。上午，当他横握一根马鞭，从自己率领的二十一辆白色货车的第一辆走出来时，就想回去。永和乡太荒凉了。街道上有很多商品房空着，既不贴瓷砖，也不装窗户和卷帘门，就那么执拗而空洞地彼此对望。路两边堆满垃圾和工程废料，上面长着杂草。到处都是臭气。一上午，总裁都紧蹙眉头，站在角落。每当有本地人路过，他就提前闪到一边，生怕和对方发生接触。就是对自己手下，他也缺乏尊重。他总是呵斥那些差不多可以做自己父亲的人，说："长点心吧。"饭店里的活动按照程序一项项地进行，人们经过试探，自行吃上了饭。后来，从大厅敞开的窗户可以看见天黑下来了。又是打雷又是闪电。霎时间，大雨降落，打在遮阳伞和车顶上铮铮作响。地上满是此起彼落的水泡，滞留的雨水一会儿就淹没路面。气温骤降好几度。一个人从外面跑进饭店，虽然是打了伞的，头发和衣服还是湿透了。

吃到一点多时，总裁朝对面的老驾驶员招手，说："那个谁，王师傅你过来一下。”于是王师傅走来，坐在总裁旁边，竖耳谛听。

总裁说：“你感觉这雨会下多久？”

王师傅看看手机，说：“可能下到天黑。”

总裁说：“那是天黑走好，还是现在走好？”

王师傅说：“都不好。”

总裁说：“总有一样更好的。”

王师傅说：“怎么说呢。”

总裁说：“现在能走吗？”

王师傅说：“能走也能走。”

总裁说：“有什么危险吗？”

王师傅说：“危险不总是有一点，这么大的雨。不过这和医生做手术一样，有一个成功率。如果成功率只有百分之九十，医生可能不愿意做。”

总裁说：“为什么不愿做？”

王师傅说：“就怕失手。一失手，百分之十就变成百分之百。所以很多医生不做。”

总裁说：“那不是还有人做吗？”

王师傅说：“当然，这需要魄力。”

总裁说：“你没有这个魄力吗？”

王师傅说：“不是我有没有魄力，而是领导能不能做这个决定。领导说走，我什么意见都没有，走。领导说不走，我想走也不敢走。”

总裁说：“那还废话什么，走。”

司机们听说现在可以走了，都很兴奋，几下扒完饭。车队一辆接一辆驶入白雾中。一名司机因为解手晚了，越过饭店外的栏杆就跑向路边自己的车辆。车轮疾驰而去，路上的积水不停飞向半空。这名总裁再也没有到永和乡来，不过他很难从永和乡人民的记忆里消失。正是通过他，人们认识到钱和权力在这个世界的极端统治地位。当这名身高一米五出头、脸和手像涂过蜡一样的年轻人夹着棕色马鞭离席时，所有他的下属都起立，摆出一副幸福甜蜜的表情，目送他。并且鼓掌。过道上有一名橐背老人扶杖而行，一名下属还跑来推开老人。这名总裁在本县及邻县拥有二十一家超市。在他父亲，也是集团董事长的建议下，他将依托这二十一家超市创办二十一家肉联门店。永和店是这项计划的第三站。现在，永和人每天早上都会看见悦庆的员工出来做操。操毕，他们右手握拳，使之与耳郭中部等高。然后目光炯炯，声音洪亮，向远在县城的总裁宣誓尽忠。

雨实际下到一点四十一分时就停了。这段时间，阙春生一直蜷缩在烂尾房内那张包面迸裂的沙发上，借用隔壁理发店的 WiFi 看手机。他边看边乐，用手指去戳脚趾缝儿，不清楚雨已经停了。直到他在微信群"城市的美容师"里看见群友发来视频。视频显示在距离永和街三点一公里的国道大树下路段转弯处，有一堆被雨水淋湿的肉块。发视频的人一边拍视频一边说："你们都来看嗐，就在大树下这地方，肉联公司货车的一边猪肉掉了，压得一包渣。别说我没告诉你们啊。"下边有群友跟帖："皮那么黑，可能是牛肉。"阙春生匆匆起身，把视频转发到另外几个群，并且发语音："说是成边的牛肉，哐当一声就落到路上。车门后边锁没锁好，掉在路中间。后边的车一辆辆把这个肉轧了。因为下雨，没有察觉到。即使察觉到，因为急着走，也没人停。一直就没见肉联厂的人回来取。你们莫怪我没告诉你嗐。"言罢，他走到屋外，启动三轮车朝事发地开去。

那天，永和街有一百多人携带各种工具，诸如铁锹、钐镰、板斧、火钳，驾驶电瓶车、摩托车、轿车、小货车，朝大树下赶去。有的人骑自行车，一只手握龙头，一只手抓住货车车斗，由货车捎带前行。有人把马骑了出来。这时，你如果是在空中俯瞰，就觉得这样的队伍是一阵蝗虫，或者是马拉松赛跑的一个集团，正像一块不断变化形状的毯子，在国道上朝东移动。阙春生一直卡在队伍当中。进入弯道，他利用前车减速、车轮向外倾斜的时机，加速切入内侧，实现超车。大家狠踩刹车，避免车辆相互之间碰撞。很多人骂："你这样会车毁人亡的，懂吗，死全家的。"

阙春生将头扭向身后，喊："车毁了没，人亡了没？"

到达事发地时，阙春生并未让车减速，而是向右弯下身体，从地面捡起一块脸盆大的肉，丢进车斗的搪瓷脸盆里。然后他急转弯，神龙摆尾，让三轮车完成了一个漂移。他拍打着手掌，对那些纷纷下车去哄抢的人说："嗐，别说是捡一块肉，地上有硬币我也能捡起来。"那些人不理他，就是加快脚步四处去抢。有一个人没抢到，只好拿平时刮泥子用的油灰刀去铲路上轧平的肉泥。过程中有人说："这肉上怎么还有白纱呢。好像是过滤豆渣的白布，蚊帐一样，又好像是男人的背心，不大。"有人回应："有得你捡就不错了。现在公司都是这样，上次我还听说有人在一根冰棍上吃出老鼠。"

要到将近三点，阙春生才回到家。他的妻子潘燕正在甩洗好的衣服，嘴里埋怨这样的天老是下雨，衣服怎么也干不了。她对阙春生说："你怎么现在才回？你这是去哪里浪了一天？你把鱼捉了没？"

阙春生说："你不晓得啊。肉联公司今天开店，路上掉下一边肉，压烂了。我去捡了一块。是欧洲牛肉。你看看呢。"

潘燕过来看了看，说："你又不是不晓得我不吃牛肉。"

阙春生说："那就给孩子吃。"

潘燕说："孩子也不吃。我不吃，孩子也不吃。"

阙春生说："那我也不吃。"

潘燕说："牛肉最难咬，还塞牙齿。"

阙春生说："你不吃，我送去外父吃。"

潘燕说："你送去吧。"

人们都知道，阙春生是潘燕亲自挑到手的夫婿。作为永和乡政府炊事员的潘燕胸大、皮白，做事利索，那时候到她屋外敲窗的年轻男子很多，前来说媒拉纤的媒人也很多。她不为所动。她不挑开车的，不挑开店的，不挑退伍回来的军人，就挑了孤儿阙春生。之所以看中他，是因为他身上具有一种小马驹才有的驯从品质。她忖度自己也驾驭不来什么优秀的男人，即或有这样的运气，最终也难逃夫妻反目、瓦解星散的命运。另外她心中有很深的母爱情结，也看不得有人在阙春生这样的老实人身上作威作福。潘燕很长时间不敢告诉父亲她找了这样一个男人，后来鼓足勇气说了。潘学富说："燕子，这样也是好的，省得以后还要受公公婆婆的气。你以后过得下去自然好，过不下去也没关系。不是说嫁出去的女就是泼出去的水。"后来他们果然过得很好，买了去县里上班的李医生的旧房子，生了孩子。那些瞧不上阙春生的女人要不是离婚了，要不就是被丈夫打得要死，都很佩服潘燕的先见之明。传说有一天，在潘燕、阙春生带着孩子午睡时，他们家门前来了一对霜雪满头的老人。男老人是瞎的，总是晃着头。他将枯瘦的大手搭在女老人肩上。女老人对着男老人念念有词，似乎是在介绍阙春生家的情况。男老人频繁点头，脸露欣慰之色。然后两人洒泪而去。人们说这可能是阙春生的亲生父母。

阙春生吃过剩饭，会去泥塘捉够供永和乡和邻近两个乡居民一天消费的鱼，然后回家把它们倒在水池里。然后他去接孩子。然后一家要吃饭。然后他要睡大觉。然后他要在凌晨伸着懒腰起床，捞起鱼，把它们送往三个乡的市场。诸事办毕，他还要把在路上捡到的牛肉送往回旋地村。抵达后，他的岳父潘学富会亲热地抓住他的胳膊，问：“燕子还好么，孩子怎么样，你自己呢。”

“都好都好。”他满面赤红，这样回答。

（《江南》2020 年第 1 期）

猜　旅

蒋一谈

一个起风的傍晚，就是那种只要风再用点力就能把夜色吹下来的那种傍晚，一条蹲在街角的狗时不时吠叫几声，我觉得它不是朝我吠叫，它是寂寞了，自己跟自己说话。

小镇很寂静，我推着行李箱，穿过一条巷子，拐过一个街角，看见你在客栈的黑板上写字。我在你身后停下脚步。你已经写完了两句：如果你不能让他喜欢你，你就想办法让他尊重你。我在心里笑了，不是笑黑板上笨拙的字体，我下意识地说出了后面两句话：如果你不能让他尊重你，你就想办法让他害怕你。你低头看了看手中的纸片，扭头看着我，说话的语气既紧张又羞涩："是……是客人让我写上去的。"

"你是客栈老板吧？我前天预定的房间。"

"是！叫我阿全就行，欢迎你！"

你提起我的行李箱，迈开大步进了客栈。三个年轻女人的说笑声从里面传出来，她们正在热烈讨论性、爱情和婚姻三者之间错综复杂的关系。听说这三个女人要在这里住好几天，我多少后悔选择了这家客栈，不过，你的悄声低语又让我转移了念头："那个长头发的客人，让我把她写的诗抄在黑板上，每天抄一首她的作品，住几天抄几首。"我只是在听。你叹口气，接着说："你能念出后面的句子，说明这首诗不是她写的，她骗我。"

办理完入住手续，我走上楼梯，楼梯旁的墙面上挂着一面镜子，我的余光发现你正在注视我的背影。走进房间，我顺势移步到窗口，看见你正用力擦拭黑板。

风还是原来的风，夜色已经笼罩下来，天空由浅蓝变成了深蓝；随着太阳在云层里下沉，一片淡紫色从天空的深蓝里弥散，云团看上去很柔软，但又不是普通意义上的温柔，一份慵懒正从里面慢慢散溢。空气中飘散着淡淡的煤油味，记忆里的童年味道。你点亮了客栈门前的煤油灯。我有点饿了，想下楼吃晚餐，一个女人的喊叫又让我停在窗口。

“谁把我的诗擦掉了？”

你没有回应，点亮了最后那盏煤油灯。

“我在问你，谁擦掉了我的诗？”女人提高了声调。

“我。”你懒懒地回答。

“为什么？”

你沉默着走进客栈，女人指着你的背影，继续喊道：“我们住七天，你在黑板上抄我七首诗，一天一首，不是说好的吗？这是我们住你家客栈的条件，今天才是第三首！”女人的同伴走过来，小声说了几句，随后她们走进客栈，用力踩踏楼梯。她们在房间里叽叽咕咕了好一会儿，然后用力拉开房门，大踏步走下楼梯。

我心生愧疚。为什么要多嘴呢？我看见她们一边抱怨一边推着行李箱走出客栈，消失在渐浓的夜色里。你站在客栈门口，默默望着煤油灯。

静默了一会儿，我一步一步走下楼梯，尽可能不发出声响。我觉得应该对你说声抱歉，不过，你没给我这个机会。你听见我的脚步，转身笑着说：“她们走了，一下子清静了，要不是你，我还蒙在鼓里呢。我不喜欢被骗。谢谢你。”

我淡淡一笑，在桌旁坐下，看着手边的菜单。

“想吃点什么？”

我点了一盘清炒小白菜和一碗清汤面。你经营的客栈不大，厨房就在隔壁，你说话的声音和炒菜的香味一同飘来。

“你是来参观父亲博物馆的吧？”

“哦……不是，我路过这里。”我说了谎。

你接着说，父亲博物馆上个月刚落成，是一个老华侨捐助修建的，他在此地出生，在海外生活了七十年，博物馆快要建成的时候，老华侨去世了，他的后人不同意继续捐钱，后期的建馆费用是从社会上募捐来的。

你把饭菜端上来后，坐在门外的台阶上。我觉得还是应该说点什么："那四句话，是电影里的台词，我记不清电影的名字了。"你背对着我，一字一句地说："如果你不能让他喜欢你，你就想办法让他尊重你。如果你不能让他尊重你，你就想办法让他害怕你。我喜欢这四句台词。"

夜空里有鸟鸣。你说："雨燕正在讨论明天的天气呢。"看着你的背影，我想笑。你接着说："雨燕说了，明天下午会下雨。"过了一会儿，你叹口气，说道："我们这儿有很多鸟，自从父亲博物馆建成之后，鸟少多了。"

"为什么？"我自然很迷惑。

你扭头看着我，说道："你相信灵魂吗？"

我点点头。你接着说："镇上的老人说，灵魂会跟鸟争夺天空。"我把你的这句话刻在了脑子里。看我没说话，你站起身，递给我一瓶汽水，说道："我是开玩笑的，没吓着你吧。"我摇了摇头，抓起汽水瓶，喝了一大口。

在煤油灯的映照下，你把这四句话工工整整地抄写在黑板上，你退后几步端详，那些看上去歪斜的字，需要擦去重新写一遍。我观察这个过程，也在观察你。你笑着问我："你是诗人吗？"

我没有回答。我觉得，从小学到中学，我是诗人，一个秘密的诗人，我偷偷写诗，用两把锁把笔记本锁起来。读大学的时候，新的生活敞开了，我却没有了写诗的冲动，就好像之前的写作仅仅是为了留住记忆，封存短暂的少女时代。工作之后，忙忙碌碌，事业和爱情并不如意，诗意越来越远。在我三十三岁生日的那天晚上，我一个人站在窗前，看着城市的滚滚红尘，泪流满面。我忽然间明白了什么，重新拿起笔，一直写到凌晨……

"我觉得你是诗人！"你的大嗓门唤醒了我，"我能把你的诗抄在黑板上吗？"我的眼睛有些恍惚。"好……"我的声音很轻，但我看见你笑了。

第二天吃早餐的时候，我把一首诗交给了你。你读了一遍，看着客栈窗户，说道："你能解释一下这首诗吗?"我淡淡地说："诗人最好不要解释自己的作品，解释自己……"我停顿片刻，继续说道，"等于自杀。"

"自杀?"你睁大眼睛，挠了挠头。

我忽然有了悔意，昨晚说起父亲博物馆的时候，我故意回避了。我心里知道，如果没有这家博物馆，我今生今世都不会来这里。我喝完最后一口小米粥，拿出地图，找到了博物馆的方位。这时候，你正把我的诗句抄写在黑板上，路人在看，在读，在议论：

你透过窗户往外看，你看见
窗外的自己正回头望着你：
这是运气恰到好处，
还是厄运刚刚开始?

我悄悄走出客栈，进了最旁边的一条巷子。很多人朝父亲博物馆的方向走去。一个小学生模样的女孩抱着父亲的大照片，眼里含着泪，从我身旁走过。路边的小商贩举着卡夫卡的照片和他的作品《致父亲》。卡夫卡是我最喜欢的作家，读大学的时候，我就记住了卡夫卡日记里的一句话："一切在我看来皆是虚构。"我一度把这句话当成了自己的生活理念。人在追求真实的存在，一切又都在失真，越失真越追求，越追求越失真，失真因此让自身的境遇有了强烈的印记，而强烈的印记最后变成了荒诞画面。

《致父亲》这本书，我虽然喜欢，但只读了一遍就被放在书橱最里面了，书里的一字一句会让我陷入不安的回忆。最后，卡夫卡在我心里的位置，不再仅仅是一个伟大的作家，而是一个虚弱、缺乏自信心、内心有负罪感的男人，一个渴望爱情又恐惧婚姻的男人，一个渴望女人的爱抚又不想被女人夺去孤独和写作权利的男人。

博物馆分为两个区域。第一个区域展现国内外名人和父亲之间的难忘故事。第二个区域由留言板和留言箱组成，参观者可以在留言板上写字，也可以在纸上写好字，投进旁边的留言箱；如果想寄出，就把写好的文字放进博物馆专门印制的信封里，门票已经包含了邮资。博物馆工作人员的细致周到，让我很感动。

卡夫卡和父亲的故事，吸引了很多人。卡夫卡的父亲，西装革履，挺拔威严，眼神里散发出不容争辩的权威。我对比卡夫卡和他父亲的照片：脸、头发、眼睛、鼻子、耳朵、额头、嘴、下巴。卡夫卡一头黑发，背头，大鼻子，窄窄的额头，大耳朵，浓眉大眼，喉结突出，薄嘴唇，瘦下巴。卡夫卡不太像他的父亲。我又仔细看了一遍，卡夫卡的父亲有一双大手，卡夫卡遗传了父亲的基因，也有一双大手。卡夫卡的这双大手，像木雕，手掌很宽，手指纤细，指节和结骨外鼓，指甲的形状像铁锹。我在想象卡夫卡握笔写作时的姿势。

卡夫卡对于自己和父亲之间的关系，有一个比喻："我身上始终背着铁栅栏。"铁栅栏代表父亲，也代表命运，而我更愿意这样去想：铁栅栏上面有一把锁，开锁的钥匙有两把，一把在卡夫卡的父亲身上，另一把在卡夫卡自己手里。卡夫卡的父亲，轻视这把钥匙，或者藏起了这把钥匙，也有可能有意弄断了这把钥匙。卡夫卡只剩下唯一的一把钥匙，这把钥匙就是他自己的写作，他想借助写作逃避父亲，逃避备受压抑的世界，找到新的自己。卡夫卡写啊写啊，逃啊逃啊，他逃进城堡，逃进寓言，逃进虫子的身体，几乎要成功了，可是，到了最后，卡夫卡开始厌倦新的自己，厌倦自己的文字和想象，他想撕碎它们，烧毁它们，不留半点痕迹。

我一边走一边回味卡夫卡。漂亮的灰蓝色大眼睛，褐色的脸，嘴角有一抹淡淡的苦笑。性格内向、胆怯。小心翼翼。细微、审慎。又高又瘦，身体虚弱。失眠症患者。雨天不喜欢打伞。一张生动的脸，习惯用表情向周围的人传递语言信息：微微一笑，皱起眉头和额头，努出嘴唇或者噘尖嘴唇。一个喜欢干木匠活的男人，喜欢闻刨花的气味，喜欢听锯子的吟唱和锤子的敲打声。木匠的手艺和过程，能让这个男人体会到简单的纯洁和摸得着的幸福。一个自比寒鸦的男人，而且是一只翅膀已经萎缩的寒鸦，既然翅膀已经萎缩，在他眼里，高空和远方也就失去了意义。一个说捷克语和德语的男人，说捷克语的时候，他的声音是悦耳的男中音，讲德语的时候，为了追求语言和语音的准确和内部张力，他的语句表达有棱有角，显得刚硬。一个坚定的孤僻者，一个自觉自愿孤独着的人，他独自一人前进，不停地反对着他自己。卡夫卡和他父亲的资料和照片，占据了一面墙，那个名叫菲利斯的女人，长相普通，眼神平静，藏在一个角落。卡夫卡和她两次订婚又两次退婚的经历，被轻描淡写了。而我知道，眼前的这个女人，正是卡夫卡的父亲留给卡夫卡悖论人生的一个证明和结果。不幸的女人。卡夫卡在日记里写过这样的话："同女人在一起生活很难。人们这样做，是陌生感、同情心、肉欲、胆怯、虚荣逼出来的。只有深处才有一股溪流，它才称得上爱情，这爱情是找不到的，它转瞬即逝。"爱情是找不到的，有些人一生都没能遇见爱情，而婚姻是可以找到的。卡夫卡说的没错，婚姻是发生在人们身上的。

我叹了一口气，走进博物馆第二个区域，在这里，人群较多，声音有点嘈杂。父亲节就要到了，很多人在写贺卡。那个在路边偶遇的女孩，想把父亲的照片放进留言箱，留言箱的开口小了点，她试了又试，需要把父亲的照片折叠一下才能放进去，她不愿意伤害父亲的照片，默默站在那儿，左顾右盼，一脸焦虑。我走过去，试着挪动留言箱，居然成功了，女孩从留言箱底部把照片放进去了，看着我笑，眼泪随着她的笑流下来。

"今天是我爸爸去世两周年的日子。"女孩一边说一边抹眼泪。

我掏出纸巾递给她，轻拍她的肩膀。

"来这里的人，都是想对爸爸说心里话的吗？"女孩问道。

我默想后点了点头。

"你对你的爸爸说了什么？"

"我……还没有想好。"

"我来之前就想好了，我对爸爸说，妈妈又结婚了，还生了一个小弟弟。奶奶半年前去世了，爷爷的身体不太好。我还对爸爸说，今年我的考试成绩没有去年好，我会努力的。"

"你一个人来的？"

"嗯。我是坐船来的，两个小时就到了。我家离这儿不远。"

我笑了笑。女孩接着说："我刚才听见一个姐姐说，她恨自己的爸爸。为什么要恨自己的爸爸呢？"

"有时候，恨是另一种爱。"

女孩眨着眼睛，思考着。她从包里掏出一个棒棒糖，放在我手里，随后和我挥手道别。

一些人在留言板上留下文字，一些人站在留言板前，迟迟没有动笔。有的人流泪，有的人叹息，有的人愣愣地出神。我看着留言板上的文字，内心五味杂陈：

爸爸，我想你……

爸爸，我没能好好孝顺你，对不起！

爸爸，我写了一本书，这是我的第一本书，我把这本书献给你。

爸爸，我想问你，你明明不爱我妈妈，你为什么不放手，让我的妈妈寻找自己的幸福？

爸爸，如果我妈妈没有伤害你，你不会这么早离开这个世界。我心疼你，可是我没有办法和能力阻止她。对不起。

爸爸，我博士毕业了。我听你的话，决定回国工作，把所学贡献给自己的国家。你在天上放心吧！

爸爸，你和妈妈为什么要生下我？我讨厌这个世界！我讨厌我自己！

爸爸，明年这个时候，如果你没离开那个女人，我就和你断绝父女关系。

爸爸，我刚看过卡夫卡的故事，他说，快乐对他而言，是一件过于严肃的事情。我记得这也是你对快乐的定义。你把不快乐的生命基因遗传给了我，所以你就不要指望我能给你的晚年带来多少快乐。

爸爸，我有了孩子，才发现做父母的不容易。谢谢你！

爸爸，去年回家过春节，看着你弯下来的背影，我哭了。我想起小时候，骑在你脖子上去看元宵灯会，我憋不住尿，把你的脖领子全尿湿了。爸爸，我爱你！

爸爸，你脾气暴躁易怒，全家人都怕你，怕了这么多年。班里的同学，一直说我的背挺不直。挺不直就挺不直吧，我没在意，因为我已经习惯了。有一天，也就是你去世一年之后，我的好朋友对我说，我的背慢慢直起来了。我自己没发现这个秘密，是他发现后告诉我的。我的背不知不觉挺起来了。今天，我想亲自告诉你，这事发生在五年以前，这是真的。

我沉浸在这些文字里，当我松一口气，最后这段文字让我睁大了眼睛，虽然文字的末尾没有署名，但我熟悉这个字体，和昨晚看到的一模一样。阿全。我默念着你的名字，下意识地望了望四周。

一男一女在不远处争论，声音越来越大。这是一对同父异母的兄妹。哥哥说："我陪你来这里，就是想听你说一说爸爸后来的生活，你想知道他之前的事，我都说了。"妹妹说："爸爸是什么人，你有你的看法，我有我的看法。不管别人怎么说他风流浪漫，不管你之前怎样贬损过爸爸，在我眼里，他是一个好爸爸，他可能欺骗过你妈妈，欺骗过我妈妈，可是爸爸疼我爱我，这是真的！你是作家，你想把爸爸和女人的故事写出来，出书赚钱，我不同意！"哥哥大声说："他已经死了！写一个死人的故事，有什么不能的？"妹妹也在大喊："我不同意！我就不告诉你他和其他女人的故事！"很多人在看他俩。哥哥拉着妹妹的胳膊往外走，妹妹挣脱了哥哥，哭着跑远了。

我因为专注而有些疲惫。我在椅子上坐下，看着博物馆外面的天空。"灵魂会跟鸟争夺天空。"我在膝盖上写着这句话。小镇上有了父亲博物馆，那些死去的男人的灵魂，真的有可能会飞过来，看一看他们的孩子写了什么。我想象鸟和灵魂的颜色。或许是赤橙黄绿青蓝紫。颜色是人类的心理医生，是期待解决现实问题的心理暗示：黄色抵消紫色，绿色抵消红色，蓝色抵消橙色，人与灵魂之间的关系，也近似于颜色和颜色之间的关系。我回味人间的颜色，灰色那么多，灰色让我想起父亲。

我的父亲非常聪明，名牌大学物理系毕业，性格孤僻乖戾，缺乏自制力。我从未见过他流泪，也从未见过他向谁道过歉。父亲弥留之际，我考虑再三，还是回去了，我是心疼母亲才回去的。我坐在病床边，看着气若游丝的父亲，好像忘记了难受。那一刻，我忽然很想知道，一个人快死的时候，会有什么样的体验。我俯身问道："爸爸，我来了，你现在什么感觉？"父亲闭着眼，喘着气，断断续续地说："我看见……软软的……梯子……从天上……落下来……梯子挺热乎的……就是来回晃……我爬不上去……你帮我一下……帮我一下……"我握紧父亲的手，不，我用最大的力气掐父亲的手。这是我读中学之后，第一次握父亲的手。

料理父亲后事的日子里，母亲每天都在哭，她额头上的两道伤疤，是她的丈夫留给她的永久纪念。我记得，刚读小学的时候，看到父亲打我的母亲，我没有上前阻拦，我当时是怎么想的？我有些迷惑。第二天，当我看到父亲和母亲又开始说话，又坐在一起吃饭，我没有再怀疑，我在想，或许生活就是这个样子。读小学三年级了，看到父亲打母亲，我会大哭，会拉父亲的手，父亲对我吼：“你再拉，我连你一块儿打！”我知道父亲说到做到，吓得退缩了。母亲额头左边的那一道伤疤，是在那一年留下来的，母亲额头右边的那一道伤疤，我记得最清楚，那是我读初中二年级时留下来的。一家人正吃着饭，父亲突然火冒三丈，抄起桌上的碗砸向母亲，母亲抱住头失声哭喊，血从她的指缝间流出来。我站起身，浑身颤抖着大声喊叫，喉咙几乎撕裂：“你再打我妈，我就把家烧了！”父亲怔住了，随后摔门而去。那是我第一次挺身保护母亲，之后，我和父亲的关系变了味；再后来，因为学校离家远，我开始在学校住宿。读大学之前，我问过母亲，为什么不去离婚。母亲这样说：“你爸品性不坏，他在外面没有女人，他心里有这个家。”当时，我暗暗告诫自己：将来找男人，一定要找性格好、说话温柔、绝不打女人的男人。

我找到了，而他是有妇之夫，开始的时候我并不知道，是他的温柔吸引并融化了我，让我知道这样的男人是真实存在的。我在情感和道德之间徘徊了多久？一个半月。之后，我决定接受他的爱，我期待这份爱，并甘愿做他生活里的隐秘女人。在两年的日子里，我们很好地保护着这份情感；因为害怕失去，我没有也不敢向这个男人提出任何非分的要求，我越来越擅长通过回味来满足自己对这份情感的想象和坚持。事实上，我反复问过自己，明明深陷其中，为什么没有取代另一个女人完全占有这个男人的欲念？最终，我明白了，我爱这个男人胜过这个男人爱我。第三年的时候，这个男人主动和我分了手，没有过多的解释，也没有特别的告别。我知道，这将是我投入感情最深的一场恋情，我懂得了什么是深情和情感救赎。曾经有朋友问我，失恋的感觉是什么样的，我是这样回答的：“失恋前，心是完整的，失恋后，心的某一个角裂了，碎了，是真的裂了碎了，再也无法复原了……”朋友还问过我：“你经常对他说‘我爱你’吗？”我想起来，在和这个男人相爱的三年时间里，我对他说过两次“我爱你”：第一次是我下了决心，准备用十年的时间与他相爱，第二次说“我爱你”，是在他决定分手的那个深夜，我在梦里搂着他，说着挽留的话，不想让他离开。“‘我爱你’这三个字，不能轻易说出口，因为这三个字，是我愿意为你牺牲的另一种表达。爱是一种牺牲。”我一字一句地说。

我闭上眼睛，想象自己拿起笔，在留言板上写下了这样一段话：人间有因果，你是那个因，我是那个果。你走后，我是我自己的因，而未来的那个果，我已经知道，但我不想去关心。妈妈现在一个人住，她谢绝了朋友的好意，决定一个人独自终老，你应该知道她是爱你的，但你不能奢望我能像妈妈那样原谅你，我也不能保证每个清明节都会为你扫墓。爸爸，因为你，我现在几乎丧失了对男人的判断能力。可是，相比我妈妈，我又是幸运的，你打骂她这么多年，她一直在忍受。我妈妈懦弱，愚蠢，她因为懦弱才变得愚蠢。你改变了两个女人的命运，这可能也是我和我妈妈本来的命运。你之前也说过，人生就是从摇篮到坟墓的旅程。谁也不知道明天会发生什么。只有认命，才能保有尊严。或许是这样吧。如果顺其自然是保有尊严的方法，我正在学习顺其自然。

我慢慢睁开眼，两行泪顺着脸颊滑落下来。我没有擦拭眼泪。我只是深深地吸了一口气，站起身，快步走出了博物馆。

我没有心情闲逛，而弯弯曲曲的石板路是现成的方向，我往前走，思绪空白。石板路的尽头是一片田野，越过田野能看见河流。我停留片刻，路边的杂草、小径和树林引领我继续走下去。下午的阳光透过枝叶晃来晃去，好像林间小路上弥漫着的透明烟雾，这景象既细腻又复杂，让此刻的时间有了时光的味道。

越往里走，杂草越密集，更多的杂草高过头顶。我听见远处的说话声，但听不真切，透过树丛，我看见一条带红色顶棚和窗户的木船，一个男人站在船头，背对着我，挥动长长的竹竿划动木船。船越来越近了，我听见一个女人的声音：“你能帮我抓条鱼吗？”

“好咧！”男人趴在船上，十几秒之后，男人猛地甩动手臂，一条大鱼在他手上活蹦乱跳。我听见女人的尖叫。男人回转身，我看到你的脸，心里一阵慌乱。你对船上的女人大声说道：“我们这儿有一个说法，大鱼的肚子里有金戒指和宝石戒指，刚才抓的鱼，不够大，肚子里可能只有塑料瓶盖。”

“你真幽默！”女人笑起来，笑声又细又长。女人最懂女人，她的笑声散发臊气。

不知怎的，我没能控制住自己。我钻出草丛，大声喊道：“阿全，阿全！”

你听见了声音，抬头搜寻。

“我在这儿！”

你看见了我。

“嗨！你怎么在这儿？”你朝我挥手。

“我迷路了！”

“你在那儿等着，我接你去！”

“好！”我悄悄整理衣服和头发。

船靠了岸，我扶着你伸过来的竹竿上了船，船舱里只有一个女人，她的眼角流露出意外和不情愿的神情。你笑着对她说：“店里的那首诗就是她写的。”

“哦……”

眼前的女人比我年轻。我没有正眼看她，低头拂去裙子上的草叶，她的脚白皙，涂着褐色的指甲油，小腿瘦削匀称，和她藕荷色的裙子很协调。你在船头撑船，我侧转身对你说：“我在路上写了一首诗，回头给你看。”这是我的小谎。

“好的。”

我坐在船的左边，静静看着水流，女孩坐在右边，把手伸进水里胡乱搅动。一阵沉默。一只野鸭突然从草丛里跑出来，贴着水面滑行，随后又把脑袋钻进水里，留下两只脚蹼在水面舞蹈。

“你们猜，这是公鸭还是母鸭？”你问道。

我和女孩都没有说话。我发现野鸭的腿上拴着一根绳子。女孩突然说道：“到前面停一下，我想上去了。”

你看了女孩一眼，慢慢停船靠岸，女孩三步并两步走到岸上，你对她说：“我把钱退你。”女孩没有回话。你把钱卷成一团抛到岸上，女孩捡起来，走远了。我兀自笑起来，你也笑了。你继续撑船前行，你背部隆起的肌肉让我想起你在博物馆里的留言，我想多知道一些你和父亲的故事，但话到嘴边又改了口："那只鸭子是母鸭。"

"猜对了。"

"不是猜的，鸭腿上有绳子。捕鸭人用母鸭吸引公鸭过来，公鸭的肉好吃，羽毛也好看。"

你回头看我一眼，这一次，你的眼神有意在我身上多停留了几秒。几只鸟贴着水面飞过去。"父亲的灵魂把天空占满了，鸟现在只能低飞了。"我故意这么说。

"刚才飞过去的是黄鹂。"

"古代的诗人很喜欢这种鸟。"

"黄鹂不喜欢明晃晃的太阳，如果云层遮住了阳光，它们会高兴地叫，叫声像长笛。你喜欢什么鸟？"

"你呢？"

"我先问你的。你先说。"你笑着说。"好吧。我喜欢老鹰。"

你显然很意外。我接着说："老鹰不喜欢叫，它们是最懂沉默的鸟。"

你若有所思地点了点头，说道："我喜欢很多鸟，可是杜鹃的叫声，最让我难忘。它们的叫声很凄厉，就好像在对林子里的其他鸟说'我在叫，你们就别叫了'。"我笑起来。我也喜欢杜鹃的叫声，但对鸟语一窍不通。你接着说："杜鹃整夜狂叫的时候，居住在林子里的人和动物们都知道，今年的春天快结束了。"

我回味着你的话，想象着杜鹃的模样，同时想象着深密的树林。我之前想过，如果有来世，我想变成一个树洞，我是我自己，我同时又是自己的房间。如果不能变成树洞，那就变成一块苔藓。

这时，我感觉到船停了，唢呐喜悦的声调从不远处传来。隔着水面和树林，我看见一群人抬着一台花轿朝石桥的方向行进。有人边走边放鞭炮。

"接新娘的。"你说道。

"我想去看看。"

"好的。"

你一边移动船的方向，一边对我说，现在不少年轻人喜欢按照传统礼节办婚礼。船头对准方向之后，你接着说："新娘出嫁前，要在家里吃一顿离家饭，新娘的姐妹、闺蜜、姨妈和舅妈，围坐着吃酒席，爸爸妈妈不能入席吃饭，要在自己的屋里等着。新郎把新娘接回家后举办婚礼，有主婚人、证婚人，有伴郎和伴娘，还要有提花篮的男孩和女孩。新郎和新娘在乐队的伴奏下，并肩拜天地，随后相对鞠躬三次，交换戒指，伴郎和伴娘代表新郎和新娘在结婚证书上盖印章。"

"结婚证不是之前办好了吗？"

"那是婚礼之前的结婚证，婚礼上还有另一个大的结婚证，和奖状很像，上面写着古诗文和祝福语，主婚人要念出来的。"

我忽然间明白了，我之前在历史画册上看到过这样的结婚证。

"这样的结婚证在街上有卖的，还有专门的人拿毛笔来写，挺好看的，我表哥前年结婚，我是伴郎。伴郎和伴娘在结婚证上盖完章，新郎新娘向父母行跪叩礼，向长辈行鞠躬礼，拜完长辈，新郎新娘去厨房，向灶神行跪叩礼。之后，两人去祠堂，向祖宗行跪叩礼。礼节完毕，大家一起吃团圆饭。"

我忍不住笑道："一场婚礼下来，得磕多少头呀！"

你欲言又止，默默笑了笑。船和花轿并排前行。一群小孩围着花轿边跑边喊："新娘子！新娘子！"新郎从包里掏出一把糖撒出去，你大声说："我也要！"新郎朝你撒了一把喜糖，你张开双手抓到了好几颗，然后挑出大白兔奶糖递给我。

绣在花轿上的龙和凤，相互凝视，如果新娘掀开轿帘，龙和凤就会飞起来拥抱。我想象着新娘子的模样，想象着她从此远离了爸爸和妈妈，心中有悲伤，或许还在啜泣。我也想到我自己。

"我表哥去接亲的时候，岳母娘家人专门做了一大碗芥末汤圆给他吃，证明娘家人的厉害，提醒他不能欺负自己的媳妇。"说完，你笑了，我也笑了，这样的民风让我感动。说完这些，你陷入了沉思，我意识到你在想什么，所以静默不语。你看了看天空，看了看水面，然后扭头看着我，慢慢说道："我将来结婚，就把这条船改装成婚房，我和她一起划船度蜜月，从前面这座桥出发，顺着河划下去，就能看见大海……"我的心软了一下。

花轿在石桥上走，船穿过了石桥，石桥上刻有喜鹊。我抬头看着，想着，有了诗的心思。四五个游客想去对岸，招呼着你。你看着我，等我说话。我说："我想去小街上走走，你忙你的吧。"

"我送完来接你，就在这儿等。"

我回身看着你，点了点头。

隐隐的雷声从远处传来，风清凉了。小街上的猫咪悠然自得，屋瓦上的野花和矮墙上的盆葱，在猫咪眼里都是花。一只母鸡领着一群小鸡，顺着石阶走过来，几只大红鸡冠的公鸡站在路边，无一上前，好像一眼看出了这些小鸡不是自己的孩子。眼前是简静的风景，我在心里笑。雷声更明显了。我在想，这一刻，来什么雨都是好雨。

我果然看见售卖结婚证的店铺，一位戴眼镜留长须的老者正为客人们写字。我跑过去端详。数不清的结婚证挂在墙上，摆在桌面，色泽缤纷，图案各异，自动组合成七个吉祥区域：喜上眉梢，龙凤呈祥，花开富贵，鸳鸯戏水，花好月圆，海枯石烂，百年好合。我旁边的一个女孩，一边看结婚证样品，一边品读上面的文字："喜今日嘉礼初成，良缘遂缔。诗咏关雎，雅歌麟趾。瑞叶五世其昌，祥开二南之化。同心同德，宜室宜家。相敬如宾，永谐鱼水之欢。互助精诚，共盟鸳鸯之誓。此证！"女孩随后自言自语，"祥开二南之化……二南是什么意思呀，不懂。"我小声对她说："二南是诗经里的《周南》和《召南》。"女孩似懂非懂地点了点头。一个男生在念："喜今日两姓联姻，一堂缔约，良缘永结，匹配同称。看此日桃花灼灼，宜室宜家，卜他年瓜瓞绵绵，尔昌尔炽。谨以白头之约，书向鸿笺，好将红叶之盟，载明鸳谱。"老者停下手头的毛笔，扭头说道："小伙子，那个字不念失，念碟，是小瓜，很甜的，瓜瓞绵绵，永远有甜美。"

等店里人少了，我买了结婚证，走到老者面前。老者抬头问道："姑娘，在结婚证上写什么？是选现成的文字，还是写你自己的？"

"写我自己的。"

"好，这里有纸，你写在上面，我抄下来。"

我把想写的话写在纸上，是刚才在石桥下想到的诗句：

摇啊摇，船儿摇到外婆桥
船上有灯笼，船上有花轿
花轿里的新娘子，一会儿哭一会儿笑

摇啊摇，船儿摇到外婆桥
桥上有喜鹊，桥上有花轿
花轿里的新娘子，一会儿哭一会儿笑

老者边抄写边默念，写完最后一个字，他低头问道：“新郎和新娘的名字。”

我把名字写在纸上。老者边抄边念：“新郎阿全，新娘艾林。”他拿笔尖指着介绍人一栏：“介绍人的名字。”

“诗。”

“诗？诗歌的诗？”他眨了眨眼，又眨了眨眼。

我点了点头。老者写好后，又拿笔尖指着证婚人一栏。

“父亲博物馆。”我说。

“父亲博物馆？”老者笑起来，又指了指主婚人一栏。

“船。”

“船？”

这一次，老者的笑声更大了。我长长地舒了一口气。老者写完一份，又抄写了一份，用红绸卷起两张结婚证，小声对我说：“姑娘，我写了这么多结婚证，你这份是最特别的。”

雨落下来了，雷声隆隆响的时候，街上的女人大呼小叫着奔跑。卡夫卡在雨天不喜欢打伞。我的脚步不快不慢，心满意足地往桥边走。我站在桥边屋檐下，等着你。眼前的雨让水面布满了花纹，岸边的青蛙欢快地跳入水中，翘首打量天上的云。我忽然看见一只白色的鸟，飞离水面，飞向天空，越飞越高，最后消失在雨云里。

我看见了你，你站在船头，冒雨挥竿前进，我的心再次软了一下，忍不住朝你招手，雨打湿了我的手臂和裙摆。船越来越近了，那人不是你，我看着岸上的避雨人跳上这条船。我继续等待，雨更大了，天色更暗了。

现在，只有我一个人在屋檐下。前面不远处有一家米粉店，我走进去，点了一杯软饮，透过窗户，我能看见从岸边走上来的人。半个小时之后，天色彻底黑了，小街上没有了人影，湿漉漉的石板路，映照出另一种孤独。我拿出结婚证，慢慢展开。我忽然有些难过，同时又有滑稽的感觉。为什么要这样呢？我侧着脸，俯在桌面上，看着街灯在窗户上的迷离反光，希望时间就此停住。慢慢地，我闭上眼睛，又想在这一刻忘掉自己。我想到独自一人、冷冷清清过活的母亲，在心里喃喃自语："妈，我想你了……"我的眼泪流了下来。

不知过了多久，我睁开了眼，看见你正站在窗外看着我。我打起精神，把结婚证收进包。我知道我的脸上有泪痕，走出店门，我马上仰起头，让雨水为我洗一下脸，而雨已经小了很多。我们什么话也没说，并肩往岸边走。

"刚才船上的客人犯了心脏病，我把他送到了医院……"

听完你的话，我屏住呼吸，心里感觉到了踏实。

船离岸的时候，远处的水面有依稀的渔火，虫鸣的声音在耳边此起彼伏。你慢慢划船，我的肩膀靠着船窗，心潮一层一层涌动。雨滴落在顶棚上，声音越来越小。船远离了岸，除了竹竿划动和水波荡漾，没有其他声响。我换了一个坐姿，借着远处的灯火，你的身影模模糊糊，却是真实存在的。

"阿全……"我在心里叫了你一声。我合上眼睛。沉默，持续的沉默。现在是夏天，我怎么想到了大雁南飞？大雁一群一群的，飞啊飞，飞啊飞，它们到了目的地，再分散为双双对对，开始新的生活。我还想到母亲为我算过命，我是木命，水能养我。我在古书里读到过，水分为小水和大水。小水，划船去即可，大水，需要骑马翻山才能靠近。现在，我就在船里，你正在划船。小小的船，小小的生活。我正体会着这一切。如果你不说话，我会继续沉默，如果你靠近，我会更为主动。我就是这样想的。

（《芙蓉》2020 年第 5 期）

和解云锦一起的若干瞬间

张　楚

5月2日，下午5：58，果麦超市

很久没有回顾家庄了。要不是母亲执意见我的女友，这个五一假期我可能去杭州。我一直想看看西湖到底是什么样子。

父亲肺癌去世后，母亲就一直住在村子里。那些年，我们村每年都会有七八个肺癌患者。据说，跟我们村北的轧钢厂有关系。都这么说，没证据，说也就成了白说。父亲走后，母亲仍住在那三间北京平房，养了两头母猪，十来只芦花鸡和一条柴狗。她身子虚，我父亲临咽气之前还叮嘱我，不要让她扶着棺材串庄，怕她中途晕倒。这是父亲在人世间的最后一句话。不过，母亲的身子还算健朗，反正那两只母猪很肥，芦花鸡也常下蛋，狗呢，有点瘦，不过，柴狗本来就瘦吧。

我和肖云是开车回来的。路途不算遥远，走高速两个半小时，就到了县城。顾家庄离高速口尚有五公里。是肖云开的车。她嫌我开车慢。这里的春天还是很野气的，大风卷着柳絮，黑亮的乌鸦在白色巨杨上聒噪，刺猬的刺还软，怕是新生不久的婴孩，摇晃着钻进陈年麦秸垛。作为一个南方人，肖云对这里的景象很是好奇。她指着村南那条河流说，北方的水跟南方的水不太一样，北方的水硬，即便是死水，也有些浩荡的架势。她对我母亲将要做的酸酱也很感兴趣。把绿豆打碎打匀煮熟，和酱头按比例浸泡在水缸里，再添些煮得半熟的萝卜、蔓菁、野姜片和豆腐块，白布蒙紧，发酵个把月，隔四五天搅拌一次，适当添水、晒太阳。大抵就能吃了。酸酱可以蘸萝卜、蘸黄瓜，或许可以这么说，所有的植物都能蘸着酸酱吃。当然，酱煎鸡蛋和酱煎鲫鱼的味道委实更好些。

我们住了两天，打算三号回。母亲对肖云似乎还算满意。肖云会说话，就是长得有点胖，看上去颇为喜庆。母亲给我们温被褥的时候，肖云说，阿姨，我跟您一起睡。母亲笑了，说，你们年轻人多说说话，我个老古董，掺和啥。

临行前的那晚，母亲说要包饺子，上车的饺子下车的面，是顾家庄的传统。我跟母亲说，要跟肖云去县城的超市买些熟食，烧鸡烤鹅猪脚之类，母亲也没拦着，只是说，别乱买东西，她有忌口的。我知道她不吃猪心。当然，我也不晓得她为何不喜欢吃猪心。

我跟肖云在超市里逛了很久。除了熟食，我给母亲还买了些牛奶和饼干。肖云是看着什么都新鲜，一件毛衣才八十块钱，她惊讶地吐了吐舌头。等我结账的时候，大包小包的，看着也不少，收银员扫了我一眼，问，有积分卡吗？我说没有。她问，是没有办卡，还是忘了带卡？我说这有什么区别吗？她就不吭声了。她打清单时我多瞅了她两眼，蓬松的长发，眉毛文过，长得很白净。她盯着电脑报了个数字，我就拿手机去支付，这时她瞅了我两眼，我输入密码时，感觉她也一直盯着我。我没有抬眼，顺势将物品一件一件往袋子里塞，嘱咐肖云待会别忘了从储存柜里拿包。等我们走出两三米时，我听到有个声音，那个声音说，汤亮，汤亮。我扭过身，那个收银员朝我点点头。是她在叫我的名字？我和她……认识？我擦了擦眼睛，恍惚着朝收银台那边张望。这时我看到那个女人笑了笑，我依稀看到她的嘴唇张了两次，微微露出暗红色的舌苔，然后我的名字就无声无息地从她的唇齿间飘了出来。

我走过去，愣愣地问，你是在叫我吗？

她似乎有些诧异，又快速地扫我一眼，然后接过顾客递过来的酱油和陈醋。“没啥，”她用扫描器扫着二维码，朝那位顾客问道，“你有积分卡吗？”

看来她并不认识我，或者说，我们并不认识。那边肖云在喊我，我就快步跟过去。这时我又听到了那个声音，那个声音说，汤亮。我猛然扭头，那个收银员正在盯着我。也许她没料到我转身，忙低下头，用手撩了撩头发。这时我才看清，她左边的颧骨处，有块淡淡的胎记，黑色的，或者说是浅棕色。

解云锦。

她是解云锦。

肖云说，你妈刚才打电话，问咋还没到家。饺子都要下锅了。我哦了声，默默随她上了车，上了车后肖云说，今晚我还是跟阿姨睡吧。我说，你想跟谁睡就跟谁睡。她摇下车窗，点了支香烟，慢吞吞问道，你有心事？我说没有，好久没在春天回来了，想起了很多事。肖云说，春天本来就是个遗忘的季节。我反问道，是么？她郑重地说，是的，每到春天，我就仿佛重新诞生了一次。我笑了笑，她掐了烟，开车。

公路两边的麦苗比筷子高些，绿绿的，这种绿跟树木的绿不同，树木的绿似乎更轻逸些，透亮、薄，阳光能将叶脉的纹络和走向照出，那绿便散发出掺杂着云雀的羽毛、昆虫的毛刺和未来蝉翼的气味，而麦苗的绿则是敦厚的、平朴的，似乎有种下坠的引力在拽它，一直拽进暗处的肥料和虫豸之间。我还记得，小时候，常跟解云锦跑到麦子地里挑菜。当然，那是快成熟的麦子，金色的，尖锐的麦芒随时会扎到手和腿。我们常挑的那种灰灰菜一般长在田垄之上。解云锦手巧，总是她的篮子快满了，我刚薄薄一层。她也不说话，自己的篮子满了，就默默地帮我挑。她的手指很细，像剥了皮的柳条，有种欢畅的腥气。她那时有点驼背，即便如此，也比我高些。

我们家挑菜是喂猪，他们家挑菜，是用来蒸玉米疙瘩吃的。

她父亲死得早，她母亲跑了，她祖父祖母带着她和她弟弟。她弟弟是个傻子。也不知道怎么傻的。反正我认识他的时候，他就傻了。我从没见过那么爱哭的男孩。我一直跟解云锦同班，从小学到初中。她学习不错，当然，没有我好。等我到了初三，就长得比她高了。我跟她虽然同村，但并不亲近，本来村里的男孩跟女孩也不如何讲话。放假了，我常常看到她跟她祖父从庄稼地里回来，肩膀上扛着粪叉子、铁镐或者铁锹，头发上沾着植物的碎片。她没穿过裙子，但晓得用头发将左边脸颊那块淡淡的胎记遮住。说实话，要是没有胎记，她该算是我见过的最美的女孩了。

她家离我家隔了两排。有一天她没来上课，老师让我放学后看看她。我就去了，很远就听到哀乐声。原来她祖父去世了，肺癌晚期，也没治，疼死的。那时我父亲还健在，和母亲一块帮着她祖母操办丧事。他们回来时都唉声叹气，说，这姐俩命苦，以后的日子咋整呢？那天晚上我母亲炸了几张油饼，派我去给解云锦家送两张。她祖母睡着了，她正在读书，傻子弟弟在旁边看电视剧。我不知道傻子喜欢看电视。解云锦也没说话，先将油炸饼倒进自家的盆里，用笤帚扫了扫炕沿，说，坐吧。我就坐了，她趴着炕上的桌子上写英语单词，脸红红的。我跟傻子看了会儿电视剧，就走了。两个礼拜过去了，她没去学校。后来听老师们说，解云锦去县城打零工了。

我高中在县城读的，住校，很少回家，也从来没碰到过解云锦。后来我考上了北京的大学，读研读博，留校教当代文学，见面的机会更少。我记得高三的暑假是人生最舒适的假期，没什么事，除了看《三国演义》，就是整天睡大觉。那天下午母亲轻声将我唤醒，说解云锦来了。听到这个名字，我愣了下，然后眼前缓缓浮升起那块胎记。她是来贺喜的，送了两百块钱。母亲忙着喂猪，她就跟我在卧室里坐了会儿。她看起来更高了，仍不怎么讲话，不过我闻到了香水的味道。她支支吾吾地说，羡慕我上大学，要是她不辍学，可能也能到北京了。她说这话的时候抬眼看着我。她的眼睛特别大，有个小说家形容女人，说瞳孔里俱是星光，我想说的就是解云锦吧。后来她起身告辞，我说送送你吧。她说好。刚迈出门槛，她忽然抱住了我。她的下颌顶着我的肩膀，乳房顶着我单薄的胸脯，我能听到她的心脏在怦怦跳动。当她撒开我时，腼腆地笑了笑，她说，祝你好运，汤亮。她的嘴唇张了两次，张得很大，微微露出鲜红的小舌头。我没敢送她出门。我硬了。

那似乎是我最后一次见到她。是的，我极少听父亲母亲谈及她，更没问过她的境况。我只知道她祖母也死了，傻子弟弟天天在村里溜达，并不讨嫌。刚才在超市见到的，无疑就是她了，我心里算了算，大概有十多年不曾遇到了。

母亲包的饺子很好吃，皮皮虾韭菜馅。肖云吃得直打嗝。吃着吃着我问道，妈，解云锦干啥呢？母亲看了我眼，又看了肖云眼，往嘴里塞了个饺子，又给肖云夹了块鹅肉，说，赵家的烤鹅，冀东都数得着，多吃，多吃。

那晚，我没跟肖云睡。她搬到了母亲房间。说实话，跟她睡一张床委实有些尴尬。对于这位租来的女朋友，我保持着必要的距离，这距离当然不仅仅是种礼节。那晚我睡得不好，翻来覆去，看着天渐次亮起，听着云雀叫得愈发急躁。我倏尔想到了关于春天的一首诗歌，诗人说，在这被上帝祝福过的季节，连交媾和背叛都如此美好。

5月2日，下午6：59，果麦超市

没错，是她。

排队的时候，一眼就瞅到了。

我对晓晓说，我给你钱，你去结账吧。晓晓嘟着嘴说，你呀，是我见到过的最懒的男人了。她拍了拍我的屁股。

晓晓认识半年了，她是跟我最久的女人了吧？她男人是海员，常年往返中国和马来西亚和菲律宾。她说她男人村里的年轻男人，有大半都在太平洋上漂流，薪酬高，只要考个证件，钱就像油般流进罐子里。她男人在县城买了房，她呢，在家私人银行做业务员。她是个贪吃的女人，最喜欢各地的风味小吃，安徽板面，重庆小面，香辣虾，麻辣烫，肉夹馍，饸饹面，反正啥没营养她就喜欢吃啥。她不爱刷牙，做爱的时候喜欢亲我，我能从她舌头的气味里分辨出她中午到底吃的是过桥米线还是老干妈擀面。她年轻，即便不刷牙，舌头也很甜。我喜欢轻轻一碰就冒水的女人，晓晓的乳房大，我左边的槽牙掉了一颗，还有一颗坏掉了，常有食物塞在牙洞里，她也不嫌弃。她说，她稀罕我，就像少女时期喜欢那个香港明星。我知道她没有撒谎。也许她很擅长撒谎，但在我面前，故意让自己像张白纸。也许，她觉得她在恋爱吧。也许吧。我可能经常会给女人造成这样的错觉。我不是故意的，换句话说，女人们都挺傻的。女人要是不傻，男人就没办法活了。

反正跟过我的女人里，聪明的少。我一直搞不清楚，到底是我的原因，还是她们的原因。她们一般都比我小，当然，碰到比我大的，上了兴致也会弄。她们有的结了婚，有的未婚，有的离了婚，还有的离婚后又结了婚。这些我都不在乎，男人女人那点事，就跟风从屋檐下刮过，过去就过去了。我老婆是个正经人，也是个好人，我相信在她眼里，我是个顾家又顾业的人。有回我带着个女人跑到镇上去吃狗肉，恰巧碰到叔伯小舅子。当我看到他从门槛迈进来时，就想好了后面的话该咋说。我装出惊讶的样子大声喊着他的名字，他明显有些发呆，没错，我带的那个女人还是挺漂亮的，不光漂亮，穿的也有点少，也就是说，我的叔伯小舅子根据女人肉露的多少，心里生了狐疑。我跟他说，这是我生意上的伙伴，要送到火车西站的，饿了，在这里凑合着吃口饭。女人也笑，她笑的时候一点不像个正经人。然后小舅子敬我们酒，我们也敬小舅子酒。前脚刚离开狗肉馆，后脚我就给老婆打了电话。我说，你弟弟怎么到处乱跑，在桑镇还碰到了，我正带着客户吃饭呢。老婆说，你让他少喝点酒。他一喝酒就开车，啥时候像你那么稳成，我也就放心了。我想小舅子肯定忍不住跟我老婆提这事。果然，三天后我听到老婆接电话，她沉默了会儿，又瞅了我两眼，说，你瞎猜啥，我早知道了，那是你姐夫跟客户有正事，他早跟我汇报了。

没错，我常常跟老婆汇报我的行踪。我觉得这是一个好男人的美德。爱老婆，爱孩子，爱父母，爱厂子，然后，也要爱那些等着我去爱的女人。有回我爱了个喜欢读书的高中女教师，她浑身哆嗦着，后来晕了过去。当她醒过来时，颤抖着说，你呀，就是上帝赐给我的福音。我听不懂这句话是啥意思，可我确实记住了这句话。后来我常常对我的女人们说，我呀，就是老天爷赐给你们的礼物。

这个晓晓是个难缠的货。她喜欢让我陪着她逛商场，逛街，逛公园，逛一切能逛的地方。我想她可能是个患有焦虑症的女人，她想印证我是她的，又找不到好法子，只好像狗一样，看到棵树就撒泡尿。说实话，我是个谨慎的人，没错，男人光聪明不行，还要懂得保护自己。跟她出门，我通常戴上那副从香港买的墨镜，那顶从台北买的棒球帽，这样，即便是熟人碰到我，也认不出我是那个卖铁锹和铁镐的乔经理了。有段时间我故意不接晓晓电话，晓晓就开着她那辆破车去我们工厂找我。她找过我三次，每次我都客客气气地让办公室主任给她泡茶。我说了，我是个正经人，还是个谨慎的人。

“您刚才是不是碰到老相好了?”晓晓嘟囔着问，“你为什么总是骗我!”

于是我跟她说，我从来没有骗过她。如果哪天我有了骗她的念头，我会离开她。我说的是真话，女人虽然不爱听男人讲真话，可她们本能地珍惜男人讲的真话，晓晓对我的回答很满意。她从我脸上亲了一口。她真不是个正经人，竟然在大庭广众之下亲男人。

她不知道我骗了她，刚才，就在刚才，我骗了她。我一眼就瞅见那个收银员了。这么多年了，我还没有忘记她的名字。解云锦。没错，解云锦。能把这个名字记这么牢，是因为这个名字比较拗口，我对一切拗口的难念的名字都有种本能的警觉。她比以前胖了点。女人胖点比瘦点好看。我最厌恶那种刀削的锥子脸。她的脸不是月亮那种圆，有点像挤扁了的月亮。她最好看的是眼睛。当她的眼睛看着你，你就不能勃起了。

我记得认识她时，她才二十来岁。在步行街一家品牌专卖店卖鞋。专卖店里有很多这样的女孩，农村来的，辍学的原因很多，有的是家里穷，有的是脑子笨，还有的是来见世面。但不管啥原因，都长得不错。那时候我儿子两岁，我老婆忙得顾不上我，我就去步行街晃姑娘。一开始有介绍人，我看上了某村的嫦娥，介绍人就去跟嫦娥说，有个老板喜欢你，想请你吃饭，你去吗？嫦娥就来了，吃完饭就去开房。那时候还没有速 8、如家、汉庭这样的便捷酒店，都是黑乎乎的私人宾馆，有的还没空调，赶上夏天了，只有电风扇，吹得屁股冒凉风。这个解云锦我一眼就瞅上了。她长得太干净了。我买完鞋跟她聊了会儿，晓得是县城边上的。当然，我没敢请她出去吃饭，我知道即便我说了，她也不去，没准对我还会有戒心。不过我是个有恒心的男人。记住，男人只要有恒心，没有到不了手的女人。我今天买双鞋，明天买双鞋，后天再买双鞋，即便是傻子，也能懂我那点心思。解云锦是我第六次买鞋时，答应我去吃饭的。

我问她想吃啥。她很认真地想了想说，我想吃凉皮。我就开着那辆霸道拉着她去陕西凉皮老店。她点了个小份的，我记得里面加了辣椒油和蒜泥，但是没有加香菜末。这么多年来，我还记得她耐心地搅拌辣椒油的模样：她蹙着眉，肉肉的嘴唇嘟着，白嫩的手指轻柔地晃动。我当时就硬了。我问，还想吃点啥？她想了想说，我还想要两块肉夹馍。我说你看上去那么瘦，咋那么能吃？她脸就通红，说，带给我弟弟，他比我能吃。我就给她点了两块全瘦的肉夹馍，我还记得是三块五一块，比肥瘦的贵五毛钱。没错，那天我花了十块钱，请解云锦吃了顿凉皮，然后带她去了宾馆。

她在床上坐着，双腿并拢，双手搭在大腿上，左手的大拇指跟右手的大拇指不停地上下磕碰。当我坐到她身边时，她问，乔大哥，那两块肉夹馍要是凉了，该咋整。我说用微波炉热下就好了。她喃喃着说，我们家没有微波炉。说实话我当时有点生气，啥还没干就开始要东西了。于是我说，凉着吃味道更鲜美。她抬起眼皮问，真的啊？当我看到她眼睛时，我就瘘了。没错，我们那天，啥都没干，就在宾馆里聊了五十分钟的天。我说我爱她。从看到她第一眼就爱上了她。做梦都梦到跟她躺在沙滩上看星星。她一句话不说。她一句话不说就证明她的确信了。后来她终于看着我，问，大哥，你都二十六了，为啥还没结婚？

我忘了当时说了啥。我虽然是个正经人，可在回答她的时候，我真的忘了自己有老婆了，不光有了老婆，还有个胖嘟嘟的儿子，我们家的全家福就挂在客厅的正中央。后来她轻声轻语地说，我家条件不好，奶奶生病，弟弟脑子有些问题，我将来要是结婚了，肯定要带着奶奶和弟弟出嫁的。

我说，好。我说，没问题。我说，你真是个好姑娘。我说，你是我遇到过的最善良的人。

解云锦问，你喜欢什么颜色？我说蓝色。解云锦说，那好，我就给你织件毛衣吧。

那年春天，我一直穿着件宝蓝色棒针毛衣。我老婆问，从哪里买的，咋连商标都没有？我说哪里卖这么丑的毛衣？朋友老婆织的，瘦了，送了我。我老婆很满意地点点头。她一直为我的好人缘感到骄傲。

那次我开车送解云锦回家。在他们家的厢房里，我搞了她。她不戴乳罩。省钱。她流了很多血。她一声不吭。她抱着我的腰。她身上有太妃糖的味道。她帮我擦汗。她给我穿袜子。她亲我。她似乎想融进我的身体里。后来，她问我，我们，啥时候结婚？对于女人们的追问我向来游刃有余。不过那时，我还年轻，比现在还正经。我记得我用低沉的声音告诉她，我马上要去温州谈生意了，回来了，就筹办婚礼。

当然，她后来再也没见过我。我关了手机，换了卡，我去哈尔滨看我大姐，去长春看我二姐，去驻马店看我三姐，后来又去珠海住了一个月。当然，我是带着老婆孩子去的。等我们回来时，夏天都到了，蝉在树冠上叫。现在想想，当时的我多傻啊。解云锦肯定不敢去厂子找我，即便知道我有老婆，肯定也不敢找我老婆。她那么好面子，又倔，咋可能呢。咋可能呢。由此可见，男人对女人的理解是随着年月的增长递增的。我不清楚这是好事，还是坏事。我很庆幸我是个正经人，没干过啥亏心的事。我睡觉一直睡得特别香。从来不做梦。

解云锦胖了些，头发也不是马尾辫了，是那种大波浪。我远远地瞥了她一眼。她收钱的动作很好看。她比晓晓懂事多了。这个晓晓，蠢得很，又给我买了不少东西：两条白色内裤，十双袜子和一条廉价领带。我怎么敢穿她给我买的内裤和袜子呢。当年解云锦送我的那件宝蓝色毛衣，早被我捐赠给贫困山区的儿童了。

5月2日，晚上8：35，陈记肉夹馍旗舰店

我说：“账帮你结了。”

她说：“咋这么客气，大哥。”

我问：“你也常来这家吃饭?”

她说：“离超市近。下班了过来糊弄口。他们家的云吞面好吃。”她的语气很肯定。从认识她开始，我就知道她是个有主意的人。

我说：“你咋去超市上班了?”

她说：“总得找点正经事做吧。老闲着会闲出病。”

我说：“不如去我店里呗。我们正好缺个墩子。”

她没瞅我：“我刀工也不好。”

我说：“破火锅店需要啥刀工。把菜洗干净就得了。”

她沉默了半晌说：“那我心里多过意不去啊。”

我看她有点动心了。她说话一直很慢，像是每句话都要斟酌半天才敢说出来。

我说：“有啥过意不去的。咱俩啥关系啊。”

可能我说话的声气有点大，她赶紧扫了眼身后的女孩。那个女孩是她同事?我瞄了眼，挺丑的。

她说：“哎，朋友多了路好走。”

她明显在敷衍。也许怕那个女孩听出别的意思吧。这么多年了，她还是嘴紧。

我说："找到合适的没?"

她笑了笑说："月老可能看着我眼黑。我是死了这条心了。"

她笑的时候特别动人。我记得我们在床上时，她可从来没笑过。人家都说她是冰美人。当面夸她是冰美人，背后却管她叫破鞋。破鞋，姓解的破鞋。那会儿，我们圈里的哥们都说，有个姓解的破鞋，是个傻瓜。一直在有钱人圈里找对象。傻得够呛，睡过两次后，就问人家啥时候结婚，人家告诉她孩子都幼儿园大班了，她才失望地哭。谁知道是真哭还是假哭呢。女人即便是假哭，也和真的一样。女人是天底下最好的演员。人家也觉得白睡不够意思，就给她两百块钱，或者给她买件打折的衣裳。

"我们店里有个厨子，老婆年前得癌症死了，"我说，"哪天给你介绍介绍?"她想了会儿，问："多大岁数了?"

我说："跟你年岁相仿。人真的厚道，就是胖点。"她眨着眼盯我，我就说："厨子哪里有瘦的呢?"

她说："我结婚是有条件的……"

我连忙说："我知道。你要带着弟弟出嫁。我知道。"

她说："奶奶死了，我再不管他，会饿死的。"

我说："我先问问我们大厨，顺便说说你家的情况。"

她说："哎，算了吧。问也白问。要是离婚了带着孩子改嫁，倒没人说啥。"

我说："要是看上了你这个人，就将就将就呗。哪里有十全十美的?再说你弟弟傻是傻了点，可吃饭知道上桌，拉屎知道蹲坑，也不偷鸡摸狗，是个好傻子呢。"

她快速地回头瞥了眼那个丑女孩，轻轻向我摇了摇头。我知道，她是怕丑女孩听见。她可真是个要强的人。

我说："啥时候有空了，去我店里喝两盅?"

她就笑。

她能喝酒。我跟她就是喝酒认识的。也忘了谁带她去的。她不咋吭声，除了吃菜就是喝酒，喝的啤酒。那是我第一次遇到比我能喝酒的女孩。说实话跟她要手机号码时，我还有点害臊。她大大方方地给了我号码，然后掏出条手绢，擦了擦嘴唇，又掏出管口红涂抹。当朋友催促着快走时，我不禁拍了拍她肩膀，刚触摸到她的羊绒大衣，手指就被噼里啪啦电了下，酥酥的。

她说："嫂子还好吧？还在开花店吗？"

我说："半死不拉活。有个事干。不然天天躺家里琢磨咋收拾老爷们。"

她抿着嘴笑了："你是看着老实。嫂子眼毒，晓得你花花肠子不少。"她的声音轻柔，也许有点感冒，听起来有点鼻音。

我说："男人都一个德行。"

她说："倒也不见得。"

我不知道说啥好了。我跟她好，还是两三年前的事，就在我们火锅店里。她嫌我身上有羊肉的膻味，我就用冷水浑身上下擦了个遍。那时刚入秋，擦完后冷得紧，只有把她搂住时，才暖和起来。像是抱着团棉花，晒了很久的棉花。我喜欢抱着晒了很久的棉花。那是我第一次跟别的女人过夜。我跟老婆说，跟哥们打麻将。一个男人如果没撒过谎，女人就会觉得他一辈子不会撒谎。那晚我睡得很香。她说我打呼噜响，怕我憋死，捅咕我半天，我只是翻了翻身。她走时，我给她拎了条羊腿，新鲜的，还滴着血。她没洗脸就走了，骑了辆半新不旧的黄色电动车。我把那条羊腿用细麻绳绑在后车架上，车轱辘转两圈，渍出的血就迸溅出一条红珠子。

她没问我结婚的事。那帮二货骗人。后来我们又好过两回。我送了她一只羊头和两副羊下水。她说她弟弟稀罕吃羊腰子。我还给她包了很多孜然和胡椒粉、辣椒末。怕她半路洒了，特意揣进她的裤兜里。她的腿真瘦啊。

我说："有啥事就打电话。"

她说："到时候少麻烦不了大哥。"

我说："回去后我问问我们大厨。看看他的意思。"

她笑了笑。笑得有点牵强。说实话，她老了。

我可能这辈子也忘不了，那几次，我都没戴套。本来我想出来的，她哽咽着按捺住我。我说怕怀孕。怀孕的话就麻烦了。她漫不经心地说，你怕啥，就是怀上了，也不知道是谁的。

她跟那个丑女孩一前一后走的。我记得她扭过身子朝我摆了摆手。

这是我最后一次见到她。我给她结的账。四十五元，两碗麻辣烫，一碗云吞面，还有两块纯瘦的肉夹馍。

5月2日，晚上9：59，府城路12栋1号

打开门，我听到老婆又在打孩子。她是从什么时候开始喜欢打孩子的？我总是想不起来。反正只要孩子一写作业，一写错，她就跟孩子吼，吼着吼着就拽过那只秃了毛的扫炕笤帚，将孩子按在她粗壮的双腿上，使劲抽孩子的屁股。孩子脾气倔，我从来没听她哭过。打完了，老婆额头冒着汗喘粗气，孩子满面涨红，继续半站在桌前写作业。桌子有点高。这张桌子还是我上小学时我爸买的，先是我大哥在上面写作业，然后是二哥，再是三姐，最后是我。我妈很有规律地在二十年的时光里，生了四个孩子，像是老天爷给安排的，上一个跟下一个刚好隔五岁。我想这五年很重要，家里能省不少衣服。

我没敢打扰老婆。我的脚步声很轻，我很壮，但是脚很小。推开地下室的房门，我轻轻走进去。关门的时候那条老弹簧又吱呀着叫了声。我站在黑暗中屏住呼吸。外面没动静。我才犹豫着拧开灯，顺着楼梯缓缓走下去。我走得很慢，小学时学课文，说双腿仿佛灌了铅，我现在的感觉便是如此。地下室很乱。地下室也许是一个家族，或者一个家庭的纪念馆和博物馆。我看到了那台缝纫机，飞人牌，我妈活着时常常俯在上面扎鞋垫。她手笨，但鞋垫扎得好。我们家男人的鞋子里，都会垫双牡丹图案的鞋垫。缝纫机那头是个轮椅，上锈了，我爸活着时，老坐在上面睡觉，腿上的那台收音机里，播放着单田芳的评书。那个樟木箱子上，放着的奖杯都是我大哥二哥的。他们都是学校里的高才生，人生的赢家，从小到大，他们的奖状贴满了墙壁，而运动会上的奖杯，都被我妈郑重地摆放在樟木箱子上。他们一个读的复旦，一个读的厦大，如今一个在广州，一个在深圳。我爸我妈死后，我再也没见过他们。

拧开水龙头。水流很小，我耐心地搓洗着手指、脖颈、脸颊、耳朵和鼻子。我不想留下哪怕针尖大的血迹。我把那件电工服脱下来，浸泡

在铝制澡盆里。这个澡盆也有三十多年了吧？反正我小的时候，我妈老把我按在里面搓泥球。我放了很多洗衣粉，要是被老婆看到，一定会叨叨半天。她在清洁队上班，每天戴着口罩清扫大街小巷，也许白天憋坏了，到了家里，她就像条疯狂的母狗不停吠叫。她长得瘦，可是嗓门高。我一直怀疑她喉咙里装了个高音喇叭，那是村支书最得力的助手和武器。她每天都吵，吵我没出息，在超市当保安，月工资才一千八；吵闺女是笨蛋，肯定是蠢猪托生，又能吃又能拉，就是不长脑子；吵我大哥我二哥是蛇蝎心肠，从来不惦记我这棵长歪了的蠢材；还吵啥呢？吵她妈抠，啥都舍不得给她，当姑娘时为他们家做牛做马，出了嫁就成了泼出的脏水，不管死活……反正她总有唠叨不完的话。如果哪天家里安静了，肯定是她死了。

她要是有解云锦半点好，也许一切都不会发生……当这念头盘旋起来时，我猛地站了起来。我不停地在地下室不足十平方米的空间里走动，我控制不了自己的双腿。我知道我很累，我不想走，可是我真的控制不了自己的双腿。我边走边抽着香烟。我从来没觉得香烟这么苦。我抽了一支又一支，当我忍不住咳嗽起来时，我感觉到瀑布般的汗水流了下来。

我是从啥时候喜欢起解云锦的？忘了。我在超市里当了六年保安，年年被评为优秀。在当保安之前，我当过炼钢厂的车间工人，保险推销员，二手车代理商，汽车美容店工人……他们都说我勤快，肯吃苦，不飘虚。也许这是对一个窝囊男人最好的赞美了。我不是话多的人，见到熟人也只是点点头，如果我笑了，肯定是发工资了。我发现解云锦爱笑。她来超市时间不长，还不到一年。她每天都很忙，忙着朝每个顾客微笑，忙着说“欢迎惠顾”。我也忘了从啥时候留意起她的。也许人跟人熟络起来，就是靠眼缘吧。该下班的时候，我习惯从超市里买两瓶儿童酸奶，闺女最喜欢这个。每次结账我都专门从解云锦那个口。有时候她忙，人排出去好远，我就等。我有这个耐心。当她发现是我，常常夸一句：“你可真是个好爸爸。”每次听到这句话，我就像吃了桂花蜂蜜。我喜欢吃桂花蜂蜜。

后来我们熟了，常常结伴去吃晚饭。她最喜欢那家陈记肉夹馍。每次她都点碗云吞面，然后打包两个肉夹馍。她吃完的模样也好看。她干啥都好看。我想哪怕她蹲在马桶上，也会很好看。她不爱说话，吃东西没有声音，像只猫。我总是不由自主地盯着她看。她要是发觉了，就说："老王，你的眼睛老实点，瞎瞅啥。"她说这话的时候，也是笑着的，眼睛弯弯的，月牙似的，鼻子皱一皱，小虎牙露出来。她的虎牙不明显，也许只有我注意到了。有时她会说："你老这样看我，会把我看化了。"我说："你是雪人吗，还怕融化。"她说："你是个正经人，可不能这样油腔滑调的。"后来我再也没跟她开过玩笑。在她眼里，我就是个异性机器人。这样挺好。那时我真的觉得，这样挺好。

我又把那双回力牌球鞋脱下来，泡在洗衣粉水里搓洗。我不知道上面是否也有血渍。我要把一切都清洗得干干净净，不留一丝痕迹，就仿佛，我从来没去过解云锦家。

发工资了，我会给解云锦买点小礼物，一开始是三十块钱的洗面奶，处理打折的那种。她没要。后来我就买贵一点的洗面霜，七八十块钱的，她也不要。她说你这是干吗？我们是朋友，不要弄得那么庸俗。我问她，是嫌我的礼物便宜吗？她歪着头说，你要是这么想，以后就不用搭理我了。她歪着头讲话的模样特别美。她无论做什么事情，说什么话，都美。

有次喝多了，我仗着酒胆跟她说，我喜欢她。她沉默了很久，说："你老婆不挺好吗？真心实意跟你过日子，可不能辜负人家。"她说话的时候，眼睛一眨都没眨。

"你咋还没回来?"老婆在手机里嚷道，"今天不值夜班啊!"

我当然不能告诉她，我其实就在地下室，我就在地下室用水冲洗着一些痕迹。一些可能根本清洗不掉的痕迹。解云锦拒绝了我。这并不代表她不喜欢我。反正当时我是这么想的。我喜欢看她的背影，看着她走路，看着她骑车时头发被风吹得很乱。我跟踪过她很多次。我很后悔我看到的。这个世界总是呈现给我们一部分真相，可我们永远不知足，当我们迫不及待地揭开所有谜底时，才发现这个世界其实是在小心翼翼地保护我们。我也跟踪过那些跟她回家的男人。那些男人，有老的，有少的，有俊的，有丑的，有当官的，也有大老板，总之，如果列个名单，你会发现，解云锦是个荤素不忌的女人，或者说，解云锦是个婊子。

婊子。婊子！婊子！操你妈的婊子！

那次，我喝了酒，跟她回了家。她发现是我时，一点都不惊讶。她放我进了屋，给我沏茶，洗水果。她一句话都没说，静静地用火柴给我点烟。当烟雾缭绕时她柔声说道："你是个好人。"也许后面她还想说什么，但是我没给她机会……她一直没有吭声，只是当我快出来时，她说，不要弄里面……当我们重新坐在沙发上喝茶时，她说："这是第一次，也是最后一次。"我想问为什么，但是我没听到我说话。她又说："好好跟你老婆过日子。你知道我有多羡慕你吗？"她郑重地注视着我，可我知道她说的是假话。

从那以后，她再也没有跟我出去吃过饭，也没收过我送的小礼物，看到结账的人是我时，她的笑容会凝固……她知道我有多难受吗！她知道我常常用刀子偷偷割自己的胳膊吗?！她知道我常常在梦里跟她接吻吗?！她什么都不知道！说实话，我更想干掉那些跟她回家的男人！可是那些男人太多了，不是有钱就是有势……

"我马上就回，"我跟我老婆说，"吃了点消夜。"

当我将一切该清洗的都清洗干净时，我觉得自己愚蠢至极。我应该换身新衣裳，将旧衣裳找个地方扔掉，要么是河里，要么是垃圾场，或者找块荒地烧掉。这个世界，最怕被人发现的就是一些秘密的痕迹。我有点灰颓。我想我还是先洗个澡，睡一觉吧。等我醒过来，就能在网上看到新闻了。没人能发现是我干的。我有一个月没联系过她了，她租的那间房子附近没有摄像头，也没有别的房客。婊子怎么会住在闹市区呢。婊子一般都比别的女人聪明，比如我老婆这样的。

我关了灯，锁上地下室的门，蹑手蹑脚地进了房间。老婆也许打孩子打累了，屋内安静又冷清。我甚至能听到老婆在卧室喘息的声音。她有干燥性鼻炎和花粉过敏症，每到这个季节，都会时不时地打喷嚏，伴有呼吸困难。闺女见到我，立马欢呼了起来。也许在她眼里，我就是拯救她的上帝吧。她身上有股奶香。我紧紧地抱着她，就像抱着一个毛茸茸的玩具。当她夸张地亲吻着我的额头时，我的眼泪忽然就滚了出来。我猛然想起这个难忘的黑夜，这个黑夜所有的细枝末节：我用我爸留下来的那把生锈的钳子掐了解云锦家的电线和电话线，在蔷薇花丛里撒了泡尿，然后一点一点蹭进她的床板下面。我在床板下躺了多久？我也不记得，我闭着眼睛，耳朵里是血流动的声响，还有我的右手大拇指不停蹭水果刀刀刃的声响……当窸窸窣窣的开门声传来时，我深深地呼了一口气。这口气也许过于悠长，我唯恐自己咳嗽，赶紧从兜里掏出两粒花生米，细细地咀嚼起来。在灰尘和豆香味弥漫开去时，我终于听到了高跟鞋敲打水泥地面的清脆声音，我也终于闻到了那股熟悉的、越来越浓的香水味。

那一刻，我觉得难过极了。

（《花城》2020 年第 3 期）

平安夜　夜安平

蒯乐昊

雪从四面八方落来，直落了一个晚上，外加一个白天。

下午三点的时候，罗小草在手机微信的家长群里收到消息，由于天气原因，幼儿园提前到三点半放学。她叹了口气，保存正在写的文档，一边看钟，一边脱掉小棉袄，去拿衣架上的厚外套。巨大的狐狸毛领子兜在头上，地主似的，在雪地里嘎吱嘎吱地走。雪并没有冻实，一踩一泡水，冰水很快渗进鞋子，打湿了脚。想起小时候《听妈妈讲那过去的事情》之抒情唱腔，“她去给地主，缝一件狐皮长袍，又冷又饿跌倒在雪地上。”穿着狐狸毛的罗小草就是这首歌里的所有人：辛勤的妈妈、无情又贪婪的地主、饥寒交迫的女工。

果果早上起来撞开房门，冲进他们的卧室，妈妈，快来看看外面的美景吧。他一阵风一样冲了出去，站在阳台上望下看，楼下停了几辆车子，车顶上一片雪白，小区花园里惊起几只飞鸟，瞬间又不见了。果果对窗外大声念：江山一笼统，井上黑窟窿，黄车身上白，白车身上肿。

楼上阳台晾衣竿上的一团雪吓得掉了下来。

从幼儿园把果果接回她父母家，一进门，看见母亲正在阳台上打电话，表情很凝重，玻璃隔门关着，不知道在说什么。果果踢掉了雪地靴，换上拖鞋，闹着要出去玩雪，白天在幼儿园，老师不允许他们出去打雪仗，只能坐在教室里学习，可把他气坏了。

“只能玩一会儿。”她说。果果已经飞快地重新套上了雪地靴。“我带他出去玩一会儿，”她对坐在沙发上的父亲说。

“我们来对砸好不好？”一出去，他就抓了一个巨大的雪球捧在手里。

“不好，砸到我我会很痛的，而且我讨厌打仗。”

“那我可以砸谁？”

“砸一堵墙，或者砸那棵树，我可以帮你做雪球当子弹，然后我们找个目标一起砸。”

“可是我自己会做子弹。”

“我帮你做可以做得更快。”

他又看了一下手里的雪球，犹豫着说，“我要砸你了，你准备好。”

罗小草无奈地侧过身去，护住脸，“那你砸吧。”

“你不躲吗？”

“你砸吧，快砸。”

雪球在地上碎开了。他高兴地说：“你躲开了。”

“我们来搭雪人吧，”她在地上滚一个球，她没有手套，手冻得冰凉，草地上的雪并不干净，滚过的地方露出污浊的痕迹，沾满了泥巴和碎草屑。果果站在旁边帮忙，紫色的手套已经浸满了水，“就跟《大雪天》那个故事里一样的对吧，要把雪球的上面磨平，雪人的头才能放上去，我们拿什么当雪人的装饰呢？”

她费力地撅着屁股在地上滚动雪球，三个大小不一的雪球垒在了一起，一个极其粗陋马虎的雪人，用树枝插在身子上当手，又摘了一些红果子拼出眼睛、嘴巴和纽扣，一片绿色的椭圆树叶当大鼻子。她想摘一朵雪中的茶花，给雪人戴上，但是那些花朵被突如其来的冰雪冻傻了，才轻轻一碰，鲜红的花瓣就全数脱落下来，惨烈地跌在雪里，像溅出一串血滴。最后她摘下小孩头上的绒毛帽，给雪人戴上，她的鞋子全湿了，他的鞋子也都湿了，真是无聊的游戏。

“这个雪不够干，而且很脏，不太好玩，我们回家吧，你的袜子都湿了，你会感冒的。”

“我可以回家换袜子。”

“但是外婆家没有你的鞋子，就算换上干袜子，穿进湿鞋子也会潮掉。”果果很不情愿，他跑向一个刚会走路的小孩，他妈妈也给他搭了一个雪人，搭得更小，而且更丑。

“如果你回家我就给你看电视。”

“那好吧，我要看三集行吗?”

“可以。”

他开始往家里走去，她的爽快让他后悔条件提少了，“四集吧我要看四集，我可以看四集吗?”

“只能看三集。”

“那这样吧，那就看五集吧。”他拿起遥控器，很快地在菜单上找到了哆啦 A 梦。这时候母亲走了过来，对罗小草说：“阿姨死了。”

“阿姨? 哪个阿姨?”

“什么哪个阿姨，南京阿姨，茉莉阿姨，今天刚刚走的。”

“啊? 就是今天吗，是冻死的吗?”

母亲白了她一眼，“瞎七搭八，怎么可能是冻死的?”

“那是怎么死的?”

“老了哎，从元旦开始就不吃东西了。”

她算了算日子，元旦刚刚过去，新年的第四天。

“她几岁了?”

“八十岁。”

她看看母亲，母亲今年七十四岁。“八十岁那不是还小得很。”她赶紧说。

“你们不要说话，你们说话我都听不见声音了。”义正词严的尖利童声从沙发上传来，果果用遥控器把动画片音量调到超大，罗小草一把抢过遥控器，又把声音调小。

“我们今天早点吃晚饭，吃完去趟阿姨家。小峰呢，小峰什么时候下班? 能不能一起开车过去，你也出席一下。”父亲说。

“好的，我打电话让他早点过来。我现在就烧饭吧，你们歇会儿。”

小峰电话没人接，打了两次，她摁掉手机，在厨房开始洗菜，洗了一半，突然想起来，果果还穿着冰凉的湿袜子，她赶紧到房间里找袜子，没有。柜子里，抽屉里，都没有。阳台上挂了一双红色的袜子，她拿下来摸摸，幸好，已经干了。她把果果的湿袜子扒下来，他眼睛盯着电视，她把干袜子扔给他，“赶快穿上，穿袜子，脚不能受凉”。说了两遍，他才慢慢吞吞地摸到一只袜子往脚上套。

韭黄摘好，切段，芦蒿摘好，切段，香干切丝，母亲已经把一大碗肉丝腌在那里，她辨认了一下，应该已经加过葱花、盐和蛋清，她又倒了一点生抽，重新调味。按她的安排，炉灶上一锅腌笃鲜也已经提前炖好，鹅黄的冬笋很嫩，鲜肉是老气的灰色，而咸肉反而是娇媚的胭脂色，汤上浮着一层薄薄的油珠，一道适合大雪天的热汤。她想起谁说过，冬天是老天爷出来收老人了。

她炒菜的时候母亲一直站在旁边看着，“以前我烧饭的时候你奶奶总是站在旁边盯着看，我最不要她看。”母亲说。

“你看吧，你随便看，我炒菜是经得起考验的。”她在锅里扒拉着铲子，肉丝在热油里迅速地收紧了自己，母亲笑了，走出了厨房。她飞快地炒好两个菜，然后破天荒地把灶台也拆下来擦洗了一遍，把自己的手也刷了一遍。

中途果果进来了，“我们现在可以出去玩雪吗?”

“不行。”

“为什么不行?”

“因为你鞋子湿了，你在外婆家没有衣服，这是最后一双干袜子，如果再湿了，就没有袜子可以换了。”

“我不怕。”

“等下爸爸会给你带一双干鞋子过来，那时候才可以出去玩。”

“那我要吃这个肉。”果果把手伸向碗里，那里有一碗半生不熟的肉，只焯过水。

“不行，这是生肉！不能吃！放下来!”她大声喝止。

“为什么不能吃?”

“这是生的，还没有烧，你脑子坏掉啦?”

“生肉为什么不能吃?”

“有细菌，有猪肉绦虫，你看不见它，吃下去之后，它就会钻进你的脑子里，长到一米多长……”

“那我要出去玩雪。”

“不行!”

“为什么不行?”

“为什么不行我已经说过了。”

“那你让我干什么？你说！电视也看完了。那我要吃生肉。”他又伸手去抓半生的肉丝。

“放下来!”

果果生气了，“什么都不行，总是不行！我要做什么都不让我做!”他端起滑板车，撒泼打滚地向厨房后门上撞。罗小草失去了耐心，她摔下锅铲，一下子打开厨房后门，“要出去玩是吧，那你出去!”她拎起他往外面扔。

“怎么了?”爸爸听见吵闹声，过来了，他一把拉起果果，拉去房间里单独教育。罗小草想想，又冲出厨房，母亲想拉她，没拉住。果果坐在卧室的床上，正对着公公一边大哭一边发脾气，“我就是要出去玩我不管我就是要出去玩。”罗小草冷笑着说，“出去玩，是吧？好，出去玩。”她扒下他脚上的红袜子，一把把光脚的小孩从床上拽起来，推搡着，“走啊，你出去玩，你光着脚出去玩，出去了就不要回来。”

母亲在旁边劝着，怎么光脚呢，外面那么冷。父亲很生气，这个小孩太不像话了。罗小草把果果放在外面，走，你走。

“一点都不冷，我就是要在外面玩。”果果放声大哭，一双白脚踩在冰坑里，走来走去，“一点也不冷。”两个人比着赛地升级他们的愤怒，罗小草抬起手就在他头上打了一记。“哎哎，怎么能打头呢？你不好这样。”母亲又拦下来。几个人拉扯着，又把小孩抓回到房间里去了，母亲急急忙忙拿条毛巾给孩子擦脚。

几天前果果在幼儿园的好朋友被他的父母打得鼻青脸肿，他们回家，骇然地说着这件事情，怎么能下这样的狠手？第二天是孩子的爷爷送他去上学的，爷爷大概也觉得说不过去了，跟老师解释说，没想打他的脸，是打手心的时候，打歪了，不小心打到头上去了。这实在牵强，因为孩子的两个眼窝全是紫的，鼻子上也是一大块瘀青。“再怎么打也不能打头啊。”饭桌上大人们说着，果果突然放下饭碗说，“妈妈也打我的头。”

“我打过吗?”她问。

“你打过的。你不是打过的吗?”他很认真地说，当着全家人的面，说得又清脆又响亮。他的态度并不是控诉，只是在陈述一个清晰的事实。

现在她终于当众打了他的头，但依然余怒难消，大人们围成一团争着教训孩子，每个人的声音都很气，互相听不见。钥匙咔嗒一响，小峰开门进来了，“怎么了？”他把哭哭啼啼的小孩拉过来，果果本来已经被制服了，现在看见爸爸来了，感觉有了撑腰的人。“我就是要出去玩！”他又开始闹将起来，罗小草感觉又要开口骂人。

终于大家把情绪按捺下来，搁置争端，他们开始吃饭，早点吃完饭，还要去阿姨家。他们就路线到底要怎么走争论了一番，父母记忆中的地址也不太一样，小峰掏出手机导航看地图。果果感到今天的大人们很奇怪，他不停地问，我们要去哪里？

吃完饭，小草把一大堆蔬菜从父母的冰箱里拿出来，分门别类，放在一个纸箱里，父母明天要出趟远门，他们叮嘱她把这些菜带回她家去，吃掉它们。母亲在写吊唁金的信封，找来找去，都是红纸封，好不容易找到一个黄色的牛皮纸封，还是皱巴巴破的。最后只好自己拿白纸糊了一个。

罗小草照了照镜子，她今天出门的时候不知道要去亲戚家见人，所以并没有化妆，头发很久没有理过了，嘴唇白得像一个死人。

然后他们出门了，她搬着一箱菜，扛到小峰的汽车后备厢，小峰给果果带来了一双干鞋子。夜幕降临，地面上全是雪，出门刚拐了个弯，方向盘就开始打滑。“那年在新疆的时候，有一天也是这样的大雪……”父亲坐在副驾驶的位置，开始向女婿讲述他年轻时在大雪天里的惊险故事。母亲在旁边向她附注父亲故事中的人物如今安在，小峰在对果果说暴雪警报，以及两轮驱动车和四轮驱动车在雪天的表现。果果在问罗小草，知道不知道哆啦 A 梦还有个妹妹，并且一定要让她猜出妹妹的名字，罗小草就哆啦 B 梦、少啦 A 梦、哆啦少梦地一通乱猜。车上每一个人都在说话，自从她有了孩子，她就时常生活在一出所有人都在同时说话的戏剧里。

雾气弥漫了整个车厢，开了散雾按钮都无法吹走挡风玻璃上的雾气，车子走得很小心。轮胎把雪挤向两边，在马路上碾出许多冰雪的皱褶。人们小心翼翼地赶路，身体前倾，缩着脖子。

他们一路辨认着，在争论声中，开过隧道、城墙和栈桥，车灯漫长，光线使人恍惚，像在一个没完没了的移动长镜头里。忽然阿姨家到了，母亲很确凿地肯定，就是这里。车子没办法停到路边，因为路边的积雪太厚了，他们必须下车，自己走进小区，脚一探出去才发现不对，这是很松的积雪，冰渣子一样，一脚陷进去，雪底下都是水。他们没有带伞，头上已经落满了雪，深一脚浅一脚的。罗小草怕母亲跌跤，想要去扶母亲，扶了一会儿，母亲松手说，不要扶，越扶越坏事，各人顾自己吧。

按照原定计划，小孩子就不去死者家了，小峰带着果果去找个好停车的地方，等他们完事了，再开车过来接他们。

他们好不容易走到人行道上，母亲突然说，哎呀不对，好像不是这里。小草和父亲一起停下来，看看她，这时候小峰的车子已经开走了。母亲又想了一会儿，哦，对的，就是这里。于是他们就继续走。

几分钟后，他们站在走道里等电梯，走廊已经破旧，贴满了小广告，但是电梯倒有三部之多。电梯开了，母亲不用再费心回忆到底是哪一个门牌了，电梯出来就看见花圈，他们顺着花圈走，就走到一个临时布置的灵堂，门没有关，他们走进去，阿姨的大女儿迎上来，对着小草的爸妈喊了一声，阿姨，姨夫，你们来了。母亲就开始哭，“阿姐啊你难为就走落了啊。”

子女点起火盆，把银元宝扔进火盆里去烧，吊唁的人跪下磕头，阿姨的长女和女婿在一旁陪跪举哀，嘤嘤哭泣。小草对着遗像喊了一声阿姨，阿姨听见了，在照片里咧嘴一笑，小草哭起来。她跪下去磕三个头，她的狐狸毛领子实在是太大了，阿姨的女婿跪在一旁，看见她每次头磕下去的时候，狐狸毛领离火盆里窜动的火苗只有几厘米，很紧张，生怕她的领子一瞬间烧将起来，一直在旁边提醒她，你按着领子你按着领子，不要着火了。

许多脸围了上来，大家阿哥阿姐阿姨姨夫大姑小舅地乱叫了一气，劝母亲莫要再哭。好像是很多老家的亲戚都从乡下赶来，小草不太认得，她跟母亲这边的亲戚一向不熟。死去的茉莉阿姨相对熟悉一些，但是她连生了三个女儿，每次见面，刚把三个女儿区分清楚，接着就是几年不见，再见面时，又搞不清谁是谁。

很多人是第一次看见小草，都上来问长问短。按照初见的礼数，她应该笑脸相迎，和悦一些，但是按照丧事的礼节，似乎又应悲戚，何况她也确实在哭，不停地拿袖子胡乱去擦抹眼睛，又要应付说话，一会儿哀哭一会儿挤出微笑，表情相当错乱。

谈话这个时候已经倒向了互相安慰，人们纷纷说着，死者终于解脱了，家里人也解脱了。死在八十岁是多么的好啊，因为按风俗，死在八十岁，大宜子孙，而死在八十一岁，子女就要出去讨饭的，现在他们不用讨饭了。再过一个多月就要过年了，如果是过完年再死，那可就是八十一岁了。何况她死的时候，也并不痛苦。母亲最后一次看见阿姨是半年前，那时候，阿姨脑子已经糊涂，不认识人了。

小草这时候才突然发现，客厅里他们站着的地方，后面就摆了一副床板，上面放着一个人，浑身上下被盖得严严实实，身上覆着红色的锦缎，脸也被红色的大帕子盖了起来，失去了所有的特征，这就是茉莉阿姨，她的身体四周掖着一些小小的金元宝。小草从来没有守过灵，她只在《红楼梦》里看过"停床"这种说法。

父亲看见桌子里边坐了一个老人，完全不搭理周围人，事不关己似的，正在一个人翻找着什么东西。父亲跨上前一步，紧紧握住他的手，"哎呀这是阿哥吧。"

原来这竟是姨夫么，小草惊讶极了，她记忆里的姨夫根本不是长这个样子的。眼前一个奇瘦无比的老头，脸黑黑的，脸颊眼窝全部陷进去，看上去非常老了。她几年前还见过他，那时候他脸上还有肉。老头抬起眼睛来，那双眼睛还是姨夫的眼睛。他握着父亲的手说，"你终于来了。你从来都不来的，你忙得不得了。"

姨夫在找一张南无阿弥陀佛的 CD 碟片，正拿了一堆碟片坐在那里翻，小草一家来得不是时候，桌子上摆了六道素菜，许多碗粥，阿姨一大家子正准备开饭，大家让了又让，坚持让他们再吃一点，最后达成协议，饭不吃了，糕总是要吃一点，糖茶也要喝一杯。于是又一阵忙乱，分杯子的分杯子，拿白糖的拿白糖，倒开水的倒开水。他们每人分到一块云片糕，这种小时候常见的吃食，现在似乎只有在婚丧嫁娶的时候才派上用场。客人把糕放在嘴巴里，喝一口热茶，慢慢地抿着，主人家也终于消停了，他们坐下来，在离尸体不到一米的地方，开始吃菜，喝粥，说话。死亡并没有停止什么，只是划出分界，互不打扰。

三个女婿里有一个女婿，穿了一件灰色的毛衣，脸微微有点胖，人情练达的样子，一直在旁边候着，陪客人说话，张罗桌上的人吃喝，他告诉小草的母亲，他在这里照顾病人已经一个月了，小草总是忍不住去看那个床板上躺着的人。

姨夫饭吃得很少，但据说他每天零食不停，瓜子、花生、蚕豆，“这些要买给他吃的，牙还很好，能咬。然后，每天总归要喝一杯咖啡，放牛奶。”

小草问灰毛衣，阿姨的墓地选好了吗？选在哪里？

选好了，他们报出一个地名，“几年前就买好了，当时只要五万块钱，现在大概已经涨到十几万了。”

墓地是阿姨活着的时候自己去挑选的，她听说，活着的时候就买，去认认路，之后走的时候，找起来就比较方便。否则，慌慌张张的，身后临时再买，会迷路的。母亲听了不以为然，她说：我这个人是很想得开的，我将来是不要墓地的。

大家高谈阔论，以至于说笑。关于牙口，疾病，每个人的孩子，孩子的对象，孩子又生的孩子。母亲宣布她的儿子，现在已经是美国人了，以及她的孙子，现在终于会讲几句中国话了。两个从未谋面的亲戚，不停地掉转头来，跟小草说话，问她还要不要继续生孩子，对她表现出极大的兴趣，认为她长得像娘。

小草从小跟母亲那一支的亲戚走动不多，父亲这边的亲戚倒是常来常往。母亲是外婆第三次改嫁生的孩子，生她的时候，外婆已经 46 岁，属于老来得女。母亲跟之前的兄弟姐妹不单是隔父的，姓氏不同，而且年龄悬殊，她的大哥比她大二十多岁，完全不像一代人。母亲从小辈分大，兄弟姐妹的孩子年纪比她都大，可是得管她叫姑，还得让着她。这姑从小横着走，饭来张口，导致一辈子都不太会做家务。侄儿们难得来她家一趟，都带着几分心虚地讨好，其实他们并没有任何事情要她帮忙，只是习惯了。小草还在上中学的时候，母亲的一个侄儿来她们家，看见小姑妈家的脱排油烟机竟然这么脏，沾满了黏糊糊的油污，显然从装上那天起就从未清洗过。这个爱干净的乡下人惊呆了，他趁母亲不在家，自己爬上去，帮小姑妈把油烟机擦洗得干干净净，亮得可以当镜子照。擦完了，一想，现在是干净了，以后怎么办？我走了以后谁还能来帮小姑妈洗油烟机呢？他想到一个好主意，跟小草要了许多废报纸，把油烟机左一层右一层严严实实地包了起来，只留下了两个抽风口，鼻孔一样，用来呼吸。

“这样以后就便当了，过一段时间，油烟机脏了，只要把最外面一层报纸撕掉就行，里面还有。你讲我这个办法好不好?”侄儿对小草说，他得意地欣赏着自己的手艺，包得那是相当平整。

母亲下班一回家，看见自己家厨房的脱排油烟机被裹成了一个木乃伊，气得叫了起来：哪个让你包的！你神经啊！

饭吃得差不多了，这时母亲正拉着亲戚在讲，上次她请客吃饭，吃完回家才发现有两道菜饭店根本忘记了上，再去找饭店说理，结果死无对证，亲戚们纷纷保证，当时确实没有吃到那道菜。姨夫精神抖擞地从里面房间走出来，手里拿了很厚很厚的一沓子书稿，那是他自己打印的，几十万字的小说。

姨夫是个聪明人，早年在铁路上班的时候，就经常搞些发明创造，据说铁路现在沿用的调度法里，就有他的贡献。现在八十八岁了，耳朵近乎全聋，自己在家写小说，写完了让女儿帮他印出来。几年前就送给小草一本全部用上海方言写成的小说《拼滚上海滩》，他没有受过任何文字训练，文章里错别字不少，但居然写得不错。没想到几年不见，老爷子又写出两本来。“在家没有事情做，瞎写。你们拿去，随便看着玩玩。”他把小说递给小草的母亲，母亲在他耳朵边放大音量叫道，“你的小说很了不起，应该改编成电视剧!”

姨夫摆摆手，“写的都是丑事，丑得不得了的事。”他对母亲说，“写的是我祖父的小老婆，在上海滩开男妓公馆的事情。”

小草接过两本书稿一翻，厚的一本是《吴门百年》，写的是他祖父当年在上海滩的发家史，他祖父是中国最早的保险洋行总经理，很传奇的一个人物。薄的一本是《小毛豆公馆》，描写男妓营生的应该就是这本《小毛豆公馆》，封面上还写着双语题献：“No one likes to talk about is，but it happens. 没有人喜欢谈论这件事，但是已经发生。”小草想，“is”应该是“these”的讹误，两本拍案惊奇式的章回体小说。

他们站起来，向姨夫一家告别。一个星期前，小草帮父母买了去云南丽江旅行的特价机票，订好了酒店，明天是出发的日子。父母本来就爱旅游，几个月前，听见一起锻炼的老头儿说，八十岁之后，旅行社海外游的团就不肯再收他了，他们更要加抓紧一切机会出去玩。小草有个朋友在开旅行社，专卖特惠尾单，无论哪里的尾单行程发来，问他们去不去，他们都一条声地说：去！

小草本来以为，阿姨突然去世了，母亲会却不过情面，取消旅程，参加葬礼，这当然会损失不少钱。但是母亲并没有犹豫，原定计划不变，他们要去旅行。今天晚上的吊唁，就是跟阿姐最后的告别，她向阿姐一家解释着，机票已经买好，火化那天就不能来了。

小峰的车子已经开回来，在路边等他们，他们踩着雪走出来，嘎吱，嘎吱，两脚冰凉。果果坐在车子里，欢天喜地地在喝一杯星巴克的热巧克力。小草抓着两本书，爬进后座，她想，不去追悼会也是对的，父母年纪大了，何必徒增伤心。他们应该抛开一切去旅行，在云南的雪山下面烤太阳。

她微微疑心，姨夫拿出这两本小说，虽然递给了母亲，实际上是想给自己看。在姨夫的眼里，也许她就算是个专业写字儿的了吧。否则，这几年里，母亲自己去过阿姨家好几次，他怎么一次都没有把作品拿出来？

身边的人所拥有的创造力，尤其是那些隐藏着的创造力，总是让她心生妒忌又心下一惊，不光是这个八十八岁的老头。她在家里憋着，一个字都写不出来的时候，她五岁多的儿子，经常摇摇晃晃地逛进她的书房，央求她用电脑记下他自己编的故事，“你必须帮我记，因为，你知道，我还不会写字。”然后随便一喷就喷上三千来字。

回家的时候，小峰换了另外一条路况更好的路，隧道里一排绿色的指示灯，在泛着水光的路面上拉出长长的绿色倒影，跟汽车红色的尾灯灯影相交又相错，如跳探戈。

从隧道出来，他们开上了高架，大雪纷飞，母亲突然不认识路了，问，“我们现在是在哪儿啊？”

“我们走了另外一条路，马上就要到家了。”她对母亲说，她向下指着不远处的一组房子，教她辨认，“你看，那就是你经常去的大超市嘛。”

小草过去以为，老人对熟人的死讯会格外敏感，那是普遍意义上的丧钟为谁而鸣，很容易联想到的一种兔死狐悲。她还是不太了解老人，不了解天地不仁，常以残忍作慈悲。跟伤春悲秋的年轻人比起来，老人反而在第一时间就完成了切割。死的已经死了，而我还活着。那是他们的安全阀。她的母亲，今天刚死了姐姐，明天要去云南旅行，她的姨夫，今天刚死了老婆，惦记着要送出自己的小说。这两年，父亲接连走了两个妹妹，她一向知道他们兄妹感情甚笃，父亲又是如此心重的人，可是，事到临头，他跟没事儿一样。

把父母送回家后，他们飞快地开回了自己的家，她捧着满满一箱子蔬菜，把两本小说插在菜里，小峰用脸盆去兜一盆雪，他答应果果，可以让他在家里做雪球，对窗外砸着玩儿。一家人向家走去，雪花无声无息。果果心满意足地叹着气说，“下雪太美了，可是它让我想起伤心的事。”

下雪太美了。从车子钻出来的那一瞬间她如入白昼，四周为之一亮。别人家停了一天没挪窝的汽车，车顶上积了厚厚的雪，边缘有一个内切的角度，从后面看去，像戴着白色羊毛假发卷的法官。白雪皑皑的大地折射出寒光，照亮一切，夜晚的天空竟是粉红色的，如同海洋贝壳泛着珠光的内壁。这是一个平安的夜晚，正如这颗星球上每一个幸存的夜晚那么平安。

（《时间的仆人》上海文艺出版社 2020 年版）

掩面时分

戈　舟

形势依然严峻，我竟和姜来见了一面。

即便被旷日持久的疫情折磨得日渐麻木，走上街头，还是会略觉不安，心中有股顶风作案般的、生动的刺激感。

看上去，这次见面没什么必要性，我和姜来之间的友谊，就算在正常时期也谈不上特别深厚——我们做同事的经历都是三年前的事了。是她主动联系的我，在微信里用语音邀请我出门吃顿饭。本来寻常的事，如今都变得非同寻常。这“吃顿饭”的邀约，现在就像是拉着你一同去赴汤蹈火。可我没怎么迟疑就答应了下来。

也许的确是因为快要被关疯了。但我知道，促使我赴约的理由一定没这么简单。我只是无从将那种复杂的线头摘清，于是只有将其甩给最轻易的理由。人类行为线索的乱麻，基本上你自己都是理不清的。你不知道自己究竟为何冒雨跑到了空无一人的街上，你也不知道自己究竟为何在某个夏天的黄昏打起了寒战。你不能直视自己，既无那样的勇气，也缺乏超然冷静的神禀。更何况，如今世界都陷在了空前的迷茫里。

丽都广场前的露天餐吧我并不陌生，三年前，我和姜来供职的那栋写字楼就在近旁。远远地，当我望到餐吧支起的遮阳伞时，心里居然涌动起一丝慰藉。昔日重现，那滋味，就是重逢某个久违了的东西，而这个东西，此刻对你具有连你自己都未曾擦亮过的意义。“久违”与“意义”，三个月前，无论如何我都是没法跟这家露天餐吧联系在一起的。因此我还放慢了脚步，不过是想延宕内心这种新鲜的、令人有些目眩的感受。

姜来已经坐在一张桌子前了。她要了杯水，在我看来仅是为了理直气壮地用水杯给世界一个摘掉口罩的理由。我从她身边绕过，坐到她的对面，一时间不知采用怎样的方式启动这个非常时期的谋面。还好，我也摘下了口罩。这简直是非常时期最高的礼仪。

两张一览无余的脸，竟让我们彼此都有一瞬间的尴尬。

我有些不自然地对她说："周末好。"

她也有些不自然地笑了，问我："今天是周末吗？"

我一下子拿不准了，好在她紧跟着也回了我一句：

"周末好。"

我听出来了，其实她也是拿不准的。这有些美好。当大家对世界都拿不准的时候，世界一下子就显得没那么奇怪了。

她显然是精心打扮过，在我看来还有些过分精心，以至于都不太能和我的记忆对上号。三月末的天气谈不上温暖，可她已经穿着条紫色的纱裙了。

"不冷吗？"我说。

我控制了语气，但我仍然感到自己有可能是要冒犯到她了。

"还好。"她答道，表情反倒像是担心自己光着的小腿冒犯了我。

大家都有些心照不宣的小心翼翼。我又一次感到了有些美好，随之还找到了另外一条此行的动机，那就是，人和人交际时这种微妙的迂回与躲避，亦是我愿意重温的旧时滋味。

不曾想到，我们竟是从口罩聊起的。上帝知道，三个月来，口罩已经成了我不折不扣的噩梦。没错，我就职的公司的确在从事医疗器械的国际贸易，但这并不是我的错，那只是一份糊口的工作，和从前我们一起卖保险没什么两样。我不该承受如此蛮横的摧残——我们这个行当一夜之间成了风口浪尖上的重灾区，全世界的人都跑来跟你谈口罩，有口罩卖吗，或者买口罩吗？这买和卖的背后，是你以前完全无从想象的量级。不到一百天，从我口头周转的口罩大概有几亿只，然而事实则是，几亿只虚拟的口罩充斥在我的艰难日子里，让我焦虑不堪，但迄今却没有一只有效地兑现在了现实的交易中。

此刻，面对又一个说出口罩的人，我知道了，原来我顶风作案般地跑出来，最大的动机不过是为了暂时逃脱那令人绝望的荒谬。

“全世界都在倒霉，只有你们这行因祸得福，”她并不像是调侃，反而像是要令我开心的样子，“你卖口罩都卖到手软了吧。”

“都这么认为，我要是跟你说，我实际上却降薪了，你会信吗？”

我勉力想要给她做出点儿解释，尽量用舒缓的口气，跟她说说沉船时刻甲板上没有哪只烟囱会幸免什么的。但我说不下去了，感觉胃液已经翻涌了上来。

我的表情让姜来认识到了问题的严重性，她替我叫了杯柠檬水。

“呃，这个我的确不太了解，”她说，“嗯，你是有些消沉。”

这话我还是接不上来。我何止“有些消沉”，而且听上去好像从前我不消沉似的，那并不符合事实。

好在姜来没有等着我回应她的意思，飞快地转移了话题。她告诉我这段时间自己成了家里的全职保姆，照顾一个不足周岁的女婴足以让她无暇顾及轰轰烈烈遭难着的世界。听上去，她不是在诉苦，是在向我炫耀自己的幸运。我装作饶有兴趣，心里做着换算：如果在一个女婴和漫天的口罩之间做出抉择，此刻我会投奔怎样的生活？这很难，真的很难，不是因为两者都对我构成恐吓，而是我意识到了，世界给予你的选项原来就是没得选，要么你去面对女婴，要么你去面对口罩。这个发现令人松了口气，我想，这可能也是姜来约我见面的愿望所在，共享一下自己的困境，赋予困境某种“庆幸”的色彩，于是分摊掉实实在在的重荷。

在我们昔日的交往中，就曾经如此共享与分摊过。那时我刚刚毕业不久，拿了文学硕士的文凭，却只能跑到保险公司谋职。我天真地认为，学以致用，至少我可以用被文学史训练过的笔法去胜任一份文秘之类的工作，孰料直接被安顿到了实打实去做业务的岗位上。那是一个厮杀的疆场。我以为这很不幸，但姜来却让我相信这是幸运。她比我大七岁，当时在我眼里都算是一个长辈了。尽管和我所学的专业相同，她手里攥着的，却是博士文凭。博士都不用对硕士过多解释，在她的共享之下，我很快觉得没有被安排去做保洁已经是中了大奖。她从安徽来到北京，不用说，是上了某个男人的当，人生一下子被悬置在了古怪的区间里。她不能抽身了，只能顽强地浮动在好像是被规定好了的引力当中。她要留在北京。这里面肯定有赌气的成分，似乎要证明点儿什么。对此，我向她部分地分享了自己的境遇：与她的方向相反，我那时最大的目标是将自己从北京发射出去，无论是哪儿，安徽也行，火星当然最好。我有一个后父，麻烦到像所有麻烦的后父一样。两个目标南辕北辙的女人交会在了同一栋写字楼里，彼此分享了秘密，这个事实对我有效，我想，对她大概也起到了疗愈的作用。

卖保险原本也算得上是一份体面活儿，可谁都应该明白，世界上所有的体面活儿都不是那么实至名归，它们肯定会跟你想象中的不一样，跟教科书上的不一样，跟电视剧中的更不一样。当年我们被组织在同一个团队里，收入是以集体业绩来算绩效的。姜来的业务量比我大，尽管也只能算作是差强人意，但我总是觉得我在很长的一个阶段里，不仅分享着她的秘密，还分享到了她的劳动果实。我将自己视为一个不劳而获的受惠者，不免对她怀有隐秘的感激之情。因此，我还有种从业的不洁感，这种"不洁"之感，一直贯穿到了今天，不出意外的话，还将是我职业生涯毕生的滋味。就像现在，谁能想到呢，我这个医疗器械的国际贸易从业者，不过是在兢兢业业地做着虚空的数字游戏。

"我可能不该跟你扯这些。"姜来终于意识到了不妥。

我好像一直在等待她这个意识的到来。不同的是，我并没有觉得她有不妥。就是说，我并没有感到不适，我只是认为她应该会意识到她所说的话题将引起我的不适。所以我就不动声色，在等着她的这个意识降临。

三年前姜来陪我堕过胎。你瞧，现在谈论一个女婴，对这段往事有可能构成影射。

医院是她替我选的，以我之意，本来是想找个小诊所了事。这里面当然有捉襟见肘的经济考量，但事后我审视过内心，承认还有某种自弃与自毁的冲动在唆使着我。从手术室出来后，姜来陪着我在空空荡荡的医院走廊里坐了很久。她坚持选择了这家费用昂贵的医院，和我一起在黄昏中感受走廊高耸的立柱投射而下的粗壮倒影。昂贵当然有昂贵的道理，我是没有见过哪家医院的空间奢侈得宛如圣殿一般深阔，连柱子都做成哥特式的风格。外面已经是盛夏的季节，我们置身的"圣殿"温度适宜，肯定谈不上寒冷，而我却打着剧烈的寒战。说起来这很好理解，我刚刚被掏空了。但这肯定不是唯一的原因，它只是更显而易见。

她握着我的手，劝慰性地对我说出一些令人咋舌的知识。男性的精子对女性来说是异性抗原，按照移植学说，这个外来的抗原会受到排斥，绝大多数女性怀孕后并没有流产，原因是母胎免疫耐受机制的存在发挥了作用，但是，如果这个机制不够完善，就有可能会出现流产。她当时就是这么告诉我的。可这跟我眼下的处境有什么必然的关系呢？我想，她事先一定专门补了课，否则她不可能如此专业，即便她是一个文学博士。她也的确像是在背书，脸上是知识未曾消化过的费劲表情。

“还有另外一种状况，”她认真地说，“那就是偶发性流产，发生了自然淘汰，淘汰率达到百分之五六十。”

这很神奇。不是吗？我不能确定她的科普是否准确，也不能确定自己是否真的准确理解了人类生育的规则，我只是觉得自己被有效地说服了。既然那是一个高达“百分之五六十”的人类事实，你还有什么理由继续打着寒战呢？“自然淘汰”这个词发挥了效力，那就像是在说花开花落与春去秋来，是在说自然那庞然的意志与你那只能的逆来顺受。就算你刚刚经受的，是一个血淋淋的非自然掏空。

我拿不准自己是否曲解了这堂生殖课的真谛，就我当时的理解，我认为有许多流产是在连你自己都不知道的情况下发生着的。自然在悄悄地搞着神秘的平衡，这赋予了事情不由分说的色彩，它在源源不断地淘汰着胎儿，女性的身体不过恰好是一个搬运现场。这样的认知，一直保持到了今天。

那天黄昏，我在夕阳的余晖中渐渐平静。姜来始终把我的手握在她的掌心，循循善诱。我从未对她表达过谢意，就好像我们不曾想过要对大自然表达点儿什么，直到有一天我不告而别地离职。

是的，在大多数时候我都显得冷漠。但我知道，这只是当我必须向世界描述自己时，能够用来保护自己的最安全也最廉价的一个说辞。我知道自己有多么地不讨人喜欢。除了将一切推诿给那天赐的性格本身，我没有力量与胆识坦陈自己所有的深情或者绝望，当然，还有愚蠢和贪婪。

我们那时就是处在这种不温不火的友谊里。有时候一起在天台上抽支烟，有时候一起在丽都广场前的露天餐吧吃顿饭。她原本并不抽烟，是跟着我才染上了恶习；我原本也对意大利面毫无兴趣，跟着她，才开始觉得原来也还不错。现在盘点一下，我觉得我从两个人之间的友谊中获益更多：我教会了她一个恶习，她拓展了我的味蕾。何况，那时的饭钱基本上都是她出的。这个认知此刻令我惭愧，我想要对她释放出适度的善意与热情，如果有可能，我还想向她道歉，请她原谅我无可救药的冷漠，并接受我笨拙的示好。可是我真的不知从何说起。

戴着口罩的服务生端来了食物。原来她在我到来之前已经提前点好了。这没什么问题，本来就是简餐，薯条，鸡翅，意大利面。从前她就是这么干的。

“保险餐。”我脱口说出了自己的心里话。

“什么？”姜来显然听不懂，“噢，应该是保险的，现在能被允许营业，应该就是保险的。”

她会错意了，我并不是在担心食品安全。“保险餐”只是我从前在心里对这组食物的一个命名，除了对应着彼时我们从事的行当，还隐含着某种内心的感受，它代表着妥帖，恰当，心安理得和不事声张。由此，你该明白为何意大利面会让我觉得也还不错了，因为它介于可口与难吃之间，刚好是一个能够下咽却也能够微弱奖赏你味蕾的口感。谁都吃不下太难吃的东西，但我的舌头也消受不了过于丰盈的犒劳，那样会吓到我，让我觉得自己是在染指不切实际的幸福。所以遇到团队聚餐的时候，我基本上都会找个借口缺席。姜来却不行，她的年龄在我们当中算是大的了，于是就承担了团队成员对她“大姐”的预期，十有八九，大姐姜来都会配合着大家的兴头。无论谁做成了单子，大家都要去找地方集体庆祝一番，吃顿火锅，或者烧烤，这个不成文的规矩，发展到后来，没有单子，有了意向，也得去吃一顿。我因此承受了更多的难堪，婉拒时难堪．第二天见到大家时也无端的难堪——仿佛每一个人的嘴上都还泛着油光，而这油光辉映着的，是对于一个孤立者的讥讽。

“我一点儿也不担心它的安全。”我抓起一根薯条塞进嘴里，脑洞大开地对姜来说，“它们就像杰西卡一样安全。”

“杰西卡？”姜来怔了一下，马上反应过来，皱着眉阻止我说，“你最好还是别用手吧。”

杰西卡也是我们曾经的同事，是团队里最小的成员。她那时刚刚本科毕业，学的是金融。她来卖保险才是真正的学以致用，但实际上，却比我这个学中文的都更像是入错了行。她太独特了，总是让人感觉处在一种行将闯下弥天大祸的紧张之中，本来并不很白的皮肤，由于神经紧张的缘故．常年像是涂抹了不太均匀的粉霜。我用了不短的时间，才把自己心里的感受对上号——杰西卡看上去像一件树脂做的、那种所谓的前卫艺术品，不能简单地以美或者丑来理解，但是有强烈的感染力。和你说话时，你会感到她随时会哭泣起来，泪光在她的眼睛里闪烁，让你难以判断这是事实还是幻觉。要知道，你跟她谈论的可能只是早餐吃了点儿什么，这并不构成哭诉的理由，可她的确是发出了哭腔，于是你只好跟着陷入紊乱里，开始怀疑是不是自己出了问题。她和大家的交流几近于无，谁都不想惹她哭，以至于“杰西卡”这个英文名字完全抹去了她的本名。大概每个人都琢磨过，如果你非要去向她求证一个中国名字，势必会搞出惊天动地的哀恸，她会哭泣，直至在哭泣中融化。大家的心里有着共识：紧张不安的杰西卡却是团队里最安全的那个人。只要你别去跟她多说话，她就是空气一般无害的存在。

既然说到了安全，只能说明不安才是那个小团体中最普遍的情绪。警惕让每个人的寒毛都耸立着。当大家被以团队精神的名义组织起来时，也只能说明充满敌意的竞争才是最大的事实。我也被人从手里抢走过单子，也被客户下流地侵扰过，个中曲折，肮脏到我都不愿再去回忆。但我能够记得有那么几次，因为羞辱之感，我跑到天台上去不可遏制地呕吐。这让我害怕，除了呕吐，从天台上纵身跃出的冲动也伴生而来，那可绝不是个形容和比喻。既然呕吐已经是纯然的生理性行为，那么跳楼也就极有可能不再止步于一个念头。我甚至会这么认为：公司将杰西卡安排在这个团队中绝对是一个英明的决策，也许，在每一个团队里都会有一个杰西卡。她的无害，就是用来舒缓大家情绪的，类似军队里在硝烟后给大家唱歌的文艺兵。

“安全的杰西卡。”我不由得又自言自语了一句。

杰西卡的处境构成了对我的安慰。我还能婉拒难以适应的团队聚餐，而她连拒绝的选项都没有，只能脸色苍白地尾随集体的纵队，如同被一群野蛮人从战场上掳掠回来的人质，惊恐而无辜地看着他们狂欢，甚而还要惊恐地为他们奏乐助兴。

“事实也证明了，她也并不是那么的安全。”姜来说。

她的表情一下子变得让我有些陌生，好像戴上了无形的口罩，人应该还是那个人，但看上去，变成了另一个人。

“是，所以这才是最让人震惊的。”我说，一边用眼神质询她的状况。

姜来歪头笑了一下，表示她没什么问题。

那“让人震惊”的事，是指有一天杰西卡被一群人堵在了公司里，她被指控拐走了别人的丈夫。

团队周五下班前都会开一个例会，这时候部门经理就会露面。我们的经理姓刘，一个三十来岁的女人。迄今我也没有获悉她的名字。一方面，可能是我并无这样的需要，我压根儿不想知道她叫什么；另一方面，可能这也是公司想要达成的效果。我不觉得她是一个真实的人，在我眼里，她更像是一个符号，代表着组织，管理，纪律，还有分配原则什么的。她长得并不漂亮，但颇具说服力，那是一种泡沫聚苯乙烯之类的合成材料塑造出的魅力。

刘经理在那个周五的黄昏又一次出现了。大家已经分坐在会议桌两侧。我的身体仍未康复，堕胎后我压根儿没有休息，似乎让自己硬挺住这个行为本身，才是一个正确的自愈良方。而且我也怀疑，自己是不是真的能够康复，或者干脆就不需要康复。杰西卡恰好坐在我的对面，一贯的脸色苍白。她的双手放在桌面上，面前摆着打开的笔记本，没谁要求，但她总是在例会的时候认真地在小本子上做着记录。

刘经理进来后直接坐在了她的位置上，一言不发地大约坐了一分钟左右。她用手指叩了叩桌面。这是一个信号，会议室的门应声推开，公司保安的半个身子先露了下头，随后，他放进了那队人马。

“那天像是排练好的一出戏。”我说。

这就是我当时的感受。一切都极具仪式感，仿佛彩排过一般，像是舞台剧，逼真地模拟着生活，但又时时强调着，不，这是精湛的表演。也有可能这只是我的主观感受，谁知道呢，那时我湿漉漉的，感觉自己的身体仍然在持续不断地“自然淘汰”着，这种状况，也难保不会被幻觉蒙蔽。至少在我看来，拥进来的追责者并不吵闹，每个人的腔调都是清晰而夸张的，丝毫不杂乱。因此，原本应该显得比较复杂的事件，居然被我很快理解了。喏，杰西卡的一位男性客户失踪了，而她，是有迹可循的责任人中，最后一个与此人联系的。现在，她需要交代出失踪者的去向。

“我也是这种感觉。”姜来说。

她一边用叉子挑着意面，一边用手撩起垂下的头发。我发现她变得迷人了。

“现在我还会偶尔想起杰西卡的那个回答。”我说。

没错，那个回答神奇极了，既是一个确凿的答案，又是一个崭新的提问，基本上，你可以说它是一个“命题”。杰西卡竟然没有哭泣，她竟然显得空前的镇定与平静。她一边说，一边在小本子上写着什么，好像是在同步记录着自己所说的话。这让她显得有些漫不经心，又让她显得有些郑重其事。

杰西卡承认自己三天前与这个男人一同吃了饭，并且，也知道他去哪儿了。

“她说，”姜来复述出了这句话，“他去一个朋友的家了。”

看来她也难以忘记。

一个两三岁大的男孩跑到了我们桌前，他把口罩戴在自己的脑门上，连带着把眼睛也遮住了。

“回来！”他的妈妈在后面大声呵斥。

他去一个朋友的家了。没错，杰西卡当时就是这么回答的，给人的感觉是，她完全掌握那男人的行踪，而这个掌握，像是一个只有她才能够拥有的特权。——嗯，他去一个朋友的家了。连我都因之产生了希望，接下去，就等着她告诉大家这个朋友的家在哪儿了。

“但是她也不知道这个朋友的家在哪儿。”我忍不住笑了，不，不是觉得滑稽，是被某种悲伤的东西猛烈地触发了笑点，“何处是那朋友的家？这都像是一个哲学命题了。”

“你会同情她吗？”姜来看着我问。

我抓紧吃掉一根鸡翅。

“我也说不好，可能我也被现场的气氛给搞懵了。至少，我是不反感杰西卡的，我想，我们所有人大概都不会反感她。没错，为了签下单子，她竟然也使出这种手段去接近客户了，但这不是每个人都心照不宣的秘密吗？知道她也这么干了，我会感到有些心痛，可这心痛又不太像是在同情她，反倒有些像是在可怜自己。我也说不清楚，总之，我经常会想到她最后的那个回答，她简直就是很认真地把一个谜语当作答案来看待了。她肯定确信自己知道那男人的下落，而这个下落就是——他去一个朋友的家了。至于这个朋友的家在哪儿，并不是她要求证的问题，她认为她已经得到了答案。”

我也不知道自己为什么竟然变得有些激动，更没指望姜来能听明白我是想表达什么。老实说，我也不知道自己想表达什么。

“我知道你在说什么，”姜来这么说实在令我意外，“你是在说软弱者的无助，当强悍的世界完全令人招架不住的时候，弱者会沉入自己的逻辑里。——这让你感同身受。”

“是，好像是……”

我真的有些发抖，向后靠在塑料椅背上，环顾一番四周，好像这样就能把疫情都给解决掉了似的。

“对了，刘经理叫什么？”我随口抛出一个问题。

“刘经理？”姜来咬住叉子，说，“刘经理，她的名字叫刘经理。”

我开怀大笑起来，连嘴里的薯条都掉到了胸前。

姜来放下叉子，开始用餐巾纸擦嘴。我真害怕她随后会戴上口罩。

“那么，你想过那个朋友的家在哪儿吗？”还好，她又把叉子拿起来了，“对于这个答案后面的答案，你从没感到过好奇吗？”她再次埋头吃东西，一边吃，一边问我。

“好像没有过。那不该是我关心的事儿……”一瞬间，我剧烈地意识到了什么，我能感受到她身上的坚定性，那是一种天生所具有的类似禀赋一样的东西，那是一种能量。“好吧，”我竟是一种认命的心情，“他去了你家，你就是那个朋友。”

“严格说，不是家，你知道，那时候我也是跟人在三环边儿合租了一套老式房子。”她头也不抬地说。

“你不是在逗我吧？”

我知道她不是，我只是好像还不甘于失败。

她依然低头面对着食物，就像当年杰西卡低头面对着小本子。

“好吧，那么，你是知道那男人下落的喽？他去哪儿了？”我知道这并不是我关心的问题。

“是的，我知道。”她一根一根地挑着面条往嘴里送，“他在我那儿过了一夜，第二天就走了。”

“去哪儿了?”

“他去一个朋友的家了。”她停顿了一下，补充说，“分手的时候，他是这么跟我说的。”

这个答案一点也不让我惊讶，或者说，我是被某种更大的、我完全无从想象的惊讶罩住了。即便现在她抬手把一只口罩塞进嘴里吃下去，我也不会感到惊讶。

“他就是一个谜面的制造者，给一个又一个他经过的女人，都留下了不可追问的去向。”我不是在跟她说，我是在跟自己说。

对，就是不可追问。姑娘们都止步于他给出的那个“命题”，因为继续探究，已经超出了她们的权利给定的边界。

“的确，他很吸引人，甚至可以说有股魔力。我想，杰西卡接近他，并不完全因为他是一个潜在的大客户。至少，这不是我的全部原因。没错，他太有钱了，风度和教养都很好，而且看上去很有保险意识，简直就是为我们量身定做的目标人群。但我不会跟所有这样的人都去上床。”姜来说。

“可他使用自己的魔力跟你们都上了床。”

“他应该不是故意的，是杰西卡主动撞上去的。”

“怎么说呢?”

“杰西卡偷看过我的记事本，她给我正在谈的好几个客户打过电话。”

不可避免，我的眼前浮现出杰西卡那前卫艺术品般的脆弱神情。

“我一点儿也没有责怪她的意思。我知道她有多艰难。我其实还有些替她担心。这个男人早晨从自己的太太身边离开，道别时. 告诉自己的太太他去一个朋友的家了；他在傍晚和杰西卡吃了晚餐，分手时，同样告诉她自己去一个朋友的家了；然后，他到我那里过了夜，在第二天清晨对我说，他去一个朋友的家了。就此，他走进了一个闭环里，或者是一个俄罗斯套娃里，不知所踪。但女人们的日子还得过下去，他的太太不会有什么大问题，你看，我也不会，但杰西卡就说不准了，她依然活在现实里，可意志已经被绑架到另一个维度里了。”

“没准谁都差不多，和现实脱节，属于一个世界，却在另一个世界。”

“没听懂。”

“我也不懂。”我说。

其实我大致能懂，譬如，当年姜来人在北京，却不属于北京，我在北京，却属于火星。

姜来终于不再吃了，但也并不看我，而是侧脸看着不远处那个将口罩当帽子戴的小男孩。

“你还是老样子，穿什么都像个学生。”她说。

我低头看了眼自己的腿，发现自己都不知道自己原来穿着条运动裤。其实这是条我的睡裤。

“不知道杰西卡现在怎样了。”她招手向服务生要了两杯生啤，“跟你一样，她在第二天也不辞而别了。“为什么离职呢？我一直有些猜不透，只是没问你。”姜来直视着我，这不对劲，她显得有些咄咄逼人。有一股暗流在我们之间起，女人的敏感可能让我们都意识到了点儿什么。

我再一次忍不住大笑起来，完全莫名其妙。

“我去一个朋友的家了。”我这么回答她，笑得上气不接下气，觉得这个回答真的是绝妙极了。

“去你的！”

她也跟着笑起来，跟着也上气不接下气了。

直到两杯生啤摆在了眼前。我们碰杯，各自喝下一大口。我心里的祝词是：嗨，祝贺你，你留在北京了，而我，还没有被发射出去。

离职后，我和姜来保持着断断续续的联系，她结婚时通知了我，但我没去。她嫁给了一个大学教授，是她读博时的同门师兄。这位师兄成功地杀入了北京，就职于一所高校，于是山重水复姜来借此实现了自己的目标，在北京也属于了北京。她依然在卖保险，不过也成为只是出现在周五例会中的姜经理，可能也在经历着淬变，正在“泡沫聚苯乙烯化”。她生孩子的时候我去医院看过她，我们一同坐在医院的走廊里，在立柱的阴影中感受神的光环以及自己的平凡，我感到自己的下身湿漉漉的，猜测自己再度经历了一次神不知鬼不觉的自然淘汰。

“你知道吗，我得感谢你。”姜来又一次举杯。

我和她碰杯，把她的话也当作一句客气的祝酒词。

“跟着你来这儿我才喜欢上了意面。”她说。

“什么？”我有些恍惚。

“这种食物蛮神奇的，嗯，像安慰剂。”

我大约能够明白她的意思。我只是想不起最先究竟是谁带谁来的这儿。

“是我带你来的？”

“你不记得了？那天下雨，我在公司楼下遇到你……”

我记起来了。那天下大雨，我从写字楼冲进了雨里，街道上空无一人，当姜来从一辆出租车里钻出来时，给我的感觉，就像是撞到了世界上唯一的那个幸存者。她也没打伞，不远处露天餐吧的遮阳伞就成了一块天经地义的避难所，让我们不往那儿跑都不行。

“我没跟你说过，那天我是从一家私人会所跑掉的，几个男人想欺负我，恶心极了。你可能想不到，当我看到同样湿漉漉跑过来的你时，心里有多安慰。那顿饭救了我，薯条，鸡翅，意大利面，简直就是上帝亲自下厨专门为我做出来的。它们就是这个世上属于我的食物——你可能觉得我这么说太夸张了，但我当时就是这么想的——有一种跟你匹配的东西，不多也不少，你就不再是孤立无援的了。”

“祝贺你。”我竟说出了这么一句。

但我真的是想祝贺她，至少她得到了安慰，并且还记得这一切，能够相对容易令人理解地描述出来。而我，压根儿无从说起那天自己究竟为何冒雨跑到了空无一人的街上。

世界何曾太平过。不戴口罩的日子里，每个人不是照样深陷在各自轰轰烈烈的平庸的困境里。

“那时候我真的挺难的，”她说，像是要对什么做出解释，“还好，房东人不错，答应我半个月付一次租金。”

我竟无言以对。她不需要对什么做出解释。她连房租都付不起的时候，却带着我去了圣殿一般的医院。这才是问题所在。

喝光啤酒，我们起身道别。略微迟疑了一下，我还是向姜来伸出了手。两个女人的手在严峻的时刻坚定地握了握。我们之间的情谊，不会因之变得更加深厚，那本来就不是我们之间的方式，我们没那么开头，就不会那么发展，我们只是撞在了雨里，一起分摊了漫天的大雨。大雨淋了两个人，就比只淋给一个人的份额少了一点儿。但这就到头了，你从来都只能相信，每个人的悲伤都是各自独立的，它们隔绝无依，并不能彼此交汇。

戴上口罩的姜来显得很轻松，就像一半的不轻松被遮住了。我想，在世界停顿下来的这个当口，掩面时分，大家都该趁机清理清理某些悬而未决的往事。她认领了那个男人“朋友”的身份，有理由轻松起来。我也好了许多，如果见面那会儿我是“消沉”的，那么，现在至少看上去应该不那么消沉了。

目送着姜来离开，我并不急着回去。她回去是面对一个不足周岁的女婴，我回去，是面对漫天飞舞的口罩外加一个麻烦的后父。对面诺金酒店的玻璃楼面在三月的辉光中熠熠闪亮。我在广场的花坛前坐下，看着那个乱戴口罩的小子到处瞎跑。有几次他都冲到我面前了，我都做好了即将被他撞翻在地的心理准备。可最终他也没有撞到我。

所有发生了的事情，都是你没有防备的事情。

有一件发生过的事情，我刚才没有告诉姜来。它在一瞬间都跑到了我的嘴边。可我终究还是没说。大概要是说出来的话，太像是一笔交易——喏，我跟你说个秘密，你也跟我说个秘密。这太小儿科，也有失严肃。况且，我们大概也都过了那种分摊大雨的人生阶段。重要的是，这件事不像是件真事，

但它的确发生了，因为我毫无防备。

导致我堕胎的那个男人出现在一个午后。我往写字楼里走，他在身后喊住我，用一种狩猎者胜券在握的口气对我说：你是姜来的同事吧？我们就这样认识了，事情由此发生。他有一种天赋，就是会让你相信，只要稍微再坚持一下，他就能帮你把自己从北京发射到火星去。

离职后，我竟然还顽固地追踪过他。我找到了他的公司，也找到了他的家。我站在街边观望与等待，如实说，好奇多过痛苦。我可能只是想搞明白这世界是如何运转的，那么多意义非凡的事该如何让我去勘透本质。这个过程并没有花费我太多的力气，他在十天后就回到了自己的家，进门时的背影就是一副刚从朋友家归来的架势。这个结果让我觉得

索然极了。他永不回头就会成为一个奇迹，就可以让姑娘们永远将自己的伤口美化下去，一直假想着被人当回事，或者曾经那么接近过火箭即将发射的一刻。但是他从朋友家串门儿回来了，精疲力竭，手里拎着带给家人的礼物，不是鲜花那类的东西，看包装袋，像是提了堆热乎乎的麻辣烫。

没有神的光环，只有你的平凡。

我没有因之搞明白世界是如何运转的，对我而言，意义非凡的那些事，也照旧闪闪发光地意义非凡着。这并没有摧毁我。我只是想明白并且承认了下来，一切其实并没有那么叵测，当我们前赴后继成为他人的下一个“朋友”时，或多或少，都怀有“签下一单”的心情。

这当然很残酷，可理解了自己之后，我才能平静地、甚而是不带羞愧地去容忍自己与理解世界。为此，现在，就是此刻，我都能穿着睡裤在三月的春光下轻盈起舞。世界当然还会重启，到那时，势必还会有人源源不断地离我而去，形成新的闭环或者套娃，也会对我说一声：我去一个朋友的家了。而我，就可以如同代表着自然的意志一般，勇敢地发出神圣的质询：

何处是你朋友的家？

（《小说界》2020 年第 4 期）

虚 耗

田 耳

成桐三十七岁，离异五年，这让他更有理由宅在家里。最近一年，他注册了几家婚恋网，找人聊天。他算是老实人，尤其不敢不听成东方的话。成东方说，你碰到这种事，最好的方法就是再找一个，最好再生一个。成东方的口气，仿佛他很有经验，事实上他与成桐的母亲罗亚茹一块过了三十九年，婚姻钢水浇铸一般，没任何裂隙，直到去年罗亚茹因病去世。

按成东方的指示，离婚后，成桐经朋友介绍，有过几回，觉得不理想，钱都白掏。每次见面，双方有人陪，一桌上千块，不到这数，对方还怪你不诚心。他不可能次次以这种方式表诚心，虽然一个人，日子还是要划算着过。

一年前，他注册婚恋网，固然跟小广告闪屏有关，也得益于同事小蒙以身作则的推介。上班时间，他手一抖就注册了。注册信息，身高体重，兴趣爱好，性格特征，都照实说。照片也是手机随拍，网站里一挂，条件很一般。比如说身高，他填 168，而美女基准要求是 172，170 是三等残废线，要过线。比如说收入，虽然有不菲的外快，他按工资表填，每月扣完到账四千多，他勾“四千及四千以下”，起步挡。能接受这种穷鬼的，一般年纪都比他大，照片上黄脸黑斑赫然醒目，看不出是急着结婚还是下定决心独自终老此生。成桐发现自己也是对年轻一点的，照片拍成美女的感兴趣，人同此心嘛。美女一般不理他，偶尔回他信息或者主动@他，都问同一个问题：你说你的宠物是老鼠，是什么鼠？是仓鼠荷兰猪还是龙猫？他回答，是家鼠。又问家鼠怎么当宠物？你能驯服它们，捧在手上捋毛吗？还是老鼠能给你摇尾巴？他说，就是养在家里，一般见不着，但感受到彼此的存在。对方就觉高深，说你这是拐着弯讲你的婚姻观吗？他说我讲的只是事实。也有人问，为什么会养家鼠？他老实回答，因为我父亲最喜欢打老鼠，我看不过去，就喜欢养它们。对方如果有兴趣，问到他和父亲的关系，他也承认，关系不好，虽然表现上看不出来。他又说，我们小的时候，父亲往往脾气不好，凶巴巴的，不是打就是骂。那时候，哪个父亲温文尔雅，对小孩不打不骂，出门都不好意思跟人打招呼。

对方也有明白人，说你这是童年阴影，你觉得自己就是一只老鼠，对吧？他忽然有些感动，忽然想约对方见面。但对方拒绝。

成桐在婚恋网上混一年，自认为是老油条，喜欢网站内或者换微信聊一聊，不见面。不肯见面，也得益于小蒙的教诲。小蒙自曝在婚恋网上谈了一百多个，经常吃饭，网友请客，她专找贵的点，虽然一直没谈成，身价却一路上扬。小蒙频繁地化妆，外出吃饭，一次次打消成桐找人见面的冲动。就这么网上聊着最好，每个聊他三五天，或者十天半个月，对方看出来这家伙只是想找人聊天，感觉没意思，他也不留。人和人聊天，都是起初一段好，“人生若只如初见”，这道理，成桐在不断领悟。而那一头，成东方偶尔打来电话，或者用微信语音聊天，问他是不是在找，他可以负责任地回答，一直在找，没敢疏忽。

偶尔，成桐也想，自己分明不是很想谈，这又何必？这时候脑际会回旋一首古老的歌曲，刘德华的嗓音纵有点败兴，歌词倒把他的心思写得丝丝入扣：不喜欢孤独，却又害怕两个人相处……解决的办法，自然是以恋爱之名，网上约聊。他还喜欢看网上的视频相亲，看别人秀约会。有人说看《舌尖上的中国》是让别人替自己吃，看岛国动作片是让别人替自己做爱，成桐顺着这思路想，看视频相亲，其实就是让别人替自己尴尬。

成东方打电话说，我这几天就过来，你帮我订票。成桐没有理由不让成东方过来，他只有这么一个父亲，父亲也就他这么一个儿子，现在父亲身体还不错，以后哪天身体不行，他有义务每天侍应着。但在这之前，他愿意父亲一直待在老家，彼此独自生活。父亲本也不想过来，韦城人生地不熟，老家佴城到处都是熟人，年纪大了，说话串门，跳广场舞也一块儿去占地方。但年纪大了怕冷，成东方和罗亚茹以前冬天来过，说是看同学朋友，在成桐家里小住一阵。那些同学朋友每年冬天都往南边走，清明以后又返老家，被人命名为“候鸟人”。佴城不南不北，冬天没有暖气，取暖还靠烤电炉，或者生地扩火，火烤身前暖，风吹背后寒。如果大前年两老没有过来，不体验这边的暖冬，再冷的冬天也只好在家里硬挺；现在有了比较，冬天要当候鸟人。前两年也说要过来，罗亚茹身体忽然出问题，躺床上动不了。成东方跟成桐说，要是那年早点过来，在你这里过冬，你妈说不定多挺几年。罗亚茹是去年冬天最冷的时候去的。佴城的冬天，死人的频率可以参看温度表，到了零度左右，就开始陆续接收亲戚朋友亡故的消息；气温再掉几度，送出去的赙仪起码花掉一两月工资。

成东方马上要来，成桐首先想到的是屋里那些老鼠，那些看不见的宠物。那些看不见，却陪他度日的老鼠，让他忽然想到一个词，“虚耗”。有些词，与当下的境遇一碰撞，忽然就生动起来。但成东方看得见也找得见老鼠，他的拿手戏就是灭鼠。成桐不可能跟父亲说，那些都是我养的宠物。他奔四十，成东方六十五，按说也到了多年父子成兄弟的分上，但成桐的童年记忆牢固异常，看着成东方的背影，还时不时打哆嗦。成东方呢，似乎也没意识到儿子都快人到中年，老挂在嘴角的话，是“我现在讲话你不听是吧”。于是成桐马上摆出洗耳恭听状。他发现这是一种惯性。

老鼠是在附近大圩公园弄来的。大圩是个野公园，据说十年之前是夹江两岸的荒地，随城市摊开，那一带因陋就简修建步道和观景台，算是公园。水体黑臭，老远闻得见，少有人去。老鼠横行，个个膘肥体大，在步道上倏忽往来，有的还胖得边走边打滚，憨态可憎。有一天成桐盯上一只打滚的老鼠，跟着它，往没了脚踝的草丛里钻。老鼠慌了手脚，连滚带爬还是甩不开人，倒把老巢暴露出来。成桐顺洞口往里撬，撬了一尺半深，现出一窝小鼠，七只，粉嫩得像刚剥好的芋头。前几年，他看见有人在大圩公园挖鼠仔，一端一窝，拿去夜市弄成一道口味菜“三叫”。现在不让卖，老鼠便又横着走。没有买卖没有杀戮！成桐把七只小鼠一只只装进塑料袋，母鼠在不远的地方竖直身子发呆。成桐心里还说，反正你能生，因为你们太能生，所以这个地球，人类灭亡以后，终究是你们的天下！

带回家后，他把小鼠放在一只盒子里，饼干捏粉，吃不吃是它们的事。后来死了四只，一个月后，活下来的三只有两指头粗，懂得躲藏，随处一钻，平日里就难得看见。成桐把食物放在固定的地方。水用不着放，它们自己总能找到，简直是最好养活的宠物。半年后，半夜里醒来，他听到细响以及蠕动，知道那几只活过来的家伙，近亲结婚，又在繁殖下一代。他住的房间较大，能藏小鼠的地方，他心里有数，很快扒出来，又是七只。他觉得应该有个总量控制，把七只小鼠一字排开，用毛笔刷它们的脊背，就像给烧烤刷卤料。鼠仔脚软，爬行主要靠肚皮，像鼻涕虫，地上有明显的迹线。他把排名靠后的四只带出房间，开车带去大圩公园放生。往后，他的乐趣在于定期举行这样的求生比赛，为总量控制，限额日趋紧张，每一窝只保留一只。

成桐独居五年，没找女友，大多数时候都忘了自己胯下之物具有双重功能。他觉得这也没什么不好，不记得是谁说，男人去除性欲困扰，就去除绝大多数痛苦。他逐渐领悟这一点，而以前婚姻生活有一种虚幻，他几乎想不起前妻菁薇的脸孔，只有女儿小沅会在即将入梦时陡然清晰。偶尔得见小沅本人，却发现和记忆里有了巨大变化。偶尔他会做起咸湿的梦，女人面目模糊，他在喷发时候醒来，听见老鼠们弄出密密麻麻的声音。他住的小区极其静谧，已是不成文的规定，哪家要放音乐跳舞，两口子想吵吵架，舍长们管闲事的就去敲门，有几个爱报警的，哪家不听劝还要吵闹，110 当面拨响。夜晚过于寂静，咸湿的梦多来几次，他认定是老鼠闹的响动引发的。他其实享受梦遗，在梦里被勾引，被挑逗，自己仿佛也毫不手软，醒来却还保持清白，换条裤衩就清理了现场。而在心里，生发出一种荒远寂寥却又澄澈的情绪。

成桐不知道父亲到来以后，这些家伙还能活多久。他还记得成东方当年怎么对待老鼠，灭鼠简直是父亲最大的人生乐趣。在佴城老家，他家自建房，建在山腰，占地四分，多出来的地方辟成菜园。屋后面是一片矮树林，不大，却见幽深，能保证每年都有蛇虫活物往屋里爬。山上老鼠多，一旦进到他家屋内，就会引发成东方的一场狂欢。每一间房，都是给老鼠准备好的屠场，每一间屠场，采用的行刑方式各不一样，老鼠钻进哪一间，就已给自己选定一款死法。

“呃，老鼠进屋了！”

成东方短促地一吼，脸上血色翻涌，叫成桐打下手，灭鼠行动开始。成桐不敢拒绝，父子俩配合默契：把一间房所有的缝隙堵死，不让老鼠溜走，堵死以后，成东方就叫成桐一旁掠战。他自己，还要抽支烟压压时间，调节心情和状态。如果老鼠钻进楼下堂屋或是两边侧房，成东方就用一根细竹竿逼老鼠沿墙根跑动，然后啪地一脚踩死。下脚的位置，早已选定，成东方就喜欢那带了准星的一脚，讲究分寸，踩出“吧唧”的响，踩死不踩破，不能让血污熏臭房间。如果是在厨房，成东方布好一个陷阱：灶台缺一角，露出水泥砖中空的窟窿。老鼠沿墙角上灶台，叭地往水泥砖窟窿里面掉。窟窿由三块水泥砖垒成，两尺多高。成东方还要求稳，找东西堵住窟窿眼，然后优哉游哉烧开一壶滚水。成东方撩开窟窿眼，滚水往里面一浇，马上“唧”的一声惨叫。成东方脸上的纹路最大幅度抻平，甚至哈哈一笑，马上又浇第二道水，又是“唧”的一声。老鼠总是挨不过三叫。死鼠弄走，灶台上照样切菜。偶尔，老鼠上到二楼，如果钻进左侧房，那就省事，整个房间就是为老鼠准备的，任何家具什物都不往里摆，故意放空。门一关，成东方操起弹弓，以黄豆作弹，绷紧了射出去，黄豆弹在墙皮上，砰砰响，墙面全是麻子坑。二十分钟，半个小时，成东方靶子瞎，但耐性好，黄豆管够。老鼠在房间里乱窜，慢慢想明白，横竖是个死，索性直接往枪口上撞，早死早托生。

又一次，成东方不知从哪看来灭鼠绝招：把一粒蓖麻籽缝进老鼠的屁股，再放它回巢。开始几天没响动，不用急；三四天后，这只老鼠只吃不拉，准保憋疯，在鼠窝里见谁咬谁，六亲不认。成东方捉到一只母鼠，又是图钉钉上板，打算无师自通实施一次外科手术。罗亚茹刚好回家撞见，问他这是要搞什么。平时成东方折腾老鼠，罗亚茹听着心烦，倒也不多管。今天听他这么一摆，罗亚茹脸色立变，她说，直接弄死算了，不要搞得这么变态好不好？要不然，三更半夜，老鼠发了疯到处窜，你让不让我好好睡？一物降一物，成东方必须看着罗亚茹脸色过日子，不敢继续手术，把老鼠装进鞋盒子。罗亚茹看穿他的心思，主动一脚照盒子里踩，又是一声尖厉的惨叫，两口子腿法都一样。

成东方还有几天就到，成桐心里想到两件事，一是马上买一管管状牙膏备着。

他屋子里只有日产的洗牙剂，像沐浴乳一样摁着喷嘴挤出来。成东方适应不了，前次来时用这刷牙，老觉得是沐浴乳的味道，认为成桐肯定搞错了。其实这与成东方当年独创的一款行刑方式有关。那年，罗亚茹所在的百货公司年底发劳保，滞销的“全家福”牙膏发整一箱。眼看着横竖用不完，成东方马上想到新玩法。又一只老鼠跑进堂屋，成东方耐住性子捉活的，用图钉把老鼠钉在地板上，电话里叫来两个酒友看表演。酒友来后，成东方拧开一管新牙膏，管口插进老鼠嘴，说你们看好喽！“吧唧”一脚，并不踩在老鼠身上，而是以抽射的脚法，把净重125克的牙膏一抹，牙膏皮瘪下去，整管牙膏灌进老鼠肚皮，像是一胎怀有二十只鼠仔。朋友呛笑，忽然想起来成东方以前参加过校足球队，司职前锋，极为勇猛，动作却不甚灵活，不懂得自我保护，腿骨断了两回，接后，自己还想上场，教练叫他滚。图钉一撤，那只老鼠腆着肚皮翻不得身，哼唧了一个多小时才死。成桐一直记住当天的画面，记住那只老鼠仰面朝天四肢抽搐慢慢死硬的模样。高中走读以后，成桐省下一周的饭费，从广州邮购洗牙剂。寝室同学就此夸他，唯有刷牙这事，成桐竟是个讲究人。

二是怎么处理屋里的宠物，一大堆“虚耗”。它们毕竟不像猫狗，可放进宠物店寄养。现在赶它们出屋，也不容易。成桐住的是单位集资房，三室两厅一厨两卫，老鼠在这样的空间，有足够它们闪转腾挪的余地。更重要的是，成桐对老鼠下不了狠手。事实上，当年成东方灭鼠取乐的时候，他被迫在一旁掠阵，心中反复想起一个成语：杀鸡儆猴。

成桐五岁以前，成东方在另一个县上班。成桐两岁，高烧过一回，外婆不当回事，随便找几颗药丸灌下去，拖到四十度以上。罗亚茹见情况不对，带去县医院吊几天针，烧退下来。成东方不知道这事，那几年偶尔回佴城，家里待几天又匆匆赶去广林县，没把儿子细看。等他调回佴城，每天守着老婆儿子，半个月以后发现情况不对。他跟罗亚茹说，桐桐怎么了？罗亚茹说，怎么怎么了？成东方说，看上去有点呆。罗亚茹说，你才有点呆。成东方说，不对的，以前不是这样。你看他手脚，走路拿东西都有点不灵活。罗亚茹“呸”了一声，说成东方，你是怪我把孩子带坏了？成东方不吱声，继续观察，越看越不对劲。成东方老说，自己以前因为成分问题，考上大学不能读，现在指望着成桐考上好的大学。现在还没上小学，这孩子走路都不稳，表情呆滞，成东方一颗心悬了起来，担心别说考大学，怕是读小学就变成班上的垫底料。

此后，成东方每天盯紧成桐，倒不逼着他提前学习，而是先纠正他的姿势步态，这些都是明面上，一眼可见的问题。成东方先纠正成桐走路，地上画条线要他走一字，每一步都踩在线上，肩膀不能歪。成桐练半年，每一步能踩线。再往下，吃饭时，成东方就盯他拿筷子的动作，怎么看都别扭。成桐纵是能把菜挟到碗里，递进嘴里，成东方并不满意。他说，姿势不对，你的手握成拳了，这不是夹菜，你是在撬粪！成东方示范了怎么拿筷子，成桐越拿越不对劲，成东方一耳光抽了过来，说你拿筷子都拿不稳，以后怎么拿笔写字，怎么考大学？抽了耳光，还不给哭，一哭继续抽，抽到不哭为止。成桐晓得把牙齿咬得咯咯作响，右手越发不听使唤，每样菜都滑溜溜，好不容易夹到嘴边，囫囵一吞，背心泛起冷汗。每一顿饭，都在成东方严密监视下嚼完每一口，耗费两小时，甚至更久。成东方付出巨大耐心，得来的却是无边的绝望，觉得儿子的蠢笨在不断恶化。练了一年，成桐右手仍拿不稳，成东方试图从头开始教，让儿子换一只手。罗亚茹不干，说左撇是天生的毛病，人人嫌烦，哪有把儿子故意训成左撇的？

成东方想让罗亚茹再生一个，枕头风这么吹。罗亚茹身体本来不好，生成桐时又碰上难产，内体进一步受损，没法再生。成东方一边打商量，一边手脚还不停，结果适得其反，罗亚茹直接让他躺地板上。成东方没办法，将成桐继续盯紧，期盼儿子在自己眼皮底下好转过来。成桐慢慢也熬出来了，任成东方在一旁如何咆哮，一顿三碗饭下肚，吃饱再说。成东方骂得多了，偶尔也禁不住跟人夸起儿子。他说，我这儿子，是有点不灵活，还好皮实，不管怎么骂他，他一边听骂一边要吃三碗饭。

终于读了小学，成桐学习成绩不差，第一学期拿第二，此后就一直拿第一。成东方稍微放宽心，看出那场高烧可能烧坏了成桐体内一些筋骨，动作不灵便，还好没烧到大脑。成桐自知他读书做习题，就像吃饭时夹菜，要一筷一筷夹稳放进嘴里；哪一题稍有不懂，便像是夹了豆皮粉条，滑溜溜，背心马上冒汗。初中以后，学科增多，成桐弄不懂的题目也越来越多，那种紧张感贴皮贴肉，如疽附骨，捏笔答题，手心攥出一把一把冷汗。成绩虽有所下降，但在班级仍名列前茅。他高中考上地区中学，住校，和成东方拉开距离，成绩反倒有所上升。读大学就出了省，考到韦城一所大学，毕业分配留在这里。成东方认为在自己一手调教下，这儿子还算成才。成桐进了单位，距老家佴城足有850公里，首先想到一个字眼，就是“安全”。

成东方说到就到。那天傍晚到了家里，成桐炒了几个菜摆桌上，叫父亲喝酒。电视开着，新闻频道，成东方关心国家大事。这餐饭开吃以后，成东方耳朵一直耸起来，拽过遥控器把电视关了静音。稍一会儿，他就听出来：你这房子十一层，怎么还有老鼠？别作声，我来数，一只……两只……三只，我的天，你怎么搞的？成桐说，可能是老鼠钻进电梯上来的。成东方说，真是精灵鼠小弟，会钻电梯。这么多老鼠在你屋子里，怎么住得安生？成桐说，打过几只，越打越有。成东方冷哼一声：废物！

成东方饭都懒得吃，急着动手，成桐赶紧阻拦，说现在是吃饭时间，小区有规定，不能闹响动。成东方说，那要到什么时候？成桐说，要到明天上班时间。成东方说，留这些杂毛多活一晚。

第二天成桐一早往办公室去，成东方留在家里，成桐单位集资的这三室两厅一厨两卫，马上就变成他杀敌的好战场。

成桐在母校附属的一家研究院上班，研究县域经济，主要是搞培训。这天没轮着上讲座，待在办公室漫无边际发呆。他记得自己小时候，同学朋友的父亲都特别凶，按说成东方不算狠的，主要是动口而不是动手。同学里挨打的很多，比如说蒋平凡，他喜欢把裤腿撸起来，让大家看上面几道条形的烙印，那是他爸把火钳烧红烫上去的。“我爸是国民党！”蒋平凡说起来还有点得意。成东方每天揪着成桐骂好几回，骂完了还安慰他，看，我只是骂你，并没有打你。他希望儿子挨了骂以后，还要有感恩戴德之心。于是成桐把父辈划分为两类，动口的，动手的。成东方偶尔动手，跟蒋平凡父亲国民党的作风一比，那就算和风细雨。但成东方的暴力，恰就在这种引而不发，每一次打老鼠，都让成桐提心吊胆。他知道，父亲只是尚未动手，一旦动起手来，也是手毒的角色。

有一次，成桐在杂物间扒出一窝鼠仔，赶紧用棉帽揣起，爬到自家顶棚。顶棚是用刨花板苫盖，不受力，成东方不敢爬上去。这时，成桐把鼠仔放在顶棚，按说安全，但他忽略了，成东方还喂养着几只鸽子。他养鸽子是为了吃，鸽舍在瓦檐的人字跨底下。天黑以后，成东方架着木梯摸一只鸽子，拔光毛剁丁爆香，最好的下酒菜。鸽子左一只右一只地被成东方干掉，它们却习焉不察似的，照样在那生息繁衍，数量稳定，成东方可以源源不断地下酒。

鸽子可以钻过一个轧花水泥格进到顶棚。成桐揣着捏碎的饼干，再次爬到顶棚看那一窝鼠仔，见一窝鼠仔全都死掉了，身上满是细小的啄痕。他有点想不明白，鸽子不是又叫和平鸽嘛，它们怎能这样干呢？一想，鸽子知道自己被人叫成和平鸽吗？它们只不过是成东方的下酒菜。

成东方又想吃鸽子，这回成桐主动请缨，代劳。天黑后他爬近鸽舍，手往里掏，成东方还在下面指挥，要摸一摸，挑一只肥的。他就挑一只肥的，怎么弄死，也早有经验，把鸽子脑袋一圈一圈地拧，一般来说拧两圈，720 度，鸽子不一会儿就断气。他拧了三圈，也就是 1080 度，指头分明感受到鸽脖子一节节细骨头次第散开。成东方说，拧多了哟，要是被你拧断，漏了血，还不好扯毛。事后成东方又有新的角度跟人夸儿子：谁讲我家成桐胆小？他下手蛮狠的。

这天挨到下班，成桐进门见成东方穿着短袖，晃着光膀坐着，知道上午动静不小。成东方往垃圾篓一指，说弄死了三只。我梳理了一下，你这房间有十一只老鼠。怎么搞的，你要是不泼饭菜到地上，用不了几天它们自己也逃荒往外跑。成桐就想到他这么问，说肯定有地方自由出入，它们出去吃了东西，又再爬回来。成东方冷哼一声，说老鼠到外面找吃的，跑回你屋子住，为的什么？祖坟埋在这里？成桐懒得答，把死鼠扔进楼下垃圾桶，回家摆好菜盘，把酒斟上。成东方说，也好，我不急着一下子弄完，慢慢消遣这些小杂毛。你自己也倒一点！成桐说我下午还要上班。成东方说，我还不知道？你们一人一间办公室，只要不上课，关起门在里面睡都行。成桐说那就陪你搞一杯。成东方又摆一副碗筷，多倒一杯酒。成桐说，今天是我妈生日还是忌日？成东方换了沉浊的声音，一字一顿：历史上的今天，我认识你妈。

成桐便又想起前年春节，按离婚协议所写，小沅应该跟他过。两老也盼着孙女，都有一整年没见到。但视频里面，小沅表示不想过来，问她理由，她说不为什么，爸爸，我怕你！成桐就很奇怪，自己从没打骂她，怎么有这样的结果？刚离的时候，小沅跟着她妈回朗山，隔三岔五主动视频过来，告诉他，爸爸，我想你。那时候小沅三岁，说到想念，眼是湿的。成桐在这头强自忍着，他想我是个父亲。视频结束，眼泪迸出来。一晃几年过去，一年只见几面，父女感情不觉间就淡了。他主动找小沅视频，小沅在另一边敷衍几下，只想早早结束。他还问，小沅，怎么不想跟爸爸说话？小沅说，不知道跟你说些什么。有一次他调整状态，拿出耐心，冲小沅说，你想说什么，我就陪你说什么。小沅问他，你知道我最喜欢的朋友叫什么名字？我现在养了几只蚕宝宝？她还告诉他，我妈都知道。

罗亚茹说，我跟你去接小沅。她小时候我带得多，她贴我比贴你紧。成桐一想，倒也没有更好的办法。罗亚茹见车晕，吃了晕车药，坐两百多公里，呕吐了几回。见到小沅时，她装得什么事都没有。小沅见到奶奶，神情果然不一样，主动凑过来，只跟罗亚茹说话。小沅本已答应跟他俩回佴城，中午吃了一顿饭，又改变了主意。她说，奶奶，我已经看见你了，也不想看见别的人，我还是想在这边过年。我的好朋友都在这边，过年那几天我答应要跟她们在一起。

小沅说得很坚决。菁薇早就告诉成桐，她是极有主见的孩子。成桐不那么认为，小沅还不到有主见的时候，她还不到七岁。菁薇说，你看，又来了。

罗亚茹是带着任务来的，认定把小沅带回家是她的责任，边劝边咳了起来。成桐不得不说，妈，不要劝了。小沅一愣。把小沅送回她母亲那边，成桐又带着母亲返回。叮的一响，菁薇还发来一条信息：你看，离了婚，你毕竟没有以前那样固执了。

回去又是两百多公里，成桐担心母亲受不住。她默默坐在后排，他知道，母亲眼窝子浅，在流泪，不过，一旦流泪，晕车的情况似乎有所减轻。罗亚茹忽然说，你不要怪她，她现在的态度，只是她妈的态度。她毕竟是你女儿，长大后她会明白……这样的话，成桐听得不新鲜，朋友、同学、单位同事……三十岁以上的妇女，知道他情况的，劝慰的话几乎都一个腔调。他跟母亲说，我不怪任何人，是自己的原因。罗亚茹说，你只是没有陪伴她，这不是你能说了算的。成桐说，我从小就怕见父亲，现在小沅怕我，应该是一种遗传。话说出口，成桐有些后悔，但一想事实就是这样。五岁以前，成东方在外地上班，生活中只有母亲没有父亲，成桐记忆中那段童年还是充满幸福。成东方来了以后，他的幸福戛然而止，永远有一双眼睛将自己盯紧，把自身每一处缺陷放大，永远有一张嘴喋喋不休。他那时就知道，父亲都看不上自己。后来结了婚，菁薇爱说的一句话是：你根本不相信别人会对你好。他知道，这过于准确，所以他从不承认。

罗亚茹安静许久，忽然又说，我知道以前你爸对你凶，但那都是对你好……说到这里，声音一哑，成桐不用看后视镜，早已熟悉母亲流泪的样子。父亲的责骂母亲的哭泣，都是共同的童年记忆。车载音箱里播的是杜普蕾拉的大提琴曲，他把该曲听完，又说，也许是对我好，但一天被骂七八次，每天都这样，要感受到这种好，还是有些困难。罗亚茹这时候哭出声音，说那时候的情况，我也记得，用现在的话说，叫家暴，但当时每家都是这么过，我们意识不到。成桐赶紧说，是这样，家暴啊，童年阴影啊，都是现在才有的概念，小时候，以为生活本来就是这样。我爸毕竟只是骂我，比蒋平凡的爸好很多，他拿烧红火钳烫蒋平凡，那几道烙印我们都看到过……罗亚茹说，但蒋平凡现在跟他爸相处很好，你也一定要解开这个心结。

成桐也考虑过这事。蒋平凡现在的确跟他爸关系很好，主要是天天凑一起打牌，而他爸似乎通过输牌，提前对遗产做漫长的交接。他们同学聚会说起过这事，发现一个古怪的现象：喜欢动手打孩子的父亲，大都不爱说话，所以怒火上头直接动手；而有些父亲动手不多，嘴上却叨叨个没完。多年下来，当年动手的父亲容易与儿子和解，仿佛儿子早将当年的疼痛遗忘；而动嘴的父亲，和儿子的关系往往处得更僵。大家也不难总结出来，动手的父亲，终将不能动手，而动嘴的父亲，还一直能够动嘴，甚至随年龄变老，一想到时日无多，嘴上更是没完没了。

成桐想转移话题，罗亚茹显然还沉浸在自己的情绪中，说着说着，车内静下来。成桐放响流行的曲子，依然活跃的刘德华正用粤语套东北腔，听着有那么点欢悦以及没心没肺。罗亚茹又说，我知道你表面什么都不说，心里不想见你爸。成桐说，哪有的事？罗亚茹又说，我身体很不好，会走在前面，而你爸那个人，我了解，我们一块过了快四十年，我死了他不会再找。他怎么找得到我这样体贴他的人呢？以后，你不要把你爸当爸，把他当小孩，让着他一点，这样我才放心。

成桐听这话有遗言的味道，不敢怠慢，重重地“嗯”一声，脑袋想着，年后带母亲找一家好医院全面体检。那天他预感到母亲来日无多，但没想分别就在当年。

“还有一只，最后一只。”

十一月底，这边还热，为了灭鼠，成东方还光起了膀子。成桐推门回家，发现成东方真的老了。罗亚茹走了以后，成东方老得很快。

退休后的这几年，成东方无所事事，本来能打牌，但钱被罗亚茹管得很死。罗亚茹去了以后，他的工资自己拿，再去打牌，因为断了许多年，技法跟不上，也搞不清那些退休金三五千的家伙，怎么一晚上能输掉七八千。他没胆子跟庄。有人拉他去跳广场舞，跳了半个月，断了的腿不能受力，为了护好那条腿，老腰扭伤了三回。有人拉他去钓鱼，两天钓了三条塘边虱，就打退堂鼓……那自己到底还能干些什么？日子毕竟是每一天打发过去。后面还是回到灭鼠，但自己家里灭鼠太多，老鼠多少也有感应，这些年钻进来的很少。他终是没想到，可以把老鼠养起来再有计划地细水长流地将它们弄死，就像当年养鸽子吃鸽子。家中老鼠短缺，他主动去帮朋友家里灭鼠。朋友们纷纷住进商品房，门都是多重保险，不漏蚊虫进来，何况是老鼠。通过朋友介绍，他还去到饲养场、苗圃和各种乡镇企业的厂区义务灭鼠。几天忙活，他能弄死一堆老鼠，堆在一起，他看着有丰收的喜悦，别人凑近了捏起鼻子。说是免费，人家过意不去，多少塞他点钱，但此后再不邀他上门。他终于弄明白，那都是人家卖朋友的面子，虽然他们顶多混个科级，但在乡镇企业家看来，也是权贵人物。

总而言之，在灭鼠方面，成东方自认是个专业人士。成桐也相信，老父的到来，自己漫不经心饲养的十来只老鼠，顶多还有三天活路。

剩下的最后一只，总是有些能耐。到灭鼠的第三天，中午下班，成桐拎着菜回屋里，虽然成东方灭的是自己的宠物，但该有的祝贺必须有。其实他已意识到，最后一只老鼠弄死以后，屋子里就只有自己直接面对父亲。往昔的记忆，都还在，他知道老记着这些似乎不好，但又跟自己说，我凭什么将这些事情忘掉？这本来就是记忆里最深刻的东西。当然，成桐更知道自己没这么矫情，没和宠物建立多余的感情。他跟自己说，你从来就不曾热爱，哪会真有什么宠物？

成东方颓然坐着。他说，腰又扭了。成桐说，那只老鼠呢？成东方说，再多留它两天。

吃饭喝酒，成东方不想再扯老鼠，一扯只能扯到这腰是怎么扭伤的，自曝家丑他可不干。成东方转而问成桐，你说你一直在找对象，几年下来，都没有谈成的？你这条件，不至于。你是不是根本就没去找？成桐说，我为什么要骗你呢？他还掏出手机，打开几个婚恋网的 APP，让成东方看自己和网友交流的情况，看那些女人花里胡哨的照片，看她们提供的信息和择偶条件。成东方看来看去，眼神一点一点惊异起来，说现在谈恋爱和以前真不一样，每个人都把自己挂起来卖，像卖肉。成桐说，要这么说也不错，现在的人跟你和我妈不一样，随便一凑都能过一辈子。现在的人讲究严丝合缝的对接，必须广泛撒网，碰运气地撞到能一起过日子的人。成东方看得仔细，把和成桐有过联系的女人篦一遍，皱着眉头说，这几个哪行哩，看上去比你妈还老。成桐说，爸，要不然我把你也挂上去？你并不太老。成东方说，你妈刚死，不要跟我讲这个。

成东方腰一扭，好几天回不过神。他承认自己是老了，腰不争气，每年都会扭伤。又说，剩下最后这只，是一只鼠精！身体全乎的时候也弄不死那只老鼠，现在带伤，成东方毕竟有点怯，嘱咐成桐去买老鼠药。成桐说，现在哪还买得着老鼠药？成东方说，是吗？成桐说，老鼠药是毒药，现在管控得严，一块钱两包是不贵，但没地方买。成东方说，那你们小区，尤其是绿化带里，指定是有老鼠药投放盒吧？成桐说，难道还要揭开盒子偷老鼠药？成东方说，不要讲那么难听，不都是拿来对付老鼠？成桐说，现在家里灭鼠，都是用粘鼠板。成东方脸上就有所期待，说那你买几个回来，我也试试新式武器。

粘鼠板一块钱一个，是粘蝇板升级而来。粘蝇板是用薄纸板做成，粘鼠板是用厚纸板，粘蝇板的胶拉丝两公分，粘鼠板的胶拉丝五六公分还断不了。成东方说，这东西应该好用。每间房都放，板上面撒些诱饵。与此同时，成东方对整个房间坚壁清野，除了诱饵，那只老鼠没别的东西可吃。为了吃唯一可吃的食物，那只老鼠只得以身犯险，两次踩了上去。第一次是在半夜，老鼠吃掉诱饵，忽然发现脚粘在上面，费了好大力气将自己挣脱，粘鼠板上有它的脚印和一撮毛。早上，成东方研究被挣脱的那块粘鼠板，说这老鼠身长体大，只要踩一只脚进去，就能吃到中间的诱饵。于是他把两块粘鼠板拼接成一块，面积扩大一倍，诱饵放在正中央。第二次，同样是在半夜，老鼠踩的位置较深，粘得也很牢。成东方存了心眼，晚上都是半睡半醒状态，跟狗似的，一有动静就起床。瞎起几次，终于撞上老鼠踩上粘鼠板。这次他终于看清最后一只老鼠本尊，“足有四两，尾巴特别短，可能是它自己咬断的”。老鼠见到人，想拖起粘鼠板逃脱，哪有这么容易，拖着粘鼠板，好比死囚戴着一百斤枷锁想越狱。老鼠跑得不快，成东方轻易撵到近旁，不料自己一脚也踩在粘鼠板上面。他一时收不住脚，腿一抬，粘鼠板就被带起，发出一声撕裂的声音和老鼠的惨叫。粘鼠板仍粘在他鞋底子上，老鼠却被成东方腿脚带出的这股力道撕开，没头没脑地一钻，钻到客厅一只橱柜背面。

闹出这么大声响，成桐不得不起来，生怕事态扩大，扰邻，邻居再把 110 一打，今晚上就有忙不完的事情。好在动静停止，成东方守在橱柜旁，眼睛盯着橱柜，两手在撕粘自己鞋底上的粘鼠板。成桐动手，拉丝拉了十来公分，才彻底断掉。成东方说，你我一人一边，把橱柜搬开，老鼠在后头。两人合力将橱柜挪动十公分，手电筒一照，老鼠又不知哪去了。地上留有血迹，倒是和粘鼠板上的遗留物吻合。刚才成东方一脚把老鼠撕开，板上留下鼠毛，以及连带的两公分长三毫米宽的一块皮肉。

若不是亲眼看见过，我真当这只老鼠是个幻影。成东方喘着气，冲成桐说，陪我喝点夜酒。我真的不行了，一只四两的老鼠，搞得我一百多斤的老汉晕头转向。喝着酒，他一只手一直捂在腰际，显然前面的腰伤未愈，稍一动弹又有加重。

天亮以后成桐就想到去借一只猫。成东方孤军奋战，扭出更大的毛病，甚至躺在床上也未必可知。成桐去单位问同事借猫，谁家有猫查一查微信朋友圈全都知道，他们爱晒猫，胜过晒孩子。但一听是要捉老鼠，都很犹豫，说我家的猫从出生到长大，一直关在屋子里，还没见过老鼠长啥样。问来问去，小蒙家的两只猫，一只是流浪猫，有过苦难的经历，想来想去，这只猫见过老鼠的概率最大。成桐将这只猫用猫篮装着带回家（他还不懂怎么捉着猫走半里路），成东方在屋里看电视，一个过气女星推荐老年鞋，他买过两双。成东方看看篮里掏出的猫，苦笑，说我怎么就没想到猫会捉老鼠？成桐说，捉老鼠这事情，再专业，也比不过天敌。

成桐照样上班，下班赶回就想知道结果。头一天，成东方说，那只老鼠今天一点响动也没有。天敌就是天敌，它有感应。而这只猫，按说只要房里有老鼠，它就应该闲不下来，到处去找。天敌嘛，就是这样一种强迫症，不干死对方，就安不下心来。可是，它倒是很安心……成东方指一指那只皮色发麻的猫，它蜷在沙发腿边，睡着睡着又摊开，听见响动又蜷起来。它瞄了成桐一眼，接着睡。成桐就说，它在适应环境，老鼠也不可能一连两天不造动静。半夜果然有了响动，猫忽然狂叫几声，成东方和成桐一起爬起来，以为可以看到事情的结果，但那只猫蜷到沙发底下，怎么逗也不肯出来。再往屋内各处看一看，哪有老鼠的痕迹？成东方说，怪事，猫像是被吓着了。

猫就这样蜷在沙发底下不肯出来，成桐把猫食和水放在沙发前面，人走以后，东西减少，但人在的时候，猫就是不出来。事情的结果，还是靠成东方这个灭鼠界的专业人士做出判断。两天以后，他郑重地下出结论：那只老鼠不在屋子里了。成桐有点意外，查看一番，发现可供老鼠出逃的线路还是有几条：厨房的油烟管道、客厅拉窗的缝隙、厕所的下水道，还有阳台……反正老鼠没有死在屋子里。父子俩还把猫保留了一周的时间，以确定那只老鼠是否还在，即使死在某个角落，有那么几天时间，臭味应该扑面而来。

老鼠确实已经离开，带着伤痕，头一次离开这间它自小长大，从未离开的屋子。成桐还想，家鼠变成野鼠，它是否忽然发现世界天宽地阔了，而留在房间里只能是虚耗此生？他一点不怀疑那只老鼠的生存能力。成桐把猫还回去，隔两天，小蒙还抱怨，怎么搞的，我家小猫现在很抑郁，你要请一顿饭才行。成桐说，要是你不介意，咱俩顺便相个亲怎么样？

成东方本来是说要在这边过年，彻底躲过寒冬，过了清明节再回佴城。年前，却又按捺不住，说自己活了六十多岁，从来都是在佴城过年。这边无亲无故，不能串门，该掏给小孩的压岁钱也掏不出去，实在找不到过年的心情。成桐顺他的心意，放了寒假开着车送成东方回佴城。那年很冷，成东方偏说自己还受得住，过完年也不肯跟成桐返回韦城。后面才知道，他悄悄注册了婚恋网，把自己挂上去。他完全没有儿子那种可笑的挑剔，见到年纪小几岁的，都是美女，而且他自己浏览一遍，系统自动就给那些美女发出信息，措辞都很肉麻。成东方随时打开看看，有美女纷纷给他回信。他挑了一个佴城隔壁县的寡妇，主动找上去相亲，奇怪的是，这么大年纪，还有一见钟情的感觉。成桐也不奇怪，现在可能老年人才保留着一见钟情的古典情怀。

成桐怀疑最后那只老鼠还会回来。既然它主动离开，难道它不会主动回来吗？他把每扇窗拉开足够宽的缝隙，在窗台和房间里撒下食物，窗台撒一点，房间里撒下一顿丰盛的夜宵。终于，某一晚，成桐将防盗门也虚掩起来。虽然小区治安足够好，但门一虚掩，晚上就睡不踏实。夜晚仍那样静，这个小区在业主们主动的长期维护之下，寂静有一种自我繁殖的效应。成桐张起耳朵，耐心地听，慢慢听见寂静从不绝对，至少，电波一般的刮擦声不绝如缕。继续往下听，他还听得见时间流逝，听得见生命就那么一点点虚耗。成桐莫名地亢奋，等待一只老鼠，竟像是等待着咸湿梦境里陡然清晰的女人。

（《作品》2020年第8期）

去听他的演唱会

林　森

“去不去?”

“什么?”

“演唱会。”

“谁的?”

“躲山里了？张学友啊。”

隔着电话，隔着大半个海岛，信号没被风吹弱、没被太阳晒化、没被山林阻挡，小孟几乎看到了曾翔脸上的鄙夷，看到他竖着标志性的中指，看到他嘴角没变而眼角一跳一跳，像是里头潜着一只迷路的虫。小孟不知道怎么答，最近，微信朋友圈热闹得很，连门口卖农家猪肉的油漉漉大叔、修电动车的非主流小弟或者有着标准发型定制表情的公务员同学都沸腾了，张学友演唱会开始售票的消息让很多跟“粉丝”两字不搭边的人纷纷涌出，朋友圈阵阵神仙混战。就更不用说小孟那个小圈子里的人了，海南岛上，搞原创音乐的就那么几个人，一听说“歌神”降临，恨不得拎着香烛、纸钱、鞭炮和一只泛红油亮的烧猪去膜拜。小孟又没瞎、没聋，他在朋友圈的发言是越来越少，可偶尔还是会用拇指刷一刷的，每看到一条相关的消息，耳边就响起“一路上有你”“你知不知道知不知道”什么的，赶都赶不走。这种感觉特别恐怖，尤其是在编曲的时候，张学友这病毒般的旋律毁了他所有的努力——本来想出一段极好的旋律，哼着哼着就跑偏，拐到“一路上有你”“你知不知道知不知道”上去了。这段时间，每到写曲之时，他只能关掉手机。照目前这形势，关机的时间会越来越长，因为他接了一个活儿。他的一位高中师兄，目前官运亨通，成了省城一个区的区长，前几天约他见了一下，准备叫他写三首宣传歌曲：一首反映这个区的历史文化、一首献给青年志愿者、一首定位广场舞神曲——让大妈们轰得蚊虫失魂落魄、轰得大爷们心神不宁。无论如何，张学友的声音，对他那三首还处于构思阶段的歌曲都是一种毒害，对曾翔邀约一同买票，不好直接拒绝，他只能甩锅给基站："现在信号不好，听不清，挂了。"

小孟不知道自己还能不能叫"小孟"——喊"老孟"为时尚早，但那个"小"字也让他有心戚戚焉。黑发辞别镜子，白发不约而至，而且荒漠化形势严峻，发际线迅速后移，若在清代，已经不需给前半球剃发了——这情况还能叫"小孟"？有一次，跟陈慕喝茶，陈慕望着他的头，以新闻主持的腔调念道："我们一次次追逐，不过追逐满头稀疏的落雪。"小孟后来回想多次，"满头"……"稀疏"……"落雪"……这些词全是恶毒讽刺，却讽刺得诗情缓缓，比较高级。没办法，很多时候，他还得跟陈慕见面。陈慕嘴巴恶毒，人却很好用，早些年，每当小孟和曾翔出了新歌，陈慕都是最先而且唯一一个给他们写乐评的。陈慕常说："我给别人写文章几块钱一个字，给你们白白写了几万字，相当于送你们一间小户型首付了。"陈慕的"好用"不在写乐评，而在写歌词，小孟接了什么"任务"，一筹莫展的时候，找上陈慕，他往往能写出最合客户心理的歌词——他的尖刻里有着可怕的洞察力。别看他讽刺别人头发白也能说出"我们一次次追逐，不过追逐满头稀疏的落雪"这样愁肠百结的话，他正能量起来，是标点符号也符合社会主义核心价值观的。小孟能忍受陈慕，还有一个隐藏的原因，他没跟别人说过，那是属于他自己的彩蛋。大学刚毕业回省内的时候，他跟曾翔一块租房住在一个城中村的旧房子里，两人把各自的音乐设备一凑，成了一个简易的录音棚，工作之余便是埋头写曲编曲，那时他内心慌乱，估计曾翔也一样——虽然曾翔把心事隐藏在两撇不知何时又冒出来的小胡子背后，像一个发福版的陆小凤。在那兵荒马乱的时间里，陈慕有时过来串门，看出了点什么，临走时，不经意冒出些话来："海南小地方，也有小的好，无论做什么，熬着熬着，就跑到前面去了。很多事情，排队也会排到我们。"这毒鸡汤让小孟很多次展开手指尖的白发时，还能洗洗脸，挺着黑眼圈出去见人。

——这话当然也在某种程度上，害了他。

想起来，小孟跟曾翔认识很早了，那还是网络论坛时代。读大学时，有大把时光需要挥霍，两个从海南岛到不同省份读书的人，在网上遇到了，都有玩音乐的爱好，竟然远隔重洋，合作写歌。现在回听，那些歌当然是幼稚的——现在可能也成熟不到哪里去——但那打发了他们很多不眠之夜，消耗了大量多余的荷尔蒙。配乐设备买不起的，就在网上找各种破解软件，模拟各种乐器的声音，歪来扭去，竟也编出了一首首曲。两人毕业回海南，在一个城中村租房住一块，接过不少商业歌曲的活——比如一些房地产的歌，整天在电台上播放，他在公交车上听到前奏响起，猛地站立，差点跟乘客们宣布："这……我写的！"租住的城中村全是村民的自建房子，街巷犹如迷宫，走着走着，就回到一片荒野——很多次，小孟还在那村里发现一片巨大的菜地，菜地边上有茂密竹子、啃草的牛，这一次次篡改他的时间感和空间感。小孟和曾翔，窝在房间里写歌，在一个桌上吃饭，就差睡到同一张床上了。陈慕过来后，眼神怪异地看着他俩，说："我要写篇小说，《两个男人的城中村》。"

小孟没想到，很快地，他和曾翔都搬离那个城中村。曾翔到省内一个门户网站上班，而他，先是到电台去，在一个工作室负责录音；后来他跟人合股创办了一个专门推广农产品的文化公司，这文化公司解散之后，他成立了个工作室，拍起了短视频，接一些宣传片的活，档期闲置的时候，他把人拉出去练兵，拍一些行将消失的人与物——所谓的"记录民俗与文化"。而曾翔依靠家里的支持，凭借在媒体工作的敏锐嗅觉，在海南房价飙升之前，买了好几套房，当起了寓公。曾翔目前最大的兴趣，就是查询东南亚的各种旅游路线，时不时在微信上晒出他晃荡在那些国家的身影。小孟也在匆匆之中结婚、买房，有一次开车路过那个城中村，看到那里已在城市建设当中沦为一片废墟，心有所动。他停好车，专门去寻找了当年的菜地和竹丛，那被轰炸过似的工地，掩盖了一切。回到车上，他想起当年陈慕那篇《两个男人的城中村》。里头一些陈慕胡说八道的虚构，有时会入侵他的记忆，让他记不清哪些真实发生过，哪些又属于小说家不怀好意的冷笑。比如，小说中，住在两个男人的城中村，曾有过四手联弹——小孟想起来，他们根本没有钢琴，哪来这么矫情的联弹？可小孟又迷糊了，钢琴没有，便宜些的电子琴倒还是有的。小说的结尾，其中一个人走丢于城中村的那个菜地，被茂密竹子遮盖，另一个遍寻不见，这无疑是小说家的故弄玄虚——可小孟仍然有些迷糊，他当年确实走进去过那片菜地，被竹子隔开了一个真实世界，确实有蒸发的错觉。

视频工作室成立后，他第一时间就想起去拍那个城中村，可面对那片工地，村民四散了，唯有一间空荡荡的旧祠堂无人光顾，落满灰尘、遍布蜘蛛网和各类蚊虫，没法下手。他只好带着队伍去拍了另外一个被规划，即将被拆迁的城中村。片子倒是拍完了，也在公众号上发了出来，引来了一些怀旧者的掌声，可他却倍感尴尬。按照之前的政府规划，这个村是很快就要被拆迁完的，可传言并没有最终落实，被抓了几个负责拆迁的官员之后，赔偿款一直没落实到位，那个断手断脚的村子还顽强地不肯断气。这就让小孟的片子，失去了某种力量——他所有的表达，需要一个城中村的消失来垫背。

小孟不是一个会应酬的人，那天师兄叫他去见面，安排在一个环境安逸的咖啡厅，他还是觉得不自在。又不得不去，视频工作室折腾了一年多，停掉之后，他干回老本行，跟一个朋友合开了一家音乐工作室，给人写商业歌曲、办儿童的音乐培训。培训班只能保证不饿死，还得接一些商业的活儿。这个成了区长的师兄，张口闭口正能量、价值观，小孟极力想跟上他的思维，发现并不同频，只好放任自己胡思乱想。师兄的精神倒也不难领会，他们要求写的那三首歌，曲是没什么好审核的，曲子不会有什么不得体的表达；而歌词，则要给他们看，上会通过后，就可以谱曲了。这师兄不知道是在练铁砂掌还是什么的，说两句就拍拍小孟的肩膀，离开的时候，小孟觉得自己矮了三公分；一会儿又觉得不对，应该是高了三公分——肩膀肿了。跟师兄的会面，让他一直走神。他得在脑子里回想某些旋律，才能从师兄的口沫横飞里坚持下去。

县城的 KTV 里，空荡荡的。人都走光了，只剩他一个。一起来的，都是舍友。他们住的，不是学校的宿舍——这座县中学，竟然没建学生宿舍。很多家不在县城的学生，只好寄宿在校园周边的民房里。有些民房能塞下三四十号人，像一个大的养猪场。这一次，是一个爱买彩票的舍友中奖了，请舍友出来唱歌。唱到一半，那些人鼓动着，离开了KTV，找地方按摩去了。就剩下他一个，面对着所有人点下的二十多首歌，一首一首往下唱，像开一个人的演唱会。

他从未这么奢侈过。

一种人去楼空的奢侈。

——这是独属于他自己的回忆，可在一次闲聊之后，陈慕就把这一段刻录了，塞进了那篇《两个男人的城中村》里。当然，后续的事他没说，陈慕也就虚构不出来：他隐隐约约记得自己唱了半个小时后，就被返场的舍友拉走了，强行把他塞进KTV隔壁的按摩院味道暧昧的小隔间里。在舍友们的起哄中，一个衣着暴露的女子在他身上抚摸起来。女子还问了一句能不能把牛仔裤脱了，裤子太硬，没法按。隔着衣物，他整个身体，在女子的手指尖摁掐下绷紧。他忍不住痒，说了一句让舍友喷饭多年的话："你能帮我按按鼻子吗？我有鼻炎……"这话一出，相邻床上，一位已经褪下裤子，陷入某种癫狂之境的舍友从迷醉中笑场，几乎要摔倒在地上。

他们四手联弹，他们的手指在琴键上跳动的时候，不会撞到一起。他们的手总是在最适宜的缝隙里穿插，他们带起空气的震颤。有停顿，在迟疑，像忽然涌上岸来的潮水，像一声又一声的叹息——他们是在那时那刻暂时屏住了呼吸吗？昏暗房间里，并不存在的第三者，似在期待他们的手握在一起。就像并不存在的第三者，在期待着，他们一起走入城中村中间那片菜地，消失于一个迷雾重重的早晨或一个晚霞落满的傍晚。或者是，在一个漆黑的夜，如一点雨掉入长河。

——当年陈慕把这篇小说丢给他们两人看的时候，他们恨不得把陈慕捆起来，丢到城中村那片鱼塘。可静下来的时候，小说里写到的一些画面，时不时冲上来，搅乱了小孟的脑子。陈慕文字里的带偏能力，让小孟后来在搬离那个城中村的时候，几乎是迫不及待——好像急于证明他跟曾翔特别清白。

……

小孟得不断在脑海中重复这些画面，师兄的口沫横飞与洋洋自得才能被拒绝与屏蔽。师兄的每一句话，都应该在庄严会场的主席台上讲出，都应该是对着日报记者的采访才说出……这并没有什么不对，只是容易被带偏的小孟，需要在心里修建一个充满弹力的世界，才能保证自己在听师兄讲完后，他仍是自己。小孟说："师兄，我回去做个方案，发你看看，你认可了，我们就开始？"师兄伸出肉乎乎的手掌，又给了小孟肩膀狠狠地一击："你啊，什么都好，就是话少……这样，对你拉业务很不利啊。"小孟苦笑："所以，还得请师兄照顾啊，不然得饿肚子。"

——师兄走后，他最迫切的一件事，是找个药店买瓶跌打油，抢救被师兄拍残的肩膀。

歌词是陈慕写的。师兄那边，召开了会议，讨论了歌词的初稿，提出了修改建议，需要把很多政策性词汇塞进去。陈慕呵呵呵冷笑，花样吐槽喷往小孟的师兄，有的庄严肃穆，有的荒诞滑稽。小孟说："能不能少说两句？毕竟是我师兄，就算不是师兄，也是客户，得根据人家要求来交货嘛……"陈慕嘴上带刺，该做的修改，他毫不含糊，改到最后，他总结道："我明白了一个道理，改到我不愿意署写词的是我，肯定就通过了。"前后折腾了两周，师兄终于发来两个字："通过。"小孟长舒一口气，所有压力都转到他头上来了，他得给这些词套上旋律——望着那些磕磕绊绊拔苗助长的词，他不得不承认，无论是阅读还是哼唱，修改后的歌词都不太顺畅，像给高速路铺设了减速带——陈慕嘴贱，得理不饶人，确实是因为他"得理"。陈慕真的不愿署本名了，他取了个笔名"小力"。

如何给"小力"的词套上旋律？小孟哼唱、哼唱、哼唱……无论如何哼，最后都以一句张学友结尾，小孟把额头撞到墙上。小孟怀疑自己的音乐工作室迟早都干不下去。早先的农产品包装设计公司，没做多久就解散了，后来总结经验，他发现并不是做得不好，而是一些理念太超前——他想把农产品当文艺产品来卖，可海南岛上有这种品牌意识、品牌影响力的公司还没存在，包装很好、宣传也很精准，可产品就是卖不出去，急得那些老板拉来一箱箱产品，堵在他们工作室门口。关门三四年后，类似的包装和营销倒是越来越多，甚至形成了某种风气，而那时，小孟正拉着自己的视频工作室在拍片。小孟发现，自己把视频工作室也经营得不像在做生意，闲暇时候，把队伍拉出去拍摄一些关于民间技艺的纪录片，花费在自娱自乐的纪录片上的时间比拍广告片的时间更多，视频工作室倒闭也就成了必然的事。之后一年多，很多微信公众号，开始流行各种小纪录片，带动流量的同时也有了不少的广告收入——他又抢跑，被判出局。重新做回音乐后，陈慕刻薄地嘲笑他："你以为你之前老失败，是因为理念太超前？不是，是你太文青，或者说太假文青，生意不当生意做，偏要玩情怀，该死。"——所以，他咬着牙，也得把师兄那三首歌里的个人想法摒除，顾客至上嘛。

可，怎么又胡乱想起了张学友？

"歌神"张学友的巡回演唱会每到一处，之所以会引起轰动，不仅是因为他的歌唱得好，更是因为几乎他每场演唱，都有各种逃犯在现场被逮。这种"神迹"，在互联网引起了奇怪的效应，很多人点开相关的新闻，不是看他唱得好不好，而是关注又有什么逃犯被抓住了。小孟想过何以会出现这种逃犯效应：当年张学友的歌曲环卫工人般横扫大街小巷的时候，卷走了多少人的听觉记忆，这其中也包括后来成为各种逃犯的人。当张学友全国巡演，那些逃犯也忍不住要去一睹少年时的偶像——即使网上传出的各种逃犯被抓的消息，也未能掐死他们的愿望。甚至，越是警察出没，有些人越是怀着赌博般的快感——本来不一定要去的，更得去了。小孟因为接了师兄的活，害怕被张学友的旋律洗脑，有意排斥听觉干扰，可越是闪躲，关于演唱会的消息越是袭来，张学友的声音越是阴魂不散。他一坐在工作室里，面对着那堆乐器，张学友就闭着眼睛、翘起兰花指、喉结抖动：

"你知不知道，你知不知道……"

当年住在城中村，经常有些圈内的朋友来看小孟和曾翔，有不少人还邀他们登台跑场。数学好的还给他们算过，坚持一两年，可以赚下多少多少钱。小孟和曾翔也不是没动过心，两人花了很长一段时间，把省城的娱乐场所都跑了一遍，就是想看看哪里更适合。谁知道这一阵跑下来，两人越来越沉默，曾翔问："接不接?"小孟说："不是太想……"曾翔说："虽然我们没身价，也觉得跑这些场有些掉价儿。"两人便没再想过这事。也不乏当年一块玩的哥们，有后来大红大紫的，或者是参加了国内的某个选秀，或者是在网上踩中某个点成了超级网红。最神奇的是，有一个家伙，参加一个节目获奖之后，小孟发短信祝贺，那边回了俩字："谁啊?"这人声名鹊起之后，开始卖弄叛逆人设，几乎每场表演都砸吉他甩头发，后来在网上发布一首涉嫌地域歧视的歌曲，被相关管理部门重罚不说，还吊销了他的表演资格。他最低潮的时候里，小孟在几个酒场上见过他，他总是眼睑乱闪。小孟低声告诉他身边的朋友："看好他。"没过多久，那家伙还是酒后开车撞天桥，虽没伤到他人，但酒精度太高，把自己赔进去了。出来之后，那人脑子就开始不太正常，圈内朋友都躲着，偶尔谈到，都心照不宣地跳过。那人最崇拜的歌手就是张学友，之前在 KTV 里，把张的每首歌都唱得几可乱真。小孟有时心想，他会去看张学友吗?

最让小孟觉得惊奇的，是 H 也随着张学友的演唱会出现了——小孟想起她都不敢直呼其姓其名，只敢用陈慕所命名的 H 来代替。其实，H 和他已经有好些年处于失联状态，失联的原因小孟都难以启齿。两人在高中时候，相处过一段，大学天各一方，各有际遇，分手是自然而然的事。有一年暑假，H 和他约好，各自从学校返回海南之后，两人见一见，把事情好好谈谈。H 先回到省城，定好了酒店，他半夜匆匆赶到，忙完所有杂事之后，两人躺在床上，他竟完全没有跟她更进一步的欲望。是的，两人都赤身裸体，一左一右四眼相对，却谁都没有下一步动作，太怪异了。他准备跟 H 好好谈一谈这事，一直没开过口。也就是从那之后，两人再未联系过，不知多久后，手机号码也删了。

当 H 加他微信，他花了很长时间去想她的脸，徒劳，想不起……他只能想起两具相对无欲的身体，疑惑那晚漫长的尴尬到底是如何度过的? H 在微信上发了个笑脸表情，说："我买了张学友演唱会的票，两张，要不要一块看?"小孟愣了好久，手指在表情符号那东奔西跑，也没选中合适的。她又说："如果别的人，我也不去听了，张学友，就想叫上你一起。”他想起了高中时候的事：她父亲因病过世，几乎把她击垮，她很长一段时间精神状态很差，班里很多人轮流盯着她，他只是其中一个。可自从有一回她抱着小孟痛哭之后，一切都不一样了，两人经常用同一个随身听磁带，张学友的歌声，就是那个时候，通过一条耳机在两人一边耳朵响起。每次拔下耳塞的时候，他都觉得那只耳朵是麻木的，他当时没在意，心想那就是青春。这些回忆扑来的时候，他也就没法拒绝了，摁动键盘上的“H”键，出来的第一个字就是“好”，他发送了过去。

很快回一个字：“嗯。”

小孟就没法安心给师兄的那三首歌编曲了，无论怎样，张学友不断回响耳边——而且，只是当年听耳塞的左耳。他终于忍不住，跟H约了个地方见面，本来挺正常的事，他却心跳加速，地点换了两三回，就有了偷偷摸摸的紧张，还是把地点放在市郊的海边。车停下之后，他远远就看到了她，好像多年没变，却又那么陌生。不知道怎么打了招呼，两人在沙滩上逛了十几分钟，他说：“上车吧。”她默默跟在身后。他驱车驰骋，几分钟后，速度降了下来，他指着一座雄伟的建筑：“张学友的演唱会，应该就是在这里开吧?”她说：“嗯。”他说：“叫我看演唱会，你不后悔?”她说：“可能会。但不叫肯定更加后悔。”他不说了，呆呆望着那座运动场，好像可以看到一周后，熙攘的人群把那里塞满，灯光从运动场的顶上射出，把夜空割得破碎。

提前预演这画面的时候，小孟有些怅然。两人钻进车里，H握住他的手，两人在椅子上靠得很近，小孟闻到某种气息，车厢的封闭让气息瞬间膨胀。小孟准备向前，准备靠近，想象了某种进入……他眼前有些恍惚，是不是当年那一晚的按兵不动延续到了眼前这一刻？跳跃的时间感，撩拨着他的呼吸，他指尖的动作加快，像是编曲时弹奏电子琴的黑白键，他正要用力……他知道，这力气一旦使出，洪水便会决堤。水位即将淹过警戒线，她浑身触电，猛然缩身；小孟也一震，像是酒醒了，停住了……被撩拨起来的欲望瞬间退潮，当年那晚的无动于衷的倦怠感又再次出现。在此时，让人兴奋的气息也成了某种不好闻的腥膻味。他赶紧坐到驾驶位，来不及整理衣衫，把车发动，车子渗入夜色。两人无话，直到下车，她才问了他一句：“演唱会还看吗?”他望着她，好久之后才说出一句："微信上回你。"可几天了，他没回，她也没问。那几天里，小孟在家里看到妻子，内心愧疚，好像自己出轨已成事实。

陈慕满脸瘀青出现在小孟面前，小孟没想到那竟然是他。陈慕虽说不会把自己收拾得油光可鉴，但他有些轻微的洁癖是毫无疑问的，他常常翻着书，就去洗一下手；聚餐时，上来三包纸巾，最后发现全被他扯出来擦拭，在对面堆成一座小纸山。而眼前的陈慕，显然已经无暇顾及脸上形象，或者说这已经是他打理后的最佳形象了：左嘴角和右眼角黑黑一团，额头正中央还有一个鼓起来的包。小孟还没开口，陈慕就说："知道你想问……这是被打的。"小孟更好奇了："被打?"陈慕说："有个写东西的，说我一篇小说里影射他，找我理论，我解释说不是也没用，最后就动手脚了。不过，他脸上黑得不比我少。"小孟笑出来："你们文人……干脆叫武人好了……"陈慕说："猪脑袋，我都说了写的根本不是他，他认死理……"小孟说："你真的没一点影射人家的意思?"陈慕憋了好一会儿，把话咽回去了。小孟说："老实说，我也不信。毕竟，你是有先例的，当初你写《两个男人的城中村》，我和曾翔也想把你装麻袋，丢鱼塘里喂塘虱鱼。"陈慕眼睛圆了起来："你们也较真?"小孟说："主要是很诡异，我和曾翔两个大男人，本来没啥，被你写之后，见面都有些尴尬……用现在的话讲，本来挺直的，被你掰弯了。"陈慕笑了："我看不是掰弯了，是把你们拆散了。"瘀青在陈慕的笑脸上绽放，小孟恨不得一拳头挥上去，给增加点灰度。心中闪过陈慕那小说的一些片段，小孟有些惆怅，他竟中毒般地念念不忘：

> 巷子曲折，即便住了三个月，返回这个村子的时候，他还是会迷糊，常有没法穿越迷宫的烦恼。无计可施时，他只能拨打电话。话筒里传来熟悉而略带嘲讽的声音："又要带路?"接着，那声音会问他，左边或者右边树立着石头还是竹丛，再之后，就很简单了，电话里的声音是精准的语音导航，让他几步左拐几步朝右，最后，笑嘻嘻地说："往三点钟方向看，对，看到那面墙没有，断了一半的那墙，走过墙，就是巷口……"看向那堵不知道修建于哪个年代，又不知道倒塌于何时的断

墙，好像电话中发出声音的那张脸会笑着从断墙的缺口处浮现出来。

——他真的有几回在那些巷子中迷路，打电话给曾翔问询过，并被在饭桌上谈笑。也就是说，陈慕并非全是虚构，但那张从断墙中浮现的脸是什么意思？恐怖片还是爱情故事？

时间不是均匀流淌的，而呈块状——假若不是这样，往事被回想时，便不会磕磕绊绊，一件事跟另外一件事之间相隔好久，得跳跃着才能接上。

他想起上次同学会见到H的情形，她躲在一群欢腾的人的背后。是的，无论是在什么样的学校读过，无论那个班级几个人，总会产出一两个特别热衷组织聚会的人，他们像渔网一般，有本事把散落各地的人捞出来。若是知道H会来，他会不会还有勇气来？但还是来了，他想起两人那次躺在一块却没有任何进一步动作的画面，尴尬滚雪球般变大。他的屁股不断位移，在同学们鬼哭狼嚎中，他接近她。她当然看到了，身子象征性地晃了晃，并未移动。他从啤酒味飞扬和杂音交错之间穿过去，和她一起靠着——他返回了旧日子。

临近高考的那一段时间，校园里发生的任何事，都有可能引爆敏感的他们。比如说：初中部的一群学弟，冒着夏天的雷雨，在操场上踢足球，雨水的冲刷让他们激情燃烧更旺。他们的喊叫在绵密的雨的缝隙里穿梭，可一道闪电劈下来，把南边守门员劈成一块黑乎乎的炭，所有的声音也被劈没了。之后几天，守门员的家人在操场上烧香点烛，把那当成了坟地，学生们又是悲伤又是后背发冷。比如说：和他初中一个班的J，终于还是疯了——J被世纪之交横扫神州的邪教所蛊惑，暗地里悄悄地研习功法，自称某大神转世，夜里在宿舍的床头摆上自己照片焚香跪拜，舍友夺门而逃。J被父母用一辆三轮车推回家了——他说所有的双数车轮，都来自恶魔之眼。比如说：高考前最后一次模拟考的时候，全校的高中生都上街了，他们举着横幅标语，抵制当时从国内各省蜂拥而至的“高考移民”，同学们的声音响彻县城的上空……由于高考逼近，这些事在他心中一次次引爆，在H那里，更是这样。击垮H的，是高考前一个月，她父亲病逝了，那段时间里，班上的同学轮流盯着她。又轮到他盯着她了，正是同学拥上街的那天，他按捺不住，眼神注视着人流，这或许是他这辈子离某种“传奇”最近的日子。口号从同学们口中决堤而出时，他却只能盯着她。她看出了他的蠢蠢欲动，说：“你去吧，我没事，我不会寻死。”他几乎是逆反般地说：“你怎么知道我想去？我才不去。”她说：“那，你就好好看我吧！”两人在三楼教室的窗边，看着校园里涌动的人潮——他忽然觉得，没去也很好，至少，除了他俩，没人以这样的角度，见过这场景吧？再之后呢，已经是高考之后了吧？聚餐后集体唱歌，四大天王的歌是热门，尤其张学友，他的《吻别》被好多同学点，被唱了好几回了吧？他和她是什么时候吻上的呢？是在张学友的歌声的催发之下吗？嘴唇轻触，他想到那个被雷电击中的学弟——原来，通体触电是这样的？

……

——他靠着她坐下来，这些块状的记忆此起彼伏。这是他在和她那次无欲的尬躺之后的再一次相见。他想了好久，不知道第一句话该说什么。他的嘴唇挣扎许久，只说出：“我住××村，你知道那地方吗？”声音那么吵，也不知道她听清了没有。他再次想到那城中村里的迷宫小巷，那从博尔赫斯小说里拎出、铺设到这里的分叉小巷，尽头是一堵断墙，断墙边上竹林生风。谁的笑脸等在断墙的缺口处？

——这些段落让小孟差点拎酒瓶去找陈慕，他怎么能把一些喝酒时讲的胡话，添油加醋写出来了？而且，这并非草稿，是发表后的样刊，一种白纸黑字的确证，一种经过编辑、校对、排版和印刷的郑重其事。她当然不叫H，她有她的姓名，可自从被陈慕写下之后，她就不能不是H。她怎么可能不是H呢，即使小孟喊着她的名字，心中还是一愣一愣地想到“H”——这被陈慕的文字重新建构的H。现如今，也没几个人读文学杂志了，她大概率不会读到这故事，可一想到这些段落已在一本杂志上出现，那永远是一颗埋而未爆的雷，他如坐针毡。万一，她真的读到了呢？万一别人读到了，传给她听呢？更为可怕的是，本来，陈慕写的这些，有着大量的虚构，可小孟已经越来越没法分辨哪些是事实哪些是虚构，他变成了没法从虚构里挣脱而出的人。小孟不得不对着陈慕的鼻青脸肿叹气：“她约我看演唱会了？”

“她？”

“H。”

“哦？这事还有下文？续集啊……”

“我跟你说，不能再编这事了，否则……我让你没法敲键盘。”

“你们……你……你也是搞音乐的，艺术的虚构，你分不清了？”

“是你分不清。”

停了一会儿，小孟问：“对了，曾翔最近怎么样？好久没他消息了。”

“你没听说？”陈慕吐出的字、皱起的眉头，意味着某些事已把小孟远远抛弃。是的，曾翔已经有好一段没出现在朋友圈了，他那些满世界跑的照片也好久没更新了。曾翔出国不少，可跑的都是东南亚，他说那些灰秃秃的热带城镇里，抵达的时候，不是在异域，而是返回了海南岛的1990年代——曾翔的出游，是时间旅行，是和以前的自己相遇。

陈慕说：“他最近麻烦很多，处理不好，就会引火烧身。”

“啊？”

“这两年市里很多地方不都在改造嘛，他老婆那边一个舅舅，有一栋房子处于被拆范围。据说赔偿没谈好，一直处于僵持状态。他舅舅的茶馆老有人来砸场什么的，曾翔的老婆让他出面，他没法子，拍了照片、写了文章，利用自己的媒体人身份，把这个在网上曝了出来。事情闹得不小，不少自媒体更是瘟疫一般传播，失控了。因为这事，他被单位停职了，据说他照片和文字，很过激——我也没看——反正给区里、市里带来很多麻烦……他的事怎么处理，不好说……”

“啊，我怎么不知道？”

“你闭门写歌嘛。”

小孟忽地一跳："曾翔舅舅房子在哪个区？"

陈慕苦笑，沉默好久，说："不是冤家不聚头，你师兄当领导那个区。"

想到曾翔身陷泥潭，而他还得给师兄写欣欣向荣斗志昂扬的歌，小孟浑身燥热——耳边响起当年曾翔在电话里为他指路的声音。陈慕看出了小孟的心事："你只是编曲而已，歌词可都是我写的。我乱取了个笔名，但总还是出自我之手。我总觉得我是叛徒，背后给插了一刀。接个活不容易，大家都得先活下来，我脸皮厚，无所谓。这活你接的，后面要不要继续做，你决定。真要做，你最好也取个笔名……"

陈慕掏出一瓶跌打药水，倒一点在掌心，就往自己脸上的瘀青涂抹，紫黑色的瘀青上，覆盖了一圈的深棕色。这药水味道刺鼻，可呛到一定程度，又变得很好闻了。陈慕也不像是在涂抹了，一掌一掌，是对着脸上的瘀痕下狠手——那张脸若不是他自己的，他就有谋杀的嫌疑。有几句什么话涌到小孟的嘴边，又退回去，他不甘心，翻箱倒柜，想把这几句话再找出来，可它们越过围堵消失无踪，他唇边只留下空荡荡的颤动。小孟和陈慕点了满屏的歌，都没拿起话筒，任由歌手在那哼哼哼，"背景音乐"成了"主唱"，撬开的啤酒也没喝几口，没一会儿，冰凉消失，酸涩加重。

从什么时候开始，主旋律的歌和流行歌曲之间，出现了重大的裂痕？——小孟不是音乐家协会的领导、不是某个大型音乐公司的高管，可他有时也会蹦出这样的疑惑。更可怕的是，他竟然还冒出某个妄念：这两者能弥合吗？比如说，给师兄那个区里写的三首歌，是不是能借鉴一点张学友式的流行曲风呢？在为那三首歌谱曲的时候，他忍不住，再次刷起了朋友圈。H 没有再主动联系他，曾翔也未再出现，陈慕则是时不时晒着文学杂志的封面和目录——那是他的样刊，那些从他眼前闪过的人，都会在他的眼睛里留下剪影，被他揉捏、变形，成为某篇小说里的人，在一个由文字组成的世界里重生。张学友的演唱会只剩下两天了，"歌神"在朋友圈的热度再次升温，他携带着那些金曲和旧时光，让以往一有公共事件就撕裂的朋友圈，出现了和谐共处的感人画面。

手中的那张票是那天 H 下车时留下的，她当时落荒而逃，像后头跟着一只鬼，高跟鞋也没能减缓她奔跑的速度。在车里看到她跑得像醉酒客，小孟苦笑不已，何苦要出来把残存的好感全都打碎呢？

这张票摆在手心，他不能不在演唱会开场前出发——他没有跟H确认要不要去。保留悬念吧，直接凭票进场，到时相邻的位置有人站着还是空荡荡，便成了薛定谔的猫。其实，他是担心，一旦确认了，无论她亲口说出“去”或者“不去”，都会熄灭他前往的勇气。前往演唱会现场的路，远远地就各种管制，小孟打开了手机导航，计算着和目的地的距离，只要在步行范围内，他就停车，走过去——他不会把车开进那黑压压的人山人海，天旋地转。

车停好，沿着海岸线向前，随着灯光的变亮，人越来越拥挤。当然还是年轻人多一些，可若细看，人群中其实散落着不少中年的面孔，他们肌肤松懈面色暗沉，可这一切都被藏在夜色里。“……我们一次次追逐，不过追逐满头稀疏的落雪……”他几乎是哼唱出这句陈慕的嘲讽，他给这句话谱了曲、录了音，他的嘴角时不时会自动滑出。排队安检之时，他想到了网络上那些逃犯在张学友演唱会上落网的消息，今天会有逃犯被逮吗？他想：那些逃犯，挺可爱的，冒着那么大风险，也要来见偶像，也要在旧日金曲中返回当年的街头……这些逃犯，也是多情的人啊？他故作轻松，眼神却四窜，想打捞H的身影。朋友圈里那些晒票的人，曾满屏满屏地冲刷他的眼，而此时呢，全是陌生面孔。前面的队伍猛地乱了，一群人围聚，传来阵阵争吵，不知道发生了什么。

不少人要硬挤上去，潮水荡漾。

凭票找到位置，右边还空着，那便是H的位置吧？她还会来吗？小孟觉得有些荒诞，到底是什么，让她曾残存某些幻想？而到底又是什么，让她幻想破灭，再次逃开？——这其中一定有什么不怀好意的细节决定着这一切，可到底是什么呢？有什么事情就发生在眼皮底下，却又全被忽略了呢？耳边全是喧闹，眼前全是人影，不少人还领了荧光棒，开始挥舞，也有点亮手机屏幕来挥舞的，甚至有人打开了手机的“手电筒”，一束束光，切割着运动场的上空。小孟一直注视着右边那个空空的位置，一有人要挤过来，他就凑过去：“不好意思，这里有人坐的。”挤过来的人，眼神狠狠，闪开了。小孟一直没留意演唱会是怎么开始的，除了开场时安静了一会儿，可以听到张学友的开场白，后面就被杂音给淹没了。

前奏开始，张学友开唱了，那些歌太熟悉了，观众们没有不懂的，全都跟随着喊。这就苦了小孟，他只想好好听歌的——倒也是听到了，只不过是鬼哭狼嚎的大合唱。张学友卖力地在台上演唱，音响也好得出奇，可没办法，大合唱就在耳边，张学友被消音了。听不到也就罢了，前头的人都在摇来摆去，灯光闪烁的舞台上，张学友的身影也被遮挡了。他干脆拿出手机，刷起了朋友圈，网络拥堵，好一会儿才进去。朋友圈里已经满屏全是这个演唱会的现场——那些“朋友们”躲藏在眼前这些陌生人里面，用照片、视频和文字，直播着眼前的一切。

有曾翔，他没有多说话，就拍了一张舞台上的灯光，也不配文字。——他又发微信了，他的麻烦解决没有？

有陈慕，他传了一张门口的拥堵照，文字是：“逃犯出现了？”

甚至也有区长师兄，他的照片明显要清晰得多，舞台上的张学友，也拍得比较大，他的文字是：“位置不错。”

甚至有那个酒驾后就精神不太正常的岛上歌手，他发出来的照片分辨率不高，配仨字：“见偶像。”小孟在他的照片里找半天，也没找到他的偶像在哪。

……

他翻看好久，没看到 H 朋友圈出现，他不甘心，点进去看，原先的信息也没有了——他被屏蔽了。H 忽然出现，给了他一张票，继而彻底消失了。他不得不在记忆中翻检，那天两人见面，到底是哪个细节，让她要把他剔除殆尽？他倒不是还对她有什么想法，只是单纯觉得，自己一定有某种失败透顶在她面前完全暴露了，他得找出这“失败”。张学友又唱又跳，那不是卖力，是卖命——网上传言他股票大亏，所以才用那么多场全国巡演来“续命”，倒也不是没有道理啊。

全场忽然就沸腾了起来，本来的大合唱，变成了阵阵欢叫——原来，舞台上的大屏幕，正播放着现场观众台上的画面。摄影师把镜头对准了一对对情侣，当情侣们发现自己出现在大屏幕上，又是错愕又是惊喜，情侣们很快地互动起来，他们拥抱、接吻甚至流泪。画面切换着一对对貌似“情侣”的人，接吻一次次在大屏幕上呈现，每一次拥吻，都激起现场的欢呼。此时，张学友正在唱着《她来听我的演唱会》，这首歌成了现场情侣们“发情”的催化剂。也有害羞的，互相盯着好一会儿，亲不下去，镜头就一直不移开，直到他们终于在全场观众的见证下，亲到了一起。最让人沸腾的，则是镜头对准一对男女的时候，他们还没反应，旁边两个男的，已经紧紧地拥抱一起，手指在对方的头发间穿插、出没。小孟不得不望着自己右手边的空荡荡，望着H留下的空无——如果她在，镜头会不会扫到这里？如果镜头对准，他们会不会拥吻？

他忽然想到了那一直没给师兄完成编曲的三首歌。在此时，曲调一点一点冒涌，抗衡着张学友的哼唱、也抗衡着现场的闹腾。他起身，说："抱歉，让一下，我出去一下啊……抱歉……"演唱会现场最热闹的时候，他直接退场。背后是燃烧的人海，眼前则灯光渐暗、海风渐强，他走向自己的车。他等不及了，掏出手机，打开录音，哼唱起来，不是唱张学友，是陈慕改了无数遍以至于满是补丁的歌词。此时，这些歌词缠绕成曲，从他口中争夺而出。在此前，他为这些歌词配过无数种曲子，可怎么唱都有一些词过于碍眼，像是粉嫩的脸上的一颗弹珠大的黑痣；现在，他好像找到了安放它们的旋律。走到车前，也没开门，他倚着，对着手机唱，声音虽低，也是在开演唱会。

——歌词满是口号和大词，而他唱得缠绵悱恻。

停车处灯光暗淡，演唱会现场则像一颗巨大的光球，夜风把张学友的声音轻微地送过来——在此时，张学友的嗓音压住了所有的杂音，只为他一人演唱。倾听张学友，果然还得一个人。风从海上来，咸味在此变弱，他坐到车内，打开了内灯，从左车门内侧翻出了一个信封。从信封里掏出一本杂志，书页翻卷，是吸了水又晒了光后的不平整。这是陈慕丢给他的一本样刊，上面就有陈慕把小孟、曾翔和H揉碎、注水、重塑而写下的那篇《两个男人的城中村》。他有时恨陈慕恨得牙痒，这杂志倒一直没丢，翻到熟悉的页面。小说开场，陈慕写下：

物流车抵达村口，巷子太小，没法再开。就地卸下，行李竟堆积了那么多——毕业典礼后，东西能卖的卖、可丢的丢，剩下的竟还有这么多。他轻松地乘飞机回来，这些纸箱慢慢颠簸而至，可他终究要把省下来的力气，在此时全都挤出去。这个市中心的村子，建有祠堂，每有一点水泥覆盖不到的缝隙，就有竹子长出，气焰嚣张。他开始犯晕。没办法，得打电话叫一同租住的哥们来帮忙了。此时的他，知道自己将会很累，可他满怀信心，纸箱里有他买的一些音乐设备，都是心爱之物，他将用它们奏响乐曲，走到灯光聚焦的舞台中央。

（《十月》2020 年第 5 期）

礼　堂

董夏青青

码头上拴着一艘铁焊的、能住人的趸船，离艇组在岸上的活动板房不到两百米。艇组的组长和分队的教导员睡在舱室。

半夜，教导员醒了。船头有个声音，持续地铛、铛、铛。某个东西正在撞击。教导员弓着腰从驾驶座后头的长条椅上坐起，披上大衣爬到甲板。凭他的第一感觉，应当是江水洄流里的浪在推船，绑在船头的碰垫撞在岸上发出响声。

他探出身看，发现碰垫离岸有一定距离，缆绳也没松。仔细听，刚才的声音也停了。钻回舱房，他脑袋刚挨上椅垫，那个声音又来了，铛、铛、铛。他辨认着听，越听越像一个人落水了，在用脑袋撞击船壳。大队有通知，上游翻了艘渔船，要是见了尸体漂下来就给队里报一声。

教导员叼上手电，爬到舱外再次检查碰垫和码头。水中无浪，船头也一动不动。他往船尾走时，手电朝水里晃了一下。电筒刹那照见一个东西。

他倒退到驾驶舱窗前，使劲敲了几下玻璃。舱里的艇组长从驾驶台上爬起来，扭头四处看了看，过会儿跳上甲板，接过教导员手里的手电，走到船尾往水里照。

乍看，黢黑的江水里有一个长发披散的圆形头颅，被洄流推着撞向船尾，弹开后又被水流卷回来。艇组长蹲下来瞅了瞅。

“是个塔头墩子。”艇组长回过身对教导员说。

“啥墩子？”教导员反问。

“就是从沼泽湿地上漂出来的一块草甸子。”艇组长说。

艇组长从教导员手里接过探水竿，捅进江水里来回摆弄。过会儿挑起塔头，叫教导员到跟前看。腐坏的草根密密地扎紧一小块土，草枝子湿漉漉的，腥臭。

岸上的香杨、柴桦和沼柳条叶交错，在风中摆动时发出沙沙声。夜鸟唧唧直叫。一条麻蛇钻出水蓼，蹭上渗水的泥地，顺着逶迤伸展的小路虬曲向前，月光下的皮纹灼灼发亮。

教导员双臂交抱，噙着烟望着江心。他听县文化馆的霞姨唱过一个故事。荒古。挠力河边一个叫满格木莫日根的人被凶兽叼走，他十四岁的儿子，希尔达鲁莫日根听闻噩耗痛断肠肚，上仓房拿起父亲的弓箭，挎上母亲手缝的马哈鱼皮箭囊。父亲已不在仓房了，他用过的东西，晒的肉干、鱼皮和鱼都在。希尔达鲁莫日根环顾其间，喊了声“爸爸”就昏倒在地。

前年，从江对岸游过来一只东北虎，吃掉了拴在活动板房门前的小笨狗。留下一条狗尾巴和一只前爪。次日清晨，被一个准备去江边提水的新兵发现了。那只小笨狗是刚回舱补觉的艇组长从家里抱过来的。

教导员直抽到烟快燃完了才扔掉烟屁股。艇组长比他小好几岁，见了水里的塔头淡定处之。自己父亲还是从前线退下来的炮兵，反倒𡳞了。

“前线铺满黄金龟儿子敢去、阵地布满地雷老子敢上”是当年父亲参战时期的口号。父亲那一拨入伍的战士，有一大部分是铁路职工子弟。运兵的军列停靠在火车站听候开动，坐父亲旁边的一个战士指着对面楼上亮灯的窗户，说那就是我的家。很多战士的家长赶到站台，围上前呼喊自己儿子的名字。遵照纪律，谁也不能下车，有人就钻到座位底下不让家里人看见。汽笛声响时，藏起来的人和扒着窗户招手的人一同大哭，有几个人唱起了《再见吧，妈妈》。

父亲他们经过三天三夜的铁路输送和一天两夜的摩托化机动才到前线。刚上战场那些天，二十四小时趴在工事上捕捉目标。白天炮击不断，夜里，敌方特工频频偷袭。前半个月，大家困了就靠在工事上打个盹，连背包都没有打开过。过后打开背包时，才发现已经成了老鼠窝。里面钻着大大小小的老鼠，被子都给咬烂了。有人吃罐头不过瘾，就烤老鼠崽儿吃。

教导员刚到艇上巡江那段日子，背上摞着层地起疹子。艇队的老班长几乎人人有风湿病、骨膜炎，后背上长潮疙瘩。父亲给他寄来两盒草本药膏。父亲说起在前线时，那地方十天九雾。洞里闷热潮湿，不见阳光，衣服被子都发了霉。衣料黏在皮肤上，不光痒、起疹子，还烂裆。有人身上的湿疹化了脓，和衣服黏在一起。后来不少人干脆光身子，或者套个编织袋在身上当衣服。

有时一开船，就得好一阵子没地方蹲坑。父亲他们那时在洞里，有人用空罐头盒解决，有人就地痛快了再拿铁锹培上一层土。

一个步兵防化班长要父亲陪他出去解手，帮他听着点儿迫击炮的动静。出了工事，班长到一个隐蔽的地方蹲下，父亲猫着腰警戒观察。班长刚蹲一会儿，父亲就听见迫击炮的发射声。估摸射击方向不好，父亲上前拽起那个防化班长就跑。刚离开，炮弹就在防化班长蹲过的地方爆炸了。他俩被冲击波顶飞出去，父亲落在土坑里侥幸没受伤，防化班长提裤子那只手的腕子撇断了。

复员后，父亲回老家当了警察。父亲推着坐轮椅的战友去监狱做战斗事迹报告，下会以后进号子教犯人怎么把被子叠成豆腐块。用母亲的话说，父亲起点不错，就是做事老不赶趟。母亲说父亲跟美白牙膏似的，能刷鞋、刷首饰，刷抠不掉的双面胶，就是刷牙刷不白。

教导员从武装部出发往分配地走的那天，父亲在从单位赶来送大红花的路上遇着个抢包贼，翻墙去追的时候把裤裆撕了。摁倒小偷时，又给胳膊划了一道豁口。他母亲蹬着车走了老远，都没有找见卖大红花的，就买了一朵新郎结婚戴的小红花给他别在胸前。教导员有个同学，背包是家里当兵的干部亲手打的，挺板正，背着怎么跑也没事。他的背包是自己打的，没等挤上火车就松了架，只好抱着。

到山东烟台时已经黑了天。候船大厅，带队干部发给每人一份面包、火腿肠和矿泉水，通知他们准备换乘轮船到大连。原本计划八点钟登船，又突然接到大风警报，说推迟到深夜两点再出航。一群人困得睁不开眼，搂着背囊埋头打盹。深夜两点半，带队干部叫醒所有人登船。教导员迷里迷瞪走上码头，到海洋岛号近前抬头一看，那客轮有五层楼那么高。

船顶着大风警报开进了，在浪里晃得格外厉害。教导员蜷在床上头疼恶心，浑身发冷。过会儿爬起来扶着床架子，蹲在垃圾篓边上把刚吃的全吐出来了。反复几次，就开始吐黄绿色的胆汁。他走出屋，扶着楼道把手慢慢往前挪。到了前台，看见带队干部坐在地上抽烟。教导员问他有没有晕船药，带队干部说他带的药都分完了，问问前台吧。

找到前台，女服务员说她手里的药也分完了，建议他往甲板上走，那里通风，能透口气。教导员又摸着墙去找甲板，拽错了好几个门把手才找到通风口。

站在甲板上，涌上高空的浪峰通体银白。风与浪的尖啸声令他毛骨悚然。衣服还未被水汽泡透，他就缩回了船舱。

教导员想到这儿，觉得那恐惧更胜今晚方才。

艇组长躺回舱里，觉着刚才起来这顿折腾，把他弄饿了。不多时，想起他跟奶奶去村外的河沟里摸螃蟹。

那是一条下游河，河道窄，水流急。长年流水，水底下长满了长长的水草。脚踩上去特别滑，一不小心就栽跟头。奶奶在岸边的石头上铺了块手帕坐下，指挥他下水。

那天的河水正好漫到他两个腿岔之间。奶奶一再叫他别把腰弯得太狠，别把上半身衣服打湿了。他在水里一脚深一脚浅地倒退着走，感觉踩到水底下有东西就赶快弯腰下手摸出来。有好几次他出手的速度太慢，脚一碰着螃蟹，螃蟹就顺水跑了。过会儿他掏上来正在交配的一对，还有一只母蟹裹着一只小蟹，奶奶叫他都给扔回水里去。

带回家的一桶螃蟹，他捞出来几只个头大的放进水缸。缸里有从河道捞的水草和鹅卵石。夜静的时候，能听见缸里唰唰唰的声音。

等把螃蟹养大一圈，他也攒够了一塑料瓶的瘪眼子花生米。他记得母亲临到晚上睡前总嗳气、烧心，嚼上几粒瘪眼子花生就会好些。

“又寻思给你妈送?”奶奶问他。

他最不爱和奶奶说这个，就光点头。

“送她是白送。”奶奶说，“熊啊，年年端午给你抱走一只胖大母鸡，你个兔崽子。”

他给母亲送第一只老母鸡的时候，母亲就托带东西的人捎回过话，往后什么也别给她拿，她不缺。他也寻思过，是不是带东西的叔可怜他孝心，明知道送不下也给拿走了，不然为什么这两年连句回话都再没有过。

奶奶评价，他母亲这种人就跟脚底下的黑土地一样，见太阳死硬死硬，一下雨光哧溜儿光哧溜儿，不是杠硬，就是贼拉软。当初那个变故，换作别人家的妈，肯定不会找算儿子跟丈夫。

这些话奶奶叨叨了很多年，从起初一口气说完，到后来得喘上好几次才能数落明白。奶奶查出肺癌晚期的时候，已经开始时不时昏迷。在县医院治疗效果不大，又转回了镇上的卫生院。奶奶临终前，他在单位带队集训走不开，是奶奶的亲侄女，他表姑在床前伺候。等回家给奶奶奔丧才听表姑说，卫生院的人都觉着奶奶的病虽然没得救治，可不至于走那么快，也许是自己偷喝了药。

他觉得这挺像奶奶能干出来的事，奶奶最烦拖累。当初他母亲离家不久，奶奶就把他接回自己的住处。奶奶对他讲，他父亲小时候在山里吃了一把野蚕豆，回到家口吐白沫，脑子给毒坏了，模样正常其实有点傻。要是带着他这个拖累，更不好再找对象。

把他安顿下不久，奶奶托人给他父亲介绍了带着个丫头的寡妇，比父亲大四岁。奶奶回家开了瓶小烧，给他倒了一盅。奶奶说，她欠熊孙子一个交代，往后定会尽心尽力，不亏待他的人生。

中考前一个月，中午他坐在教室吃奶奶给带的馒头，嚼了几口觉着味道不对，胃里发烧还犯恶心。同桌拿起他装馒头的袋子一看，是个洗衣粉袋。

曙色微明。已能依稀看清连队板房松松砌就的砖头院墙和掩映在丛草里的防兽铁丝网。教导员望见有战士从活动板房里走出来，就敲敲窗玻璃，叫醒艇组长。

两人在江边漱了漱口。教导员双手舀起一点水，在脸上抹了两把。

“导，你多弄点水洗，再不洗洗不出来了。”艇组长说。

教导员蹲下又舀了几捧水浇到脸上，来回搓了搓。艇组长弯下腰，把从陆战靴筒里冒出来的裤腿扎紧，解开鞋带系了个十字结。

板房里，炊事班长给备好了饭菜。小塑料圆桌上摆着炒茄子丝、炒白菜、炖豆腐、炒菜花、炒角瓜、炖土豆、两个凉碟的小咸菜。

教导员坐在艇组长对面的小凳上，边嚼烙饼边瞅他。

“你真是享了长相的福。”教导员说。

“啥意思？”

“虎林艇组的那个老太太，谁能给她处明白了？全大队也就是你没挨过她的告状。”教导员说。

“跟小白脸子没关系。”艇组长说，“我刚去的时候她也闹，早上带队跑操喊个口号她也举报我扰民。我就琢磨，问题到底出在哪儿。最后叫我给想明白了，她是埋怨我们不带她玩。老太太是大姑娘的时候，和艇队关系处得相当好，有来有往，后来上年纪，成老婆子了，艇队这些小年轻就不爱再上她家去，这不就整出隔膜了嘛。”

“那你咋哄的，找她跳皮筋啊？”

“我那会儿上她家去谈的。”艇组长说，“我跟她说，大娘，艇组挨着您家住，这个种菜我们不懂，您要多帮我们。老太太就说，那是你们的地，我可管不着。我就再跟她说，您这话说得太生分，什么你的我的，我们出力气种地，您和我们一块儿吃好不好？往后供给到了，我都叫人先挑点好看的水果给她拿过去。每回放下仨瓜俩枣，走的时候老太太都给杀一只鸡，要么一只大鹅带上，还有一大包鸡蛋、鹅蛋、山核桃、红薯干、蕨菜。有要复员的战士跟着巡江，我就去找老太太，跟她说这小孩要回老家了，饯行饭就在你家吃啊，可说好了。每回老太太都张罗一大桌菜，吃完撵着我们走，不让留下帮忙收拾。”

“老太太的心理你给把握得挺到位。”教导员说。

“我是老太太给从小带大的。”艇组长说，“那只叫老虎吃了的小狗，就是我奶奶养的，叫我抱过来了。”

“你奶奶舍得叫你抱走？”

“我奶奶在茶缸里泡她的假牙，叫那狗叼出来套自己牙上了。”艇组长说，“我奶奶掰完苞米回家一看，牙没了，晚上喂狗才见它嘴里戴着牙呢。直接牙留下，狗给踹出去了。”

艇组长扎开一盒牛奶递给教导员，自己掰了块馒头，蹲到门框边撕一点喂进嘴里。左手边就是过去拴他那条小狗的空地。

听岛上哨所的老班长说，一九九六年夏天，从俄方游过来两个喝醉的士兵，到老百姓家踹门砸窗户要酒喝。那户人家是鄂伦春族，家里的老头从梁上取下一把土枪，架到窗户跟前比画。那俩士兵一见，扭头跳进江里游跑了。从那边跟过来的狗，爪子受了伤，被老头抱回鹅圈养起来。时隔二十多年，俄方的老虎又游过来吃了他的狗。一来一去，谁的狗也没多，也没少。

临到中午开饭前，教导员接到上级电话。说俄方刚发来通报，他们的海军巡逻艇捞到了那具渔民尸体，下午让教导员和艇组长领队，带上二分队的翻译过去交接。渔民家属的船会跟上，艇组的船将渔民家属带到 648 航道的 7 号码头再返回。

俄方的一名中尉和一名战士用渔网兜着那个渔民，放到渔民家属的小铁船上。翻译从挎包里掏出一瓶百老泉，浇在泡胀的尸体上遮味。

教导员和艇组长在 982 艇上的驾驶舱里等。过会儿翻译从小铁船上跳到艇上，隔着舱玻璃冲他俩挥手。

"快走快走。"翻译钻进舱门时使劲摆手。

艇组长发动了一下船，发现点不着火，连打了三回船才有反应。这两三分钟间，翻译扯下帽子，跳到驾驶座和副驾驶座之间使劲拍打座椅，催他们赶快把船开走。

船起了航翻译才说，江面和地界上一样，讲究不能和死人抢道。渔民家属开的小铁船走得慢，要是被它抢在道前，回程这一路就得跟在它屁股后头荡悠，天黑前未必能赶回驻点。

"俄方那俩水兵是不是把人交过来以后，又把渔网给收走了？"翻译问。"那玩意对他们来说可金贵。"教导员说。

"估计翻译都不知道他们那网咋来的。"艇组长说。

"编的呗。"翻译说。

"那是有渔民把网下到了人家那边，叫人家给缴了。"艇组长说，"他们拿到那网比得着一筐鱼还高兴。"

正说着话。艇组长发现船艇的转速从一千二一下提到将近一千六，船艇瞬时直朝前方猛冲。

艇组长眼瞅着艇要失控飞车，向着航道方向，大力打了把舵。

“日他哥的！”艇组长揽住舵大喊，“我把舵绳干折了！”

“快关柴油机油阀，堵死进气道！”教导员边喊边冲上去拉下油门。

熄火后，船艇一头插进江汊子里的滩涂。

“仔细瞅瞅，是供油部件卡死了还是高压油泵坏了。”教导员带人爬出舱去。

这地方没有明确的岸形。教导员张望了一眼，滩地上遍布柳毛子、山丁子和臭李子树。远处江面，一只山狸子露着半截脑袋，正在过江。

艇组长随后跟出来，叫人把撑杆放进水里将船头别出去。试了几回，肌疙瘩最粗的班长也没撑动。教导员又走到船尾看船屁股，底下坐得有点实，看样子也没法一下给船拖到水深的地方。

“上缆绳拉船头吧。”艇组长叉着腰喊，“船头跟江汊子水面平行的，能拉出来。”

艇组长说这话时并无十分把握。刚下江开艇那年他就浅过船，拽艇的时候缆绳给扯断了。上级找地方协调的钢绳送到之前，艇上的人没吃少喝地原地扛了三天。

解缆时，一只江鸥从天顶落下，停在船舷。待缆绳绑在浅了滩的船艇的羊角上，准备往外拖拽时，江鸥扑棱翅膀飞进一旁的灌丛。当船艇回到水中，它又从水里的矮林中飞起，落了回来。

船艇再次开动，舱里有一种嗡嗡叫的静寂。舱外那只伴着艇低飞的江鸥，正用一只亮闪闪的眼睛看着副驾驶座上的艇组长。

那年集训结束后，艇组长连夜赶回家，表姑和表姑父在等着他。表姑说奶奶临走前交代了话，意思是自己很有可能搁心不下，不情愿走。要是那样再在家里整出什么动静来，就叫熊孙子上屋外折一根桃树枝子，在屋里各个房间的地上抽打抽打，把她撵走。

如今这只鸟，水浪打着它也没走，叫艇组长想到奶奶说过的话。

收江后不久，冬季来了。下午四点，天黑下来，教导员在办公室泡了杯茶，一边嘘溜一边想，还是夏天能出船的时候有意思。两国的口岸也在夏季时往来最热闹。县城广场一到傍晚，好些长得和瓷娃娃一样的混血小孩，只穿着一条纸尿裤到处跑。每每有头一回到县里消夏的外地人，问他们的爷爷奶奶怎么不给小孩穿件上衣，老人们就会有几分得意地说，小孩的妈妈是俄罗斯人，天生体质好，穿多穿少都不生病。

跟着在俄罗斯做生意的中国丈夫回县城的俄罗斯女人，入夜后和她们的丈夫各人手里边拎一瓶冰啤，要么坐在路边长椅上饮酒，要么溜达进十元店，边喝边选货。逛十元店是她们最乐得的消遣。

教导员赶着年根儿办了件大事。队里以前在锅炉房工作的一名三期士官，烧锅炉那些年间弄得腰椎间盘突出，压迫神经疼得晚上也休息不好。去年又遇上全队锅炉改造，他一天到晚往楼上抬暖气片，把腰累完了。今年这名士官要退伍，找到教导员，说想让单位给开个证明，讲明他腰上的毛病是在经年累月的工作中落下的。这件事教导员一口应承了，可新来搭班子的队长年轻，怕担责任，就跟士官推托，说开这种玩意到社会上不好使，再说腰间盘的毛病也够不上评残。

教导员趁上级找他谈转退意愿的时候提了这事。他表示虽说自己近两年的工作有瑕疵，自认还是有个面子提一个要求。他恳请领导找军医给这名士官开个制式证明，最好领导能签上字。领导痛快地允了，不光签上字，还给盖了单位的章。

那天晚饭，领导留教导员在大队的小灶上吃。领导问他，还有什么要求和想法，可以再提。教导员尝了口领导给他舀进碗里的小鸡榛蘑汤，点着脑袋说还真有一件事要托领导多上心。

前年，一名刚转上士官的战士借探亲休假，瞒着队里更改了返家的车票日期，跟几个渔民去湖上打鱼，被大风刮进了湖面上没有冻实的“龙口”里。这件事叫教导员背了个处分，当年的职务也没解决。按他的年龄，级别上不去就只能等转业。

父亲跟教导员讲过一个自己救自己的故事。一天晚上，大雨如注，天黑如墨。狂风掀开了前线防御工事的表面伪装，工事里进水塌方。敌对双方一时间都顾不上战事，先投入自救。父亲所在连队的观察所工事里边，水深已达四十厘米。全连只留了一个侦察兵在观察孔警戒，其余人员悉数参加工事的排水和抢修。就在抢修进行一个来小时后，父亲抡下去的铁锹挖断了一枚埋在土中的已朽手榴弹木柄，眼看泥里蹿上一股白烟。这时，父亲又狠劲抡了一铲子下去，将那枚冒着烟的手榴弹扬起十几米后爆炸。

教导员打小总听这样的事，觉得人比猫不差，不说九条命，起码没那么容易被干完蛋。可那名战士说完就完，自己的事业也跟东北冬至时候的大鹅一样，枪眼子顶了屁眼子。

这两年的清明节，教导员都叫上那名战士的老班长一起到湖边烧纸。逢上中秋和春节，他就上网挑点好吃好用的，给那名战士的母亲寄过去。赶上老士官回家休探亲假，他就给人家转个红包，叫他们在老家当地买点特产快递给那名战士的母亲。不管是谁从什么地方邮寄，留的寄件人姓名都是“您松阿察河的儿子”。

教导员对领导讲，自己转业以后，领导得让这特产接着邮走。不能让人家母亲觉得这里的人忘记了她儿子。那名战士打小没有父亲，全靠母亲养大。为了能留士官，他当义务兵那两年里没少受累。春天，他给营区每棵树刷上八十厘米高的白石灰。夏天，一个人带着自己的脸盆去淘旱厕，淘完又拿水管子把地刷得干干净净，墙根撒上驱虫药。秋天扫树叶，接着入冬铲雪、做冰雕。他领的津贴基本全转给了母亲，探亲休假穿走的那件外套都是找同班战友借的。他去湖上也不是贪玩，是觉得市场卖的大白鱼太贵，想自己捕两条带回去给他母亲尝鲜。

教导员又说，再过上几年，知道这事的人差不多就走没了。领导不管，也不会再有人管。

领导答应下来。领导问教导员，心里边是不是记恨上级的处理，教导员听罢摇头。

当时，教导员的处分下来以后，上边要进一步处理这名战士所在班的代理排长，一位四期士官。教导员听说后，跑了一趟领导办公室。他说，可以把给他的处分再加重，让他按战士复员都可以。那位代理排长兢兢业业十六年，马上就要脱军装回老家，为这样一件事背个处分实在说不过去。况且奖励过头了，收回一张奖状就成，处分下重了谁收得回来？教导员一再坚持，不但不能给人家处分，之前预备给这名四期士官的三等功也不能给整黄了。领导把他骂了一顿，叫他赶紧滚蛋。他一听，摔了领导桌上的一个文件夹。

饭桌前，教导员起身给领导打了一碗粥。坐下时说自己谈不上记恨，这些年间另有一件事情意难平，得讲一讲。那年他刚分到艇队，对周边地理很不熟悉。一天，领导叫他带队机动到一个叫黑鱼泡子的地方，他找错了方位。

教导员对领导讲，手机装上定位以后，他又到了一趟那附近，方圆二十里地就有六个地方叫黑鱼泡子，哪分得清哪里是哪个。领导端着碗直乐，说就那个，贼黑贼黑的那个。

屋外寒风正造出刺耳、粗嘎的响动。窗玻璃上有一大朵透明的毛茸茸的霜花，晶体蜷曲而流动。教导员放下手中的杯子，掏出手机来看。刷到一条朋友圈时，腾地起身照窗户捣了一拳。

等教导员打车赶到那家烤串店，前年从艇队退伍的一名士官跑出来接他。

“你这干吗?”教导员说，“要害我啊?”

士官赔着笑脸说：“导，艇组长对我挺好，不能打他小报告。可我瞅着这事儿还得让你知道，就拍了个酒瓶子的照片，那条状态就你能见。”

士官领教导员进屋之前还在叮嘱，要教导员一定讲是过来打包烤串遇上的。教导员拉椅子坐下时，原本趴在桌上的艇组长直起身子，瞅了教导员一眼。

“导。”艇组长说，“来了啊。”

“你这是啥意思?”教导员推了推艇组长的肩膀。

“我是真不乐意休假，不是假的。”艇组长说着打了个嗝。

“每年的探亲休假都是按照规定走，人家想休的休不上，你这打死不休，休了也不回家，是想干啥?”教导员在艇组长又要倒酒时夺下他手里的酒瓶。

“我这不违规。”艇组长伸手去够那个酒瓶，“休假期间适量饮酒不违规。”

“说说，为啥不回家。”教导员推开凑上来抢瓶子的艇组长，把他一把摁回座椅上。

艇组长摊开腿，抄起胳膊将脑袋朝后一仰，不多时就张开嘴睡着了。

教导员叫烤串店的老板娘过来收拾桌上的酒瓶，冷了的串拿去加热，又点了一盘炸鸡蛋馒头片。

“他不回家，跟你在这儿是要干啥？”教导员问士官。

士官摸起桌上一根牙签扎了扎艇组长的胳膊，看艇组长没反应，才跟教导员小声说起话来。

“他不是不回家，是没家可回。”士官说。

“啥叫没家可回？”教导员问。

“我也是这之前，他奶奶没了以后听他说的。”士官说，“他小学刚毕业，他妈就离家走了，在外头又成了家。过后他爸也新找了个媳妇。就剩他跟他奶奶过，奶奶一走，他就单崩了。这一休假，你叫他上哪去？”

“那要么去爹家，要么上妈家，再成家就不认儿子了？”

“不是那么回事。”士官说着直摆手，“您知道他有个小名叫小熊不？”

“听人这么叫过。”教导员说。

“他们光知道艇组长有个小名，可就我知道他这名儿咋来的。”士官说，“他小时候，家里在一个小学旁边开小卖部，一家四口，他爸妈还有他和他妹。有天晚上，他爸忘了锁门，正好一头熊下山，从门外一巴掌把小卖部的门给拍开了。当时他全家人就睡在柜台里边，柜台外边都是大货架子。那头熊在里边好一阵祸害。这时候你猜咋的，艇组长他爹吓得钻进他们平常码货和烧火做饭的小房间，还把门关上了。艇组长呢，睡在窗户跟前的木头板子上。一睁眼看见那熊，他啥都没想，拉开窗闩跳出去跑了。”

“还有他妈和他妹呢？”教导员问。

“是艇组长的妈后来给他说，他妹当时正要往他妈跟前去，那头熊推倒一个货架，把他妹给砸倒了。他妈一看，也不再想法子逃，就坐在地上等着。没想到那熊一个转身，见窗户开着，就从窗户翻出去走了。这事儿后来传出去，当地人就称呼他们一家子‘熊到家’，往后也不叫艇组长的大名，就叫他‘熊’。”

“这是他妈的真事儿吗？”教导员闭上眼，双手搓了把脸。再睁眼时，见艇组长已经坐起来，正瞅着他。

“真的。”艇组长小声说，“怎么不是真的呢？”

“我让我妈寒心了。”艇组长又说，“我奶奶说，她年轻时候在大兴安岭的林场里边给工队做饭，当地有一个插队的知青叫黄鼠狼迷了，成天见着人就上去啃人家的手，说馋鸡爪子，嘎巴脆。我奶奶说这种人就是魂儿叫大仙赶跑了，厉害的人两嗓子就能给他叫回来。我奶奶厉害，她给叫回来好几个。可就我奶奶这样的，把人的魂都能给叫回来，她叫不回来我妈。”

“你自己去找你妈来着吗？”教导员说。

“找了。”艇组长说，“我妈说，这个家里她就偏心我，有了我妹以后，她也偏着我。我妹三岁那会儿，我妈牵着我去买包子，我妹也非要跟上。家里当时差钱儿，只够买一个肉包子。我妈就抱起我快往前跑，想着我妹一看我俩走远了，就不能再跟过来。可我妹一直在后边追着跑，跑到岔路口摔倒了，叫我奶奶追过去抱回家的。我妈说，家里有点啥钱，都花在我身上，有点啥好吃的，都先拿给我和我爸，我们是男人，是最大的指望。可事到临头，有难了，我和我爸第一时间跑个没影儿。在她眼里，我和我爸也不是心有多坏，是压根儿没长心。我咋来当的兵？是我奶奶说的，部队就出活雷锋。当了兵，人家就不能再说我是没长心的东西了。”

那晚，教导员躺在队部的床上，回想艇组长在几个小时前说的话。

去年同俄方会晤，俄方的船艇领航。眼看要到主航道时，俄艇突然熄了火，顺着主流往下漂。开船的俄方老兵钻进机舱鼓捣了近半个钟头也没找到故障原因，无奈准备中止检查，将艇拖回去时，艇组长找到翻译，表示他估摸是油路出了故障，可以帮忙看看。艇组长上了俄艇，没管主机是没见过的型号，铭牌上也全是俄文字母，就沿着燃油走向查了一遍，发现是油管连接处松动进气。艇组长找来工具紧固，又排了排气，五分钟后俄方老兵按动点火开关，俄艇顺利启车。会晤结束时，俄方大队长取出一面海军军旗，亲自交到艇组长手里。可临到年底评选先进，艇组长自作主张把预备给他的先进名额让给了一名班长。

教导员觉得艇组长脑瓜很灵，有能力，就闹不明白他为什么对荣誉不积极，今时总算解了惑。这两年，队里的先进表彰大会都会邀请先进的家属到礼堂观礼。颁奖时，家属上台为先进献花，说上几句鼓励的话。照艇组长目前的个人情况，他必然不乐意以先进的身份进礼堂。

细碎的雪花在风中飘浮、旋转着，彼此推撞着，落地后不停地累积厚度。对面楼房面向马路的一侧，亮起五彩缤纷的新年彩灯。比前几日更硬、更厚的水坑结成的冰，也掺上一点颜色。

在屋内琥珀色的灯光里，艇组长安静地坐着。

霞姨的丈夫在厨房里焖肉。饭桌前，霞姨将热气腾腾的鱼块夹到艇组长和教导员面前的餐盘里。

“你们边吃，边听我把刚才的话说完。”霞姨说着又往艇组长的碗里搁了一块炸茄盒。

“教导员听我唱过赫呢哪调，说好听。”霞姨说，“我小的时候，我母亲就一边哼着那个调儿，一边烧火、做饭。锅里贴着大饼子，熬着鱼汤。那时候我母亲走的路是塔头墩子，住的房是小地窨子。地窨子里边用薄木板子铺了一层当地板，地板底下就是江水。我和三个哥哥都是她在地窨子里的鲜木头板上生的，木板上铺着鲜树叶。为了叫我们吃饱，生完小孩十天八天以后，我母亲就下地打鱼去了，孩子就放在屋梁上柳条编的吊筐里。每天回来做完饭，她都把我们挨个抱在她腿上。才四五十岁，我母亲的腿就变形得厉害，成了罗圈腿。我母亲去世以后，我经常梦到她，梦里她还要把我抱起来往她腿上放。后来等我有了孩子，我就知道不管当母亲的人在哪里，孩子永远都像还在她的腿上抱着一样。”

“我这种情况也是吗？”艇组长问，“我妈也会在心里惦记我？”

“当然。”霞姨说，“是一定会的。”

“那就好了。”艇组长低下头笑了，“我奶奶安慰我的方式和您不一样，我奶奶查出病来以后，说话老是神神道道的。她说有时候闹不清是我们待的这个世界是‘死’的，还是死了的人去的地方是‘死’的。按理说，她带着我这些年，好些时候都快熬不下去了。比方说，念到初二那年，奶奶病了没法出去帮工。凑不齐学费，我开学就没去报到。过了几天，学校老师给我打电话，说有人帮我把学费交了。那人自称是半夜梦见有个小孩找他，哭自己上不起学了，还把学校地址、年级班级都告诉了他。奶奶说，这样的事不止一回，每到山穷水尽快过不下去的时候，就会有谁拉我们一把。我奶奶觉得，我们在这个世界给走了的人烧纸，也许对那边的人来说，我们也是‘死’了的人，也会有在那边的亲人、记挂我们的人，给我们送来最需要的东西。我奶奶叫我往后落单了也别害怕，总有人是念着我的。”

“你想过可能是你母亲托人去帮的你吗?”教导员问。艇组长点头。“可我不敢给自己这么大盼头。”

“姨。”艇组长抬头望着霞姨。“就像导刚跟您说的，要是哪天我真能上礼堂领奖，您一定得到场。替我妈看看，我不熊了。”

教导员转业回到家，和他父亲成了同事。端午节那天，父亲领着他去康复医院给战友送粽子，给那位曾坐着轮椅、被父亲推去监狱一起做报告的战友。

当年的一天深夜，敌方特工原计划偷袭团部通信枢纽，被哨兵发现后，撤离途中发现了父亲所在连队的维护哨。当时哨点一共四人在位，住在一顶班用帐篷里。每人躺在一块木头床板上，离地面有十来厘米高。

一名敌方特工绕过警戒哨，将两枚手榴弹塞在战友床板底下。手榴弹爆炸后，战友身下的床板被炸得粉碎，人也被炸起几米高后摔在地上昏死过去。父亲和帐篷里的其他两个人也当场炸晕。等父亲醒来后爬过去看，战友躺着不动，两颗血红的眼珠暴突，鼻子、嘴、耳朵都在往外冒血。天亮时，等步兵在路上排过雷，卫生队来人将父亲的战友抬下阵地，送入后方。战争结束后，父亲回家又见到这位战友。战友当着父亲的面自夸，说托那床板上铺着的几块棕垫的福，他只有两条腿落下毛病。

父亲没有告诉战友，当天早上，过来塞手榴弹偷袭的特工在撤离时被一枚挂雷炸掉了左边胳膊。被俘后，那名特工住在卫生队养伤期间，父亲还给那人送了几天的饭。

医院里，父亲的战友躺在床上瞪着天花板，一声不吱。战友的女儿告诉他们，父亲的老年痴呆越来越重，再往后，连一句囫囵的话可能都说不成了。

教导员陪着父亲在床边坐了半个来钟头，两人各吃了一个战友女儿削的苹果。走出住院楼时，教导员的父亲抬头看了看傍晚的天。

“你看啊。”父亲对教导员说，“就这一小会儿时间，太阳和月亮都在。”教导员也仰起头，过会儿又看了眼父亲。“有一个在的，就不赖了。”

（《人民文学》2020年第10期）

看客军团

陈楸帆

1

高小聪强装笑脸，递出最后一份热辣烧烤合家欢套餐，“祝您用餐愉快”，最后一个字的音调必须是上扬的。他给柜台挂上“今日打烊”的牌子，洗去手上各种被溅上的油渍酱料，脱下工作服，换上自己的冲锋衣。这时时钟上显示着凌晨00：25。

地铁早就停运了，高小聪在寒风里瑟瑟发抖，等着最后一班981路公交车。车站里人不多，大多是像他这样轮到上晚班的柜员、服务员、勤杂工……有的搓着手，有的跺着脚，不时抱怨几句“怎么还没来”。在大多数人都已经躺在床上，已经进入或者准备进入梦乡的这个点儿，他们却才刚刚开始下班后的生活。

车终于“哧”的一声到站，稀稀拉拉的人鱼贯而上，车上也并不暖和，人们抖抖索索地相互靠着，看着手机上的综艺节目，听着歌，勉强撑住往下掉的眼皮。

高小聪却完全没有睡意，眼前还不停回放着今天发生的事情，分不清是屈辱还是愤怒。一个大妈非要投诉他在炸鸡里擤鼻涕，惊动了值班经理，后来从监控室实时调取录像，发现并无此事，那个大妈才嘀咕着“明明看见的”从人缝里溜走了。

这样的事情实在太多了，每隔几天就要来一回。高小聪有时候会想，这些人到底怎么回事，是什么驱使他们说谎，还是说他们下意识就是觉得服务员就会干这样的事情。一张张笑脸的背后藏着什么样的人心，他毫无头绪。

回到家已经是凌晨一点多，洗漱完躺到合租屋的硬板床上，嘎吱一响，意味着一天的正式结束。可高小聪这会儿还没有睡意，不知道为何，某种神秘的力量驱使着他，像打了鸡血针般精神地打开电脑，通过加密浏览器登录一个叫“微正义”（WeJustice）的网站。

这是一个暗网的网站。所谓暗网，就是那些见不得人的、地下的网络信息，一般都与黑市交易、贩卖人口甚至军火买卖有关，属于违法内容。这样的暗网信息在整个互联网上占到了百分之九十五以上，可以说，人们平时所看到的正常互联网只是冰山露出海面的一个尖。

但是“微正义”不同，至少高小聪相信它是不同的。它通过某种途径，收集了全球各地监控录像头的实时数据流，总量高达 10 亿路，数据量更是天文数字。然后通过分布式计算，在每个用户的计算机上运行一套人工智能算法，通过图像识别技术帮助平台判别视频内容中是否存在违法行为，比如暴力犯罪、抢劫、肇事逃逸、入室盗窃、性侵等，然后转交给当地的执法部门。

当然，总会有那么一些机器无法判断的灰色地带，需要人的眼睛、大脑以及经验去判别，这些不那么光明正当的行为大多数时候够不上犯罪，但却也损害了整个社会的公序良俗，让人心变得灰冷阴暗。这时候就轮到数据时代的正义使者们出马了，这也是驱动“微正义”平台能够不断运转下去的模式。

这个游戏的名字叫作“涅墨西斯之门”，出自希腊神话中的复仇女神。

当某个用户发现某段视频中存在不正义（却又不构成违法）的行径时，他可以以“讨伐者”的身份将这段视频上传到平台，接受众多网友的投票，每张票相当于一笔一定数额的虚拟货币，与用户的虚拟钱包绑定。当投票数到达一个门槛线上时，“涅墨西斯之门”缓缓开启，而通过投票所众筹形成的奖金池也向所有人敞开。

这时会出现第二个角色，猎人。

猎人是在虚拟世界与现实世界之间建立映射关系的人，他们通常身份隐秘，且拥有常人所无法触及的数据接口，因此能够通过一段模糊的视频资料加上相关数据，去追踪、定位并锁死视频中所出现的真实人物，因此被称之为猎人。成功寻找到目标的猎人将从奖金池里获取一定比例的奖励。

这是个技术活，但也充满着竞争，会有来自世界各个角落的猎人与你同步嗅闻数据痕迹，谁先找到目标，谁就获得奖励，谁就是英雄。所以这不仅仅是利益，还关系到荣誉。

最后一个角色，也是争议性最大的，叫执行者。

正如名字字面所表达的，执行者需要执行的便是正义。他会从现实世界的层面，让被讨伐的不义之人认识到自己犯下的罪行，并做出诚恳的忏悔与致歉，并录成视频上传到平台。执行者存在争议的原因，一方面是在执行过程中往往会发生一些可想见的违背正义行径，比如轻微暴力、胁迫；另一方面被讨伐者的曝光与道歉是否就意味着不义得到洗刷呢，持不同意见者众多，但规矩就是这么慢慢被定了下来。

成功的执行者将分走奖金池里的最大一块，剩下的由讨伐者与平台进行分配。与猎人不同，执行者是任务领取制度，不存在竞争，一来跟地理属性相关，二来同时多名执行者容易发生更大范围的混乱和不义。因此，只有当一名执行者宣告任务失败之后，其他的执行者才能继续跟进。而成功的讨伐者在社区里便是受到英雄般的对待。

当然出于安全考虑，所有的人都只用 ID 匿名出现在“微正义”平台上，在暗网上暴露个人真实信息意味着自取灭亡。

高小聪只当过一回讨伐者，其他时候都是跟着投票的围观群众，倒不是因为他不想成为猎人或执行者，而是因为他没有这个能力，也没那个胆量。每天下班之后他最兴奋的一刻就是点开讨伐者上传的视频，然后跟着围观群众同仇敌忾，看着投票数往上涨、涨、涨……直到触发动画效果，大钟敲响，一扇金色的“涅墨西斯之门”缓缓打开，猎人们循着虚拟空间的数字踪迹，如同蜘蛛通过丝线感应到猎物撞入网中，争先恐后地要一尝血肉。

想起那次经历，高小聪的嘴角都会扬起笑意，那是人生中少有的高光时刻，但随之而来的便是执行者上传的那段视频，被讨伐的女孩似乎情绪濒临崩溃，时而蓬头垢面摇头否认，时而痛哭涕零后悔不迭。这让高小聪感到心慌，毕竟这一切都是由他而起，而且是发生在他所在的城市，更是从地理和心理上又近了一层。他甩甩头，努力忘却那些令人不快的画面，说服自己她是罪有应得，那么多人一起做出的决定，怎么会有错呢？

这个清晨，他又忍不住打开了监控视频流数据的任务平台，定位到自己所在的城市区域，看有没有 AI 筛选出来需要人类进一步判断的视频数据。这是他的习惯，在这个时间段，选择这样的地理位置，让他觉得足够真实，与现实世界相关，但又保持一定的安全距离。

一连串同一事件的相关视频流被筛选出来，高小聪一个个点开，经过官方提供的调节滤镜，让画面放大、对比度提升、噪点减少，模糊的光打在他脸上，在这简陋狭小的出租屋里，他似乎看到了一座等待挖掘的金矿。有时，数据里会有一些让人面红耳赤血脉贲张的视频，是这座城市里的人们在各种奇怪的角落做爱，有些地方远超他的想象力，也许是偷情，也许是为了刺激，但他们不知道这些自以为隐秘的角落已经暴露在看客的视线之下。每当发现这些矿藏，高小聪便会配合着画面做一些让自己快乐的事情。

但今天这个视频不一样，性质完全不一样。

一名女子在停车场内被戴棒球帽男子尾随，进而在死角处进行猥亵。

高小聪选择了不同远近距离和角度，反复分析这两人是否相识，他们的行为举止是属于调情还是侵犯，这些都是机器所无法判断的。最后他关掉了视频，目光呆滞，这明显是在违法边缘试探的不义行为，要不要发起讨伐，他陷入了沉思。

不知为何，那个诬陷他的大妈面孔一闪而过。他胃部泛起一阵恶心。

高小聪轻点鼠标，发起了一场新的讨伐。

他终于可以安心入睡了。

2

高小聪醒来之后第一件事就是查看自己的投票数字，上升得出乎意料，跟性与暴力相关的事件总会吸引更多的眼球，这是亘古不变的真理。

为了方便追踪，他还在手机里装上了 Lite 版的“微正义”，尽管没法用手机里的低端处理器进行分布式计算，电池发热太严重了，但他还是可以实时得到最新的数据和视频推送，表面看起来就好像在浏览一个普通的短视频网站。

高小聪一天都无心上班，趁着上厕所或者客服间隙就要掏出手机看一眼，离打开“涅墨西斯之门”近在咫尺了。他有点上瘾，躲到了抽烟的过道里，不停地刷着页面。旁边抽烟的商场保安凑过来看热闹，“啥子好东西这么上瘾?”，他赶紧躲进了厕所的隔间。

在投票数字撞开“涅墨西斯之门”的瞬间，手机发出了巨大而夸张的动画音效，高小聪不得不按下冲水马桶来掩盖，尽管方圆一公里之内可能都没人知道那声音意味着什么，但是他还是下意识地想要避免麻烦。

看着一枚枚亮起的猎人头像与 ID，他不由得揪紧了心脏，就好像那些幽灵般的捕猎者是在现实世界而不是在虚拟空间逡巡，它们翕张着鼻翼，捕捉并锁死任何可能定位到被讨伐者的蛛丝马迹：面孔、步态、出行路线、行为习惯、消费记录、车牌号码、接触过的人与宠物……最为重要的是，它们拥有常人不能想象的数据权限与工具，可以毫不费力地从你所喜爱的冰激凌品牌定位到你的家庭住址。一切只关乎速度，与竞争对手赛跑的速度。

这场无形的较量在 2 分 34 秒 53 后落下帷幕，其他的头像悉数暗下，只剩下一位名叫“熊爪 666”的猎人。

高小聪回到了工作岗位，哼起了小曲儿，引来值班经理一串白眼。他毫不介意，因为此时周围的一切都变得无关紧要，只有那个等待被执行的不义之人，以及即将涌向自己的财富与荣誉，才是这个世界上最真实的存在。

但一周过去了，执行者却迟迟未能出现。

这很正常，不像猎人可以从地球的任何一个角落发起攻击，执行者必须回到物理现实，脚踩着坚实的地面，面对有血有肉的人类。因此并不是每次都能马上找到合适的执行者，一般很少人会长途跋涉跨地区执行任务，那样成本太高且风险不确定。大部分执行者只会执行本地任务，当然理论永远不等于现实，就好像正义使者未必每次都会采取符合正义的方式。

有那么几个瞬间，高小聪脑中闪过念想，并没有任何规则上的限制阻止讨伐者同时成为执行者，这样的事情以前也发生过好几起。问题的关键不在于规则，而在于高小聪自己。每当他动起这个念头时，当年被他讨伐的女孩面孔便会出现在眼前，随之而来的是一则新闻，高小聪需要十分的努力才能将那些负面的情绪从脑海中驱散。他觉得自己还没有准备好。

就在他以为这桩任务将变成上万桩同样悬挂于虚拟空间却无人认领的旌旗时，在一个深夜里，有人领走了任务，并以极快的速度上传了执行视频。

经特征点数据比对之后，证明讨伐视频与执行视频里的男子是同一个人，他将黑色棒球帽摘下，露出光头，开始语调略带浮夸地忏悔，陈述自己由于童年受到侵犯导致某种特殊的性癖好，说到动情处还流下几滴眼泪。点击数字不断攀升，创下了当天的纪录。虚拟金币按照比例分配给平台及各方，又一个不义之人得到了惩戒，社会的空气又清洁了几分。社区里讨论的氛围十分热烈，高小聪收到了许多陌生 ID 的虚拟礼物及打赏，那些赞美的话语让你浑身轻飘飘的，似乎自己不再是快餐店里每天受气的打工仔，而是一个英雄，真正的英雄。

“谢谢你。我能请你吃饭吗?”一个陌生的 ID 发来信息，出现在高小聪的收件箱里。

“您是?”

“我就是那个受害人。”

高小聪的心脏停跳了一拍，他找出讨伐视频，尽管分辨率不甚清晰，可仍然能分辨出那个女孩身段婀娜，面目清秀，穿着打扮入时，并不是他在快餐店里每天能够见到的那些庸常面孔。

“太客气了……不用了吧。”高小聪假装推托，又加上一句，“你没事就好。”

“其实，我就是想当面感谢你。”

高小聪知道，出于显而易见的原因，“微正义”平台上的人都不会轻易暴露自己的真实身份。在暗网中行走，就好像某部科幻小说所写的，一旦别人知道了你的真实姓名，也许下一秒你的命就没了。可某种说不清道不明的力量阻止他说出“不”字。

“那……你说个时间地点吧。”

对方发过来一家高级西餐厅的链接。高小聪的第一反应竟然是，衣柜里没有合适的衣服穿了。

3

高小聪不知道自己的眼睛该往哪里放，只能盯着盘子里的四十天速成澳洲小牛排。

尽管周围灯光昏暗，但对面坐着的这位女子仍然是耀眼得让人心慌。那脸，那眼，那脖颈和胸口的吊坠，都亮闪闪地发着光，他竟然不知道人的皮肤是可以这么透明发亮的。更不用说这家餐厅，他心想，用“餐厅”这两个字简直是一种侮辱。

这里没有油腻怪异的气味，没有高声吵闹的熊孩子，没有随手揉成一团丢在地上的纸巾，更没有虎视眈眈的值班经理和监控摄像头。一切都如此精致、柔和、恰到好处，空气中飘浮着成分不明的香气，每一个侍者都那么帅气整洁，微笑以待，就好像他高小聪不是个战战兢兢的初次到访者，而是把这里当成后院食堂的高朋贵客。

高小聪不敢动，只能用眼神余光瞥着对面的女子，看她怎么吃，然后亦步亦趋地模仿。他已经不止一次把餐巾掉到地上，盖在那双努力擦得锃亮的黑皮鞋上。

“你不用这么……不好意思，就当你平时吃饭，该怎么吃怎么吃。”姑娘自我介绍名叫妮妮，在地下停车场取车时遇到侵犯的就是她，家里是做保险生意的，但她喜欢艺术，于是自己开了家画廊，代理一些海外的艺术家作品。

“噢……”高小聪笨拙地拿起刀叉，在瓷盘上发出刺耳的摩擦声，周围的宾客侧目而视。他面色囧红，双手就那么僵硬地停在半空。

妮妮不禁笑出了声，她笑起来整个世界感觉都要被融化了，高小聪更紧张了。

“别忙活了，”妮妮轻舒玉臂，刀叉在她指尖灵活舞动，很快小牛排变成了带着血丝厚薄均匀的肉片，“你吃我的吧。”

“噢……”高小聪更窘迫了。

终于到了甜点环节，高小聪松了一口气，毕竟只需要用到小勺。他和妮妮的交流也变得顺畅起来，不再是只有单音节的发音了。他问妮妮有没有想过报警，妮妮轻轻摇了摇头，流露出脆弱表情。

“没有用的，像这样的事情，每天不知道要发生多少次，警察根本没有精力管。况且没有证据，无法定罪，最后就是白白折腾一场，心累，还受折磨……幸好有你帮我主持公道。”妮妮又是甜甜一笑。

高小聪不由得挺直了腰背，胸中澎湃却又假装轻描淡写，“举手之劳而已。”

“只不过……你为什么不去当个执行者，那样不是更有正义感吗？”

“我……”高小聪一下子噎住了，总不能说是因为自己胆小怕事，“我平时工作比较忙……”

“所以你到底是做什么的呀？”

“我是……负责食品卫生安全监测的。”高小聪脱口而出，脑子里浮现出那个指责自己的大妈的嘴脸。

“那是很重要啊，还这么有正义感，很佩服你呢。”

高小聪打着哈哈，突然有了一个大胆的想法，“一会儿吃完饭，要不要去看个电影？我听说最近有一部国产科幻片很不错呢。”

女孩面露难色：“我是挺想去的，可我还约了……执行者，就是那个上传视频的人……”

高小聪的兴头一下子跌到了谷底，世界又重新变得黯淡了。他只配和美女共进晚餐，而夜晚是属于执行者的。是啊，这再合理不过了，一个不过是动动鼠标键盘，另一个却得真枪实干，甚至冒着危险。要是换成自己，恐怕也会做出同样的选择吧。

“那就再约吧，你要继续为正义加油噢！”妮妮买完单，和高小聪礼节性地握了握手，转身离去。

高小聪闻了闻手心里余留的香气，想想又得独自回到狗窝般的出租屋，心里有说不出的滋味。

4

你为什么不去当个执行者？

妮妮的话在高小聪耳边盘旋着，久久不散。

他在屏幕前筛选着本地的任务，毕竟他每天都要上班，而且没钱跑不了远处，只能就近练手，但又不能近到自己小区或者上班地点附近，那样的话风险太大了。

开车胡乱加塞导致救护车无法按时抵达医院，造成病患死亡的无良司机。

可我连车都不会开。

欺骗孩子去深水区玩耍导致溺水事件的作妖女青年。

不行不行，在女生面前我话都说不出来。

利用身份之便在后厨往佛跳墙里吐口水的未成年小工。

嗯……这个看起来可以，毕竟算是同行。

高小聪的鼠标犹豫了一会儿，想起了妮妮的话，终于坚定地点击了“认领任务”。社区里响起了一阵嗡嗡声，对于新晋执行者，往往会有极端的声音迎接他们，要么就是耻笑与羞辱，要么就是一顿漫无边际的吹捧。这给新人带来极大的压力，倘若执行失败，有可能在社区里再也抬不起头，还会被扣除积分；倘若成功，则可以登堂入室，获得进入执行者私密板块的荣誉勋章。

坐地铁换公交车到那家餐厅需要一个半小时，高小聪已经充分掌握了目标的交班时间，他提前到了餐厅同一层的安全楼梯间，换上后厨杂工的衣服，大摇大摆地混进厨房。他一眼就看到了那个黄毛，没戴厨师帽，瘦得像根竹竿，脸上一副浑不吝的表情，负责来回端菜递料。高小聪掂量了一下，觉得自己还是有希望搞定这个小子，只不过需要合适的时机。

黄毛跟身边人要了根烟，走了出去，高小聪跟了上去。在闪着“安全”字样的楼梯间里，黄毛叼着烟，在各个兜里掏着火，啥也没掏出来，高小聪给他递上火。黄毛吐了口烟圈，问怎么以前没见过你。

高小聪笑了笑，“我新来的，老板媳妇家远房亲戚。”

黄毛哦了一声，不说话了，自顾自抽着烟，然后把烟头往地上一丢，推门想走。门动不了，被高小聪按住了。

“怎么个意思你?”

“你干的事儿我都知道了，想继续在这干下去的话，你就得听我的。”高小聪说出了在心里排练了好久的台词。

黄毛仔细端详眼前这个貌不惊人的胖子，目露凶光：“你以为你是谁啊，找抽吧你。”

一段视频摆到了他面前，黄毛伸手要去抓，高小聪手一抬让他扑了个空。

“想挨打? 老子陪你玩!”黄毛摆出架势。

“我知道你家里还有个妹妹，老娘身体也不好，爹又不顶事儿，那些客人那么傻，你心里也烦得很。”高小聪轻描淡写。

“你是怎么知道这些的?”黄毛口气变了，之前的虚张声势一去不返。

“你别管，你就告诉我，这份工作，你还想干不想干。”高小聪觉得自己现在听起来就像是招人厌恶的值班经理。

黄毛寻思了一会儿，左右看了看，像是在寻找着狭小楼梯间的出口，他点了点头。

黄毛的道歉视频让高小聪体会到前所未有的感觉，所有之前怀疑过他的人都纷纷转而为他点赞，投掷虚拟礼物。他获得了进入执行者私密板块的权限，在这里，用户们交流着各种让不义之人忏悔的技巧，有些合法，大部分在违法的边缘试探。高小聪原本觉得这一切都来得过分容易，但听到这里传颂的故事后才发觉，自己只不过是在沙滩边玩泥沙的孩童，离真正的硬核高手还远得很。

他给妮妮发去了信息，问她看到没有。

“看到什么?”妮妮回他。

“我的执行者视频啊。我现在已经是个执行者了。”

“哦，恭喜你啊。所以你惩罚了什么样的不义之人?”

“嗯……一个往食物里……添加不健康成分的人。”

“我以为那是你的本职工作呢。”

“也……算是吧。”

“所以你把现实生活和虚拟生活过成了一回事。”

“也不能这么说。所以你有空出来吃饭吗？”

“我得看看行程安排，你有什么要紧事吗？”高小聪一下子被问得噎住了，“没……没什么，那你先忙？”

信息的另一端陷入了长久的沉默。

“还是可以见一面的，今晚喝一杯？”事情突然有了转机。

“好，好呀。”喜出望外的高小聪再次陷入了穿衣选择困难症。

冰块在琥珀色的威士忌里缓缓旋转，高小聪一点儿也不喜欢这个味道，嘴里满是烟熏火燎，又没有二锅头来得直接爽快。要加冰的时候侍者还看了他一眼，就好像他提出了一个十分荒诞的要求。

妮妮姗姗来迟，依然闪亮，似乎身上的某种东西发生了变化。高小聪也说不好那是什么，气场？装扮？表情？或者只是一种模模糊糊的感觉。

“再次恭喜你！”妮妮端起酒杯，与高小聪轻轻一碰，一举一动都那么优雅到位。

“也没什么大不了的，不就是那么个事儿嘛……”

“不过……”妮妮的目光变得迷离，“我确实觉得你比上次帅了不少……”

“哈哈……是吗？”高小聪尴尬地笑着，心里却是窃喜，进展不会这么快吧。

“我总觉得你心里有什么事情，阻止你去执行更大的正义，我说得对吗？”妮妮竟然凑近他的耳朵，轻轻吐息，那香气比声音更醉人。

高小聪浑身一阵酥麻，几乎就要放弃抵抗，他用残存的意志力控制住自己，不要伸手搭上妮妮的纤腰。

“您……您真是厉害，确实有那么一件事……”高小聪犹豫了片刻，趁着酒劲，把那件困扰他已久的心事说了出来。

他第一次讨伐的女孩，是一个清秀可人打扮入时的少女。事情发生在一座学校的办公室门前，一名老者站在门口拿着一份文稿，与少女交谈，少女似乎十分烦躁，言语举止时有顶撞。老者回到办公室内，坐下，一会儿少女也进屋，门关上。过了几分钟，少女仓皇离开现场，门开着，而老者倒在了地板上。一直等到半个小时之后，才由另一位路过的学生发现，并叫来校医校警。但老者僵硬的身体已然被抬上担架，盖上了白布。

高小聪后来从新闻报道里读到，那是一位德高望重的经济学教授，被诊断为突发性心梗，意外身故。报道上却没有提及任何关于女学生的事情。

他凭着经验判断其中必然有问题，于是讨伐了少女，并最终执行了正义，得到了看客们排山倒海般的叫好声。因为在他们看来，一个不学无术的富家千金，气死了为国为民的学界泰斗，这本身就是一件不可饶恕的事情。而高小聪却始终觉得，也许那个少女罪不至此，她那些痛哭流涕、茫然无措的表情，让他始终过意不去。

“听起来，倒是没什么太大问题，如果真的做了那样的事情，道歉也是应该的啊。”妮妮若有所思，“是不是还有什么隐情你没告诉我？”

高小聪喝光了杯底的酒，眼神发直。他又要了一杯，尽管他并不喜欢这个味道。

“拍完视频的第二天她就自杀了，从二十七楼跳下来，尸块都凑不完整，那么年轻好看一个小姑娘……”

妮妮叹了口气，也喝了一大口，拍拍高小聪的肩膀：“人嘛，就得为自己犯的错付出代价。”

“也许吧……”

“好了，我要走了，你加油噢，这座城市没几个执行者，你有机会的。”妮妮凑到他耳边，故作神秘地说，“下次也许我们可以去看个电影呢。”

“一……一……一定！”高小聪发现自己的舌头有点捋不直了，目送着心中的女神消失在旋转门外。

5

一个月的夜班终于过去，高小聪的作息逐渐恢复正常，可他登录“微正义”的时间却越来越长。他在物色能够被认领执行的任务，每当想起妮妮在自己耳边吐息的那句话，身体的某个部位就会不由自主地紧张、僵硬、发直。

事与愿违，本城被讨伐的目标却日渐稀疏。从一个角度来看，这说明了社会风气变好，没有那么多不义的行径值得被讨伐。但从另一个角度来看，潜伏在这座城市里的执行者也变得越来越无足轻重，没有存在感，无论是在现实世界还是在虚拟空间。

在执行者的私密社区里也是论资排辈严重，高小聪所幻想的前辈提携后辈的江湖侠义之风并不存在。更甚的是，大部分 ID 都并非为了维护正义而选择成为执行者，他们有着现实生活中积压的情绪和压力，急需一个合法的释放出口。因此他们会潜伏在公开板块里，用文字煽风点火，营造出人人皆为公敌的氛围，让被讨伐的任务更快地打开“涅墨西斯之门”。就像是饥饿的豺狼等待着死尸，他们以制造愤怒为生。

一开始高小聪还感觉有些不适，但很快他便融入了这种狂热的氛围，毕竟他也是在日常生活中经常受到顾客与老板双重欺侮的草芥，如今有了这么一个机会，可以以正义之名行泄愤之实，何乐而不为呢。

他又执行了几次任务，都是鸡毛蒜皮的小 case，积分涨了，虚拟货币也入账了，但高小聪总觉得有些不满足。对于他来说，这些都太没有难度，远远比不上社区里的大神，他们所挑战的，是真正的奸恶之徒。而想要获得妮妮的青睐，他必须成为真正的执行者，成为“他们”。

终于，高小聪等来了他的高光时刻。

事情就发生在离他住的出租屋不远的另一个高档社区，据说那里的房子价格就算高小聪在餐厅打十辈子工都买不起。这回不是发生在地下停车场，而是在小区会所清晨的健身房里，但性质却极其类似。一名晨练的女住户被戴帽男子尾随到更衣室里进行猥亵，并成功逃走。

由于女更衣室里并没有安装摄像头，所以从男子进入到逃离中间发生的部分都需要观众进行脑补，但那名衣物不整的女子追到门口，破口大骂，并用运动鞋愤怒砸向男子的画面，却是无可辩驳的事实。

“涅墨西斯之门”以迅雷不及掩耳之速开启，猎人倾巢而出，这样的事件最能吸引看客的火力了，讨论像某种兴奋剂般蔓延开来。

猎人侦查到的信息更是在社区里投下了一颗深水炸弹。这竟是一名惯犯，和上次高小聪讨伐过的妮妮被尾随侵犯事件的被讨伐者是同一个人。这类受害人由于担心证据不足无法定罪，事后会遭到报复或者社会舆论的二次伤害，往往选择不报案，这就给了这种人重复作案的空间。

幸好，法律无法抵达之处，由“微正义”来捍卫。

在群情激愤中，高小聪几乎瞬间便按下了认领键。他分不清究竟是什么在驱使着自己，胸中膨胀的正义感？渴望得到社区看客们的崇拜与仰望？还是只因为这个人也曾经侵犯过妮妮，如果自己亲手执行了惩戒，是否从此以后妮妮便会高看自己一眼，甚至有了进一步发展的可能性？也许是这几种理由的混合物吧。

临出发前，他给妮妮发了条信息，颇有点出师未捷先邀战功的意思。妮妮的回复让他鸡血满满。

她说："这样的人就该被好好教训，等你回来开酒庆功。"

高小聪选择了一个月黑风高的夜晚，下班后他先回了趟家，带上了送外卖的特制背包，里面装上了一些工具，以备不时之需，临出门前还灌了两口二锅头壮胆。

猎人的信息显示那个惯犯是个无业游民，平时靠倒买倒卖一些非法数据为生。他独自一人住在一处待拆迁的破旧胡同平房里，平时几乎没有什么来往的交情。要不是像妮妮说的，本城执行者太少，这种顺手的活儿估计轮不到高小聪头上。

他在胡同口远远地望见那屋糊着的窗户纸一角透出光，于是吸了口气，紧了紧帽檐，上前敲门。

过了好一会儿才传来窸窸窣窣的声音，问："谁啊？"

"您点的外卖到了。"高小聪说出这句话时，没有人会怀疑他的真实身份。

"唉？我这不才刚下单，你们也太快了吧……"门开了一条缝，露出半张男人的脸，正是视频里的那个人。

高小聪一脚连门带人踹开，反手锁好门。趁着那光头男子还没回过神来，用自己的体重把他死死压在地上，又从包里拿出绳子，将其手脚五花大绑，像是一只风干的腊鸭。

"你他妈谁啊，我没钱，你看上什么拿走好了……"男子嘴里叨叨个没完。

"闭嘴，再叨叨把你嘴也堵上。"高小聪把他拎到椅子上坐好，他在寻找最佳的灯光和拍摄角度。

"是不是老五让你来的？告诉他，欠他的钱我会还的，就下个月，不不不，就这个月底……"

高小聪掏出手机，对准男子的脸。由于室内灯光昏暗，他不得不打开闪光灯。

“上个礼拜五早上七点，你在哪?”

“上礼拜五……我操，那么早当然在家睡觉啊。”男子被晃得不行，满嘴飙脏话。

“再编瞎话就让你在这里烂掉。”

高小聪狠狠踢了一脚他坐的椅子，他突然觉得执行正义的感觉真他妈好。

“噢噢噢……我明白了，你就是那些……上次那些什么执行者对吧，那些傻……”男子话说到一半赶紧住嘴，换成一副嬉皮笑脸，“我想起来了，那天我去了富国小区的健身房，那里的妞身材又好又骚……”

“你还来劲了你!”高小聪这回结结实实给了他一脚。

“唉唉唉！你这人怎么回事，不是说好执行者不动粗吗……你懂不懂规矩……”

“快说，后来你都干了什么?”

“我就跟着那妞进了更衣室，想拍点素材换几个钱嘛，大哥你肯定懂，一看你就是我们的目标客户群……”

“我去你大爷……你知道自己错了不?”高小聪感觉有点不对，怎么自己像是被这个男人牵着鼻子走。

“我错了大哥，我真的错了，我实在不应该……”光头男子几乎一字不差地把上次的忏悔又重新背诵了一遍，“大哥满意了不?”

高小聪停止了拍摄，明白了这个人为何如此无耻无畏。不像其他的被讨伐者，光头男子不怕自己的不义之行被泄露，因为他便是以此为生，在暗网上的名声越大，他的生意便会越红火。

“所以你还会继续这么干下去……”高小聪像是在问对方，又像是在自言自语。

“那不废话嘛，有需求就得满足，你想知道什么细节，我都可以告诉你，就像上次我在地下停车场碰见一妞，那长相那身材那气质，啧啧……”高小聪突然意识到他说的正是妮妮，顿时眼冒火星，某股从胸中蹿起的热浪席卷着击穿他的理性，也许是二锅头的劲儿上来了吧，他想。

“别急，咱们今天有的是时间，咱们好好说道说道……”

说话间，高小聪把外卖包里的工具一样样拿了出来，在男人面前依次摆好。

6

高小聪坐在同一家餐厅里，等待着妮妮的到来。还是同样的座位，同样的精致氛围，但他的心情已经完全不一样了。

他买了身订制西服，还在胸前塞进一条浅色丝巾，露出小角，这都是从视频里学来的。似乎那些侍者看他的眼神都多了几分谄媚，他感到一种浑身上下说不出来的爽快。

这次是妮妮约了高小聪。

这似乎也是水到渠成的事情，毕竟现在他是“微正义”最红的执行者，自从他上传了性侵者的忏悔视频之后，点击突破了历史高峰，看客们的打赏也是水涨船高。高小聪摇身一变成为社区里的英雄，江湖上的新大神。因为他们从来没见过哪名执行者能够让一名成年男子如此痛哭流涕、痛彻心扉地忏悔自己的罪行。

妮妮来了，今天的她看起来似乎与前面两次又有不同，像是带上了某种锋利的东西，随时可能切开身边平庸的现实。

“你真的做到了，恭喜你。”妮妮举起手里的红酒杯。

“其实我想说，是你帮助我发现了真正的自己。”高小聪这句台词已经在脑里演练了无数次，但话一出口还是觉得别扭，就不像是能从他嘴里蹦出来的词儿。

“我？别逗了，我什么都没做。这都是你应得的。”妮妮笑了笑，整个餐厅一下子黯淡了下来。

高小聪手机里弹出通知，来自“微正义”，同城又有任务等待执行。可他这时没有工夫细看。

“要不是你，我根本不会有勇气去成为执行者，更不用说教训那个侵犯你的混蛋。”高小聪特地强调了“侵犯你”三个字，果然妮妮眼中闪烁着崇拜的眼神，是时候了，“我想……你是不是愿意和我……”

“愿意听我讲一个故事吗？”妮妮突然停下了刀叉，语气变得有点不一样。

“当……当然……”高小聪被这突如其来的转折打乱了阵脚，甚至没有留意手机里一直在弹出通知，一条又一条。

7

曾经有一个女孩，她的名字叫作雪莹。

她家境很好，长相也如名字般甜美单纯，似乎这样的幸运儿在世上不应该有任何的烦恼。但她却始终觉得自己不够好，这大概应该归结于她的母亲，一个控制欲极强的女人，试图让雪莹相信，父亲离开这个家，全是因为她的错。

总之就是那种狗血的原生家庭套路，但伤害却是真的。

雪莹从小就是乖乖女，什么事情出错她都会归结在自己身上，即便如此，优秀如她还是考上了某经济学大牛学者的研究生。看着那个须发皆白笑得像个圣诞爷爷的和蔼老者，雪莹打心眼里把他当成了自己的父亲，一心要跟着他做好学问。

事情是从那个美好的图书馆下午开始变化的。

那束光打在习题集封面上的时候，本子上的手机也沐浴在阳光中，手机震动，跳出来一条新信息，导师让她到自己办公室来一下，有一些课题需要布置讨论。雪莹没有多想，告别了闺蜜便匆匆离开。

后面的事情雪莹不愿意再过多回忆，无非是讨论课题的时候一扇关闭的门、过近的距离和令人不安的触碰，但一切都在有和无的灰色地带中。雪莹是个善于内归因的人，如果是直率火爆的闺蜜，可能当场就会翻脸，但是雪莹却会怀疑自己，是她想多了吗？她常常会想多，连闺蜜都总是说她，你又想多了。

这些令人不安的小细节让雪莹有难以启齿的羞耻感，羞耻感从何而来？她也不知道，也许是对自己有没有做错什么事情，给予对方错误信号的怀疑，也许是对自己没能当场表达不满的自责，她不清楚。但是羞耻是很强大的力量，羞耻压得她不敢说话，封住了她的口。

雪莹常希望事情不会变得更坏，但事情往往会变得更坏。

得寸进尺的圣诞爷爷放话，如果她不从，便毕不了业。可这些话她从来不敢告诉闺蜜，哪怕已经被逼上了悬崖峭壁，雪莹还想着是否能有一顶滑翔伞从天而降。

又是一个下午，她又被叫到了导师办公室，不知从哪来的勇气，她和导师吵了起来。但是最后一刻，看着那个被当成父亲的老人，她心软了，随他走进了办公室。就这样吧，她厌倦了，该来的总是会来。可是身体不像思想那么听话，容易被说服，挣扎中老教授突然心梗发作，瘫倒在地。惊慌失措的雪莹从办公室里逃出来，全身瘫软，竟然都没有力气报警。

学校对于老教授的所作所为早有耳闻，只是他位高权重且关系到学校名誉，只能睁一只眼闭一只眼，加上之前被他“照顾”过的女弟子都被安排妥当，自然默不作声。国宝一死，学校自然想大事化小，小事化了，假装雪莹从来没有来过。甚至，利用雪莹生活中一些不希望为人所知的隐私来要挟她保持沉默。

偏偏就出了个“微正义”，偏偏就有那么个自认为正义的使者，找到了监控视频，跳出来讨伐了雪莹，口口声声是她害死了老教授。

这么一口颠倒黑白的大锅，就落到了雪莹身上。

后来的事情，你都知道了。

8

高小聪顿时觉得手脚发凉，“你说的那个雪莹……就是……”

“没错，就是我最好的朋友，你讨伐的不义之人，从二十七楼跳下去的那摊血肉。”妮妮眼眶泛红，望向别处，“为什么我没能早点发现她不对劲，她真的太傻了，把什么事情都往自己身上揽……”

“所以你不是……”高小聪努力梳理这一切背后的逻辑，某种直觉让他汗毛直立，“我也不是……”

“你以为自己真的变成了英雄？我为你的正义行径所吸引？哼，撒泡尿照照镜子吧。一开始我还以为是我害死了雪莹，学校拿我俩的关系来要挟她，后来我才觉察到原来是因为你……”

“你是说……”

“我根本不喜欢男人，我俩也不仅仅是闺蜜。现在你明白为什么我这么恨你了吧。”

“所以这一切都不是偶然……”

“你以为世界上有那么巧的事情吗？我们掌握了你所有的浏览数据，分析了你在社区里的行为规律。你觉得地下停车场那么多死角，偏偏要选择那个地方实施性侵？”妮妮的表情变得冷酷而嘲讽，“动动你的脑子吧。”

“包括引诱我成为执行者……”

“引诱？哼……你比想象中还要怂，所以我们多花了一些时间，但是一切都是值得的。”妮妮竟然点了一根烟，“人嘛，就得为自己犯的错付出代价。”

“那个男人……”高小聪脑中闪过的画面让他不寒而栗，他看到手机上满满一屏通知。

“演技很不错吧，花了大价钱才说服他呢，幸好你人怂手软，不然他下半辈子只能在轮椅上过了……”妮妮往高小聪脸上吐出一口烟。

“为什么要这么对我？我只是……看走了眼而已……我的出发点是好的……”

“你他妈认清楚自己吧。你做所有这一切，真的是为了正义吗？还是为了满足看客的阴暗心理，发泄对现实的不满？是，你没有做错任何事情，你的恶却大于一切。”

高小聪默然，他竟然无力反驳。

“所以你打算怎么报复？”

“打开‘微正义’看看吧。”妮妮嘴角一抬，姿态依然完美。

高小聪颤抖着打开手机界面，他对光头男人施暴的画面，已经被暗藏在屋内的几个摄像头悉数拍下，上传到了“微正义”平台。排山倒海的讨论不断刷新，谴责高小聪逾越界限，假借正义之名行邪恶之事，甚至威胁到整个平台的存亡。在看客们的煽动下，执行者们蠢蠢欲动，要集体对高小聪进行围猎，让他为自己的不义之举付出代价。

“祝你好运了，‘正义先生’。”妮妮站起身，指了指屋角的摄像头，“它们，可都在看着你呢。”

高小聪感到一阵猛烈的眩晕，手机还在不断地弹跳着信息，像不断倒计时的定时炸弹。餐厅里的每一个人此刻都显得如此可疑，不，不只是餐厅里，大街上，公交车里，商场里，这座城市的每一个人，都如同暗夜丛林里的猎手，时刻准备着行使正义。

猎物被困于网中央，蛛丝上传来的颤动渐强，徒有绝望。

（《作品》2020年第9期）

请正确使用汉语

谈衍良

一

北江南路学府路的路口转角处立着一扇落地玻璃窗，落地玻璃窗的背后是一个黑色的女人。黑色的女人用四肢画出一个十字：右臂指天、左腿与地面垂直、左臂向前、右腿与地面平行，像是《天鹅湖》里的一个芭蕾舞动作。

天色很暗，灯光很亮，学府路是一条死胡同，道路是空的。雷星海注视着她，就像他在湖南省博物馆注视着那只战国时代的蟠虺纹铜鼎的时候一样。晚风吹过，雷星海的贝雷帽落在地上。

“晚上好呀。”雷星海说。女人没有回应雷星海，她的全部力量都被用于静止，但雷星海知道她听见了，隔着一扇冰凉的玻璃窗。他在黑色大理石铺的花坛上坐下来，把背包放在大腿上，抬起头，女人的身体依然是一个十字，而他则是用手臂撑着自己的下巴。

“我刚才做了一件好事。”雷星海说。

晚上六点，学生几乎都离开了学校，雷星海把车从篮球场和教学楼中间的狭窄停车点里驶出来。保安帮他把大铁门拉开半扇，好让他那辆宽一点五米的车子勉强钻过去，雷星海把头往外探，说“谢谢”。

雷星海回家的路上要经过易购中心，经过永寿寺，还要经过长途汽车站北广场。车站北路海浒路路口的红灯总时长是九十五秒，雷星海看着红色的数字从“90”变成“89”，他想起昨天晚上李文说汽车站外面新开了一家面包房，卖特别好吃的红豆吐司和香芋卷。雷星海把车子停在路边，打开百度地图，他记得那家面包房叫麦香或者麦心，从地图上应该可以找到的。

雷星海输入了“麦香”两个字，没有搜索到结果，他又输入了“麦心”，网络连接开始不稳定，手机屏幕上显示一个转圈儿的画面。雷星海打开车门，把手机伸到车门外边，转圈儿的画面还是在转圈儿。

雷星海等了一分多钟，然后把手撤回车里，决定回家查清楚地址明天再来。他关上车门，却听见一个雄厚的男声：“我们去渔村步行街，走吗?”

雷星海抬头，车门前站着一个穿皮衣的高个子男人，以及一个依偎在男人怀里的个子不高的女人。雷星海露出一个假笑：“我是在这儿等人。”

男人说：“哎呀，对不起了，我看你开着车门，以为是黑车呢。”

雷星海把手机收回口袋里：“我要接的人还得半个多小时才能到呢，步行街不远，我送你们去吧。”

今天是这对夫妻从北京来上海旅游的第三天，高个子男人告诉雷星海，他俩前天去了田子坊、昨天去了北外滩、今天上午去了龙华寺，然后坐了一下午的公交车来到这儿。雷星海说你们亏大了，所谓上海的“最后一个渔村”，其实没啥好玩的。男人说，渔村不好玩儿，不是还有沙滩嘛。雷星海说，沙滩也就那样，都是人造的。

路程过半，沉默已久的女人抬头发声：“人家都说上海人小心眼儿，今天才知道原来上海也有这么热心的人儿呢!”

男人跟着说：“对，出来玩儿不就是为了见识各种各样的人儿嘛。”

“人儿”，这个“儿”是儿化音的意思，而不是表示一个第二声的字，雷星海默念了一遍。然后说：“哎，其实哪里的人不都一样嘛，都有冷有热，有好有坏的。”

“你说得也对。”男人说。

“人儿”，念这一个词的时候，舌头要保持卷舌的状态，雷星海默念了第二遍。

雷星海第一次上台演出是在小学二年级的时候，节目的全名叫《配舞诗朗诵》，具体而言则是两个人跳舞、两个人朗诵，雷星海负责的是朗诵的部分。

雷星海的搭档是一个叫刘聪慧的女孩。刘聪慧长着一双老鼠眼睛，脸颊上有两块潮红，从面相上一点儿也看不出聪慧的样子。雷星海是这场朗诵的主角，刘聪慧只是一个和声，她大约要在台上念十来行诗，雷星海则是二三十行。在这二三十行诗里，雷星海直到现在还记得其中的两句：

> 啊！天上的星儿哟，你的眼睛眨呀眨；
> 哦！地上的人儿哟，你为什么还不睡下。

第一次排练是在语文老师的办公室里，语文老师说："雷星海很会朗诵。雷星海念一句，刘聪慧学一句。"于是雷星海念一句，刘聪慧学一句。直到雷星海念到"星儿"，"儿"发轻声。刘聪慧说："老师，雷星海念得不对，'星儿'的'儿'是儿化音，不能单独作为一个字念。"

然后刘聪慧表演了一个完美的卷舌，一个做作的、市侩的卷舌。雷星海确信这种发音不适合诗歌，不适合朗诵，他开始念他的下一句诗，"地上的人儿哟"，依然是一个轻声，一个完整的"er"音节。

刘聪慧说："老师，雷星海念得还是不对。"

雷星海说："儿化音不是这个样子的。"

语文老师望了雷星海一眼："你不懂，北京人就是这么说话的。"

刘聪慧说："对呀，北京人就是这么说话的。"

雷星海还记得刘聪慧那时候的表情和姿势，就像是张爱玲最著名的那张叉着腰的照片一样。刘聪慧也许不知道照片和生活是不一样的，不知道自己显得矫揉造作。但雷星海突然领悟了：北京话和儿化音是刘聪慧的一把武器，这把武器让她仅此一次地战胜了自己。

雷星海踩了一脚油门，他的小车在海边的公路上冲刺起来。他不知道这对夫妻有没有喊他开慢一点儿，他只知道自己如果再开慢一点儿，就会忍不住和他俩吵上一架。

现在的雷星海当然知道北京人确实会把“人”叫作“人儿”——语言习惯不同罢了，他没理由为此置气。但他还是听不得“人儿”这个词，后座上的两个人正让他血液加速。在雷星海的语文课上，他曾告诉所有学生：“‘人儿’这种用法是不符合现代汉语语言规范的。虽然有一些民国时代的文章里会这么写，但在如今继续使用这个词则完全是哗众取宠。”

车停在渔村步行街的西门口，距离正门大约两百五十米。雷星海说：“到了，我回去接人了。”

雷星海不知道自己为什么直到最后还要圆上这个小谎；毕竟他原本只是为了让这对夫妻觉得他恰好空闲，蹭车蹭得更心安理得一些。当然，即使他说出事实，也没有人会为蹭车而感到愧疚——雷星海说服了自己。

多走二百五十米的路，雷星海觉得这个报复程度正好。他今天依然算是做了一件好事。

二

雷星海手提印着“麦家烘焙”四个花体字的塑料袋走在斑马线上，望着北江南路对面的玻璃窗后的影子。她像是一只信天翁，用翅膀梳理额头顶上的羽毛。雷星海在距离她二十米远的时候就抬起手，说：“晚上好呀。”

居民区里的停车位租金是四百五十块钱一个月，所以雷星海每天都把车停在北江南路另一侧的一个工地围墙外的人行道上，这让他每天回家都需要多过一条马路，但立在玻璃窗后望着他的女人时，他觉得多走一百米也是一种享受。

雷星海走到她面前，准备和她打个招呼。雷星海已经认识她一个多月了，却在这时候才发现自己不知道她的名字；这也是理所应当的，她从来都不会和雷星海说一句话。雷星海无从知道她的名字，于是决定自己给她起一个；一个如她的舞姿一样标准、正确、毫无瑕疵且平凡的名字。

雷星海坐到黑色大理石铺的花坛上，然后把背包拢进怀里，今天的她是白色的，胸口文着一朵紫色的花，像是一个钧窑的月白釉紫斑花瓣口盘。

雷星海说："我觉得，昨天我没有讲清楚讨厌儿化音的合理性，不过我也没必要讲清楚，因为这样的故事每天都会发生在我身上。你可能不相信，不过今天我又做了一件好事。"

晚上六点，雷星海坐上驾驶位，打开导航，把手机架在仪表盘右上方的凹槽里。开车出校门的，除了雷星海还有徐副校长，徐副校长的车比雷星海的车宽一点点——大约十厘米，但这十厘米让保安不得不把大铁门的两边全部拉开才能让它过去。雷星海跟着徐副校长出了校门，把头往外探，对保安说了声"谢谢"。

雷星海昨晚搜索了"麦香"和"噎心"两个名字，查到的都是些二十公里外的店铺。于是雷星海打开了五公里内所有面包点心店的列表，挨个儿查看它们的位置。"麦家烘焙"这个名字位于第三页的第四位，地址是"海浒路298号（近长途汽车站南广场）"。雷星海收藏了"麦家烘焙"的地址，五分钟后，他收到一条来自李文的消息："今天中午，麦家的老板说要我帮他女儿介绍男朋友，我把你的电话号码发给他了。我知道你不讨厌相亲的，回绝人家的时候稍微委婉一点，不要骂她语文不好就行了。"

麦家烘焙的招牌立在汽车站的背面、居民区的后门，一条无人的小路上。路灯很少，格子路砖底下被掘了一道不深的土坑，边上稀疏地围着一圈写着"上海市政"的黄色栅栏。雷星海把车停在小路边的人行道上，揣起手机走进面包色的面包店。面包色的柜台里没有店员，只有一个穿着围裙的女人站在店门口往外探头，一边探头一边咬嘴唇。

女人说："我总感觉有什么东西在叫。"

雷星海说："店里现在有人吗?"

女人说："您先选着，等一下我来帮您结账。我感觉外面的坑里有什么东西在叫，我出去看一下。"

雷星海走进店里，一眼看见摆在正中央的香肠奶酪卷，还有红豆吐司、香芋麻薯面包、流心香蕉、绿咖喱面包。雷星海决定选这五样，然后他用手机打开手电筒，走到门外的女人边上，女人正扒着黄色的栏杆探头往坑里望。

雷星海的手电筒从坑的一头照到坑的另一头，坑底下是一根水管，还有些看不明白用处的铁杆子。女人说："哎呀，真的是一只小猫咪，我把它抱出来吧。"

雷星海说："我车子后面有个网兜，我朋友买来捞河虾用的，应该可以把它捞上来。"

女人说："用捞河虾的网捞小猫咪啊？"

雷星海说："你能别叫它小猫咪吗？"

雷星海七岁的时候拥有了他的第一个朋友，是个女孩子，说话的声音很尖，下巴也很尖。她和雷星海一起读过《鲁滨孙漂流记》，名字叫丁雨欣。

丁雨欣住在仲凯新村一二〇号楼，雷星海住在一二二号楼。在雷星海认识丁雨欣的第六个月，丁雨欣邀请雷星海去她家看《冒险小虎队》。雷星海下楼的时候，丁雨欣已经在一二二号楼底下等着他了。雷星海的步伐不快，尽管他想看《冒险小虎队》已经想了好几个月。雷星海说："书里是不是有一个密码卡，有的字用密码卡看会变得不一样？"

丁雨欣说："没有不一样，就是看不见的字用密码卡照一下就看见了。你快点走，用过一次不就懂了嘛。"

但丁雨欣说完这句话之后只小跑了两步就没有快点走的意思了。她看着一二一号楼的墙角，迈出的步子一步比一步小，直到彻底伫立在原地。雷星海顺着丁雨欣的眼神看向路边的草丛，草丛蠕动、翕动，然后一只瘦削的虎纹猫跃往墙角。

丁雨欣尖叫一声："哇，小猫咪！"

然后她跑向墙角，用手掌摸猫的背脊，她说："小猫咪饿了，幸好昨晚吃剩的鱼头还没有丢。"

雷星海说："我们先去看《冒险小虎队》，看完再来玩猫吧。"

丁雨欣说："怎么能说是玩猫呢？我们是和'小猫咪'玩！"

雷星海从未曾听见丁雨欣发出这样狂放锐利的声音，他不知道这是大笑还是咆哮，他只知道自己今天是看不了《冒险小虎队》了。

雷星海从后备厢里翻出李文买来准备捞虾，结果一次都没有用过的长杆网兜，想起丁雨欣在那之后就再也没有和他一起玩过，她的朋友变成了一群热爱小猫的女孩子，而雷星海的朋友变成了李文。雷星海直到现在都没有读过《冒险小虎队》，也没能见到那张传说中的密码卡。他把网兜的杆子塞进女人的手里：

“我先进去把钱付了，桌子上的塑料袋可以随便拿吧？”

女人抓着网兜，向下一记空挥，挽起袖子，翻身跨过围栏，再把网兜重新举起来，在空中划出一个高尔夫弧形。女人的嗓音比丁雨欣还要尖锐一些，她朝着她的小猫咪用力喊：

“三明治七五折，大塑料袋两毛钱一个！你稍微快一点，路灯太暗了！”

三明治七五折，雷星海有点儿心动。雷星海一向喜欢熏鸡肉三明治，但是一个熏鸡肉三明治给他的满足度似乎比不过绿咖喱面包。那就换成一个熏鸡肉三明治加一个培根鸡蛋三明治——

雷星海犹豫了大约三五分钟才把他的六个面包打包装袋，然后分别塞进两个小塑料袋里。他回头看了一眼，女人摆着一个纤夫拉船的姿势，挥舞她手里的长杆兵器。

雷星海打开车门，把他的两个塑料袋摆在副驾驶位上，然后轻柔地关上车门，女人已经开始拄着网兜喘气。雷星海给女人看他手机上的付款界面，问：“网兜是不是不好用啊？”

雷星海没有听女人回答，就俯下身，跪在地砖上，右手举着手电筒，左手往下探，再继续往下探。只是一个很浅的坑，一只很小的猫，雷星海一把就把它捞上来了。

事情本来没有那么麻烦的，不过这也是她自作自受。

“她光想着猫，把顾客摆在一边儿，我能乐意帮她已经不错了——对，自作自受说的是这个，和她把猫叫成‘小猫咪’一点儿关系都没有，真的。”

雷星海从花坛上起身，掸屁股上的灰，玻璃窗后面的女人依然像一只信天翁，右手放在头顶上的那种信天翁。

“明天见，我会带着你的名字回来。”雷星海说。

三

这天夜里，玻璃窗背后的女人的站姿很简单。直立，仰望，双臂在空中画圆，和躯干位于一个平面。

雷星海站在北江南路的对面，眼睛对着女人，嘴巴对着手机说话：“对啊，现在的女孩子都是这样，那个麦家烘焙的女儿也是，她跟我一共就说了两句话，十四个字里有六个字是错的。”雷星海压低了声音：“虽然她们确实很傻，不过你也别说这两个字，骂人总是不好的。”

红灯上的数字闪烁着倒数，25、24……

“行吧，你接着干活，我等下回家吃昨天剩下的那个香肠奶酪卷，我估计用空气炸锅热一下会更好吃。气还没消呢，不过没事，等会儿我再跟王美丽说说。再见。”

是的，雷星海最终把她的名字确定为“王美丽”，一个完全不符合当代人审美的名字。

没有人会通过“王美丽”联想到一个美丽的人，它象征着一种久远的审美，或者庸俗、自恋，或者喜剧电影里的丑角。但“美丽”始终是正确的，只是被错误使用汉语的人们曲解，被强加上不属于它的含义。王美丽之所以叫王美丽，就是因为她是一个美丽的人，别无第二个理由。她的名字也正因为无法被理解而显得愈加完美。

王美丽不负雷星海的期望，扭曲着腰肢扮演一座阿芙罗狄忒雕塑，用通往虚空的眼神迎接着他。

雷星海坐在黑色大理石花坛上，大理石上没有落灰。“我觉得我还是得稍微解释一下前两天的故事，”雷星海说，“一个人的用词反映着一个人的内心。比方说，喜欢用儿化音的人通常喜欢装腔作势，喜欢把猫叫作‘小猫咪’的人，都不太会顾及身边人的感受。这是有统计学依据的，不能说是我的偏见。”

王美丽没有说话。——一个完美的回答。

雷星海的目光从地面扫向王美丽，从脚踝一路上升到嘴唇，在他即将与王美丽四目相对的时候，雷星海闭上眼睛，深吸一口气。“我今天明白了一件事情，”雷星海说，“这世界上哪有什么不会说错话的人呢?”

晚上六点，雷星海从背包里掏出他的车钥匙。雷星海不喜欢钱包，所以他的钥匙串总是落进背包深处的夹缝里。雷星海一边埋头找钥匙一边往前走，找到钥匙的时候恰好走到车门边。他抬头，车门把手正被一根铁杆子挡着，铁杆子下面连着的是一辆推车，推车上是三个纸板箱。

穿着矮高跟皮鞋的女人小步奔跑到推车前，说不好意思，她正准备把这三箱书推到办公室里去，送书的面包车在路上堵了两个小时，送到的时候学校大门都已经关了。

雷星海记得这个女老师：她的名字是刘漪澜，教英语，喜欢染头发。六个星期前她坐在雷星海隔壁桌上吃过一次午饭，那天的午饭里有几颗鸡米花，炸得又酥烂又硬，雷星海只吃了一颗，剩下的全都给倒了。坐在刘漪澜对面的女老师说："我是不太喜欢吃炸鸡块这种东西的，可能是因为我喉咙比较窄吧。"刘漪澜说："那是你没吃到好的炸鸡块。你周末可以去仲凯二村菜市场买门口那家香酥鸡，他们家的鸡块哦，真的是人间美味。"

"人间美味"，雷星海抿着嘴重复了一遍。"美味"本来就是只属于人间的东西，他实在搞不清"人间美味"，不知道是从哪儿以讹传讹来的错误用法。单凭"人间美味"这个词，雷星海就确定刘漪澜不是个聪明的人。雷星海本应该在王美丽面前拿她笑话一番，然后忘记这个故事，但刘漪澜毕竟是个老师，任性的用词或许已经祸害了三个、五个，甚至十个学生，雷星海要把他们纠正回来是不容易的。

雷星海说："这推车一个人不好推，斜坡很难上、台阶过不去。我帮你一起推到办公室去吧。"

刘漪澜推着拉杆，推车在细密的地砖之间上下颤动，她的动作停顿了一下，然后捋了一把她的浅绿色的头发："哎，真不好意思，太麻烦雷老师了。"雷星海顺手接过推车的掌控权，颠簸着往电梯的方向前进。雷星海说："刘老师参加过高考阅卷吗？"刘漪澜说："去年去过一次，眼睛太累，今年就不想去了。"

刘漪澜单手扶着摞成一叠的三个纸箱里最高的一个，推车开始上坡，箱子很有些要落下来的意思，刘漪澜说："上坡的时候你不应该用拉的，应该用推的姿势，不然车上的东西都会掉下来。"

雷星海说，他从来没有推过车，只推过一次轮椅，是把他爸从中心医院五层的电梯间推到病房，但是没有再从病房推进电梯间。“中心医院门口对面有一家卖黑椒鸡柳的小铺子，我每次经过医院都想着要去买一份，但这个想法从来就没有被实施过，因此每次都与黑椒鸡柳擦肩而过。”他说，“前两天陪学生体检的时候发现它还没关门，都开了二十年了吧。”

刘漪澜跟着雷星海进了电梯：“那家也就一般吧，只有刚打完针的小孩子会吵着要买。我平时都是去仲凯二村菜市场买香酥鸡的，炸鸡类的东西他们家都有，鸡柳和鸡腿都挺好的。还有他们的鸡块，我觉得都可以说得上是人间美味了。”

雷星海第一次听见“人间美味”，是在一个每天晚上七点的美食节目里，那时候他大概十二三岁，电视里的女主持人吃的是一锅煮了很多豆腐的鱼汤。雷星海他妈吕珍善说：

“你明天想吃鱼汤吗？”雷星海说：“我不太想。”

这时电视里的女主持人在厨房里逛了一大圈，又在别人的餐桌前逛了一大圈。她终于坐定在自己的位置上的时候，吕珍善说：“我买一个花鲢头，可以在里面煮粉皮，怎么样？”

雷星海倒也不是不喜欢鱼汤，只是一时没想吃的意思。雷星海说：“一个花鲢头，里面还放粉皮，我们吃得掉吗？”

女主持人抬起勺子，用她涂了深色口红的嘴吹勺子里的一薄层汤水，然后入口，几乎是用吸的动作，隔着电视机都能听见水波的颤动声。

“真是人间美味啊！”

女主持人抬起头，用瞪眼睛的方式强调这句“人间美味”的真实性，把额头上的皱纹都瞪出来了。

吕珍善说：“那放一点老豆腐呢？你看电视里都把鱼汤煮豆腐叫成人间美味，我做的不会比他们店里的差。”

女主持人的戏份到这里就结束了。第二个片段是一个染黄头发的男主持人，介绍一种裹两次粉的炸鸡块。他的形容词比女主持人多得多，比如脆、嫩、鲜、甜，还有脆皮在牙齿间奏乐、汁水在舌根上跳舞。但吕珍善没有一点儿要吃炸鸡块的意思，即使女主持人只喝了一口鱼汤，而男主持人吃了整整四块儿不同口味的炸鸡，并对它们发表了各不相同的见解。

雷星海想：这就是所谓的劣币驱逐良币。正确的形容词和正确的修辞手法，永远无法敌过一个没人能够理解的词。

吕珍善说："那我们明天就吃老豆腐鱼头汤吧，加一点胡椒粉，要不要加酱油？"

"不要。"雷星海说。

吕珍善说："好，那就不加。"

推车的轮子卡在电梯门的轨道上，雷星海往前用力，推车差点儿整个翻倒。刘漪澜把卡住的轮子往外抬，雷星海问："'人间美味'这个词是啥意思？我总听人说，但就是不明白。"

刘漪澜说："肯定就是好吃的意思呀。你是语文老师，怎么还能不知道这个呢？"

"语文卷子上写网络用语肯定是不行的，但是搞清楚每一个网络用语的来源或者出处也很重要。据我的调查，'人间美味'这个词似乎根本就没有出处，完全是一种错误搭配而已。"

刘漪澜说："不愧是语文老师，一个词都研究得这么细，我根本就不知道哪个词是网络用语，还有什么出处。行啦，雷老师就把车放在门口吧，礼拜一我们自己还回去，谢谢雷老师了。"

刘漪澜从口袋里掏出钥匙，雷星海扶着推车的把手喘了一口长气："正确使用汉语还是很重要的。话都不会说，以后还怎么过日子呢？可惜高中老师也差不多已经管不着这种事了。"

雷星海朝着刘漪澜挥手告别，刘漪澜转过头喊："洪老师，你还没有回去啊？"雷星海听见嗒嗒的皮鞋声，洪高琳眯成一条线的眼睛迎面而来，她一笑起来，满脸的肉都堆成一团。

"帮刘老师搬东西啊？雷老师很绅士的嘛。"洪高琳用她柔软的嗓音说。

四

雷星海已经在王美丽的面前坐了十分钟，或者十五分钟，他从来不叨扰王美丽这么久，可惜今天的故事实在太长。雷星海把大衣的拉链拉到顶端，遮住嘴巴。

“昨天晚上我想了一个计划，参加高考阅卷，给在作文里乱用词语的人扣分。

“我刚才跟刘老师打听过了，可行性还真不是没有，但是我又想了一下，我就是扣了分也没人知道我是为什么扣的。所以这个计划不行。”

雷星海每天都在给人扣分。因为儿化音，或者因为一个错误的用词，比如“人间美味”。王美丽是唯一一个没有被雷星海扣过分的人，或者说是唯一一个没有机会被雷星海扣分的人。所以她是完美的，就像博物馆里的每一座彩绘陶俑一样，就像她的名字一样。

雷星海不奢求完美，但问题在于很少有人知道自己究竟错在哪儿。

“李文今天说了一句‘傻×’，前天说了一句‘妹子’——我还没和你说过吧，我觉得把女性叫作‘妹子’也是不对的，因为这个词很有些看不起人的味道。他说有个很好的‘妹子’，想要介绍给我认识。我说不行，他只能帮我介绍对象，而不能介绍‘妹子’。

“李文说好的，我打算帮你介绍一个对象，你有兴趣吗？我说行啊，她语文好吗？李文说好得很，中文系的。所以我就决定礼拜六晚上跟她吃个饭。我本来不想见她的，因为她语文再好也好不过你。但是有谁的语文能好过你呢？你永远都不会犯任何错误，永远都是满分。”

雷星海的脸被冻得有点儿红了，大理石的温度渗进他的身体里。王美丽今天是白色的，雷星海总觉得她的脸和自己一样红，但她的是那种暖气间里的热红，红里透出一点儿血丝。

“对了，故事还没讲完。刚才说到，洪高琳这个老太婆说我绅士。”

洪高琳是个五十岁的女人，从面貌上来看则有六十岁上下。洪高琳每天都穿皮鞋，皮鞋里面是肉色的丝袜；每天着长裙，从腰间拖到脚跟；她头上绑的带子形状类似于蝴蝶结，但是有四个翅膀。

洪高琳说：“雷老师很绅士的嘛。”

雷星海说：“帮同事推个车子，怎么能叫绅士呢？”

洪高琳把嗓子捏起来，声音提高了八度：

“这就叫绅士。”

雷星海看着洪高琳拱在胸前的手，决定不和她辩论“绅士”这个词的由来和演变，只说：“我是不觉得自己跟绅士这个词有什么关系的。”

刘漪澜推开门，把小车安放在办公桌的角落：“谢谢雷老师，下次我请你吃香酥鸡——方圆五里最好吃的香酥鸡，我以后就用这个词来代替‘人间美味’吧。”

刘漪澜不是个聪明的人，但至少她乐意承认自己的错误，改正方式也算不错。她值得雷星海说“再会”的时候鞠一点儿躬，而洪高琳就不值得了。

洪高琳凑到雷星海的耳边，低声说：“雷老师太谦虚了，嘴上说自己不绅士，道别的时候还给刘老师鞠个躬。”

雷星海第一次被称为绅士是在他十六岁的时候，出租车上。从雷星海读高中时住的宿舍打车去科技馆，大约要花二十块钱，坐地铁则要花五十分钟。那天阳光猛烈，打车的人很多，雷星海在宿舍西边的公交站边上等了五分钟才等到一辆出租车。车开到宿舍东边北京西路的时候，雷星海邀了站在大壶春生煎店门口的宋欣文上车。雷星海说：“我本来以为大家都坐地铁去呢，早知道都打车，就应该四个人拼一辆的。”

雷星海和宋欣文不算熟悉，大约仅限于互相知道名字的程度。宋欣文说：“没想到你很绅士嘛。”

雷星海问宋欣文为什么要说自己绅士，宋欣文说是因为他邀请她上车的时候帮她开了车门。雷星海说：“我不开车门怎么喊你上来呢？”宋欣文说：“开车窗呀！把窗玻璃摇下来，然后对着外面喊：‘宋欣文，你过来！’”

雷星海确实不喜欢大喊大叫，宋欣文如果要说这是绅士的表现，那他也乐得接受。宋欣文开始抱怨她实在不明白为什么要去那么远的科技馆参观过时好几年的3D光影特效，名字听起来厉害得不得了，但其实就是小学生玩儿的东西。雷星海说：“我也不知道。”

然后雷星海没再说话，他看着计价器上的数字变成19、20、21，出租车驶下高速路，然后转一个弯，停车。雷星海掏出交通卡，宋欣文打开车门，宋欣文说："谢谢你，你真的很绅士嘛。"

然后宋欣文走了，雷星海付了二十二块钱。雷星海现在知道为什么宋欣文这么乐于喊自己"绅士"了。"绅士"确实是个意义深刻的词，它让雷星海付出的二十二块钱——而不是十一块——变得理所应当。

雷星海本打算今天再光顾一次"麦家烘焙"的，但是时间有点儿晚了，他再绕路就来不及见到王美丽，留在北江南路对面的会是一面通往黑暗的玻璃窗。

洪高琳回过头来喊："雷老师啊，你还有工夫帮我做桩事情吗？"

雷星海猜得到她无非就是要搬个箱子或者搬个书，用"绅士"这个名头换一个免费劳动力。他完全可以先应允下来，然后如果是易碎品，就直接让它落到地上；如果是书报，那就把它从楼梯上丢下去。但这实在是有些不便利：从楼梯上掉下去的书报还得雷星海自己来捡，摔碎一箱子的玻璃又稍微有点儿浪费资源。

更重要的是，雷星海不想再被洪高琳称为一个绅士了。

雷星海说："不好意思，我有些来不及了。"然后他摁了向下的电梯按钮，他要回去问王美丽，她会不会管男人叫"绅士"。

王美丽的双臂画圆，雷星海明白她的意思：就像雷星海理解"美丽"的本意一样，王美丽也理解"绅士"的本意。

雷星海坐得太久，整个人都冰冷了，他起身，然后对着她笑。"谢谢你听完这么长一个故事。"雷星海说。

五

王美丽通常只在周一到周五出现在北江南路学府路路口的落地玻璃窗里。周末的晚上，代替王美丽的是一群学芭蕾舞的孩子，她们在玻璃窗里面踮着脚尖从左边走到右边，又从右边走到左边。周六晚上，雷星海一结束他的相亲就打车回家，他想要告诉王美丽今天遇见了一个合格的女人。可惜王美丽没有在玻璃窗后等着他，雷星海只好看了几眼跳舞的孩子，然后给李文打了个电话，告诉他今天相亲感觉还不错。

雷星海再一次坐在大理石花坛上的时候已经是星期一，玻璃窗里的王美丽恢复了一身黑色，动作是十字架形，右臂指天，左腿与地面垂直，左臂向前，右腿与地面平行。雷星海把他的贝雷帽攥在手里，眼睛盯着王美丽的小腿。雷星海说："你这是在跳芭蕾舞吗？"

如果那是芭蕾舞，雷星海想：他就一定要和一个会跳芭蕾舞的女人结婚。王美丽仅仅用一个动作就表达了太多的含义，用一个动作表达了太多个词语，她的每一个动作、每一个词语都是准确的，宛如一种完美的恋爱语言。

但雷星海没有谈过恋爱。

雷星海从来没想过要去试探一个不会好好说话的人，而他身边的所有女孩子都不会好好说话。他无法知道女孩们的本意，他也不想知道。

雷星海提前半个小时坐在咖啡馆里就只是为了回想这些小事。他想起一个吃过雷星海午饭里的卤蛋的短头发女孩子，那天她被一个过路的男学生挤得一个趔趄，餐盘里的卤蛋落在地上。她吃着雷星海的卤蛋说："那家伙可真是空棺材出葬——目中无人。"这实在是一句太差劲的歇后语，雷星海决心从此以后都装作不认识这个姑娘。他还想起一个总是要雷星海帮着解纵横字谜的黑框眼镜女孩，她会在每一句话后面加一个"的样子"，这让雷星海逐渐成为一个不擅长解纵横字谜的人，而擅长用"不知道"回答她的所有问题。

雷星海唯独喜欢过一个跳芭蕾舞的女孩子，那时候雷星海十一岁，女孩的名字叫秦婷。准确地说，不能算是喜欢，而更接近于欣赏。秦婷有时候会把她的芭蕾舞鞋穿到学校来，然后在排队的时候踮着脚尖，雷星海喜欢的就是她踮着的脚尖。

雷星海第一次和秦婷说话是在食堂里。买饭的队伍很长，秦婷前面至少还站着三十个人，雷星海前面则还有三十一个人。秦婷踮起脚，立在脚尖的软木上，仰着头，先向左望，再向右望，她说这是从巴甫洛娃的《胡桃夹子》里学来的动作。但显然她学艺不精，立得不够稳当，先是往雷星海身上倚了一下，再是借他的力回到了地面上。"食堂的地板好滑啊。”秦婷说。

雷星海也跟着往前一步，说：“我以前都不知道你这么会跳舞。”

秦婷回头瞥了雷星海一眼。“不是跳舞，”秦婷说，“跳舞这种词太低俗了，你应该说‘舞蹈’。”

雷星海就是这样学会了不去喜欢任何一个女孩。

五分钟过去，那个中文系毕业的相亲对象到了。雷星海不怎么记得她的长相，所以姑且就认为她长得和王美丽一样。她说：“您是雷老师吧？”雷星海站起来帮她拉椅子，说“是的”。她说她叫黄圣洁。“雷老师您太绅士了。”

雷星海也许应该扭头就走的，他已经连着两天被人叫作绅士了。但这个叫黄圣洁的女人看着还不算有恶意，雷星海咬了牙坐定在座位上，说：“我不是很喜欢‘绅士’这个词。我想，帮身边的人拉一下椅子应该是最普通的互相帮助和互相尊重，但‘绅士’这个词却把这个基本道德变成了少部分人的特质。这其实是在鼓励大部分人逃避责任，只要用一句‘我又不是绅士’就能解释自己的失礼。所以希望您以后可以注意正确使用汉语，不要继续用‘绅士’这个词误导身边的人了。”

雷星海说完以后喘了一口好长的气。黄圣洁把咖啡单捧在手里，笑出了“扑哧”一声，说：“我听李文说您对用词很有要求，果然不同凡响。您说得真的很有道理，我如果用‘您太优雅了’代替，您觉得合适吗？”

“‘您太热心了’更合适吧，毕竟拉椅子和优雅实在是没多少关系。”

“好，我会采纳您的建议的，不过我必须得说，刚才您的动作确实很优雅，有些芭蕾舞者的风范。”

雷星海学着黄圣洁的样子笑了一声，然后对服务员招手。黄圣洁说她要一杯薄荷牛奶。雷星海说：“一个薄荷牛奶，一个热巧克力。”

雷星海感受到黄圣洁正在端详自己，于是回望了一眼。黄圣洁说：“你为什么要说一个，而不是一杯？”

“从准确的角度来说，我不能确定这家店的饮料是不是用杯子装的，而‘一份’又显得有些做作。如果说英语的话，我会选择不加量词，中文则只能是‘一个’。但是说实话，我相信这家店的饮料一定是杯子装的，所以只能归咎于坏习惯了。”

黄圣洁把脑袋架在自己的两个手背上，目光汇聚在雷星海的鼻梁中央。“那您是不是也应该注意正确使用汉语呢?”黄圣洁说。

雷星海是有自己的道理的，譬如他喜欢在合理的范围内标新立异，不过这都无伤大雅：“那就‘一杯’薄荷牛奶，和‘一杯’热巧克力吧，我同意……”

黄圣洁开口打断了雷星海的“我同意”：“话说回来，您刚才招呼服务员的样子也很像是练过的。你真的不喜欢被人称赞优雅吗?”

雷星海说他不明白，他也确实不明白黄圣洁的意思。黄圣洁说：“你的很多姿势细节都像是舞蹈动作一样。我小时候上过舞蹈班，所以我知道。”

雷星海想起他与秦婷唯一的一场对话，想起他自那以后再也没有亲口说出“舞蹈”这两个字。“‘舞蹈’这个词太严肃，我觉得不适合在日常对话里使用。这个词只有放在书面文件里的时候还行，还有翻译作品。”雷星海吮了一口他的热巧克力，热巧克力里的糖加得不多，有点儿苦。

“我小时候学过跳舞，所以我知道。然后你可以回答我了吗？为什么你举手投足都像是在跳舞一样呢?”——“跳舞”两个字是重音，说完，黄圣洁吸了一口她的薄荷牛奶，然后挑了一下眉毛。

“我不知道。”雷星海说。

在这之后，雷星海只记得和黄圣洁相约下个周六一起去麦家烘焙，因为他听说麦家烘焙的薄荷牛奶吐司真的充满了薄荷牛奶的味道。雷星海现在想来，他的舞蹈动作——不，应该说是“像跳舞一样的动作”，只能是从王美丽这儿学来的。

雷星海把帽子戴回脑袋上。今天，雷星海的一个学生在作文里写了一句“感恩那个站在你身边的人儿”，他给这篇作文额外扣了三分。不过他已经没有讲这个故事的闲心了，毕竟雷星海的“正确使用汉语故事”已经持续了四十五个工作日，王美丽也该有几天休息的日子。

六

雷星海遇见黄圣洁后，吕珍善终于不再给她的儿子安排一些患有语言功能障碍的女人当相亲对象了。吕珍善始终不认为“连话都不会说，还过什么日子?”这句话有它的合理性，因而雷星海也没能把语言能力当作“配偶要求”的一部分。

幸好黄圣洁是个合格的中文系毕业生，现在，雷星海每周只需要给王美丽讲一次故事。他最喜欢的日子是周一，王美丽用自己的身体画十字的夜晚。王美丽的十字是她的所有舞姿里最完美的一个，只要看到这个完美的十字，雷星海就更确信：王美丽一旦开口，说出的也一定是完美的语句。

天色一天比一天亮了。雷星海坐在玻璃窗前的花坛上，还可以望见学府路末端的残阳。上周一，雷星海讲他的故事的时候，天色还是全暗的。

窗外太亮，雷星海反而不好看清王美丽，于是他只好眯着眼睛用力看，盯着她上翻的手掌。现在雷星海确信王美丽跳的是芭蕾舞了。黄圣洁给他介绍了很多种芭蕾舞的经典动作，王美丽的十字就是其中一种。

“我今天做了一件好事，”雷星海说，“不，其实也不能算是做了好事，只是我不太擅长故事的开场白。”

晚上六点，雷星海把车开出学校的大门。李文说麦家烘焙的新品榴梿奶酪包这两天刚上架，只有星期一的晚上才能买到。雷星海第三次把车停在长途汽车站后面的海浒路上，麦家烘焙门前路上的大坑已经被填平了，黄色的围栏全都聚集在墙根，堆积成一个抽象的圣诞老人形状。

可惜距离圣诞节还有七八个月。雷星海推开面包店的大门，穿着黄色围裙的女店员正倚在面包色的柜台上。

“外面的大坑终于填起来了，我上次来的时候门口还被栏杆团团围着呢。”雷星海说。

“对呀，现在也不用担心小猫咪掉到坑里了。”店员从柜台里探出头来冲着雷星海说。雷星海没想到她还能认得出自己，也没想到她的第一句话就包含了禁忌词。女店员指着店门口的海报说："上面画的是我们限时供应的春季单品，过两个月就买不到了。"她的语气还算平和，这让雷星海决定姑且放过她。

雷星海看向海报，背景是橘黄色，字体像是斜着飞入画面的。最醒目的两行字是"春季新品，限时特供"，没有差错；其后是面包的名字"榴梿奶酪""小鸡崽崽"，"绿野追踪"——大约是写错了一个字的"绿野仙踪"，不过就当是一种双关吧，也算是勉强合格。海报底下还有一排小一些的白字，"人间美味，麦家烘焙"，从押韵的角度来说做得不错。

雷星海不想生气。他抄起盘子和夹子钻进面包柜之间，赶紧买完，然后立马就走，就当作什么都没看见过。榴梿奶酪，给黄圣洁带一个；回环香肠，也给黄圣洁带一个；流心香蕉，就不给黄圣洁带了，她似乎并不喜欢香蕉味。

雷星海听见店门被推开的声音，这还是他第一次见到这家店门被他以外的人推开。女店员说："欢迎光临。"男顾客说："哎哟，怎么在这儿见着老熟人儿了？"这是李文的声音，雷星海一听就知道。雷星海转过身："你是不知道我不喜欢'人儿'这个词吗？还是说你是专门来气我的？"

雷星海感觉自己好久没见过李文了，甚至有点儿不习惯他嬉皮笑脸的表情。李文说："不好意思，你不喜欢的词太多了嘛。你一说我就想起来了，是因为一个跟你一起诗朗诵的女孩子。"

雷星海端着盘子走到收银台前，说："你晚饭吃了吗？你帮我介绍对象，我还没请你吃过饭呢。"

雷星海是一个好人，今天他做的好事包括：没有因为女店员说了"小猫咪"而捉弄她，没有因为海报上写了"人间美味"而把海报撕下来，没有因为李文喊他"老熟人儿"而对他发火。雷星海把他的抱怨全都留给王美丽，这已经是他最大的宽容。

李文已经吃过晚饭，到面包店里是为了买第二天的早餐。他说他本以为黄圣洁是雷星海用来应付家里人的一个幌子，没想到雷星海还是挺认真的。黄圣洁告诉李文说，她挺喜欢雷星海学究的样子，比她见过的所有语文老师——甚至教授——都要严谨得多。

“可是你早晚会露馅儿的，”李文说，“你不喜欢这些词其实根本不是为了正确使用汉语，只是因为你被这些词欺负过。黄圣洁一定会发现你根本不是一个学究。”

用不着李文提醒，雷星海其实很清楚，但所有私欲总得以一个冠冕堂皇的方式说出来。李文不吃海带，因为他第一次吃海带的时候吃到的是几乎没加任何调料的、腥气扑鼻的煮海带。但李文总是把“海带吃多了容易甲状腺肥大”挂在嘴边，作为他不吃海带的理由。

雷星海也有很多的理由。譬如，“人儿”意味着做作、“小猫咪”意味着偏执、“人间美味”是一种概念性错误、“绅士”则是社会影响恶劣。但李文说得对，他早晚会露馅儿的。

雷星海说：“你吃过流心香蕉吗？我觉得这家店里最好吃的就是流心香蕉了。”

李文说：“我不喜欢。黏黏糊糊地流出来，多恶心啊。”

“所以我不能在黄圣洁面前说实话，也不能在任何人面前说实话。但是你不一样，你是完美的。”

雷星海仰起头，觉得自己有点儿眼花。王美丽是在晃动吗？她用一条腿支撑着她的整个身体，疲惫也是理所应当的。学府路尽头的太阳落下了，北江南路对面的工地里已经冒出了一幢水泥色的楼房。雷星海从来都是把车停在工地外侧的人行道边上，但它很快就会改变，也许他不得不改交四百五十块钱一个月的停车费，或者把车停在学府路的死胡同底。

雷星海注视着王美丽，像是注视着湖北省博物馆里的那架曾侯乙编钟，更像是注视着他自己。王美丽在属于自己的玻璃窗背后日复一日地追求着舞姿的完全正确，这和雷星海所珍视的语言正确没什么差别。

王美丽是不变的，雷星海也总有些部分没法改变。

七

雷星海的父亲雷杰有一句名言，雷星海第一次听说那一句话是在他七岁的时候。那天雷杰和吕珍善在吵架，吵得很凶，吕珍善把毛巾一条一条摔在地上。雷星海不久前才在消防安全课里学到把被单和毛巾拧成一股绳，以便从窗口逃生的技巧。他躲在虚掩着的房门背后，疑心是火灾要来了，于是他把窗户打开，等着吕珍善和雷杰冲到屋里，把毛巾和被单系成的长绳送出窗口。

可是吕珍善和雷杰没有来。吕珍善只管哭，摔完毛巾之后，她又把自己摔到地上。雷杰试图把她拉起来，或者只是做了个试图把她拉起来的动作，然后叉着腰喘气儿。

吕珍善说："你这样子日子还怎么过呀？"

雷杰说："你能别像三流话剧演员一样说话吗？"

吕珍善说："你什么都不知道，就知道说话！"

雷杰说："连话都不会说，还过什么日子呢？"

"连话都不会说，还过什么日子呢？"雷星海默念了一遍，这是他第一次听见雷杰说了一句有哲理的话。

雷星海从来不知道雷杰是一个那么在乎说话的人：他从来没有因为雷星海念错了字而数落他，不会逼着雷星海说过年话，不会要求雷星海喊叔叔阿姨舅公伯父，也不喜欢让雷星海背诗。即使如此，他依然认为像三流话剧演员一样说话的人是不配过日子的，雷星海记住了雷杰平生唯一的教诲。

在那之后，雷星海见到雷杰的频率就不那么高了，他和雷星海一起吃饭，一起打游戏，但是他再没有在雷星海面前说过他那句名言。这似乎也是理所当然的，就好像也没有人知道雷星海对于"正确使用汉语"的坚持一样；除了李文，还有黄圣洁，还有王美丽。

自从雷星海认得黄圣洁已经过去了三个多月，他还是把车停在工地外的人行道边上，然后一如既往地穿过北江南路，坐在玻璃窗前，看王美丽的眼睛。

"晚上好呀，王美丽，我又来讲今天的不正确汉语故事了。还好，这次只有两个。放心吧，我没有把气撒在她们身上，只是例行公事，把故事讲给你听而已。"

今天是星期五，王美丽的姿势是一个婉转的扭腰，姿态像是树妖，也像是敦煌壁画上的飞天。

晚上六点，雷星海开车去教育局，接黄圣洁下班。今天是雷星海和黄圣洁认识的第一百天，雷星海会把黄圣洁接去他的家里吃晚饭。黄圣洁将成为第一个走进雷星海独居小屋的女性，这是雷星海所能想到的最高礼数。雷星海前一天晚上买好了火锅底料，还有肥牛片、生菜、蘑菇和豆腐，家用电火锅是从衣橱底下翻出来的，积了一层要花三分钟才洗完的灰。雷星海还买了桃红气泡酒，如果黄圣洁喝气泡酒都能喝醉的话，他会让她住下。

六点十分，黄圣洁已经在教育局的大门口等着雷星海了。黄圣洁坐上车，雷星海一路开上北江南路，然后把车停在工地外侧的人行道边上。黄圣洁说："这个地方倒还挺空旷，停车很方便。"

"而且该有的东西也都有。对面那家服装店，我看了好几天了，一直想给你买服装，但总觉得还得让你亲自试一试才好。"

雷星海和黄圣洁一起穿过北江南路，王美丽站在玻璃窗背后看着他们。雷星海瞥了王美丽一眼，玻璃反光让他看不清王美丽的脸。玻璃窗的右侧就是白色墙壁的服装店，雷星海给黄圣洁打开了装饰着星星和铃铛的门，门内是温暖的明黄色。

黄圣洁说："我最近缺一件薄毛衣，可以穿在外套里面的那种。"营业员闻声而来，把黄圣洁引到角落里的衣架旁："这款肩膀上有小猫咪图案的是最近刚进货来的，如果你想要休闲款的话选这个就不错。"

黄圣洁说："你觉得呢，小猫咪图案的怎么样？"

雷星海跟着黄圣洁钻进衣架中间，说："小猫咪图案会不会太可爱了一点？"

"小猫咪？"

雷星海似乎确实说了这三个字。他突然有些眩晕，眼前的小猫咪图案和黄圣洁的背影重叠在一起。不自觉地，或是发自本愿地，就连雷星海自己也不知道为什么会触犯禁忌。也许是"正确"的边界被黄圣洁改变了，雷星海现在觉得"小猫咪"的意义很明确，它指代"比较招人喜欢的猫"，是个正确而普通的词汇。

黄圣洁浏览了一番，然后挨个儿询问价格，窄口的三百二十块、宽口的三百八十块，打折的现在只要一百九十块。黄圣洁说："你还蛮会过日子的嘛，连这种店都知道。”

如果这是雷星海认识黄圣洁的第一天，他会说：“你知道什么叫过日子吗？会说话才叫会过日子。”雷星海还没有编好“会说话才叫会过日子”的理由，不过他总能编出来的。

但他说不出口。

就像是面对搭车的路人、面包店的店员、不算熟识的同事一样。一旦说出口，他就会变成一个偏执狂，变成一个沉溺于过去的失败者。

雷星海闭上眼，用手扶额头。“那件墨绿色大袖子的不错。你先试试看，我去外面接个电话。”雷星海说。

雷星海冲出逼仄的服装店，深吸空旷的公路上充满灰尘的空气。他回头望玻璃窗背后的王美丽，玻璃窗背后的王美丽正注视着他。

今天的故事讲完了。雷星海从花坛上站起来，把手掌贴在玻璃窗上。这是他第一次把手掌贴在王美丽面前的玻璃窗上，并不像想象中那样冰凉。

黄圣洁推开服装店的小门：“你电话怎么打了这么久？我已经挑好了——你站在人家玻璃窗前面看什么呢？”

“不好意思，我刚好碰到一个朋友。介绍给你认识一下吧，她叫王美丽，是个芭蕾舞老师——”

雷星海多想这样说，可是他不能。他很清楚，黄圣洁不会接受一个把舞蹈模型当成倾诉对象的男人。没有人会觉得这是一种学究的表现或者一种浪漫，这只能被看作一种低级的妄想。他立刻就想到应该用“我在看这个模型的姿势是怎么拗出来的”来搪塞过去，可他的舌头突然开始变得僵硬。这是一句无可挽回的话，他的牙齿开始颤抖。

雷星海绝不能开口把王美丽叫作“模型”，甚至不能假装她不存在。她是个完整的灵魂，雷星海从来都不能把她招之即来、挥之即去。他确信，只要他管王美丽叫一次“模型”，王美丽就不再是那个独自在下课后的舞蹈班里练习静止动作的教练；就不再是那个对舞蹈姿势有着近乎偏执的坚持的舞者；就不再是那个唯一能够与雷星海产生共鸣的女人。雷星海会失去她，她会永远成为一个真正的模型，成为一个无法倾听、无法共情的聚乙烯塑料舞蹈模型。

雷星海似乎连说了三个“舞蹈”，这本该是他的禁忌词，但他没工夫关心这些小事了。他的喉咙好像被黏稠的空气堵住，上颌滞坠、下颌失去力量。雷星海看着黄圣洁朝着他跑来，雷星海用力伸直舌头，嘴里发出含混的声音——

“我不知道怎么说。我想找一个合适的词，找一个合适的句子，想用正确的汉语把这句话讲出来……”王美丽，或者模型？有时候，就连雷星海也不知道如何使用汉语才算是正确的。

“玻璃窗后面的是巴甫洛娃吗?”

黄圣洁凑到雷星海的耳边，声音吹过雷星海的脸颊。

雷星海冻结的舌头开始溶解——

“是啊！不过，我一般不叫她的外国名字……”

（《青年文学》2020 年第 7 期）